LE RAGAZZE SVANITE

LIBRI DI LISA REGAN

In lingua italiana

Le ragazze svanite

La ragazza senza nome

La sua tomba nascosta

In lingua inglese

Detective Josie Quinn

Vanishing Girls

The Girl With No Name

Her Mother's Grave

Her Final Confession

The Bones She Buried

Her Silent Cry

Cold Heart Creek

Find Her Alive

Save Her Soul

Breathe Your Last

Hush Little Girl

Her Deadly Touch

The Drowning Girls

Watch Her Disappear

Local Girl Missing

The Innocent Wife

Close Her Eyes

My Child is Missing

LISA REGAN

LE RAGAZZE SVANITE

Tradotto da Alessandra Maggio

bookouture

L'edizione originale è stata pubblicata nel 2018 con il titolo "Vanishing Girls" da Storyfire Ltd. che opera come Bookouture.

Edizione italiana pubblicata da Bookouture, 2023
Prima edizione Settembre 2023

Un'edizione di Storyfire Ltd.
Carmelite House
50 Victoria Embankment
London EC4Y 0DZ

www.bookouture.com

ISBN: 978-1-83525-062-4
eBook ISBN: 978-1-83525-061-7

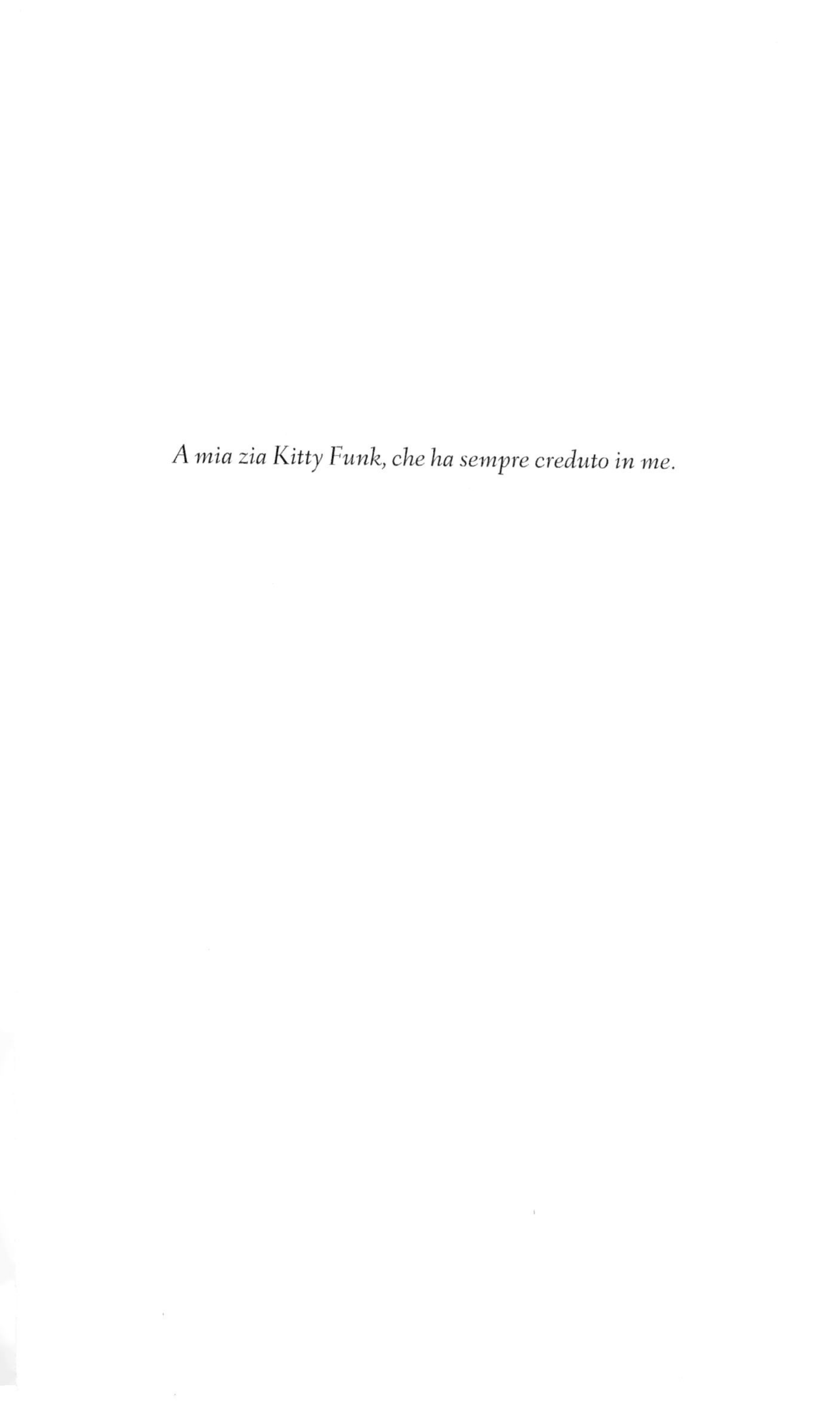

A mia zia Kitty Funk, che ha sempre creduto in me.

PROLOGO

C'era un uomo nel bosco, ne era sicura. Da quando aveva memoria il bosco era stato il suo regno speciale, ricco di piante e animali selvatici, lo scenario perfetto per tutte le storie che la sua immaginazione poteva evocare.

Un'oasi di pace lontana dal duro sguardo di sua madre e dal disprezzo di suo padre.

Lo sentiva spesso lì: una presenza, come un campo di forze che premeva contro il suo piccolo regno. Lo sentiva, mentre si muoveva attraverso la foresta. Un fruscio di foglie. Lo schiocco di un ramo. Aveva visto orsi, cervi e volpi - persino una lince, una volta - in questi boschi, ma i suoni che lui faceva erano intenzionali. Erano come i suoi. Era certa che fosse una persona e, a giudicare dalla pesantezza dei passi, un uomo. A volte percepiva il suo respiro, pesante e affannoso, ma ogni volta che si voltava per affrontarlo, con il cuore che le batteva come un tamburo nel petto, lui non c'era più. Due volte aveva visto degli occhi scrutarla attraverso il fitto fogliame.

«Mamma.» aveva detto una volta a colazione quando lei e sua madre erano da sole.

Sua madre le aveva lanciato un'occhiata di sfida. «Cosa?» le aveva chiesto.

Le parole le erano tremate sulla punta della lingua. *C'è un uomo nel bosco.*

«C'è... c'è...» aveva balbettato, incapace di fare uscire le parole.

Sua madre aveva sospirato e poi distolto lo sguardo. «Mangia le tue uova.»

Sua madre non le avrebbe creduto comunque. Ma lui era lì. Lei ne era sicura.

E divenne un gioco. Si ripromise di stare sempre ad almeno un metro di distanza dal limitare degli alberi. Ma questo non fece altro che attirarlo di più, più vicino alla radura dietro la casa, il corpo nascosto dal tronco di un albero, i rami a coprire il resto del volto. Lei non riusciva a respirare mentre correva verso casa, immaginando le mani di lui che le sfioravano i lacci del vestito, raggiungendola per tirarla indietro. Solo quando i suoi piedi varcarono la soglia della porta sul retro, l'aria tornò nei suoi polmoni.

Per una settimana non uscì dalla sua stanza se non per mangiare. Dopo quella volta, uscì da casa solo se la madre, il padre o la sorella erano con lei. Per un lungo periodo lui scomparve. Lei smise di percepire la sua presenza, smise di sentirlo. Credette quasi che fosse tornato là da dove era venuto. Forse lo aveva solo immaginato dopo tutto?

Poi, un giorno, sua sorella stava stendendo i panni sui fili mentre lei correva verso l'altro lato del giardino inseguendo delle farfalle monache gialle che vivevano sulla cima della montagna. Un lenzuolo bianco svolazzava impedendo alla sorella di vederla. Si avvicinò troppo al limitare degli alberi. Una mano si allungò e le tappò la bocca, mettendo a tacere le sue grida. Un braccio le cinse la vita, sollevandola da terra. Tenendola stretta contro il petto, la trascinò nella foresta che un tempo era stata sua amica. Nel panico prese forma un pensiero. *Lui era reale.*

UNO

La stazione di servizio della Stop and Go aveva recentemente installato televisori a schermo piatto sopra le pompe di benzina perché sembrava che le persone non potessero distogliere lo sguardo da uno schermo abbastanza a lungo per fare benzina. Anche se la cosa la infastidiva, la detective Josie Quinn si ritrovò incollata allo schermo quando andarono in onda le notizie dell'ultima ora. Avevano finalmente ritrovato il cellulare di Isabelle Coleman nei boschi vicino alla sua casa.

A poche miglia di distanza, fuori dall'edificio coloniale bianco a due piani dei Coleman, la giornalista Trinity Payne, vestita con giacca a vento blu e sciarpa gialla, si affannava a leggere il suo rapporto mentre il vento le scompigliava i capelli neri e ciocche le svolazzavano sul viso.

«Cinque giorni fa, Marla Coleman è tornata dal lavoro trovando la casa vuota. Credendo che la figlia diciassettenne, Isabelle, fosse uscita con gli amici, non ha dato peso alla cosa fino a tarda notte, quando Isabelle non è tornata a casa. Fonti della polizia ci dicono che, in quel momento, non avevano motivo di credere che la scomparsa di Isabelle fosse sospetta. Gli amici e la famiglia di Ms. Coleman la descrivono come una giovane donna impegnata, con vari interessi, che probabilmente aveva lasciato la città per un viaggio imprevisto, ma volontario. Ma ora che sono passati alcuni giorni, con le chiamate al suo cellulare che continuano a passare direttamente alla segreteria telefonica e la sua auto ancora parcheggiata nel vialetto dei Coleman, la polizia è in massima allerta mentre i residenti qui a Denton si sono uniti per formare squadre di ricerca.»

La telecamera si spostò per mostrare il lungo vialetto circolare dei Coleman con tre veicoli parcheggiati. Trinity continuò: «Negli ultimi giorni, i volontari hanno setacciato l'area intorno alla casa dei Coleman, dove Isabelle è stata vista per l'ultima volta.»

La telecamera si spostò ulteriormente, passando da un lato all'altro e concentrandosi sulle aree boscose intorno alla casa dei Coleman. Josie conosceva la casa. Era una delle case più grandi alla periferia di Denton, isolata lungo una strada di campagna, a poco più di tre chilometri dalla casa più vicina. Una volta aveva colpito un cervo con l'auto della polizia non lontano da lì.

La telecamera ritornò su Trinity. «Ieri, durante le ricerche in una di queste zone boschive, è stato rinvenuto un cellulare che si ritiene appartenga alla ragazza scomparsa. Ha lo schermo rotto e la polizia ci ha informato che la batteria è stata rimossa. I genitori della Coleman affermano che la ragazza non si sarebbe mai separata volontariamente dal suo telefono. È ora opinione diffusa che Ms. Coleman sia stata vittima di un rapimento.»

Continuò poi rispondendo ad alcune domande puntuali dei conduttori del WYEP, il canale televisivo locale per cui lavorava, e fornì il numero verde del Dipartimento di Polizia di Denton per chi voleva fornire informazioni. La tensione, che aveva cominciato a formarsi tre settimane prima sulle spalle di Josie, si rafforzò. Ruotò il collo e scrollò le spalle, cercando di allentarla. Ascoltare gli ultimi sviluppi e sapere di non poter fare nulla per aiutare, le fece venire voglia di frantumare lo schermo al plasma del televisore in un milione di pezzi con la pompa di benzina che aveva in mano.

Isabelle era scomparsa da cinque giorni. Perché ci era voluto così tanto tempo per trovare le prove che era stata rapita? Perché avevano aspettato due giorni per formare dei gruppi di ricerca intorno alla casa? Perché avevano respinto Josie quando si era offerta di unirsi alle ricerche? Sicuramente essere in congedo retribuito per un presunto uso eccessivo della forza non aveva ridotto le sue capacità di ricerca. Non contava che si fosse presentata come privata cittadina; i suoi colleghi, la maggior parte dei quali lei superava di grado, l'avevano rimandata a casa. Ordini del capo.

Era furiosa. Avrebbero dovuto utilizzare qualsiasi risorsa disponibile per localizzare la ragazza. Qualsiasi risorsa. Josie sapeva che i suoi colleghi stavano probabilmente dormendo sulle brande nella sala relax della stazione di polizia, lavorando ventiquattr'ore su ventiquattro proprio come avevano fatto durante le inondazioni del 2011, quando l'intera città era finita sotto due metri d'acqua e l'unico modo per spostarsi era in barca. Sapeva che dovevano aver già chiamato i vigili del fuoco volontari, i servizi medici di emergenza e ogni persona abile in città disposta a cercare e scovare piste. Allora perché il capo non l'aveva ancora richiamata in servizio?

Denton aveva un'area di circa quaranta chilometri quadrati e molti di quei chilometri attraversano le montagne selvagge della Pennsylvania centrale con le loro strade tortuose a una corsia, fitti boschi e residenze rurali sparse come coriandoli lanciati con noncuranza. La popolazione superava di poco le trentamila persone, quel tanto che bastava per provocare una mezza dozzina di omicidi l'anno - la maggior parte dei quali per liti domestiche -, stupri, rapine e risse da bar tra ubriachi, sufficienti a tenere moderatamente occupato il personale del Dipartimento di Polizia costituito da cinquantatré unità. Pur essendo competenti, semplicemente non avevano strumenti e mezzi per gestire un caso di rapimento; soprattutto non il rapimento di una ragazza bionda, vivace, popolare e prossima a frequentare il college. Ogni foto di Isabelle Coleman che Josie aveva visto - e la pagina Facebook della ragazza ne vantava migliaia, tutte rese pubbliche - sembrava uno scatto glamour. Anche nelle foto in cui lei e le sue amiche facevano facce buffe, tirando fuori la lingua con un piercing recente; il piccolo bilanciere rosa di Isabelle diceva Principessa, ma avrebbe potuto anche dire Perfetta.

Le doppie porte dello Stop and Go si aprirono con un sibilo e due ventenni si diressero verso le pompe di benzina; la loro piccola Subaru gialla era ferma davanti a Josie. La donna entrò in macchina mentre l'uomo faceva benzina. Josie sentì i loro occhi su di lei, ma si rifiutò di dare loro la soddisfazione di distogliere lo sguardo. Non che avessero le palle di farle domande. La maggior parte delle persone non le aveva, a loro piaceva solo fissarla. Almeno le indiscrezioni su di lei non erano più sui notiziari. In una piccola città, in cui gli articoli standard degni di nota erano incidenti stradali, attività di beneficenza locali e chi guadagnava di più durante la stagione della caccia, a nessuno importava più della poliziotta pazza con un brutto carattere.

Aveva sperato che il caso Coleman le avrebbe dato la possibilità di uscire dalla lista nera del capo, che in questo caso avrebbe fatto un'eccezione e l'avrebbe lasciata tornare per una o due settimane, finché non avessero avuto le indagini sotto controllo, finché non avessero trovato la ragazza. Ma non aveva chiamato. Josie continuava a controllare il telefono per assicurarsi che funzionasse; che la batteria non si fosse misteriosamente scaricata; che non l'avesse disattivata accidentalmente. Ma niente. Il telefono funzionava. Era il suo capo che faceva lo stronzo.

Decidendo di non essere ancora pronta per tornare a casa, Josie tornò nello Stop and Go per prendere un caffè. Impiegò buoni dieci minuti per prepararlo come piaceva a lei - abbondante crema di latte e due dosi di zucchero - e pagarlo. Il proprietario, Dan, un vecchio motociclista sulla cinquantina, che non aveva mai rinunciato ai giubbotti di pelle, era una vecchia conoscenza. Scambiò qualche parola con lei per farle sapere di essere dalla sua parte senza effettivamente chiederle informazioni sul caso pendente contro di lei. La conosceva abbastanza bene ormai da non fare troppe domande.

Ma poi non le restò altro da fare che tornare a casa.

Notò un piccolo gruppo di clienti riuniti attorno a un altro televisore appeso sopra il chiosco della lotteria vicino all'ingresso del negozio. Si avvicinò a loro sorseggiando il suo caffè e guardando il prosieguo della trasmissione che aveva visto alla pompa di benzina. Le parole "Gli Studenti e la Scuola reagiscono al Rapimento Coleman" lampeggiavano nella parte inferiore dello schermo mentre veniva riprodotto un montaggio in loop dalla notte precedente. La prima volta che lo aveva visto, il WYEP aveva utilizzato la parola scomparsa invece di rapimento.

«Era, tipo, una persona davvero simpatica. Spero che la trovino. Voglio dire, è spaventoso pensare che questo sia accaduto a Denton.»

«È davvero solo difficile da credere, sa? È semplicemente scomparsa. È un peccato. Era molto simpatica.»

«Saremmo dovute andare al centro commerciale questo fine settimana. Non riesco a crederci. L'ho vista solo ieri. Era la mia migliore amica.»

«Isabelle è una tra i più brillanti studenti della mia classe. Tutti noi siamo estremamente preoccupati.»

Uno fremito percorse le scapole di Josie. Solo l'insegnante di storia di Isabelle aveva parlato come se lei fosse ancora viva, tutti gli altri avevano usato il passato; avevano già rinunciato a ritrovarla sana e salva. Ma perché non avrebbero dovuto? Le persone non svanivano nel nulla e le belle ragazze adolescenti che venivano rapite raramente ritornavano vive e illese. Josie sapeva che ogni secondo che passava, le possibilità che Isabelle venisse ritrovata viva diminuivano sempre di più.

Una goccia di sudore le si formò alla base della nuca e le rotolò lungo la schiena mentre usciva dal locale, la tazza di caffè di carta le bruciava la pelle del palmo mentre fissava per un momento la sua Escape. Doveva davvero tornare a casa; il proprietario dell'area di servizio avrebbe avuto bisogno di quella pompa per altri clienti, ma il pensiero di passare l'intera giornata in casa da sola era semplicemente troppo da sopportare. Ovviamente, poteva sempre andare in giro, poteva forse cercare la scena del crimine; ora che era stata identificata, probabilmente sarebbe stata contrassegnata e isolata, e poteva vedere se notava qualcosa che gli altri non avevano notato.

Josie tirò fuori il suo cellulare e compose un numero che aveva digitato da quattro a sei volte al giorno negli ultimi sei mesi. Lui faceva in modo che la maggior parte delle sue chiamate andassero direttamente alla segreteria telefonica, ma, a volte, le rispondeva e oggi accettò la chiamata al terzo squillo.

«Jo.» disse il sergente Ray Quinn col fiatone.

«Quand'è che voi ragazzi avete trovato la scena del crimine?» chiese senza preamboli.

Il fiato non gli mancava così tanto da non fargli fare uno dei suoi tipici sospiri che le riservava quando pensava che fosse una rompiscatole. «Gesù Cristo» disse. «Sei in licenza. Smettila di chiamarmi, abbiamo tutto sotto controllo.»

«Davvero?»

«Credi che non sia così?»

«Perché il capo non ha chiamato per avere altro aiuto? Sta dicendo che la Coleman è stata rapita. Ha chiesto il supporto dell'FBI? Non abbiamo le risorse per queste cose.»

«Tu non sai niente di questo caso, Jo.»

«Ne so abbastanza. Se fosse davvero un rapimento, avreste chiamato i rinforzi, tipo ieri. Sai bene che i ragazzi scomparsi che non vengono trovati nelle prime quarantotto ore...»

«Smettila.»

«Sono seria, Ray. Questa è una cosa seria. Questa ragazza potrebbe essere ovunque ormai. Avete controllato i colpevoli di reati sessuali? Ti prego dimmi che c'è qualcuno là fuori che se ne sta occupando. Voglio dire, non si tratta di scienza missilistica. Una bella ragazza bionda viene rapita? Hiller andrebbe bene. Dovreste farlo fare a lui e io ci farei andare anche LaMay. Chiama Bowersville, non è lontana da qui, e vedi se riescono a convincere un paio di persone del loro dipartimento a controllare i loro registri. Dimmi che l'avete già fatto.»

Riusciva a sentire il suo fastidio attraversare la linea telefonica, ma ci era abituata. Cercò di ricordarsi di un momento in cui si erano davvero amati. Dolci, premurosi, pazienti. Doveva tornare indietro fino al liceo per trovare un ricordo simile. Si erano piaciuti allora, vero?

Ray sospirò: «Rieccoci. Tu credi di sapere tutto. Credi di essere l'unica nella polizia a potere fare questo lavoro. Sai una cosa, Jo? Non è così. Tu non sai nulla. *Nulla*. Quindi stai zitta e smettila di chiamarmi, cazzo. Comincia a lavorare a maglia o qualsiasi altra cosa facciano le donne quando non lavorano. Ora attacco.»

Si sentì colpita dalla forza delle sue parole. Aveva usato la parola *nulla* come fosse una lama, pugnalandola in modo rapido e veloce, una coltellata a tradimento. Era sempre stato duro - poteva esserlo anche lei - ma mai crudele. Riprendendosi velocemente, sbottò: «Firma i documenti per il divorzio Ray e io smetterò di chiamarti.»

Silenzio.

Adesso era il suo turno di pugnalarlo alle spalle. «Sto per sposare Luke. Me l'ha chiesto. Ieri. Mentre eravamo a letto.»

Lui non rispose, ma lei riusciva a sentirlo respirare. Erano separati da mesi, ma la loro relazione era finita da molto tempo. Sapeva che lui odiava Luke, odiava il pensiero di un altro uomo con sua moglie, anche se si trattava della sua futura ex-moglie.

Stava ascoltando così intensamente il suono del suo respiro, aspettando di vedere cosa avrebbe detto, quale strategia avrebbe scelto apprendendo questa notizia, che le ci volle un momento per registrare il rumore acuto degli spari in lontananza. Non era così insolito a Denton; durante la stagione della caccia, nella periferia boscosa della città, gli spari si sentivano tutto il giorno, come fuochi d'artificio. Ma non era la stagione della caccia o il quattro di luglio. Era marzo e non c'era nessuna buona ragione perché qualcuno sparasse così tanti colpi.

Con il telefono ancora in mano, Josie buttò il bicchiere del caffè nel cestino vicino e fece qualche passo nel parcheggio. I colpi di pistola si stavano avvicinando, infrangendo la quiete del mattino. Le persone alla pompa di benzina si erano bloccate sul posto, tutte le teste girate per cercare la fonte del rumore. Josie incontrò gli sguardi interrogativi di alcuni degli avventori, ma tutto ciò che riuscirono a fare fu scambiarsi lo stesso sguardo perplesso.

Qualcosa stava arrivando, ma non sapevano cosa fosse o da dove arrivasse.

Istintivamente, la mano libera raggiunse la vita per prendere la pistola d'ordinanza, ma non c'era; la paura come un pugno nel petto, le fece balzare il cuore in gola.

Ray parlò rompendo il silenzio: «Jo?»

Da dietro l'angolo, un'Escalade nera e crivellata di colpi si stava dirigendo verso lo Stop and Go. Saltò sul marciapiede andando direttamente verso Josie. I suoi piedi erano come blocchi di cemento. *Muoviti*, si disse. *Muoviti*. Mentre l'Escalade le sfrecciava accanto, lo specchietto laterale del guidatore urtò la parte laterale della sua giacca, facendola girare e volare in aria. Atterrò violentemente sull'asfalto sul lato sinistro; rotolò lontano dal veicolo finché non colpì con lo stomaco uno dei pilastri di metallo che bloccavano le pompe di benzina.

L'Escalade andò a sbattere contro lo Stop and Go, con il metallo che strideva e i finestrini che esplodevano in un boato cacofonico. Anche dopo che il SUV si fu schiantato al muro, il motore continuò a girare e stridere. Nuvole di polvere si alzarono dal blocco di cemento sbriciolato intorno al veicolo. La gente cominciò a fuggire fuori dall'edificio. I polmoni di Josie urlarono per l'aria che non riusciva a entrare.

DUE

Cercando di riprendere fiato, Josie rotolò sull'altro lato, avvertendo un forte dolore alla gamba sinistra. Un'occhiata ai suoi jeans le rivelò un grosso strappo che risaliva lungo il polpaccio, la pelle rosa e lacerata faceva capolino da sotto la stoffa. Alla fine, fece un respiro pieno e profondo. Il suo torace sembrava interamente coperto da lividi, ma era viva. Sembrava che nulla fosse rotto o mancante, ma l'adrenalina pompava troppo forte per registrare il sollievo.

Guardando verso l'Escalade, vide un piccolo gruppo di persone ferme dietro di essa, che si mantenevano a debita distanza. Mentre si alzava barcollando, Josie notò un uomo, piegato in due, appeso a faccia in giù da un finestrino posteriore del veicolo, il sangue si allargava scorrendo sulla sua maglietta bianca. Quello che sembrava una pistola semiautomatica TEC-9 era finito sul selciato del parcheggio a circa tre metri dall'auto. Di nuovo, cercò di prendere la pistola d'ordinanza e avvertì un senso di panico per la sua mancanza. Annaspò verso il veicolo cercando di raddrizzare la postura, il dolore che si acuiva nella parte bassa della schiena.

«State indietro.» disse alla folla.

Due donne stavano guardando, pallide, una aveva la bocca coperta dalle mani, l'altra se le premeva al petto che si sollevava a tempo con il suono dell'allarme dell'Escalade. Anche i due ventenni erano là, aggrappati l'una all'altro. Vicino alle pompe una donna anziana singhiozzava appoggiata alla sua auto.

Il conducente del SUV era accasciato in avanti, la fronte sul volante; il finestrino era distrutto, del sangue gli colava dall'orecchio. I suoi folti capelli neri erano bagnati con quello che Josie era certa fosse altro sangue. Josie si avvicinò all'auto e allungò cautamente la mano attraverso il finestrino del guidatore, premendo due dita sul lato del collo del ragazzo. Niente polso. Le sue dita si colorarono di rosso.

Il suono di qualcuno che vomitava richiamò la sua attenzione. Raggiunse l'altro lato dell'Escalade; il proprietario dello Stop and Go era a pochi metri dal passeggero sul sedile posteriore, era piegato in avanti e stava vomitando, un fucile in mano.

Josie disse: «Dammelo.»

Lui non protestò quando gli prese l'arma. Voltandosi vide cosa lo avesse fatto sentire male. Un altro uomo pendeva dal finestrino laterale posteriore, il collo inclinato in una strana angolatura.

Sollevò il fucile e appoggiò il calcio sulla spalla, tenendo la canna bassa, ma pronta, mentre si avvicinava al sedile del passeggero anteriore, riepilogando tutto ciò che sapeva fino a quel momento. Targa della Pennsylvania. Quattro occupanti, tre sicuramente morti. Tutti e tre sembravano essere di origine latina, tra i venticinque e i trent'anni ed avevano tatuaggi su tutte le parti visibili del corpo. I due tizi dietro avevano teste calve e lucenti e i tatuaggi uguali sulla nuca le dicevano che, probabilmente, erano membri di una gang. Il conducente e l'uomo seduto dietro di lui erano stati uccisi, senza dubbio, a colpi di arma da fuoco. L'altro passeggero sul sedile posteriore era morto, più probabilmente, a causa dell'impatto durante l'incidente. Sembrava che un proiettile gli avesse sfiorato il lato della testa a un certo punto dello scontro a fuoco, ma non vedeva ferite evidenti da arma da fuoco da nessun'altra parte.

Il suono della tosse del passeggero seduto davanti le fece alzare le braccia, la canna del fucile puntata verso il finestrino aperto. Cautamente, si avvicinò. Dietro di lei, il proprietario dello Stop and Go la chiamò: «Detective!» La voce era acuta per la preoccupazione.

Nel veicolo, il corpo dell'uomo sussultava e tremava. Avvicinandosi vide che, a differenza degli altri occupanti, si trattava di un bianco di mezza età con corti capelli scuri e occhiali. Aveva la cintura di sicurezza allacciata. Mentre gli altri ragazzi indossavano magliette, quest'uomo indossava una camicia a quadri button-down con cravatta. Il sangue colava da un foro di proiettile nel petto. Aveva la faccia contorta dal dolore e macchiata di sangue. Sottili pezzi di vetro grandi come riso scintillavano su tutta la sua pelle, come se qualcuno l'avesse cosparso di brillantini.

Girò la testa verso di lei e i suoi occhi nocciola la osservarono. Fu uno shock. Abbassò il fucile. «Mr. Spencer?» disse.

Si avvicinò chinandosi verso di lui. Con grande sforzo l'uomo allungò una mano attraverso il finestrino, le sue dita cercarono qualcosa cui aggrapparsi e trovarono la manica della sua giacca. Josie lo guardò negli occhi, l'espressione di panico sul suo volto era come un improvviso getto d'acqua fredda lungo la schiena. La sua bocca cercò di articolare le parole, del sangue uscì dalle sue labbra. Sussurrò con voce rauca, ma con una disperazione nel tono che la trafisse. Disse una sola parola. Un nome.

«Ramona.»

TRE

Josie sedeva sul retro di un'ambulanza, con in mano un impacco di ghiaccio inutilizzato. Troppe parti del suo corpo le facevano male. Avrebbe avuto bisogno di un materasso pieno di ghiaccio, non solo di un impacco. Qualcuno aveva chiamato il 911 che aveva risposto immediatamente. Contò tre auto della polizia di Denton e due auto della Polizia di Stato. Evidentemente la sparatoria era cominciata sull'Interstatale e si era conclusa quando l'Escalade l'aveva lasciata e si era schiantata nello Stop and Go. Gli agenti della statale avevano perlustrato l'Interstatale per chilometri in ogni direzione, setacciando ogni uscita man mano che procedevano, ma non c'era traccia di nessun altro veicolo crivellato di proiettili. Nessuno poteva dire con chi gli uomini dell'Escalade stessero scambiando colpi di arma da fuoco.

Josie guardò i suoi colleghi delimitare la scena del crimine. Due degli uomini li conosceva, ma non bene. Il terzo uomo, Dusty Branson, era stato il migliore amico di Ray fin dalla scuola elementare. Era stato anche amico di Josie finché il loro matrimonio non era naufragato. Ora trovava difficile anche stargli vicino. Come previsto, gli ufficiali di Denton sembravano esausti e sconcertati, ma si erano mossi con fermezza e determinazione: raccogliendo testimonianze, erigendo teloni attorno al SUV, scattando fotografie e contrassegnando le prove sparse lungo la scena del crimine.

«Non venire. Non venire qui.» mormorò Josie sottovoce, mentre guardava Dusty che si dirigeva verso di lei dal retro dell'Escalade.

Come si avvicinò, tirò fuori il taccuino dalla tasca e lo aprì su una pagina bianca. Incontrò i suoi occhi solo brevemente e lei fu felice quando distolse lo sguardo; non le erano mai piaciuti i suoi occhi scuri e lucenti, come due pezzi di carbone scintillante. Lui si passò una mano tra i capelli castani unti e lei provò un piccolo impeto di gioia alla vista delle premature ciocche grigie alla radice. Non aveva ancora trent'anni.

«Allora, hai visto cosa è successo?» le chiese.

«Sì.» rispose.

La sua penna si posò sulla pagina bianca. Lei si concentrò su una piccola macchia sul lato sinistro della camicia della sua uniforme, appena al di sotto della gabbia toracica, sembrava di caffè. Lui scribacchiava mentre lei raccontava, ma la sua penna si bloccò appena Josie gli riferì l'ultima parola detta da Dirk Spencer, appena prima di scivolare nell'incoscienza.

«Dovresti scriverlo» gli disse intenzionalmente. «È importante.»

Lui la guardò. Il sorrisetto che le rivolse le fece rivoltare lo stomaco. «Tu non sai cosa sia importante.» le disse.

«Il tipo si aggrappava a malapena alla vita, Dusty. Perché avrebbe dovuto dire quel nome se non era importante? Se questa Ramona non era importante?»

Usò la punta della penna per grattarsi la tempia. «E allora? Si tratta probabilmente solo del nome della moglie o della figlia.»

«Forse.» disse lei, ma il nome sussurrato continuava a

ronzarle in testa. Aspettò che Dusty lo scrivesse. «Dai almeno un'occhiata, OK?»

«Non puoi più dirmi cosa fare.» le disse chiudendo il taccuino e mettendolo in tasca.

Lei trattenne la prima risposta che le venne in mente, stringendo le mani che non vedevano l'ora di dargli una spinta. Ma spingerlo avrebbe comportato toccarlo davvero e poche cose la disgustavano di più del contatto fisico con Dusty Branson. Invece sbraitò: «Già, ma questo non ti solleva dall'obbligo di fare il tuo lavoro, non pensi?»

Sostenne il suo sguardo spietato finché lui non lo distolse. «Devo lavorare.» le disse e se ne andò come se avesse altro da fare.

Fortunatamente, nessuno all'interno dello Stop and Go era rimasto gravemente ferito. Uno degli agenti aveva spento il motore dell'auto, ma il suo allarme continuava a suonare in una serie rabbiosa e ritmica di colpi di clacson che le irritavano i nervi già logori.

«Jo. Gesù Cristo.»

Era Ray, in uniforme completa tranne che per il cappello. Salì sull'ambulanza con lei e si avvicinò abbastanza per tirarla a sé, ma all'ultimo momento decise di mantenere le distanze. Non si toccavano da quasi un anno. Una parte di lei era sollevata nel vederlo e grata che si fosse presentato per controllare che stesse bene, l'altra parte di lei rabbrividì al pensiero. Non aveva mai pensato di sentirsi così; Ray era stato un punto fisso nella sua vita fin dalle scuole medie. Erano stati amici per molto tempo prima di mettersi insieme durante il liceo. Lui era sempre stato di bell'aspetto, il tipico ragazzo della porta accanto, con i suoi folti capelli biondi arruffati, gli occhi azzurri e il corpo atletico. Era sempre stata segretamente contenta che fosse suo. Le altre donne erano attratte da lui, ma loro non sapevano che avesse dei problemi.

«Stai bene?» le chiese sedendosi sulla panca di fronte a lei. Il suo sguardo la percorse alla ricerca di possibili ferite.

«Sì» gli rispose. «Ho sbattuto appena.»

Lui fece un cenno verso la sua gamba. «Sembra piuttosto brutto.»

«È solo una bruciatura superficiale.»

«Ascolta Jo, riguardo a prima, mi dispiace di averti aggredito. Questo caso Coleman ci rende tutti nervosi. Non volevo...»

Una voce profonda tuonò dall'esterno dell'ambulanza. «Josie, eccoti!»

Apparve Luke, anche lui in uniforme completa. Stava diventando imbarazzante.

Non importava quante volte lo avesse visto nella sua uniforme grigia della Polizia di Stato, Josie rimaneva sempre colpita da quanto apparisse imponente e sapeva che anche Ray avrebbe pensato lo stesso mentre Luke si toglieva il berretto e si chinava per salire sull'ambulanza.

Era l'opposto di Ray sotto quasi tutti gli aspetti e, supponeva, era per questo che le piaceva così tanto. Come poliziotto di stato, Luke doveva tenere i capelli neri ben ordinati, rasati vicino alla testa ai lati con una corta ciocca di capelli in alto. Il suo viso, pulito e rasato, era liscio contro la sua guancia quando si chinò per baciarla. Ignorò Ray mentre si piegava accanto a lei e le metteva un braccio attorno alla schiena.

«Stai bene?» le chiese.

Lei sorrise. «Sì, sto bene.»

Avvertì l'occhiataccia di Ray prima ancora di guardarlo. Un'ora prima, al telefono con Ray, aveva sbandierato il suo fidanzamento, eppure la dimostrazione di affetto di Luke di fronte a lui la metteva a disagio. Non avrebbe dovuto - odiava che la facesse sentire a disagio - ma non era in grado di trattenersi. Ray odiava Luke. Sapeva che lo faceva sentire inferiore; era più alto, più robusto, più in forma. Era anche più dotato, sebbene non lo avesse mai detto a Ray. Se lo riservava per uno di quei giorni in cui l'avesse irritata sul serio.

Accarezzò la mano di Luke e, dopo avergli assicurato ancora una volta che stava bene, disse: «Posso restare un minuto da sola con Ray?»

Un muscolo della mascella di Luke si contrasse, ma lui sorrise, la baciò dolcemente sulle labbra e disse: «Certo».

Si assicurò di urtare la spalla di Ray mentre usciva dall'ambulanza. Quest'ultimo lo guardò allontanarsi con aria soddisfatta ma diffidente. «Pensi di sposare davvero quel tipo?» le chiese.

Lei sospirò e si premette l'impacco di ghiaccio ormai sciolto sulla spalla sinistra. «Non voglio più parlarne.»

«Allora perché volevi restare sola con me?»

«Perché voglio sapere come mai l'insegnante di storia di Isabelle Coleman è nel sedile del passeggero di quella Escalade là fuori.»

QUATTRO

Ray guardò verso le porte aperte dell'ambulanza come se potesse vedere Dirk, ma questi era già a metà strada verso il Geisinger Medical Center in condizioni critiche. Era scivolato nell'incoscienza dopo aver detto quella sola parola a Josie, e né lei né i paramedici erano stati in grado di svegliarlo. Era l'unico testimone vivente della sparatoria e sarebbe stato fortunato se fosse sopravvissuto alle prossime ore.

«Come fai a sapere che era l'insegnante di Isabelle Coleman?»

Josie alzò gli occhi al cielo. «Era al notiziario ieri sera e di nuovo questa mattina parlando di che brava studentessa fosse Isabelle. Lo ha intervistato Trinity Payne. In realtà ha intervistato chiunque. Credevo che tu fossi su questo caso.»

«Sì, beh, il capo mi ha messo a scandagliare i boschi intorno alla casa dei Coleman. Non ho avuto tempo per guardare i notiziari.»

«Quindi, hai trovato tu il cellulare?»

Abbassò lo sguardo. «No, l'ha trovato una tra i tipi impegnati nelle ricerche. È stato abbastanza imbarazzante dal momento che i nostri ragazzi erano già stati proprio in quella zona subito dopo la scomparsa della Coleman. Comunque, questa tipa l'ha trovato e ci ha chiamato. Dusty ed io l'abbiamo registrato come prova.»

«Beh, pochi minuti prima dell'incidente ho visto Dirk Spencer al notiziario che parlava di quanto fosse brava Isabelle e di come tutti vogliono solo che torni a casa.»

«Credi che questo...» indicò lo schianto dell'auto, «abbia qualcosa a che fare con la scomparsa di Isabelle Coleman?»

«Intendi il rapimento.»

«Lo sai quello che voglio dire.»

Josie gli riferì che Dirk Spencer aveva sussurrato il nome Ramona subito prima di perdere conoscenza. Tre rughe orizzontali comparvero sulla fronte di Ray. Era lo stesso sguardo che aveva avuto una volta che gli aveva chiesto di comprarle i tamponi. Sbigottimento totale. «E allora?» le chiese. «Si tratta probabilmente della sua fidanzata.»

Lei sospirò. «Sì, è possibile. Allora, cos'è che il capo non sta dicendo sul caso Coleman?»

Lui la fissò inarcando un sopracciglio. «Lo sai che non posso dirtelo.»

La testa di Josie pulsava. «Credi che non lo scoprirò alla fine?»

Esasperato, Ray esclamò, «Perché non puoi semplicemente seguire le regole? Solo una volta? Mi stai chiedendo di mettere a rischio il mio lavoro, Jo.»

Lei non riuscì a contenere un incredulo «Puh» e si mise a ridere. «Il tuo lavoro? Stai scherzando, vero? Veramente pensi che il capo ti licenzierebbe per aver condiviso informazioni con qualcuno all'interno del dipartimento? Sono un tuo superiore.» gli ricordò.

Questo era un argomento dolente. Avrebbe potuto essere promosso insieme a lei se il capo non avesse continuato a trovare bottiglie di whisky vuote nell'abitacolo della sua macchina di servizio. Ray scoprì che non era così facile uscire di corsa da un'ambulanza: inciampò e quasi cadde sull'asfalto all'esterno. L'ultima cosa che Josie sentì fu: «Figlio di puttana.»

Luke scivolò dentro accanto a lei con un nuovo impacco di ghiaccio e questa volta lei se lo tenne contro la tempia. Il suo mal di testa stava peggiorando di momento in momento. Aveva bisogno di ibuprofene. L'adrenalina stava calando, lasciandole tutto il corpo dolorante.

«Che è successo?» le chiese.

«Stavo solo cercando di scoprire che cosa sa sul caso Coleman.»

Le mise una mano sul ginocchio. «Josie» cominciò, ma non le fece la predica. Era questo che le piaceva di lui.

«Che cosa avete su questo casino?» gli chiese.

Luke sospirò e si passò una mano sugli occhi. «Un bel niente, ecco cosa abbiamo. Tutto quello che sappiamo è che sono arrivati dall'Interstatale, ma è come se stessero sparando a una macchina invisibile. Sappiamo che c'era un altro veicolo coinvolto a causa di tutti i proiettili sparati verso l'Escalade, ma tutto quello che abbiamo sono semplici bossoli.»

«Di che tipo?»

«Proiettili nove millimetri, 30-06 e alcuni 7.62 per 39.» disse Luke.

Josie spostò l'impacco di ghiaccio sulla spalla sinistra. «Una pistola e un fucile da caccia? Beh, questo restringe il campo, praticamente ogni maschio in questo stato ne possiede uno. I 7.62 sono un po' meno comuni qui intorno.»

«Gli AK-47 utilizzano il calibro 7.62 per 39. Quelli li usano molte gang del centro città.»

«Quindi pensi che sia un affare tra gang?»

«Il veicolo è registrato a nome di Carlos Garza di Philadelphia, l'autista. È un membro conosciuto della 23, una gang latina di quella città.»

«Questo è il numero che gli altri due avevano tatuato sulle

nuche. Qualsiasi cosa sia successa deve essere cominciata sull'Interstatale, ma Philadelphia è a due ore da qui.»

«Sai bene quanto me che il traffico di droga non rispetta i confini.» sottolineò Luke.

«Quindi potrebbe essere una faccenda di droga?»

«Di sicuro è quello che sembra.»

«E allora che cosa ci faceva un professore di storia dell'ultimo anno del liceo di Denton sul sedile del passeggero e chi è Ramona?»

Luke scrollò le spalle. «Chi lo sa? Speriamo che Spencer ce la faccia e riesca a dircelo.»

CINQUE

Josie odiava non essere in servizio. Voleva essere là fuori a lavorare. Se non sul caso Coleman, almeno sulla sparatoria. Erano due casi veramente inusuali per Denton quelli capitati nell'ultima settimana e lei non poteva prendere parte alla risoluzione di nessuno dei due. Indugiò nei dintorni dello Stop and Go il più a lungo possibile, ma quando Trinity Paine si fermò col furgone del notiziario della WYEP, Josie capì che era il momento di andare.

A casa, chiuse a chiave la porta, si tolse i vestiti strappati e andò direttamente in bagno. Aprì il rubinetto per riempire la vasca e si guardò nello specchio a figura intera; tutto il lato sinistro del suo corpo stava iniziando a diventare di un brutto color prugna. Era stata fortunata ad avere evitato per un pelo l'Escalade, a pochi centimetri dall'essere la quarta vittima. Sentì la pelle d'oca sul corpo. Avrebbe voluto che Luke fosse lì. Per una volta avrebbe voluto che lui avesse un lavoro da poter interrompere facilmente per passare il resto della giornata con lei calmando la sua ansia.

Ma sarebbe rimasta sola per il resto della giornata ed era solo mezzogiorno. Si sedette sul bordo della vasca e vi fece scivolare dentro la parte inferiore della gamba sinistra, sibilando a denti stretti mentre l'acqua calda lambiva la pelle ferita come se fosse immersa nella lava bollente. La ferita non era profonda, ma era estesa. La pulì con sapone antibatterico e asciugò; zoppicando si mosse verso la sua camera e si distese sul letto infilando un cuscino sotto il polpaccio per tenerlo sollevato, prese due compresse di ibuprofene dal comodino e le inghiottì senz'acqua.

Allargando le braccia, fissò il soffitto e si concentrò sulla respirazione finché il dolore non si calmò. Ascoltava le macchine che passavano sulla strada e i rumori della sua casa — il ronzio del frigorifero, il rombo del sistema di riscaldamento ad aria forzata mentre si accendeva e poi il silenzio assordante quando si spegneva. Non era ancora abituata a questa casa, essendosi trasferita lì solo tre mesi prima. Era stato un momento di orgoglio per lei, finalmente ne possedeva una. Non era riuscita a rimanere nella casa che aveva condiviso con Ray. Certo, era stato doloroso - come poteva la fine di un matrimonio non essere dolorosa? - ma soprattutto, vivere là la faceva sentire irrazionalmente arrabbiata. Lui aveva avuto il buon senso di trasferirsi, vivendo per mesi sul divano di Dusty mentre lei cercava un nuovo posto dove spostarsi. Ray si era offerto di lasciarle la casa. Lui aveva tradito, le aveva detto, quindi avrebbe dovuto essere lui ad andare via. Era la cosa più intelligente che avesse detto nell'ultimo decennio.

Josie ci aveva provato. Aveva provato ad andare avanti, mentre viveva nella casa che avevano comprato insieme da giovani sposi. La casa dove avevano festeggiato le loro promozioni. La casa dove avevano ricevuto gli amici comuni – la maggior parte dei quali faceva parte delle forze di polizia di Denton - durante le vacanze e in quelle notti in cui il loro lavoro era stato particolarmente difficile e avevano tutti bisogno di un rifugio. La casa che avevano arredato e decorato insieme, discutendo le loro scelte per una convivenza perfetta.

Non aveva potuto farlo, non era voluta restare lì. Il pensiero di usare i suoi soldi, quelli che aveva guadagnato, per comprare una casa tutta sua era così allettante da darle le vertigini. Aveva trovato una casa tipo chalet con tre stanze da letto su ottomila metri quadrati di terra dopo solo un mese di ricerca. Era la sua casa; lo aveva capito nel preciso istante in cui se l'era trovata davanti. Non avrebbe avuto neanche bisogno di entrare, ma l'agente immobiliare aveva insistito. Era appartenuta a un professore universitario che era stato trasferito all'improvviso e aveva necessità di vendere velocemente. Erano state create l'una per l'altra.

Lasciò che Ray si tenesse tutti i mobili. Non voleva nessun ricordo della loro vita insieme. Lo svantaggio di quella decisione era che, dal momento che aveva investito tutti i suoi soldi nella casa, le era rimasto ben poco da spendere per dei mobili nuovi. Sembrava sempre che ci fossero lavori in corso. Con il suo orario di lavoro era comunque raramente a casa e non faceva venire nessuno, a eccezione di Luke, ma passavano il novantacinque per cento del loro tempo in camera da letto.

La sua unica stravaganza era stata l'enorme letto su cui giaceva ora, una piccola ricompensa per la sua infanzia di merda; un letto king size nell'enorme camera da letto principale con alti soffitti e una parete di finestre era quanto di più lontano possibile ci fosse dall'armadio di sessanta centimetri per un metro e venti in cui aveva iniziato.

Di solito Josie si divertiva a sdraiarsi nel letto lussuoso con i suoi quindici cuscini di dimensioni diverse, ma oggi non riusciva a smettere di pensare a Dirk Spencer: ferito con colpi di arma da fuoco e sanguinante, gli occhi in preda al panico, che aveva faticato a pronunciare una sola parola. Perché quella parola? Perché quel nome? Chi era Ramona? Perché Spencer era in un SUV con un gruppo di tizi di una gang di Philadelphia? Era stato a Philadelphia? Lo avevano preso con la forza? Chi gli stava sparando contro?

C'erano troppe domande senza risposta. Troppe perché Josie potesse restare a casa a letto.

SEI

Josie ci mise solo pochi minuti per trovare su Google l'indirizzo di Dirk Spencer. La sua casa si trovava in cima a una montagna, in un quartiere chiamato Briar Lane. Il piccolo insieme di case modulari poteva essere raggiunto solo attraverso una delle lunghe e strette strade rurali che serpeggiavano partendo da Denton fino alle fitte foreste che circondavano la città. In effetti, Josie superò il vialetto dei Coleman per raggiungerla; le due case si trovavano lungo la stessa strada. Una grande cassetta della posta gialla con sopra i punti cardinali dipinti a mano si ergeva solitaria sul ciglio della strada dove iniziava l'imbocco del piccolo vialetto a una corsia che serpeggiava attraverso i boschi fino alla casa dei Coleman. Si aspettava di vedere il nastro della scena del crimine, un'auto di pattuglia o un altro furgone della WYEP parcheggiato allo svincolo, ma la zona era deserta.

Come la maggior parte dei nuovi edifici di Denton, tutte le case di Briar Lane avevano lo stesso aspetto. Erano tutte di tre colori: marrone chiaro, grigio o bianco. Alcuni dei residenti avevano aggiunto un po' di carattere con giardini personalizzati da architetti e ornamenti per il prato. La casa di Dirk Spencer era grigia e anonima, non si era preoccupato di aggiungere nessun tocco distintivo. Se Josie non lo avesse saputo, avrebbe pensato che la casa fosse disabitata.

Parcheggiò sulla strada di fronte anche se il vialetto era libero. Non aveva idea di chi altro vivesse lì, se Dirk avesse una moglie che potesse arrivare da un momento all'altro. Non voleva che la macchina restasse bloccata. Bussò alla porta un paio di volte e poi suonò il campanello, ma non venne nessuno ad aprire. Nessun suono proveniva dalla casa: nessun abbaiare di cane e nessun gatto alla finestra. Sbirciò attraverso le tende vaporose e vide dei mobili, ma niente che si muovesse all'interno.

«Oh, cara, non è a casa.» Una voce di donna le giunse da dietro le spalle. Josie si voltò e vide una donna dai capelli bianchi in fondo al vialetto. Indossava un impermeabile verde mimetico anche se non pioveva e teneva in mano un bastone. Sorrise a Josie. «Lo hai mancato di poco. Qualcuno è venuto a prenderlo stamattina con una grande macchina.»

Quindi, Spencer era andato volontariamente con gli uomini dell'Escalade.

«L'ha visto andare via?» chiese alla donna.

«Beh, sì. Quel grosso e vecchio fuoristrada era parcheggiato qui fuori, proprio dove hai parcheggiato tu. Hanno dato un paio di colpi di clacson, ecco perché sono andata a vedere alla finestra. Dirk è uscito di corsa un paio di minuti più tardi, saltando dritto dentro.»

Li stava aspettando. Doveva aver lasciato la sua macchina nel garage.

«Probabilmente è meglio che tu non l'abbia trovato, visto quanto litigavate voi due. Hai dimenticato dove tiene le chiavi di scorta?»

Fu solo in quel momento che Josie realizzò che l'aveva scambiata per un'altra, qualcuna che conosceva piuttosto bene Dirk Spencer. Prima che potesse rispondere, la donna zoppicò lungo il vialetto, raccolse una pietra rotonda grande come il palmo della mano accanto ai gradini del portico e la scosse finché una piccola linguetta si aprì lungo la superficie e ne uscì una licida chiave. Rapidamente, Josie si chinò e raccolse la chiave da terra. «Grazie.» disse.

Un altro sorriso. Da vicino il viso della donna appariva segnato dalle rughe e aveva il tipo di sguardo che le persone hanno quando non riescono davvero a sentire cosa sta dicendo qualcun altro, ma sono troppo imbarazzate per ammetterlo, quindi semplicemente sorridono e annuiscono.

«Hai tinto i capelli.» disse la donna.

Josie restituì il sorriso, ma non disse nulla. In seguito, se la sua visita non autorizzata a casa di Dirk Spencer avesse costituito un problema, avrebbe potuto sinceramente dire di non aver incoraggiato la donna.

«Il colore più scuro ti si addice di più.» aggiunse l'anziana. Quando Josie non rispose, la donna disse: «È un peccato che le cose non abbiano funzionato tra di voi. Ti ama davvero.»

Gli angoli della bocca di Josie si strinsero. «Oh beh, è carino da parte sua.»

«Lavori ancora in quel ristorante in città?»

«Uh, no.» Josie rispose.

La donna la fissò per un lungo momento, socchiudendo gli occhi, come se stesse cercando di risolvere un mistero. Josie aspettò, gocce di sudore freddo le inumidivano il labbro; sicuramente la donna si era resa conto del suo errore, ma poi le sorrise di nuovo e i suoi occhi divennero vuoti ancora una volta. Si voltò e iniziò a trascinarsi di nuovo lungo il vialetto verso la strada. «Ti lascio alle tue cose.» le disse da sopra la spalla.

Avrebbe voluto fermarla e chiederle se sapesse dove poteva trovare qualcuna di nome Ramona, ma si bloccò. E se l'ex di Spencer *fosse* Ramona? Josie salutò e guardò l'anziana donna muoversi lentamente lungo l'isolato prima di voltarsi e provare la chiave nella serratura.

Il soggiorno era arredato con due divani spaiati con coperte appoggiate sugli schienali, le librerie dominavano una parete e i libri che non vi avevano trovato posto erano accatastati sui tavolini. Una felpa blu era gettata con noncuranza su di uno dei braccioli del divano. Il giornale locale – un'edizione di tre giorni prima – giaceva sul tavolino da caffè, ed era aperto su uno dei primi servizi che erano stati fatti sulla scomparsa di Isabelle Coleman. Accanto c'era una tazza da caffè i cui residui si erano rappresi sul fondo in una densa poltiglia marrone.

In cucina c'era un lavello pieno di piatti sporchi; briciole costellavano il piano di lavoro. Accanto al tostapane color cromo c'era un coltello da burro, ricoperto da uno strato di burro secco, e un caricabatterie per cellulare collegato al muro, il cui cavo penzolava dal lato del piano di lavoro. Josie prese mentalmente nota di cercare di scoprire se e cosa fosse stato trovato sul cellulare di Spencer. Sul frigorifero c'erano fotografie attaccate con calamite provenienti da vari posti in cui Spencer era ovviamente stato: New York City, Inner Harbor di Baltimora, Rock and Roll Hall of Fame a Cleveland, Hershey Park e San Francisco. Nella maggior parte delle foto Spencer sorrideva felice alla macchina fotografica, accanto a una donna con lunghi capelli castani e occhi azzurri. A parte i capelli lunghi, non assomigliava molto a Josie. Probabilmente aveva qualche anno in più, forse più di una trentina. Questa, pensò Josie, doveva essere l'ex ragazza. In una foto indossava un grembiule verde e si trovava davanti al bar di un ristorante che Josie riconobbe vagamente.

Mescolate alle foto dell'ex ragazza c'erano foto di Dirk con un'altra donna e un'adolescente. Questa donna era più anziana, forse sui quarantacinque anni, più grossa intorno alla vita, con fragili capelli color sabbia e occhi scuri. L'adolescente sembrava una combinazione dei due, solo che la sua pelle era più olivastra. Aveva i capelli scuri, come quelli di Dirk.

Pensò che questa fosse la famiglia Spencer. Forse era divorziato. Si chiese dove fossero adesso quella donna e quella ragazzina. Qualcuno avrebbe dovuto avvisare il suo parente più prossimo se non ce l'avesse fatta; probabilmente qualcuno si era già messo in contatto con loro perché sembrava probabile che non sarebbe sopravvissuto un altro giorno. Usò il cellulare per scattare alcune foto delle immagini sul frigorifero e controllò il piano di sopra. Il letto matrimoniale nella stanza da letto principale era sfatto. In fondo al corridoio, l'altra camera da letto aveva un letto matrimoniale ben fatto con un comodino e un cassettone ricoperti di polvere, ma la stanza non aveva decorazioni. Non sembrava affatto vissuta. Niente di interessante. Josie tornò verso la porta di ingresso attenta a non mettere niente in disordine. Sul portico, chiuse la porta e girò la chiave per far scattare la serratura.

«Che diavolo stai facendo qui?»

Josie si gelò al suono della voce di Trinity. Mentre la mano destra girava la chiave, lo stomaco le andò sottosopra. Questo non sarebbe dovuto accadere. Fece un respiro profondo, si raddrizzò e si voltò cercando di ostentare uno sguardo annoiato. «*Tu* che cosa ci fai qui?» ribatté.

Trinity indossava ancora la stessa giacca a vento blu che portava quella mattina; una gonna nera a trapezio al ginocchio faceva capolino sotto, seguita da lunghe e toniche gambe inguainate in calze sottili su scarpe con tacchi da dieci centimetri. Almeno Josie non si doveva preoccupare che Trinity la inseguisse, non con quelle scarpe.

Lo sguardo di Josie tornò al viso di Trinity. Come sempre rimase colpita dalle somiglianze. Le due donne non erano imparentate – Trinity era nata qualche città più in là in relativa ricchezza, cresciuta in una casa con i due genitori, mentre Josie era vissuta solo con sua madre che non aveva mai realmente trovato una via d'uscita dalla povertà più assoluta - ma entrambe avevano lunghi capelli neri come l'inchiostro, pelle di porcellana e straordinari occhi blu con lunghe ciglia. Le dita di Josie spostarono i capelli in avanti, assicurandosi che coprissero la lunga cicatrice frastagliata che le correva lungo la guancia destra. Era la differenza più evidente tra loro. Josie era sempre stata grata che la cicatrice fosse vicino all'orecchio così che, con i capelli sciolti e con un po' di correttore, sarebbe stata appena visibile.

Trinity indicò se stessa. «Io? Sto lavorando a una storia. Una storia che è appena diventata molto più interessante ora che ho trovato una poliziotta sospesa che irrompe nella casa della vittima di una sparatoria.»

Josie guardò dietro di lei verso la strada, ma il furgone della WYEP non era in vista. Sapeva per esperienza che a volte Trinity chiedeva di proposito al cameraman di parcheggiare il furgone dietro l'angolo così che le persone con cui voleva parlare non si spaventassero e se la dessero a gambe levate. Trinity era subdola quanto disperata. Due anni prima era stata la più plausibile candidata per condurre un importante notiziario del mattino quando una fonte le aveva passato una storia falsa. Lei l'aveva mandata in onda. Più tardi, quando venne fuori che l'intera storia era una bufala, se ne era presa la responsabilità. Lo scandalo aveva fatto notizia a livello nazionale. In disgrazia, era tornata nella Pennsylvania centrale e aveva trovato lavoro come giornalista itinerante per un piccolo canale di informazioni che copriva la parte centrale dello Stato. Josie sospettava che Trinity fosse alla ricerca della storia che le avrebbe permesso di tornare nelle grazie delle reti principali e dei telespettatori. Non l'avrebbe trovata qui, pensò Josie.

«Non stavo facendo irruzione.» disse Josie estraendo la chiave dalla serratura e agitandola davanti alla faccia di Trinity.

«Conosci Dirk Spencer?»

«Più o meno» rispose Josie, mentre si muoveva per superare Trinity che, però, si mosse a sua volta, seguendola.

«O lo conosci o non lo conosci. Allora quale delle due? So che non sei qui per affari ufficiali della polizia.»

«Togliti di mezzo» Josie disse. «Non sono costretta a parlare con te.»

Come per magia, un cellulare apparve in mano a Trinity. I suoi occhi si strinsero. «Vuoi aspettare qui mentre chiamo il tuo capo e gli chiedo perché ho trovato la detective che ha sospeso mentre usciva dalla casa di Dirk Spencer poche ore dopo che è stato quasi ucciso durante una sparatoria tra bande sull'Interstatale?»

Josie fissò il suo viso compiaciuto e troppo truccato con occhi di ghiaccio. Avrebbe voluto schiaffeggiarla, ma era esattamente il genere di cosa che l'aveva messa nei guai fin dall'inizio. Si chiese quanta forza avrebbe potuto usare per allontanare Trinity prima che diventasse un'aggressione. Il cameraman di Trinity era probabilmente nascosto da qualche parte dietro il rododendro oltre la strada, a registrare l'intero scambio di battute. Non c'era modo di uscire da questa situazione, quindi andò dritta al punto. «Cosa vuoi?»

Lentamente, Trinity abbassò il cellulare. «Voglio un commento sulla donna che hai aggredito. Raccontami la tua versione della storia.»

Josie sospirò. «Lo sai che non posso parlartene, non mentre c'è un'indagine in corso.»

Trinity alzò gli occhi al cielo. «Questa è una stronzata da pubbliche relazioni. Non vuoi che venga raccontata la tua versione dei fatti?»

Josie non voleva. Non aveva alcun desiderio di chiarire la faccenda attraverso un qualsiasi tipo di forum pubblico. Quello che voleva realmente era andare avanti con la sua vita, tornare in servizio e trovare Isabelle Coleman o scoprire perché avevano sparato a Dirk Spencer. Disse: «Non ha importanza quello che voglio. Non ne posso parlare.»

Trinity mise la mano con una perfetta manicure su un fianco. «E che mi dici di stamattina? Sei una testimone. Sicuramente puoi parlare di quello che hai visto.»

«Se ti racconto di questa mattina, ti tirerai indietro?»

Trinity si morse brevemente il labbro inferiore. «Fino al

momento in cui l'indagine sull'uso eccessivo di forza da parte tua non sarà completata. Non posso prometterti niente una volta che accadrà. I nostri spettatori vorranno sapere che cosa è successo.»

«Non andrò davanti a una telecamera.»

«Allora non mi tirerò indietro.»

«Rilasciare un'intervista davanti alle telecamere non è proprio una decisione che posso prendere da sola. Ho dei superiori a cui rispondere, lo sai bene.»

«Ho anche io dei superiori» disse Trinity, «Vorranno quell'intervista. Allora, cosa facciamo? Chiamo il tuo capo adesso o avremo quella conversazione su questa mattina?»

Josie era furiosa con se stessa per essersi fatta beccare a casa di Dirk Spencer. Non esisteva spiegazione che potesse calmare il suo capo, quindi mentì. «D'accordo. Ti rilascerò un'esclusiva per la questione dell'abuso di forza una volta che l'indagine sarà terminata. Ma oggi non andrò davanti alle telecamere. Ti racconterò di questa mattina, ma tu non mi hai mai vista qui.»

Josie credette di vedere passare un piccolissimo barlume di soddisfazione sul volto di Trinity. «Abbiamo un accordo.»

SETTE

Josie si mantenne sul vago, riferendo solo i fatti fondamentali di ciò che aveva visto quella mattina e niente altro. Pensò che non si sarebbe messa nei guai descrivendo semplicemente ciò che almeno un'altra dozzina di clienti dello Stop and Go aveva visto. Lasciò Trinity con il broncio e scese dalla montagna continuando a maledirsi per essere finita nella sua rete. La giornalista si sarebbe infuriata quando si fosse resa conto che Josie non aveva alcuna intenzione di rilasciare un'intervista in esclusiva sull'indagine riguardante l'accusa contro di lei o qualsiasi altra cosa che avesse una qualche importanza.

Rallentò con l'auto quando arrivò al bivio per la casa dei Coleman e svoltò a sinistra nel vialetto. A metà strada trovò un'auto della polizia di Denton. Dentro, con la testa che ciondolava e gli occhi chiusi, sedeva l'agente di pattuglia Noah Fraley. Josie si fermò dietro di lui e scese, la parte bassa della schiena che protestava e la gamba che pulsava mentre caricava di nuovo sopra il peso. Mentre si avvicinava, poteva sentire Noah russare.

Mentre si appoggiava al finestrino dell'auto del collega, la sua attenzione fu catturata dallo svolazzare del nastro giallo della scena del crimine tra gli alberi. Quindi, Noah era lì per sorvegliare la scena. Delicatamente, Josie gli diede un colpetto sulla spalla e lui si svegliò di soprassalto, visibilmente confuso. Arrossì quando si rese conto della sua presenza. «Jos... Detective Quinn.» balbettò. «Cosa ci fai qui?»

Agitato per essere stato sorpreso a dormire in servizio, le parole uscirono velocemente, affastellandosi una sull'altra. Quando lei gli sorrise, il colore delle sue guance si fece più intenso. Aveva sempre avuto una cotta per lei. Noah non era brutto, ma era impossibile vederlo sotto quell'aspetto, mancava di spavalderia. Occorre mostrare un certo grado di sicurezza, anche falsa, per essere un poliziotto. La decisa mancanza di sicurezza di sé di Noah era esattamente il motivo per cui continuava a ricevere incarichi come questo: stare seduto in macchina tutto il giorno per assicurarsi che nessuno entrasse nel bosco.

«È quella la scena del crimine?» gli chiese.

L'agente diede un'occhiata al nastro legato tra gli alberi sul ciglio della strada e poi di nuovo a lei. Poteva leggere l'esitazione sul suo volto. «Uh, già, parte da lì e si inoltra nel bosco.»

Gli alberi erano folti e il sottobosco fitto; non c'era alcun sentiero che Josie potesse vedere. «Attraverso il bosco? Quanto dista dalla strada?»

Noah scrollò le spalle. «Non ne ho idea. Bisogna andare un bel po' dentro.»

Appoggiò gli avambracci sul bordo del finestrino e si sporse dentro più vicino. «Ti dispiace se do un'occhiata?»

«Io... uh, non posso, sai, non dovrei, davvero non dovrei...»

«Noah» disse lei con tono cospiratore. «Sono un investigatore esperto, sai che non inquinerò la scena.»

«Ma il capo ha detto nessuno tranne...»

«È già stata esaminata, vero?»

«Beh, sì, ma devo ancora registrare tutti quelli che entrano ed escono.» disse.

«Non devi neanche segnarmi su quel registro, sarà come se non fossi mai stata qui.»

«Ma lo scopo del registro è proprio sapere chi è stato sulla scena e quando.»

Josie provò un'altra tattica. «Agente Fraley, sono o non sono un tuo superiore?»

Lui si mosse a disagio, distogliendo lo sguardo da lei. «Ma non lo sei, sei stata... sei stata sospesa.»

«Non pensi che il capo mi richiamerà presto? So che voi ragazzi state girando a vuoto. Vi tiene tutti sotto pressione ventiquattr'ore su ventiquattro, non è vero?»

Noah annuì. Emise un lungo respiro. «È orribile.» Ammise.

«E ora con questa sparatoria...» aggiunse lei.

Lui fissò di nuovo gli occhi nei suoi. «Io, uh, ho sentito che eri là. Sono felice che stai bene, comunque.»

«Anche io.» rispose. Era abbastanza vicina da sentire l'odore di sudore stantio. Probabilmente da almeno tre giorni non era tornato a casa per farsi una doccia o cambiarsi. «Noah» provò di nuovo. «Ormai il capo mi richiamerà da un momento all'altro. Me l'ha detto Ray. Quando lo farà, avrò bisogno di essere aggiornata. Non c'è bisogno che tu dica a nessuno che io sono stata qui, come non è necessario che io dica a nessuno che ti sei addormentato in servizio.»

Il ragazzo chiuse gli occhi, preso tra rassegnazione e vergogna. «Per favore, fai veloce, okay?»

Gli diede una pacca sulla spalla e si allontanò per metà correndo e per metà zoppicando verso il bosco prima che lui potesse cambiare idea.

«Non lasciare la tua macchina qui!» le gridò dietro.

Aveva ragione. Se fosse arrivato qualcuno dall'ufficio mentre lei era nel bosco, non c'era modo che lui potesse giustificare il suo veicolo. Certo, non c'erano molti posti dove lasciare la macchina senza rivelare che stava curiosando sulla scena della Coleman. Non potendo parcheggiare vicino alla casa, il meglio che poteva fare era fermarsi lungo il ciglio della strada principale circa un chilometro più indietro. Chiunque venisse dalla città verso la casa dei Coleman non sarebbe passato davanti al suo veicolo. Se qualcuno si fosse presentato mentre lei era sulla scena del rapimento, lei avrebbe sempre potuto trovare la strada per tornare alla sua macchina attraverso il bosco e partire senza che nessuno se ne accorgesse. Doveva solo sperare che nessuno della polizia decidesse di oltrepassare la casa dei Coleman e dirigersi verso il quartiere di Dirk Spencer mentre lei era lì sulla scena.

Quando arrivò alla cassetta della posta dei Coleman stava sudando parecchio e il lato sinistro del suo corpo era passato da un dolore sordo a una pulsazione rabbiosa. Si tolse la giacca e se la legò intorno alla vita. Davanti alla cassetta della posta, vide a pochi metri nell'erba qualcosa di luccicante e rosa. Un esame più attento rivelò che si trattava di un'unghia acrilica: fucsia con strisce gialle. Scattò alcune foto con il suo telefono prima di prenderla con un fazzoletto e metterla in tasca.

Sapeva che i boschi intorno alla casa dei Coleman erano stati perquisiti a lungo, dovevano essere arrivati al ciglio della strada, probabilmente si erano anche inoltrati per qualche chilometro nel bosco dall'altra parte della strada, di fronte alla cassetta della posta. Era sicura che l'unghia doveva essere stata già vista da qualcuno. Avrebbe dovuto essere stata raccolta come prova, almeno fino a quando non fossero riusciti a determinare se appartenesse o meno a Isabelle. A meno che non provenisse da qualcuna del gruppo di ricerca, il che era del tutto plausibile. O forse Mrs. Coleman si era fermata per la posta e l'aveva persa. Josie sospirò mentre arrancava lungo il vialetto. Questo era il genere di cose che la facevano impazzire. Non c'era modo di sapere se fosse una cosa importante o meno. Se non fosse stata costretta a consegnare il distintivo, sarebbe andata direttamente da Mrs. Coleman a chiederle se la riconosceva, ma in quel momento non era una poliziotta.

Fece un cenno a Noah mentre camminava cautamente oltre il nastro della scena del crimine. Altri nastri gialli legati da un albero all'altro formavano uno stretto sentiero che conduceva alla radura. Il terreno era coperto di fango, foglie in decomposizione e rami spezzati. Stimò che la scena fosse a circa dodici metri dal lato del vialetto. Era solo una piccola radura con una grossa pietra su un lato. Non c'era niente, davvero. Tutte le prove erano state raccolte e rimosse.

Josie girò lentamente in tondo, osservando la scena.

«Che diavolo stava facendo qui fuori?» mormorò tra sé.

Non c'era assolutamente niente di straordinario nella radura. Era come migliaia di altre radure nei boschi della Pennsylvania che circondavano Denton e le città vicine. Non era nemmeno propriamente una radura quanto piuttosto un'apertura leggermente più grande tra gli alberi. Cosa stava facendo Isabelle nel bosco? Avviandosi verso la strada, Josie si chiese se la ragazza fosse stata sul vialetto e fosse corsa nel bosco quando si era accorta di essere inseguita, o se forse ci fosse stata una colluttazione e lei era scappata tra gli alberi.

Josie non aveva abbastanza informazioni, tutto quello che aveva era quello che era riuscita a sapere dalle notizie di Trinity Payne. Per quanto se ne sapeva, Isabelle era a casa da sola quando era scomparsa, nulla in casa sua era in disordine e il suo cellulare era scomparso.

Sul vialetto Josie salutò con un cenno di ringraziamento Noah, che sembrò notevolmente sollevato nel vederla andare via. Sulla via del ritorno all'auto, tastò il fazzoletto di carta con l'unghia acrilica e si chiese quando il capo l'avrebbe chiamata per tornare in servizio.

OTTO

Ci vollero due lenti giri nel centro di Denton prima che Josie trovasse il ristorante che stava cercando. Il Sandman's Bar and Grill. Una volta lei e Luke ci avevano mangiato; era uno dei primi posti in cui erano usciti in pubblico. L'interno era proprio come lo ricordava - e proprio come appariva nella foto sul frigorifero di Dirk Spencer: poco illuminato, con un lungo bancone di legno laccato e lucido che occupava una parete; di fronte due dozzine di tavoli per due, alcuni dei quali accostati per gruppi di quattro o più persone. Le pareti di mattoni rossi erano decorate con insegne di birra non più prodotte da tempo: Falstaff, Meister Brau, Rheingold.

Era passata l'ora di pranzo, ma era presto per l'happy hour e c'erano solo pochi clienti. Josie si avvicinò zoppicando al bar, la gamba e la schiena pulsavano costantemente. Aveva bisogno di più ibuprofene. Il barista era giovane, probabilmente appena ventunenne e la sua attenzione era concentrata su uno dei grandi televisori appesi alla parete dietro il bancone che mostrava Trinity Payne — Josie non riusciva a sfuggire a quella donna — questa volta davanti allo Stop and Go. Non c'era il sonoro, ma il barista osservava con grande concentrazione. Josie si chiese se fosse più interessato alla sparatoria o a Trinity.

Il rumore che fece mentre trascinava lo sgabello più vicino al bancone attirò la sua attenzione. Le rivolse un sorriso finto e di circostanza e le chiese cosa poteva portarle. Stava per dire niente, ma il dolore in tutto il corpo stava diventando così forte che in quel momento un sorso di qualsiasi cosa sarebbe stato perfetto. «Due shot di Wild Turkey.» disse.

Lui guardò dietro di lei e poi verso la porta.

Josie sorrise a denti stretti. «Sono entrambi per me. È stata una lunga giornata.»

Il sorriso del ragazzo vacillò per un momento, ma si riprese rapidamente. «Nessun problema.»

Aspettò finché non fu tornato con i bicchierini e il whisky prima di chiedergli: «Avete qualcuno di nome Ramona che lavora qui? Una cameriera?»

Lui non diede segno di riconoscere il nome, il suo sorriso falso lasciò il posto a una genuina confusione. «Nessuno con quel nome.» disse. «Che aspetto ha?»

Josie tirò fuori il cellulare, trovò la foto che aveva scattato a Dirk Spencer e alla sua ex ragazza, ingrandì la parte della donna e gliela mostrò.

«Oh, quella è Solange» disse con semplicità. «È di turno stasera. Dovrebbe essere qui tra circa mezz'ora se vuoi aspettare. Posso...» smise bruscamente di parlare, come se si fosse appena reso conto che forse non avrebbe dovuto fornire così tante informazioni senza sapere chi fosse Josie o cosa volesse.

«Non preoccuparti, sono un'agente di polizia.» gli disse Josie. «Ma non è per questo che sono qui. Sono fuori servizio. Non è nei guai, ho solo bisogno di parlarle.»

Il ragazzo rimase dubbioso e lei sperò che non le chiedesse il distintivo. Dopo un momento si strinse le spalle e disse «Okay, Posso portarti qualche altra cosa?»

Lei sorrise. «Solo dell'acqua minerale.»

Come promesso, Solange arrivò una ventina di minuti dopo, e seguì il barista dal retro con aria preoccupata. Quando vide Josie, sorrise goffamente, le sue mani che giocherellavano con il grembiule verde mentre se lo legava intorno alla vita. Fece il giro del bancone e tese la mano. «Hey, non è la poliziotta che era al notiziario...»

«Detective Josie Quinn, sì. Non sono in servizio in questo momento.»

«L'hanno sospesa.»

«Sì.»

Gli occhi di Solange si socchiusero, le labbra serrate in una linea dritta. «Di che si tratta?»

«Conosce una donna di nome Ramona?»

Nessun cenno di riconoscimento, l'espressione di Solange non cambiò. «No.»

Josie sospirò. «Stamattina c'è stata una sparatoria sull'Interstatale che si è conclusa quando una Escalade si è schiantata contro il muro dello Stop and Go.»

Solange incrociò le braccia sul petto. «L'ho visto al notiziario. Cosa c'entra con me?»

«Nessuno del Dipartimento di Polizia è ancora passato a parlare con lei?» chiese Josie.

«No, perché?»

«Dirk Spencer era un passeggero a bordo dell'Escalade.» disse Josie.

Solange si portò la mano alla bocca, gli occhi spalancati per lo shock. Inciampando all'indietro, trovò uno sgabello e per metà si sedette, per metà vi si appoggiò. «Oh mio Dio» disse. «È... lui è...?»

«Per quanto ne so è ancora vivo.» disse Josie. «È stato trasportato con l'eliambulanza al Geisinger Medical Center. Da quello che ho capito, le sue ferite sono molto gravi. Non so quale tipo di relazione abbiate o aveste, ma forse vorrebbe andare a trovarlo in ospedale.»

La donna recuperò la compostezza con il volto di nuovo inespressivo. Si strofinò le mani sul grembiule dalla vita fino alle gambe. «Non stiamo insieme da quasi due anni. Ci siamo lasciati.»

«Non ha risposto nessuno a casa di Mr. Spencer.» disse Josie cautamente. «Ha qualche altro familiare o altre persone che potremmo contattare?»

«Credevo fosse stata sospesa.» disse Solange aggrottando la fronte.

«Infatti» Josie ammise. «Non sono qui perché sono una poliziotta. Voglio dire, lo sono, ma non lo sono. Sono qui perché questa mattina ero là. Sono rimasta quasi uccisa quando l'Escalade si è schiantata.» Josie sollevò leggermente la camicia in modo che Solange potesse vedere il livido che stava già diventando nero sul lato sinistro del suo corpo. «Prima che Mr. Spencer perdesse conoscenza, ha pronunciato il nome Ramona. Questo significa qualcosa per lei?»

Solange scosse la testa. «No, non conosco nessuno con quel nome. Neanche lui, almeno che io sappia. Forse ha conosciuto qualcuna dopo che ci siamo lasciati.»

Sembrava che quel pensiero la infastidisse.

Josie disse: «Sono sicura che è a conoscenza del rapimento di Isabelle Coleman. C'è molta tensione al dipartimento. Ho riconosciuto Mr. Spencer del liceo locale e dato che ero lì ed essendo l'ultima persona con cui ha parlato prima di svenire, ho pensato che forse avrei potuto parlare personalmente con il suo parente più prossimo.»

Nel ristorante non faceva caldo, ma Solange iniziò a farsi vento con una mano. I suoi occhi guardavano dappertutto tranne che Josie. «Oh beh, non ha parenti prossimi qui. Ha una sorella a Philadelphia, Lara, ma non si parlano molto. Lei è... lei è sempre in un sacco di guai, sa, tipo con la legge. Ha una nipote, June. Viveva con lui, ma è scappata più di un anno fa e da allora nessuno l'ha più vista.»

«Quanti anni ha June?» chiese Josie.

Solange scrollò le spalle. «Non ne sono sicura. Ormai dovrebbe avere sedici o diciassette anni. Non riuscirà mai a trovarla però.»

«Perché dice così?»

Un'altra scrollata di spalle. «Perché Dirk l'ha cercata. Mi creda, l'ha cercata. Quella ragazza non vuole essere trovata.»

NOVE

Secondo Solange, June Spencer era una ragazza problematica. Senza un padre, aveva vissuto a Philadelphia con sua madre e all'età di quindici anni era già stata espulsa da quattro scuole superiori, arrestata una mezza dozzina di volte, andata due volte in overdose e aveva cercato di tagliarsi le vene.

«Sua madre non è messa molto meglio.» disse Solange, allargando le braccia come intendendo che non ci si poteva aspettare qualcosa di diverso. «Quella donna è entrata e uscita dalla riabilitazione più volte di quante se ne possa contare, per non parlare della sua fedina penale. Potrebbe anche avere una panchina a lei intitolata giù al Criminal Justice Center. Non c'è da meravigliarsi che June fosse un tale casino.»

Josie si irritò. Lei conosceva una cosa o due su mamme del genere. Se avesse dovuto dar credito a Solange, sarebbe stato chiaro che June era stata molto probabilmente vittima impotente in tutto quel caos: una bambina senza risorse e senza nessuno a cui rivolgersi, una testimone prigioniera dello stile di vita distruttivo di sua madre; a volte anche partecipante riluttante. Josie mise da parte quei pensieri e si concentrò su Solange. «Come ha fatto June a finire qui?»

Solange iniziò a roteare gli occhi e poi si fermò quando vide la serietà sul viso di Josie. «Era la crociata personale di Dirk, non voleva che diventasse come sua sorella. Entrambi sono stati cresciuti da una mamma single che è morta di infarto quando avevano vent'anni, quindi, a parte lui, June non aveva davvero una famiglia. Ci era voluta un po' di opera di persuasione, ma aveva convinto sua sorella a lasciarla venire a vivere con lui in prova. Voleva adottarla».

«Sua sorella non era d'accordo?»

Solange scosse la testa. «No. Quella non è altro che una stronza dispettosa. L'unico motivo per cui aveva permesso a June di venire qui era perché doveva scontare sei mesi per violazione della libertà vigilata e i servizi per l'infanzia le avevano detto che, se non avesse ceduto la tutela temporanea a Dirk, June sarebbe andata in affido.»

«A quando risale tutto ciò?» chiese Josie.

«Circa due anni fa, June aveva appena compiuto quindici anni.»

«Non è lo stesso periodo nel quale voi due vi siete lasciati?»

Le spalle di Solange s'incurvarono. Il barista le fece scivolare una coca sul bancone e lei gli rivolse un debole sorriso. Con uno sguardo triste disse: «Sì. Senta, ho apprezzato il fatto che Dirk volesse salvare sua nipote, davvero, ma io ho tipo dieci anni meno di lui. Volevo che ci sistemassimo, formassimo la nostra famiglia. Questo era il nostro piano. Affrontare un'adolescente traumatizzata e ribelle non era qualcosa di cui avevamo mai discusso.»

«Quindi lei se ne è andata?»

«Ho cercato di resistere. Ho pensato che sarebbe diventata maggiorenne dopo pochi anni, e poi, forse, Dirk e io avremmo potuto iniziare la nostra vita insieme, ma non sono durata così a lungo. Dirk e io siamo rimasti in contatto anche dopo che me ne sono andata; la nostra pausa doveva essere temporanea, ma a un certo punto è diventato abbastanza chiaro che ci stavamo muovendo in direzioni diverse. Dirk mi ha chiesto di continuare a rimanere in giro e di essere un "modello femminile positivo" per June; quindi, ho provato a fare delle cose con lei di tanto in tanto. Ho fatto del mio meglio per provare a relazionarmi con June, per il bene di Dirk, ma lei era un mistero.»

Josie avrebbe potuto scoprire tramite Ray o Noah se June fosse mai stata arrestata a Denton, ma non ricordava personalmente alcun incidente che coinvolgesse la ragazza. «Ha avuto problemi quando è venuta qui?»

Solange rimise il bicchiere sul bancone e fece girare la cannuccia nel liquido marrone, facendo tintinnare i cubetti di ghiaccio. «Non era così male come ci aspettavamo. Si era messa nei guai per aver marinato la scuola e Dirk l'aveva beccata a fumare erba un paio di volte. Fumava sigarette. A lui questa cosa non piaceva molto. Ma soprattutto era molto depressa e introversa. La faceva andare da una psicologa due volte a settimana, ma non abbiamo mai saputo con certezza se questo l'abbia aiutata, o se abbia effettivamente parlato con la donna. Dirk era al liceo con lei, quindi lì la teneva d'occhio; lei non aveva mai fatto amicizia con nessuno.»

«Come erano i suoi voti?» chiese Josie.

«Così-così, sufficienti. Dirk avrebbe voluto che lei si iscrivesse a qualche club a scuola, ma lei pensava che fossero tutti noiosi.» Fece una risata strozzata. «In realtà, quello che penso abbia detto fu: «Non mi iscriverò a nessun cazzo di corso idiota.» Per lo più era molto depressa. Lei è cresciuta qui?»

«Nata e cresciuta.» rispose Josie.

«Beh, allora lo sa com'è. A meno che tu non sia molto popolare a scuola o riesca a far parte di qualche piccolo gruppo, non c'è assolutamente niente da fare per un adolescente qui intorno.»

Era vero. Josie si era messa nei guai quando era adolescente, ma era stata soprattutto per colpa di sua madre. Tuttavia, anche dopo che sua madre se n'era andata, ricordava di essere stata in quella strana terra di nessuno che era l'adolescenza. Non eri abbastanza grande da poter fare qualsiasi cosa tu ritenessi veramente interessante. Sembrava che tutti volessero solo ubriacarsi o sballarsi, o entrambe le cose, e vedere cosa diavolo sarebbe successo. Superare i limiti. Se non entravi a far parte di un gruppo a scuola, rimanevi ai margini, irrequieto nell'esplorare la vita, ma incapace di fare davvero qualcosa. Non c'era molto altro da fare se non mettersi nei guai - soprattutto in un posto piccolo come Denton. Anche se era una città, aveva ancora molte delle caratteristiche e delle insidie di un piccolo paese.

Da adolescente, Josie aveva avuto pochi amici. L'unica persona che l'aveva mai veramente capita era Ray, e quando gli altri suoi amici l'avevano presa in giro per la sua improvvisa decisione di andarsene da Denton e andare al college, lui era stato l'unico a difenderla.

Josie poteva immaginare come Denton dovesse essere sembrato il posto più deprimente della terra a una ragazza come June, che veniva da una città delle dimensioni di Philadelphia.

«Era rimasta in contatto con i suoi amici a Philadelphia?» chiese Josie.

«All'inizio sì, ma poi Dirk non le aveva permesso di ritornare là nei fine settimana, e uno alla volta avevano smesso di farsi sentire. Dopo un anno, non aveva davvero nessuno, penso che fosse piuttosto sola. Dirk ha fatto del suo meglio e, come ho detto, io ho cercato di avere un qualche tipo di rapporto con lei perché lui mi aveva pregato di farlo, ma era davvero infelice. Non sono rimasta sorpresa quando è scappata.»

«È tornata a Philadelphia?»

«È quello che pensava Dirk, sì, ma nessuno che la conoscesse l'ha mai vista lì. Poi Dirk e sua sorella si sono convinti che qualcuno l'avesse presa.»

Josie sentì la pelle formicolare. «Perché?»

«Solo perché non sono riusciti a trovarla, immagino. È

andato alla polizia di qui, e poi lui e sua sorella sono andati alla polizia di Philadelphia, ma non hanno mai trovato niente.»

Josie si accigliò. «È stato un anno fa?»

Solange annuì. «Sì. Non aveva preso il telefono con sé, ma mancavano alcune delle sue cose personali. Aveva una borsa a tracolla marrone vecchia e logora che si trascinava ovunque, non l'abbiamo mai trovata.»

Josie avrebbe sicuramente dovuto convincere Noah a cercarla. «È scomparsa da casa?»

«Sì. Un sabato mattina Dirk ha portato la macchina a riparare e quando è tornato a casa lei non c'era più.»

«Nessun segno che qualcuno fosse entrato in casa?» chiese Josie.

«No. Se n'era semplicemente andata. Parlammo con tutti i vicini — c'era una signora anziana davvero ficcanaso che si faceva sempre gli affari di tutti — ma nessuno aveva visto niente. Pensammo — beh, io pensai — che forse era andata nel bosco e, sa, si era uccisa o qualcosa del genere.»

Josie sapeva per esperienza che nella Pennsylvania centrale questo era più comune di quanto chiunque volesse ammettere.

«Cercaste nei boschi?»

«Dirk si fece aiutare da un gruppo di altri insegnanti della scuola. Ci vollero settimane, ma sì, cercammo nei boschi in ogni direzione; nessun segno di lei, nessuno aveva visto niente. Cercò di far girare la notizia attraverso il notiziario, ma gli dissero che i fuggitivi non facevano notizia. Affisse alcuni volantini in giro per la città, ma non ne è mai venuto fuori niente.»

Un ricordo affiorò alla superficie della memoria di Josie, portato alla luce dalla menzione dei volantini. «Quando è scomparsa, June aveva i capelli scuri e molti piercing al sopracciglio e al naso, giusto?»

«Sì, giusto. Dirk odiava quelle cose, ma sua madre le lasciava fare quello che voleva.»

Aveva già visto il viso di June: più vecchia e con più gioielli sul viso che nelle foto sul frigorifero di Dirk, ma decisamente la stessa ragazza. Josie aveva chiesto al suo capo perché non stessero collaborando alle ricerche e lui le aveva detto che avevano già speso tutte le risorse possibili per cercare la ragazza; secondo lui, lo scenario più probabile era che lei fosse semplicemente tornata a Philadelphia e si fosse messa con qualcuno del posto. Philadelphia era fuori dalla loro giurisdizione. In quel momento Josie non l'aveva messo in dubbio, non aveva motivo per farlo e nessun motivo per cercare maggiori dettagli sul caso. Anche a Denton c'erano ragazzi che scappavano di casa: ragazzi problematici, con una vita familiare terribile, tossicodipendenti. Il più delle volte, gli sforzi delle famiglie per riportare le loro anime in difficoltà all'ovile erano nella migliore delle ipotesi poco convinti. Nel momento in cui quei ragazzi scappavano, c'era una sensazione di sollievo. Era triste, ma Josie l'aveva visto più e più volte da quando era in servizio.

Ma qualcosa sulla scomparsa di June Spencer le suonava strano ora che conosceva i dettagli. L'unico motivo per cui June era stata considerata una fuggiasca era la sua storia tormentata. Josie era appena stata a casa di Dirk Spencer - nel bel mezzo del nulla, come amavano dire a Denton - e non era possibile che June se ne fosse semplicemente andata. Sarebbe stata a chilometri di distanza da qualsiasi cosa. Doveva essere andata via con qualcuno. Forse aveva intenzione di scappare, stava camminando lungo quella strada isolata di montagna ed era stata raccolta da qualcuno, ma non c'era modo che fosse scappata da casa di Dirk da sola, a piedi. Poteva avere trovato un passaggio, ma se poi fosse effettivamente arrivata a destinazione era un'altra storia. Josie capiva perché Dirk aveva insistito per cercarla.

«Dirk va spesso a Philadelphia?» chiese Josie.

«Quasi mai, odia quel posto.»

«Si tiene in contatto con qualcuno di lì?»

«A parte sua sorella? No.»

«Nessun vecchio amico che potrebbe far parte di una gang?»

Gli occhi di Solange si spalancarono. Indicò la televisione. «Oh, giusto. Stanno dicendo che gli uomini nella macchina facevano parte di una gang, esatto? Che tipo di gang?»

«La 23» disse Josie. «Latini.»

Solange sembrava ancora più perplessa di prima. «Non ho mai saputo che Dirk avesse amici a Philadelphia, tanto meno amici che facessero parte di una gang. L'ha, ehm, visto, vero?»

Lei annuì; sapeva cosa intendeva.

«È una specie di nerd, sa? Voglio dire, non è tipo un duro o altro. Gli piacciono i libri, il teatro e la storia dell'arte.»

Josie pensò alle librerie che rivestivano le pareti del soggiorno di Dirk. «Sì, ho capito.»

«Non credo che abbia mai nemmeno sparato con una pistola.»

Non aveva una pistola quando Josie l'aveva visto quella mattina. In effetti, era l'unica persona nell'auto che indossava diligentemente la cintura di sicurezza. Sembrava fuori posto. Erano andati a prenderlo a casa sua. Era salito spontaneamente sul SUV. Ma sembrava fuori posto.

Tutto quello che Josie aveva sentito fino a quel momento sembrava fuori posto.

DIECI

La ragazza si svegliò nell'oscurità totale. Giaceva immobile, il panico che le cresceva nel petto mentre sbatteva le palpebre diverse volte per assicurarsi che i suoi occhi fossero davvero aperti. Lo erano. Intorno a lei c'era solo oscurità. Poteva essere stato tutto un sogno? L'uomo nel bosco. La sua mano sulla sua bocca. Lui che la trascinava sempre più in profondità nella foresta. Poi ricordò la paura quando la sua mano le si era stretta più forte sulla bocca e sul naso, togliendole l'aria finché i polmoni non avevano cominciato a bruciare e la vista si era offuscata.

Ora questo. Un'oscurità così completa che non riusciva nemmeno a vedere il proprio corpo. Non era un incubo, era stata rapita.

Sotto di lei c'era quello che sembrava un letto di terra, roccia e ramoscelli. La terra le scivolò tra le dita mentre cercava qualcosa - *qualsiasi cosa* - che fosse familiare. L'aria era umida e fetida. Si chiese se fosse stata sepolta viva. No, si disse mentre si alzava sulle gambe traballanti. Lo spazio in cui si trovava era troppo grande; poteva muoversi lì dentro, e avrebbe dovuto. Le sue mani cercarono disperatamente le pareti e una via d'uscita, ma non trovarono altro che pietra fredda e bagnata. Il suono dei suoi stessi singhiozzi rimbalzava in tutte le direzione in cui si voltava. Usò l'orlo della camicia per asciugarsi il naso e continuò a muoversi, toccando freneticamente i lati della stanza, le mani che correvano su e giù per i mattoni finché non fu certa che non c'era via d'uscita. «Ehi?» urlò nell'oscurità densa e silenziosa. Non si sentiva neanche l'eco.

Si costrinse a rallentare, facendo lunghi respiri per calmare il battito del cuore mentre muoveva metodicamente le mani intorno a sé, tastando ogni centimetro della sua cella finché, alla fine, le sue dita trovarono qualcosa di legno. Una porta. Ci si spinse contro con tutte le sue forze, ma era spessa e immobile. Ne percorse i bordi, affondando le dita nelle giunture, cercando una fonte di luce. Non c'era una crepa, nessuna maniglia, nessuna serratura. I suoi piccoli pugni batterono contro il legno finché le sue ossa non si fecero di fuoco e tutto ciò che riuscì a fare fu urlare e urlare finché la sua gola non si infiammò e il suono si spezzò.

Non venne nessuno.

Crollò, raggomitolandosi a palla mentre la stanza diventava sempre più fredda intorno a lei. Incrociò le gambe dentro la gonna per coprirle completamente, infilò le braccia dentro la maglietta e strinse il suo corpo tremante.

«Per favore» sussurrò, dondolandosi avanti e indietro. «Voglio andare a casa.»

UNDICI

Josie resistette all'impulso di bere qualche altra cosa prima di lasciare il Sandman's. Tutti i discorsi sull'infanzia orribile di June avevano agitato alcuni dei suoi demoni: fantasmi neri e amorfi che giacevano dormienti finché non venivano disturbati minacciando di soffocarla. Quel giorno erano successe troppe cose, era stato detto troppo. Erano stati richiamati in superficie e ora li sentiva turbinare intorno a lei, trascinandola sotto come una corrente di risacca, portandola via in un mare oscuro e insondabile. Si trascinò sulle gambe per tornare all'auto.

Luke avrebbe lavorato fino a notte fonda alla sparatoria sull'Interstatale, il che significava che sarebbe rimasta sola, sola con i ricordi angosciosi del suo passato. Luke non sapeva nulla di tutto ciò, lei non voleva. Preferiva che lui la vedesse com'era adesso: capace, sicura di sé, senza paura e solida, tutta d'un pezzo. Solo Ray sapeva del suo passato, e anche lui era il passato adesso. Josie non aveva molti amici che non fossero in servizio, il che significava che tutti stavano lavorando. C'era sua nonna, Lisette, probabilmente - tra tutti - la sua migliore amica, ma viveva in una casa di riposo alla periferia della città. Non c'era davvero nessuno che potesse chiamare.

Andava tutto bene quando era di turno; lavorava più di quanto fosse necessario e la cosa le piaceva. Quando non lavorava, stava con Luke. Stanotte aveva solo i suoi fantasmi, i suoi sospetti, una testa piena di domande e niente che la potesse distrarre. Tornò indietro mentre passava davanti al negozio di liquori; forse una bottiglia di Jim Beam sarebbe stata una buona amica per lei stasera.

Stava camminando lentamente per le corsie del negozio quando vide una donna con la coda dell'occhio. All'inizio, Josie quasi non la riconobbe. Lei era in piedi davanti al vino in cartone, con indosso più vestiti di quanti ne avesse probabilmente mai indossati in vita sua. I suoi lunghi capelli biondi erano raccolti in una coda di cavallo e non aveva trucco o glitter sul corpo, solo un paio di jeans e una sottile maglietta blu sotto una giacca di jeans marrone. La trasformazione era piuttosto sorprendente, in realtà. Guardandola in abiti normali, alla ricerca tra gli scaffali, Josie non l'avrebbe mai scambiata per la ballerina poco vestita e notoriamente promiscua dello strip club locale.

Misty doveva aver sentito lo sguardo di fuoco di Josie puntarsi su di lei perché alzò lo sguardo, spalancando gli occhi, come un cartone animato, quando la vide dall'altra parte della corsia. Josie notò che aveva in mano portafoglio e cellulare. Niente tasche, pensò Josie, mentre tratteneva una battuta sul fatto che c'era molto spazio nelle sue mutandine.

Misty disse: «Lasciami in pace.»

Josie rise. Non poté farne a meno. Il suono fece sobbalzare Misty. Aveva solo pochi anni meno di Josie. In effetti, era probabilmente una matricola a Denton East quando Ray e Josie erano senior. Josie non la ricordava. Non sapeva cosa l'avesse spinta a lavorare nell'unico strip club di Denton, il Foxy Tails. Tuttavia, c'era un che di infantile in lei e Josie lo odiava. Sembrava sempre sinceramente sorpresa dall'espansività delle altre persone, cosa che Josie trovava strana. Sicuramente non era stata l'unica moglie a sorprendere il marito a letto con Misty. Era certa che Misty si fosse trovata molte volte di fronte a mogli infuriate. Josie fece un passo verso di lei.

«Dico sul serio» disse Misty. «Chiamerò Ray.»

«Fallo.» disse Josie.

Un rossore salì dalla gola di Misty alla radice dei suoi capelli. Alzò il cellulare. «Dico sul serio. Lasciami in pace.»

Josie si mise una mano sul fianco e socchiuse gli occhi. «Cosa pensi che ti farò, Misty?»

I suoi occhi da cerbiatto si fecero opachi. «Io... io non sono costretta a parlarti.»

Josie rise di nuovo, facendo indietreggiare Misty. «Ah, io non ho alcun interesse a parlare con te, ma le persone vanno in prigione per aver fatto le cose che vorrei farti io.»

Il rossore si intensificò. «È... è una minaccia?»

Josie abbassò la voce. «Hai paura?»

La voce di Misty salì di un'ottava. Le sue unghie grattarono sullo schermo del telefono. «Sto chiamando Ray.»

Josie non staccò gli occhi da Misty. Poteva sentire il suono sottile del telefono di Ray che squillava, squillava e poi il suono che indicava l'inserimento della segreteria telefonica: «*Avete chiamato Ray Quinn* ...»

«Non risponderà. È impegnato.» disse a Misty.

Misty abbassò il cellulare dall'orecchio e fece due passi indietro. «Stai lontana da me.» disse senza convinzione.

Josie avanzò verso di lei. «Perché? Perché dovrei? Tu non hai rispetto per le altre persone, perché io dovrei avere rispetto per te?»

Il viso di Misty si contorse e Josie sapeva che stava per emergere la sua vera essenza. «Oh, per favore. Forse se fossi riuscita a far felice tuo marito, non sarebbe venuto a cercare me.»

Le parole bruciarono. Non era quella l'origine del dolore di Josie per il suo matrimonio fallito? Che lei non era abbastanza per lui? Che forse, se fosse riuscita a perdonarlo per quello che era successo, non sarebbe andato a cercare altrove un'altra donna? Si era sempre detta che non era colpa sua. Stavano insieme dai tempi del liceo. Nei giorni in cui era più debole, riusciva a pensare che forse si era annoiato — anche lei si era sentita così a volte. Ma ciò che la feriva veramente non era che Ray fosse andato a letto con Misty, era che si fosse innamorato di lei.

Chi si innamora di una donna di nome Misty? Una spogliarellista, soprattutto. Era un tale cliché. L'aveva fatta stare male a livello fisico.

«Non sarei così orgogliosa di essere una sfascia famiglie.» le disse Josie.

Un sottile sorriso crudele si allargò sul viso di Misty come fosse un serpente. «Ray ha detto che non lo soddisfacevi più.» disse con tranquillità.

Forse era stato l'alcol, o la giornata che aveva appena avuto, o la sospensione, o i mesi di rabbia per lo scioglimento del suo matrimonio e poi il rifiuto di Ray di firmare le carte del divorzio, forse erano tutte quelle cose insieme; accadde tutto in modo fulmineo. Prima ancora che avesse il tempo di rendersi conto di quello che stava facendo, Josie fece un passo avanti e spinse la spalla contro il petto di Misty, facendola cadere all'indietro e inciampare, le braccia che si agitavano mentre cercava di mantenere l'equilibrio, i piedi che volavano in alto mentre si schiantava contro un muro di bottiglie dietro di lei. Bottiglie di vino rosso andarono in frantumi sul pavimento, schizzando liquido cremisi ovunque. Il rumore fu assordante.

Prima che Misty o chiunque altro nel negozio potesse reagire, Josie si allontanò, infilandosi nella porta di uscita automatica prima che si fosse aperta del tutto. L'aria fresca della sera sul viso le fece bene mentre camminava veloce verso la sua macchina, con tutto il corpo tremante.

Si appoggiò alla portiera della macchina, aspirando l'aria fresca e desiderando che il suo corpo si calmasse. Guardandosi le mani, vide che erano serrate a pugno. Le aprì solo per scoprire che le tremavano anche le dita.

«Puttana!» La voce di Misty era uno stridio. Era a sei metri di distanza, fuori dal negozio di liquori, ricoperta di vino rosso e schegge di vetro. Josie la fissò per un lungo momento. Il petto di Misty si sollevava, le lacrime le rigavano le guance mentre le urlava ancora una volta: «Stupida puttana!»

Josie non riusciva a parlare, riusciva a malapena a respirare. Aveva pensato che la vista di Misty, visibilmente scossa e umiliata, l'avrebbe fatta sentire meglio, invece si sentiva peggio. Si sentiva vuota e piena di vergogna.

Avrebbe voluto allontanarsi da lì più in fretta di quanto riuscisse a fare.

DODICI

Uno scampanellio incessante svegliò Josie, la testa annebbiata e pesante, come se qualcuno le avesse infilato una garza nelle orbite e del cotone in bocca. Sollevandosi oltre il bordo del letto con conati di vomito, diede un'occhiata all'orologio digitale. Aveva dormito oltre mezzogiorno. L'ultima volta che era successo era al college. Il suono si fece più insistente, il mal di testa dietro i suoi occhi pulsava a tempo. Si girò e cercò di sedersi sul bordo del letto. Uno sbaglio tremendo. Cercò di ripensare a un momento della sua vita in cui il suo corpo le avesse fatto così male, ma non riusciva a ricordarne uno. Un dolore sordo si diffuse nella parte bassa della schiena e il pulsare nella gamba era come un tamburo. Gli oggetti volarono dal cassetto del suo comodino mentre cercava disperatamente l'ibuprofene. Provò a prenderlo senza acqua come faceva sempre, ma le pillole si trasformarono in una pasta amara in bocca.

Dingdingdingdingdingding.

Una rapida scansione della stanza non l'aiutò a capire dove fosse il cellulare. Accanto al cuscino c'era una bottiglia di tequila, un dito di liquido ambrato ancora sul fondo. Lo usò per innaffiare gli antidolorifici e si alzò cautamente.

Dingdingdingdingdingding.

Poi una voce familiare. Era attutita e riusciva appena a distinguere le parole. «Maledizione, Jo! So che sei lì dentro.»

Solo Ray l'aveva mai chiamata Jo. Lasciò che lui suonasse il campanello a raffica e gridasse fino a infiammarsi la gola, mentre lei si prendeva il suo tempo per scendere le scale. Spalancò la porta e la luce del sole accecante inondò l'ingresso. Ray era solo una macchia sfocata e senza testa nella sua visione accecata. Si portò una mano tra i capelli arruffati da un lato, come se ci avesse dormito sopra. Doveva sembrare un essere infernale.

«Luke è qui?» le chiese.

Lei sbatté le palpebre, cercando di metterlo a fuoco. «Cosa ne pensi?»

«Penso che tu abbia un aspetto di merda. Sei malata?» Annusò l'aria e indietreggiò. «Tequila? Davvero, Jo?»

Lei sospirò. Non era sicura di quanto sarebbe potuta rimanere in piedi, il dolore del corpo era così intenso, ma non voleva invitarlo a entrare. Non lo voleva nel suo luogo sicuro. «Non sono io quella con il problema dell'alcool, Ray» borbottò, sapendo che avrebbe fatto male. «Cosa vuoi?»

Mentre i suoi occhi si abituavano alla luce, vide che teneva il cappello con entrambe le mani, stringendolo. Stava sempre così adesso, cappello con entrambe le mani, come una specie di supplicante. Come se stesse per supplicarla per qualcosa. Disse: «Misty mi ha raccontato cos'è successo ieri sera.»

Lei lo guardò di traverso. «E allora?»

«Non puoi trattarla così, Jo.»

«Vaffanculo.»

«Sei fortunata che non sia andata a sporgere una denuncia.» disse.

«Oh, per favore.»

«Dico sul serio, lasciala in pace. Sono io che ti ho tradita.»

«Sì, immagino tu abbia ragione. È solo una puttana da giardino.»

Un muscolo della sua mascella tremò. «Jo.» la mise in guardia.

Josie alzò gli occhi al cielo. «Ray, non le ho fatto nulla. Stavo solo camminando lungo la corsia.»

Lui le rivolse uno sguardo scettico. Adesso riusciva a metterlo a fuoco, e poteva vedere in che stato terribile fosse. Una barba a chiazze gli era cresciuta sul viso. Gli occhi erano vitrei, con grandi borse. L'uniforme blu della polizia di Denton gli pendeva addosso. «Ha detto che tu l'hai spinta.»

«Potrei averla urtata.»

«Jo, sul serio.»

«Oh, andiamo, Ray. Come può una donna che sopporta così tanti colpi dagli uomini essere così sensibile a una mia spinta? Non è fatta di vetro, Cristosanto.»

Lui chiuse gli occhi, stringendo il cappello tra le mani. Poteva vederlo contare in silenzio fino a dieci.

«Possiamo continuare a discutere su questo argomento» aggiunse lei, «ma non avrai mai ragione. Perché sei davvero qui?»

Gli occhi di Ray si spalancarono e sospirò ad alta voce. «Sai quando hai detto di sondare tutti i molestatori sessuali registrati nella zona?»

Una spirale di eccitazione esplose in Josie. «Avete trovato Isabelle Coleman?»

«No. Non la Coleman, un'altra ragazza. Noi non... noi non ci eravamo resi conto che era scomparsa, era stata classificato come un allontanamento volontario.»

Sapeva cosa avrebbe detto prima ancora che lo dicesse, ma lo lasciò parlare comunque.

«Il suo nome è June Spencer.»

TREDICI

«Aspetta, hai detto che il suo nome *è* June Spencer. Quindi è viva?»

«Sì.»

Il sollievo di Josie si trasformò rapidamente in disagio. June era scomparsa da un anno; era un sacco di tempo da passare in cattività. Non riusciva nemmeno a immaginare cosa avesse passato la ragazza. La nausea che aveva combattuto prima tornò con forza. Il suo corpo si piegò a metà e vomitò ciò che restava della tequila sulla veranda.

«Gesù.» disse Ray, posandole una mano sulla parte bassa della schiena per confortarla. Lei si allontanò da lui.

«Non toccarmi.» sbottò.

«Stai bene?»

Si alzò in piedi, lottando contro un'ondata di vertigini, e si asciugò la bocca con il dorso della mano. «Sto bene. Come sta June?»

«È catatonica.»

«Cosa vuoi dire?»

Ray continuò a guardarla come se fosse faccia a faccia con un animale selvatico. Allungò la mano come per toccarla e poi si ritrasse quando lei lo fissò. «Voglio dire, è catatonica» disse. «Le luci sono accese ma non c'è nessuno in casa. Non parla, non reagisce, né risponde. Quando la guardi negli occhi, è come se ti stesse guardando attraverso. Ma il dottore ha detto che a livello neurologico sta bene.»

Josie allungò entrambe le braccia e cercò di lisciarsi i capelli mentre sisforzava di comprendere. Aveva davvero bisogno di una doccia calda e di un caffè. «Dove si trova adesso?»

«Denton Memorial. È in buona forma, hanno detto. Fisicamente. Forte, in realtà. Questo pervertito deve averla nutrita piuttosto bene. Ma devono fare dei controlli. Fare un kit stupro e tutto il resto.» disse Ray.

Josie abbassò le braccia, si appoggiò allo stipite della porta. Aveva bisogno di acqua. Voleva sedersi, lavarsi i denti, cambiarsi d'abito e prendere un po' di Alka-Seltzer, ma non voleva invitare Ray a entrare. «Chi era?»

«Donald Drummond. Viveva in una casa dall'altra parte della città, sulla Settima Strada. Era la casa di sua madre. Dopo essere uscito di prigione, ha vissuto lì con lei finché non è morta.»

Josie conosceva il nome e la strada. Teneva a mente un elenco di tutti gli autori di reati sessuali schedati che vivevano a Denton e un suo elenco personale di uomini sospetti. «Il ragazzone?»

«Sì, enorme. Alto quasi due metri e muscoloso, questo è certo.»

«Si è fatto prendere tranquillamente?»

Stava cercando di immaginare quanti poliziotti di Denton ci fossero voluti per ammanettare Donald Drummond quando Ray disse: «No, non l'ha fatto. Il capo gli ha sparato al petto. Ci sono voluti tre colpi per abbatterlo.»

Non riusciva a sentirsi male per lui; desiderava solo essere stata lì per vederlo, essere stata la prima a varcare la porta. Il dipartimento doveva essere in gravi difficoltà se il capo era presente sulla scena del crimine. Era nella polizia di Denton da cinque anni e non l'aveva mai visto fuori dalla stazione di polizia tranne che per la festa d'estate, e un paio di volte per essere andato a prendere il suo quad da prestare al dipartimento.

«Merda.» fu tutto ciò che riuscì a dire.

Ray fece qualcosa tra un sorriso e una smorfia. «Sì, è stato incredibile.»

«Dov'era? Dove la teneva?»

«Camera da letto al secondo piano. L'aveva trasformata in una cella. Rinforzata. Lei non ha mai avuto una possibilità. Il capo ha messo un gruppo di persone a fare a pezzi il posto in cerca di altre donne.»

Spostò il peso, cercando di alleviare il dolore della gamba ferita che pulsava indipendentemente da come si muovesse. Presto avrebbe avuto bisogno di qualcosa di più forte dell'ibuprofene, forse più tequila. «Altre?»

«Sì, come nel cortile e altri posti simili. Ora stanno aspettando i cani da cadavere. Dobbiamo scavare tutto il cortile, assicurarci che non ci siano corpi sepolti là sotto. Il capo teme che abbia preso anche Isabelle Coleman.»

«C'era qualcosa di smosso da poco nel cortile sul retro? Come se avesse scavato di recente lì?»

«No, non credo.»

Ovviamente non c'era. Non aveva senso. Questo tizio aveva tenuto June per un anno. Isabelle era scomparsa da sei giorni. Perché avrebbe dovuto sbarazzarsi di lei così presto se era un collezionista? No, Isabelle era stata rapita da qualcun altro. Il che non fece che aumentare la nausea che ribolliva nello stomaco di Josie. Ray sembrava sul punto di provare a toccarla di nuovo. «Sai, puoi invitarmi a entrare. Non devo tornare indietro prima di due ore.»

Josie alzò una mano come per respingerlo. «No» gli disse. «Non ti voglio qui.» L'espressione di dolore sul viso di Ray le suscitò un senso di colpa finché non ricordò esattamente perché in primo luogo non lo voleva a casa sua. «Se hai due ore, perché non le passi con la tua ragazza? L'unico modo per farti entrare in questa casa è firmare i documenti del divorzio.»

Lui abbassò lo sguardo. «È solo che avevo bisogno di parlarti di me e Misty, specialmente dopo quello che hai fatto ieri sera.»

La rabbia la invase. «È tutto quello che ti interessa, vero? Non importa quello che sta succedendo in questa città. Ti interessa solo la tua ragazza e assicurarti che la lasci in pace. Eppure, non vuoi firmare i documenti. Non ti capisco, Ray. Perché stai facendo questo? Io non ho fatto niente di male. Niente! Perché mi stai facendo questo?»

La sua voce diventò insolitamente alta e forte. Lacrime spontanee le bruciarono gli occhi, riversandosi sulle sue guance e completando la sua umiliazione. Si allungò e usò entrambe le mani per spingerlo al petto più forte che poteva. «Ti odio!» gli urlò.

Lui non cadde, non si voltò, né si allontanò. Assorbì la forza delle sue mani e lasciò che lo facesse arretrare di un paio di passi, poi fece un altro passo avanti, offrendole il suo petto e tenendo le mani lungo i fianchi, senza preoccuparsi di parare i suoi colpi. Lei lo spinse ancora un paio di volte e lui la lasciò fare. Teneva gli occhi bassi, un gesto di umiltà. Lei aveva bisogno di colpirlo e lui glielo permise. Il fatto che lui sapesse ancora di cosa avesse bisogno e che glielo desse volentieri la faceva solo sentire peggio. Le sue mani ricaddero lungo i fianchi. Si sentiva svuotata, malata e più esausta di quanto ricordasse di essersi mai sentita. Bile e tequila le bruciavano in fondo alla gola.

«Vattene, Ray.»

Erano a metà del suo vialetto. Lui raccolse il cappello e si avviò verso la strada dove aveva parcheggiato l'auto. «Forse un'altra volta.» mormorò.

Arrivò alla fine del vialetto, la mano sulla maniglia della

portiera, prima di voltarsi di nuovo verso di lei. «Aspetta un attimo» disse. «Sapevi già chi era June Spencer, vero?»

Lei non disse niente.

La sua mano ricadde. «Come lo sapevi?»

Lei si rifiutò di rispondere.

«Jo» disse. «Dimmi che non hai condotto una tua indagine.»

«Ho trovato un'unghia acrilica vicino alla cassetta della posta dei Coleman.» disse.

Lui scosse la testa. «Jo. Gesù.»

«È rosa fucsia con strisce gialle. Ti manderò una foto più tardi.»

«Non farlo» disse. Le puntò un dito contro. «Non fare nient'altro. Il capo vorrà il tuo culo se lo scopre. Ti ho parlato di June Spencer per cortesia, perché sapevo che l'avresti visto al notiziario più tardi e mi avresti chiamato e perché Dirk Spencer era nell'auto che ieri ti ha quasi uccisa. Ma ti sto dicendo di smetterla subito.»

Lei continuò come se lui non avesse parlato. «Dovresti scoprire di chi è: di Isabelle, di sua madre, di qualcuno impegnato nelle ricerche? Isabelle aveva unghie acriliche, ho visto le sue foto con le amiche sulla sua pagina Facebook. Apparentemente, lei e le sue amiche regolarmente si facevano fare le unghie. Comunque, potrebbe essere importante».

«Dico sul serio, Jo. Devi smetterla. Per il tuo bene. Entra e riposati un po'. Poi chiama Luke. Fai un viaggio. Fatti un abbonamento a Netflix. Qualsiasi cosa. Ma per l'amor di Dio, lascia perdere la faccenda della Coleman.»

QUATTORDICI

La caserma della Polizia di Stato cui Luke era stato assegnato era a trentasette chilometri fuori Denton su un tratto di strada a due corsie dove il limite di velocità era di ottantotto chilometri all'ora. Era un edificio tozzo, con il tetto piatto fiancheggiato su tre lati da un bosco. L'edificio più vicino di qualsiasi tipo era a circa tre chilometri di distanza. Josie era stata lì molte volte e veniva sempre colpita dall'isolamento del luogo e dall'edificio, una costruzione nel nulla. Ogni Natale e Quattro di luglio, alcuni dei ragazzi provavano ad abbellire un po' il posto con le decorazioni comprate al Walmart più vicino. Di solito le luci multicolori e gli sgargianti orpelli dorati rimanevano appesi fuori dall'ingresso più o meno fino a giugno; a quel punto le decorazioni, cedevoli e logore, venivano sostituite da una ghirlanda di frange patriottiche e da grandi fiocchi rossi bianchi e blu. Questi sarebbero poi rimasti fino ad Halloween; dalla metà di ottobre al Ringraziamento, una zucca solitaria in cima a una piccola balla di fieno decorativa faceva la guardia sulla veranda. Era meglio di niente, supponeva, ma non faceva sembrare il posto meno deprimente.

Non sapeva come Luke potesse sopportarlo. Lei amava il vecchio, storico edificio a tre piani che ospitava il Dipartimento di Polizia di Denton; in passato aveva ospitato il municipio, ma era stato convertito in Distretto di Polizia sessant'anni prima. Era enorme e grigio, con modanature che ornavano le sue numerose finestre ad arco a doppia anta e un vecchio campanile in un angolo. Sembrava quasi un castello. All'arrivo di ogni stagione o festa, qualcuno della società storica si presentava sul posto e lo addobbava completamente. Aveva carattere. A Josie mancava.

Stava pensando alla sua scrivania al secondo piano mentre entrava nel parcheggio della caserma dove c'erano due auto di pattuglia insieme a una manciata di veicoli privati, incluso il Ford F-150 bianco di Luke. Sapeva che sarebbe stato lì. Il giorno prima, mentre era fuori a crollare emotivamente davanti a Ray, lui le aveva lasciato quattro messaggi di testo e tre messaggi vocali, ognuno più frenetico del precedente. Quando aveva ritrovato il cellulare e l'aveva richiamato, lui era pronto a mandare una squadra SWAT per controllare che fosse tutto a posto. Non era stato in grado di allontanarsi dal lavoro, ma era chiaramente molto preoccupato per lei. Le aveva chiesto se fosse andata in ospedale per farsi controllare la gamba e sembrava irritato quando seppe che non l'aveva fatto. C'era voluta tutta la sua forza di volontà per non aggredirlo.

«Ho davvero bisogno di riposarmi un po'.» aveva detto, invece, sperando che il tono di voce sembrasse meno irritante di quanto lo percepisse lei.

Aveva fatto una doccia calda, messo su la caffettiera e poi dormito per dodici ore consecutive. Quando finalmente si era svegliata trovando molti altri messaggi persi, gli aveva promesso di incontrarlo in caserma per pranzo il giorno dopo.

Sentì un brivido di eccitazione mentre lui attraversava le doppie porte per andarle incontro. Era in uniforme completa e lei sapeva cosa l'aspettava lì sotto. Il pensiero di lui nudo riusciva a svegliarla ancor più di tutto il caffè che aveva bevuto prima di uscire di casa.

Con un sorriso, lui si sporse nel finestrino aperto. «Signora» disse con finta formalità. «Sa perché l'ho fatta accostare?»

Lei gli sorrise. «Non lo so, agente, ma spero in una perquisizione completa.»

Si chinò per baciarla mentre lei scendeva dall'auto, avvolgendola tra le sue lunghe braccia e stringendola a sé. Fu lungo, lento e tenero, come sempre. Il suo corpo rispose a quello di lui, un fragoroso bisogno che nasceva dentro di lei. Josie voleva la sua bocca e le sue mani sul suo corpo. Voleva cancellare la frustrazione degli ultimi due giorni. Lo baciò più forte, mordendogli leggermente il labbro inferiore.

«Wow.» disse, respingendola dolcemente.

Lasciandola completamente, le rivolse un sorriso interrogativo e studiò il suo viso. «Che succede? Stai bene?»

Sperava che il suo sorriso non sembrasse imbarazzato come lo sentiva. «Sto bene» gli disse. «Mi sei mancato.»

Luke allungò una mano e le mise una ciocca di capelli dietro l'orecchio. «Mi dispiace non essere stato lì per te.»

«Sto bene, ma avrei voluto davvero un po' di compagnia negli ultimi due giorni.»

Una mano di lui trovò la sua, le sue dita accarezzarono il palmo e scivolarono sulla fascia dell'anello di fidanzamento che si era ricordata di indossare. «Mi farò perdonare.» promise.

Josie alzò un sopracciglio. «Quando?»

Lui rise. «A partire da adesso. Volevo portarti a pranzo.»

Ma lei non aveva più voglia di andare a pranzo. Non aveva bisogno di cibo. Non aveva bisogno di parlare dei suoi sentimenti. Aveva bisogno di lui. Intrecciando le dita con quelle di lui, lo allontanò dalla sua macchina e dal parcheggio, verso il boschetto più fitto che riuscì a trovare intorno alla caserma. Con riluttanza, Luke lasciò che lei lo guidasse. «Josie» le disse. «Che sta succedendo? Dove stiamo andando?»

«Vedrai.» gli disse da sopra la spalla.

Si fecero strada tra rami e rocce. Ogni pochi metri, lei guardava indietro, ignorando lo sguardo di confusione e preoccupazione che era apparso sul volto di Luke, per controllare se una qualche parte della caserma fosse ancora visibile. Quando finalmente l'edificio scomparve alla vista, smise di camminare e si voltò verso di lui.

«Cosa stiamo facendo qui?» chiese lui.

La giacca di Josie cadde a terra, seguita dalla sua maglietta sbiadita di Rascal Flatts e dal reggiseno. Luke non parlò, ma sorrise nervosamente mentre lei si toglieva gli stivali e si apriva la cerniera dei pantaloni. Si mise le mani sui fianchi. «Sei fottutamente pazza, lo sai?» le disse, ma i suoi occhi vagarono avidamente sul suo corpo mentre lei si toglieva il resto dei vestiti.

«Non ti vedo scappare.» lo sfidò.

La sua voce era roca. «Mai.» Il suo sguardo si spostò dai suoi seni alla gamba, che aveva avuto il buon senso di fasciare con una benda elastica quella mattina. «Come va la tua gamba?»

«Va bene.»

Lui annuì, continuando a fissarla. «Sei piuttosto acciaccata. Ti senti bene?»

«Sto bene.» rispose lei, una punta di impazienza si insinuò nella voce.

Lui si guardò brevemente intorno. «Siamo in mezzo al bosco».

«Lo so.»

Conosceva questi boschi, si sentiva tranquilla là. Lei e Ray li avevano esplorati fin da quando avevano nove anni. Avevano persino dato un nome ad alcuni luoghi dove c'erano massi, valli o formazioni di rocce particolari. Erano pochi i posti nella contea che non avevano perlustrato. Questo era un posto decisamente più riservato di quanto potesse esserlo uno dei loro veicoli.

Luke iniziò a slacciare la cintura della fondina. Era attaccata alla cintura dei pantaloni da quattro ganci e assicurava la sua arma, una SIG P227, il manganello, la bomboletta di gas, le manette e la radio portatile. «Hai idea di quanto tempo ci vorrà per togliere e rimettere questa dannata cosa?»

Josie socchiuse gli occhi e si leccò le labbra.

Lui smise di slacciarsi la cintura, sembrando improvvisamente confuso, come se non riconoscesse la donna davanti a lui. «Che ti succede?»

Lei gli si avvicinò. «Stai zitto.» disse, tirando i ganci e spogliandolo della cintura. La lasciò cadere a terra accanto a loro. Lui la stava ancora guardando come se fosse un'estranea. Prima che potesse parlare, lei si alzò in punta di piedi e catturò la sua bocca, baciandola avidamente. Le sue mani gli aprirono la cerniera.

Luke la afferrò per le braccia, interrompendo il bacio, ma trattenendola vicino al suo corpo. «Josie.» disse con voce rude, scrutando il suo viso.

«Fatti perdonare, Luke.» disse, con tono di sfida. «Proprio qui, proprio adesso».

Per un lungo, significativo momento, il suo ordine rimase sospeso nell'aria sopra le loro teste. Si chiese se l'avrebbe fermata. Gli infilò la mano nei pantaloni e lo afferrò. Indipendentemente da ciò che il suo cervello gli stava dicendo, il suo corpo era pronto per lei. «Fallo.» gli disse. Un attimo dopo i pantaloni di Luke erano intorno alle caviglie e la schiena di lei era contro un albero. Lui la sollevò e la tenne lì come se non pesasse nulla, spingendo dentro di lei con una dolce fermezza che presto diventò urgenza. La corteccia dell'albero, con i movimenti duri e ritmici di Luke, le graffiò la schiena, facendo male alle ferite che già aveva.

«Più forte.» gli sussurrò nell'orecchio mentre il dolore passava da acuto a squisito ed esaltante, cancellando ogni altro sentimento dalla sua mente e dal suo corpo. Mentre il suo corpo si stringeva intorno a lui, lei emise un lungo grido di piacere. Sul sesso con Luke questo poteva sempre contare. Mentre tornavano alla sua macchina, spettinata, sudata e soddisfatta, Josie si sentiva più lucida di quanto non fosse da giorni.

QUINDICI

Mangiarono in una tavola calda a pochi chilometri dalla caserma nella direzione opposta rispetto a Denton. Era un sollievo essere da qualche altra parte per un po'. Josie ordinò un cheeseburger da mezzo chilo con patatine fritte e contorno di bastoncini di mozzarella. Il sesso la rendeva sempre famelica, la faceva vibrare di energia. Si sentiva come se potesse fare qualsiasi cosa. Ray le aveva sempre detto che era come la cocaina. Al college si erano presi una pausa l'una dall'altro: lei aveva provato altri uomini e lui aveva provato la droga. Il sesso con Luke era sempre bello, ma mai vicino a quello che era stato con Ray. Fino a oggi. Oggi si sentiva come se fosse in cima al mondo senza alcuna possibilità di cadere.

Di fronte a lei, Luke prese il suo hamburger e usò la patatina fritta più lunga del suo piatto per sistemare quelle più piccole in formazione.

«A che stai pensando?» lei chiese.

Lui non alzò lo sguardo. «Ray ha firmato quei documenti?»

«Non ancora. Sai che è impegnato con il caso Coleman, e adesso con questa cosa della Spencer...»

Alla menzione di June Spencer, la guardò. «Ho sentito. Una cosa pazzesca. Hai sentito che suo zio tiene ancora duro?»

Non lo sapeva. «Ha detto qualcosa?»

Luke scosse la testa. «No. È ancora in coma. Non hanno trovato niente di utile neanche sul suo telefono. Alcuni messaggi tra lui e l'autista per andarlo a prendere, ma questo non ci dice nulla che non sappiamo già. Nel tuo dipartimento gira voce che non riescano nemmeno a localizzare il suo parente più prossimo.»

«Ha una sorella a Philadelphia.»

«Sì, ASP – Assente Senza Permesso. Nessuno riesce a trovarla.»

«Quindi, June Spencer non ha nessuno.» Era un'affermazione, non una domanda. Alla fine, June sarebbe stata dimessa dall'ospedale e Josie si chiedeva dove sarebbe andata. La casa di Dirk era anche casa sua, ma, se era fuori di testa come aveva detto Ray, avrebbe avuto bisogno di qualcuno che si prendesse cura di lei. Si chiese se Solange avrebbe accolto la ragazza, e poi si rispose di no. Solange non aveva quel tipo di grinta.

Luke scrollò le spalle. «A meno che suo zio non si riprenda o sua madre si faccia rivedere, immagino. Non lo so.»

«Niente di nuovo sulla sparatoria?»

Lui diede un morso al suo cheeseburger e poi lo rimise a posto nel piatto e si asciugò le mani con un tovagliolo. «Non molto. Alcuni dei nostri ragazzi di Philadelphia sono stati mandati a informare i parenti e fare qualche domanda, ma nessuno parla. Sai che sorpresa! Non abbiamo idea di chi stesse sparando contro di loro, ma sappiamo che stavano viaggiando verso ovest. Avevano preso l'uscita di Bowersville.»

Josie si accigliò. «È l'uscita più vicina alla casa di Dirk Spencer» disse. «Così l'hanno fatto salire e hanno preso l'autostrada lì. Ma dove erano diretti? L'uscita successiva è quella di Denton - dove si sono fermati allo Stop and Go. Stavano viaggiando in direzione opposta rispetto a Philadelphia e la prossima città di dimensioni decenti dista più di trecento chilometri.»

«Non ne ho idea» disse Luke. «Potremmo non saperlo mai. A meno che Dirk non si svegli e riesca a dircelo. Sono sicuro che hanno lasciato l'Interstatale all'uscita di Denton solo perché gli stavano sparando.»

«Ha senso» disse Josie. «Non ci sono molti posti dove nascondersi sull'Interstatale. Hai idea di dove sia iniziata la sparatoria?»

«Sembra circa a metà strada tra le due uscite. Abbiamo trovato dei bossoli a circa cinque chilometri dalla rampa d'ingresso di Bowersville.»

Quindi avevano preso la Route 80 e guidato per cinque chilometri prima che la sparatoria cominciasse. Mancavano altri tre chilometri all'uscita dove avevano lasciato l'Interstatale, già gravemente feriti e in difficoltà. «Mi chiedo se li abbiano inseguiti prima ancora di entrare sull'Interstatale. Forse ecco *perché* l'hanno presa, per poter scappare velocemente senza attirare molta attenzione.»

«Ci abbiamo pensato. Qualcuno sta controllando le videocamere di sorveglianza delle varie attività commerciali a Bowersville per vedere se riusciamo a vedere passare l'Escalade in qualche punto, scoprire se qualcuno li stava inseguendo.»

«Nessuna connessione tra Spencer e i ragazzi in macchina?» chiese Josie.

«Nessuna che siamo riusciti a trovare. Erano appena arrivati da Philadelphia, e vivevano tutti lì. Tutti quelli che sono stati interrogati a Philadelphia hanno detto di non aver mai sentito parlare di lui.»

«È molto strano, non credi?»

«Ultimamente sono successe un sacco di cose strane.» mormorò Luke, i suoi occhi si posero di nuovo sul piatto.

Josie smise di mangiare, un bastoncino di mozzarella in bilico nella sua bocca. «Che cosa vuoi dire?»

Lui incontrò i suoi occhi. «Che cosa è successo oggi? Là fuori, nel bosco?»

Resistette all'impulso di alzare gli occhi al cielo. La maggior parte degli uomini gliene sarebbe stata grata. Stare con Luke era un'arma a doppio taglio: poteva sicuramente contare sul fatto che non l'avrebbe mai messa nella situazione in cui l'aveva fatta finire Ray, ma allo stesso tempo il suo livello di cura e preoccupazione le davano sui nervi. «Perché me lo chiedi?»

«Sono preoccupato per te. Con tutto quello che sta succedendo... la sospensione, quello che è successo allo Stop and Go. Inoltre, so che vuoi tornare in servizio. So che questo ti sta uccidendo. Isabelle Coleman non è stata ancora trovata e sei costretta a starne fuori. Lo sai, voglio solo assicurarmi che tu stia bene.»

Josie si costrinse a sorridere. Non stava bene. Per tutti i motivi che aveva appena elencato, e altri ancora, ma l'ultima cosa che voleva fare era parlarne. Luke aveva già fatto tutto quello che poteva fare per lei là nel bosco. Allungò una mano sul tavolo e gli diede un colpetto sulla mano. «Non preoccuparti» disse. «Sto bene.»

SEDICI

Le mani nodose di Lisette Matson mescolarono il mazzo di carte da gioco come avrebbe fatto un mago. Josie era sempre stata affascinata dalla destrezza di sua nonna quando si trattava di fare un solitario o, quando c'era Josie con lei, giocare a Kings in the corner – il loro gioco preferito. Le due donne erano sedute a un tavolo della caffetteria di Rockview Ridge, l'unica casa di riposo di Denton. Era passata la cena e la maggior parte dei residenti indugiava sulla sedia a rotelle o ai tavoli, leggendo libri, facendo cruciverba o parlando tranquillamente. Un uomo aveva usato i piedi per trascinarsi con la sedia a rotelle, andando da infermiera a infermiera per lamentarsi del fatto che «Sherri mi ha preso la laringe», con le dita che premevano un dispositivo artificiale sul buco nella gola per poter parlare. Cancro alla gola. Anche se Josie non riusciva a ricordare il suo nome, ricordava che sua nonna le aveva raccontato di lui. Sua nonna conosceva la diagnosi di tutti. A lui i dottori avevano dovuto aprire una fessura nella gola per dargli una via aerea permanente, motivo per cui aveva bisogno di una laringe artificiale per parlare. Un'infermiera in camice blu gli rivolse la parola mentre spingeva il carrello dei farmaci oltre le porte della caffetteria. «Andiamo, Alton, perché Sherri avrebbe dovuto fare una cosa del genere?»

Si premette di nuovo l'apparecchio alla gola «Perché è una stronza.» disse con voce robotica, e rise, silenziosamente.

Diverse donne nella stanza, tra cui Lisette, gridarono: «Chiudi la bocca, Alton!»

L'infermiera lo guardò accigliata prima di continuare per la sua strada, emettendo un suono di disapprovazione. «Alton, queste parolacce non sono necessarie.»

Lisette borbottò: «Vive solo per dare sui nervi alle persone, quello là. Dovresti sentire le cose disgustose che ci dice almeno una volta alla settimana quando le infermiere non ci sono e accusa la povera Sherri di essersi presa la sua stupida laringe. Eppure, non sta mai senza quel dannato coso. Qualcuno dovrebbe prenderlo e ficcarglielo su per...»

«Nonna!» sibilò Josie, trattenendo una risata.

Lisette sbatté le ciglia con uno sguardo che diceva "Cosa ho detto?" e guardò di nuovo le sue carte.

Dall'altra parte della stanza, Alton agitò una mano sprezzante in direzione dell'infermiera e riportò la sua sedia a rotelle verso l'angolo della stanza dove la televisione trasmetteva il notiziario locale.

Seguendo il suo sguardo, Josie vide una vecchia foto di Facebook di June Spencer lampeggiare sullo schermo, le parole TROVATA VIVA, in caratteri enormi e maiuscoli, sotto il suo volto scontroso. Josie si chiese se quella fosse la migliore foto di Facebook che Trinity Payne avesse trovato della ragazza. O forse non aveva mai sorriso. Si sarebbe sicuramente adattato a quello che le aveva detto Solange. Lo schermo si focalizzò su Trinity Payne, in piedi fuori dal quartier generale della polizia di Denton con la stessa giacca a vento di due giorni prima.

Lisette guardò la mano sinistra di Josie mentre distribuiva l'ultima carta. «Carino l'anello.»

Josie fece un sorriso teso. «Luke mi ha chiesto di sposarlo.» disse.

Il sopracciglio sinistro di Lisette si inarcò. «Me lo avresti dovuto dire subito.»

Josie sollevò la mano mentre Lisette piazzava il mazzo esattamente fra loro. «Mi dispiace. Ti avrei dovuto chiamare.»

«Suppongo che tu abbia detto di sì, altrimenti non avresti accettato l'anello.»

Josie pescò la sua prima carta. «Sì» disse. «Ho detto di sì.»

«Non l'ho ancora conosciuto questo ragazzo» disse Lisette. «E tu non sei ancora divorziata. Sai, tradire non è la cosa peggiore che un marito possa fare.»

«Non farlo.» disse Josie.

«Sto solo dicendo» proseguì Lisette, «che le coppie si riprendono sempre dall'infedeltà. Sono abbastanza sicura che i consulenti matrimoniali vivano aiutando le persone a fare proprio questo. Nessun documento è stato firmato. Voi due potreste trasferirvi in quella grande casa che hai appena comprato e affittare quella vecchia; forse tutto ciò di cui avete bisogno è un nuovo inizio.»

Josie chiuse gli occhi e fece un respiro profondo. Era vero. L'infedeltà non era la cosa peggiore che un marito potesse fare. Lo sapeva perché ciò che Ray le aveva fatto era stato molto peggio. Avrebbe potuto vivere con il tradimento, forse. Avrebbe potuto provarci, ma la cosa era più profonda. Non sopportava di ripensarci e semplicemente non riusciva a trovare le parole per dirlo a sua nonna. Lisette amava profondamente Ray. Lui faceva parte della vita di lei tanto quanto della vita di Josie, e lo aveva fatto per oltre un decennio. Quando Lisette aveva poco più di settant'anni, e ancora viveva in modo indipendente nella sua casa, Ray era quello che le tagliava l'erba d'estate e spalava il vialetto d'inverno. Lui le manteneva la casa in buono stato e le comprava le medicine. Grazie a lui e a Josie, Lisette non aveva mai avuto bisogno di niente.

«Potresti persino convincere Ray ad andare agli Alcolisti Anonimi.» aggiunse Lisette.

«Nonna, fermati.»

Dopo la sua terza caduta in casa, Lisette era andata a vivere con Ray e Josie e aveva vissuto con loro per quasi un anno. La sua mente era acuta, ma il suo corpo stava cedendo. «Non sono malata» diceva sempre. «Solo vecchia.» L'artrosi alle ginocchia e ai fianchi rendeva tutto sempre più difficile e andare in giro era diventato più difficoltoso per lei. Aveva iniziato con un bastone e poi con un deambulatore, rifiutandosi di operarsi per le protesi al ginocchio e all'anca di cui aveva così ovviamente bisogno, dicendo che era troppo vecchia per sottoporsi a tutto quel dolore. Gestiva il dolore abbastanza bene, ma subito dopo aver compiuto settantadue anni, divenne chiaro che aveva bisogno di più cure di quelle che loro potevano darle.

Aveva spezzato il cuore di Ray tanto quanto quello di Josie, ma avevano cominciato a cercare una casa di riposo adatta. Rockview Ridge non era la più economica e neanche la più apprezzata, ma era la più vicina e Josie aveva bisogno che sua nonna fosse vicina. Sapeva che Ray andava ancora a trovare Lisette di nascosto. Josie aveva detto a sua nonna che lui l'aveva tradita, ma non le aveva fornito alcun dettaglio. Sapeva anche che Lisette aveva fatto a Ray un discorso severo, ma che lo amava troppo per non perdonarlo.

«Ray sa della proposta?» chiese Lisette.

Josie annuì mentre guardava Lisette tirare fuori un re di picche dalla mano e posizionarlo in diagonale rispetto al mazzo di pesca. Lei rapidamente posò una regina di cuori e un fante di fiori mentre Lisette pescava di nuovo dal mucchio. «Sì, gliel'ho detto due giorni fa. No, non abbiamo avuto la possibilità di discuterne, non che ce ne sia bisogno, perché non torneremo di nuovo insieme.» Indicò il televisore. «Inoltre, è stato un po' occupato.»

Le rughe profondamente incise sul viso pallido e magro di

Lisette si irrigidirono con severità. «È davvero terribile» disse. «Spero che trovino anche la Coleman viva. La sua povera madre. Perdere un figlio...»

La sua voce si incrinò, dal risvolto del maglione tirò fuori un fazzoletto appallottolato e si asciugò gli occhi. Josie mise le sue carte a faccia in giù sul tavolo e si allungò per accarezzare la mano di sua nonna. Lisette pensava sempre alle madri — quando un ragazzino cadeva in uno stagno rurale ghiacciato e annegava; quando un'adolescente veniva investita e uccisa da un conducente ubriaco; quando una persona adulta moriva per overdose di eroina — Lisette pensava sempre alle loro madri. Era così da quando Josie aveva sei anni e suo padre se n'era andato nel bosco dietro la loro roulotte e si era sparato. Nessuna nota, nessuna spiegazione, nessun segno premonitore che soffrisse di depressione. Quel giorno Lisette aveva perso il suo unico figlio e il dolore era diventato il suo compagno di vita.

Josie era così piccola, il vero dolore per aver perso suo padre non l'aveva colpita così forte. C'erano bei ricordi, ma erano pochi e difficili da mettere a fuoco. Quello che faceva più male era che lui avesse lasciato Josie sola con sua madre, un mostro che avrebbe tenuto il palmo della mano di Josie sopra una fiamma aperta della stufa solo per sentirla implorare. E quando si stancava di averla intorno, allora arrivava l'armadio, a volte per più giorni di seguito.

Alla tenera età di nove anni, quando lei e Ray erano diventati amici per la prima volta, lui le aveva regalato un piccolo zaino blu navy contenente una torcia elettrica con batterie extra, una copia con tante pieghe del primo libro di Harry Potter, la sua amata bambola Stretch Armstrong e un paio di barrette di muesli. «Nascondi questo nell'armadio» le aveva detto, «così quando ti mette lì dentro, sarà lì ad aspettarti, e tu non avrai più paura.» Non potendo avere lui, quella era la cosa migliore da avere in quelle ore buie e desolate.

Lisette aveva combattuto per la custodia dal giorno in cui

era morto il padre di Josie, e aveva perso ogni volta che erano andate in tribunale. Così era stato fino a quando Josie aveva compiuto quattordici anni e sua madre se n'era andata nel cuore della notte, senza farsi mai più viva. Allora era riuscita finalmente a scappare e a vivere con Lisette a tempo pieno. La vita era migliorata dopo; Josie veniva nutrita, aveva una routine, una camera da letto tutta sua. Andava anche a vedere i film e in vacanza. Ray le era sempre rimasto a fianco. Poco per volta, la sua vita familiare aveva iniziato a rispecchiare quella dei suoi compagni di classe e lei aveva preso i ricordi di quegli anni bui e li aveva relegati nel profondo della sua mente.

Lisette tirò su col naso, riportando l'attenzione di Josie sul presente. «Mi dispiace.» disse, rimettendosi il fazzoletto appallottolato dentro la manica del maglione. Prese una nuova carta dal mazzo e la depose immediatamente di fronte alla prima striscia che aveva iniziato: un re di cuori. Josie ci mise sopra una regina di fiori.

Il suono di una voce femminile sempre più alta squarciò la quiete della sala da pranzo. Josie e Lisette si voltarono verso la porta. Dalla postazione delle infermiere arrivarono le parole: «... non possiamo tenerla qui. Non possiamo prenderla.»

Un soffio d'aria fredda sfiorò il pavimento della stanza, lambendo le gambe di Josie nei jeans. Le doppie porte dell'atrio si aprirono con un sibilo e lasciarono entrare un suono metallico e il cigolio delle ruote di gomma. Stava arrivando un nuovo residente. Un residente indesiderato. La cosa successiva che sentì fu la voce di Ray. «Non abbiamo nessun altro posto dove portarla.»

Josie balzò in piedi e si diresse verso il corridoio dove vide, in piedi vicino la postazione delle infermiere, Ray con una mano sul bancone alto e l'altra che faceva cenno alla barella. Due paramedici accompagnavano la paziente. Il viso della ragazza non era scarno o tirato come Josie si sarebbe aspettata, ma era pallido al punto da essere traslucido. Tutti i piercing al sopracciglio e al naso che Josie ricordava dal volantino delle persone scomparse erano spariti. Gli occhi erano vuoti e fissavano impassibili il soffitto. I capelli scuri erano lunghi e arruffati. Se Josie non l'avesse saputo, avrebbe potuto scambiarla per un cadavere.

Ma non era un cadavere. Josie lo sapeva perché June Spencer era stata trovata viva.

DICIASSETTE

«Jo» Ray sembrava scioccato. «Che stai facendo qui?»

Josie si mise una mano sul fianco. Si chiese fugacemente se avesse bevuto. «Potrebbe essere la cosa più stupida che tu mi abbia mai chiesto.»

Lui scosse velocemente la testa. Sembrava ancora più esausto di quanto sembrasse due giorni prima, le guance infossate, borse pesanti sotto gli occhi. Era stanco, si rese conto, non ubriaco. Si chiese quando avesse dormito l'ultima volta. «Scusa. Come sta Lisette?»

«Sta bene. Puoi entrare e salutarla prima di andartene. Che sta succedendo?»

Mentre parlava con Josie Ray continuava a guardare l'infermiera dietro il bancone, una donna non molto più grande di Josie, vestita con un camice marrone, i capelli scuri raccolti sulla nuca in una crocchia bassa e con un rossetto rosso vivo che le addolciva le labbra. «Come sa, il parente più prossimo di Miss Spencer è sua madre, che non riusciamo a localizzare. L'unico parente è quindi suo zio Dirk Spencer, ora ricoverato in terapia intensiva al Geisinger per ferite multiple da arma da fuoco e in coma farmacologico. Lei è stata appena salvata dopo un anno di prigionia ed è in stato catatonico. Non possiamo lasciarla sola a casa di Mr. Spencer. Ha bisogno di cure.»

«Allora dovrebbe stare in ospedale.» disse l'infermiera.

«C'è un focolaio di Norovirus al college. La metà del dannato corpo studentesco è in ospedale in questo momento. Mi creda, non hanno posti letto.» Ray rivolse all'infermiera uno sguardo implorante. «Andiamo. Non ha nessun posto dove andare. Sarebbe solo per un giorno o due fino a quando non troveremo un'altra soluzione. Ha bisogno di essere monitorata, e noi abbiamo bisogno di sapere dove trovarla se si riprende e può iniziare a raccontarci cosa le è successo.»

«Questa è una casa di riposo.»

«È anche una struttura di riabilitazione.» intervenne Josie.

«Le dispiace?» disse l'infermiera, lanciandole un'occhiataccia.

Josie era sicura di essere l'unica a vedere il sorriso che cercava di rimanere nascosto sulle labbra di Ray. «In realtà, il detective Quinn è il mio superiore» disse all'infermiera. «E ha ragione. Questa è anche una struttura di riabilitazione.»

Le spalle dell'infermiera si abbassarono. Roteò gli occhi. «Sì, per persone che hanno protesi al ginocchio e fratture dell'anca. Non... questo.»

Josie avanzò verso la donna e, nonostante l'alto bancone in mezzo a loro, l'infermiera indietreggiò di qualche passo. Josie le puntò il dito indice contro, come fosse la canna di una pistola. «Questa ragazza è stata rapita da un noto predatore sessuale e tenuta prigioniera in una stanza per un anno. Un anno. Ciò di cui ha bisogno in questo momento - ciò che merita in questo momento - è la nostra empatia e compassione. Qualsiasi cosa a parte questo è disumano e, francamente, una vergogna. Avete una stanza privata a tre porte da quella di Mrs. Matson. È vuota da quando Mr. Wallis è morto. Questa situazione non sarà per sempre. Sarà solo per pochi giorni, fino a quando non troveremo una sistemazione più adeguata. È tranquillo qui e avete personale medico qualificato nello staff. Questo posto è molto più confortevole dell'ospedale. Quindi, ha due scelte. Può ammettere questa giovane donna e fare tutto il possibile per prendersene cura mentre è qui, oppure può chiamare l'amministratrice - usi il cellulare perché gioca a bocce il sabato - e la fa tornare qui per discutere di questa situazione. Cosa vuole fare?»

Mentre Josie parlava, il portamento altezzoso della donna si sgonfiò lentamente. Guardò June oltre il bancone e sospirò: «Va bene, può restare.»

DICIOTTO

Gli occhi di June Spencer erano aperti. Giaceva supina al centro del letto, i lunghi capelli aperti a ventaglio sul cuscino, le braccia lungo i fianchi e gli occhi rivolti in alto e immobili. Come un cadavere esposto a un funerale. Quasi nello stesso istante in cui Ray se n'era andato, ed espressamente contro le sue istruzioni, Josie si era intrufolata nella stanza di June per parlarle. Indossava ancora il camice da ospedale e Josie decise che le avrebbe portato dei vestiti da casa il giorno dopo. Era infastidita dal fatto che nessuno ci avesse pensato; i camici da ospedale sono sottili e poco dignitosi, e l'ultima cosa che una vittima di violenza sessuale vuole è il rischio di un'ulteriore esposizione. Ma, ovviamente, nessuno della polizia di Denton aveva pensato a questo. Erano tutti uomini. Tutti uomini, tranne Josie. Il capo, l'anno prima, aveva assunto due donne come agenti di pattuglia, ma una era in congedo di maternità e l'altra si era licenziata per frequentare la facoltà di giurisprudenza.

Josie era al capezzale di June, la mano che fluttuava sull'avambraccio della ragazza. Non l'avrebbe toccata, non finché non avesse avuto il consenso della giovane, ma era difficile capire come attirare la sua attenzione. Era possibile? Le parlava, invece, a bassa voce, per non essere sentita in corridoio, dove infermieri, assistenti infermieristici e residenti passavano veloci, allungando il collo per vedere la ragazza catatonica dentro la stanza.

«June, sono il Detective Josie Quinn» disse. «Sono così felice che tu sia qui con noi. So che ne hai passate tante. Non sono sicura di quanto ti abbiano detto, ma l'uomo che ti ha fatto del male è morto. Sei al sicuro adesso. Presto troveremo tua madre e lei verrà e starà qui con te. Non appena tuo zio Dirk potrà, verrà anche lui. Non so se mi senti o no, ma ti starò vicina nel caso tu abbia bisogno di qualcosa. Mia nonna vive qui. Domani ti porto un po' di vestiti normali da mettere, per farti sentire più a tuo agio.»

June sbatté le palpebre.

Josie rimase paralizzata per un lungo momento, aspettando di vedere se l'avrebbe fatto di nuovo. Disse: «Mi puoi sentire, June?»

Battito di ciglia.

Josie si avvicinò, in cerca di una risposta; una voce rauca dalla porta disse: «Non agitarti troppo, tesoro. Anche gli zombi a volte sbattono le ciglia. È una cosa puramente fisica.»

Josie alzò lo sguardo e vide Sherri Gosnell, un'infermiera robusta sulla sessantina - la presunta ladra di laringi - che spingeva un carrello dei medicinali attraverso la porta. Lo schermo del suo computer brillava e Josie vide che la scheda elettronica di June era aperta. Non c'erano altre informazioni oltre che nome e data di nascita. Una volta Lisette aveva detto a Josie che Sherri aveva lavorato a Rockview da quando era adolescente, prima come assistente infermiera mentre finiva la scuola per infermiere e alla fine assicurandosi un posto nello staff come infermiera professionale. Josie non riusciva a ricordare una sola volta in cui era andata a trovare sua nonna e non aveva visto Sherri. Si chiese se Sherri si fosse mai presa dei giorni liberi.

«Devo registrare la sua ammissione.» disse mentre si avvicinava al letto. Guardando June, la donna scosse la testa. «Non lo so cosa faremo con questa ragazza.»

Un allarme squillò dal fondo del corridoio. Ormai, Josie riusciva a riconoscere i vari allarmi che il personale aveva messo su sedie, letti e talvolta anche sull'abbigliamento dei residenti considerati a rischio caduta per avvisare il personale quando si stavano alzando senza assistenza. «Sembra Mrs. Sole.» disse a Sherri.

L'infermiera alzò gli occhi al cielo. «È tutto il giorno che cerca di alzarsi da quella sedia.» Con uno sguardo a June, aggiunse: «Dirò alle ragazze di metterla seduta in poltrona e di portarle un vassoio per la cena. Posso registrare il ricovero dopo aver sistemato Mrs. Sole.»

Detto questo, se ne andò. Josie guardò June. Le palpebre degli occhi della ragazza sbatterono rapidamente per diversi secondi. Poi si fermarono e lei si chiuse in se stessa, ovunque si rifugiasse per nascondersi.

DICIANNOVE

Josie trovò delle scuse per passare davanti alla stanza di June Spencer altre due volte, una volta recuperando dalla sua stanza una coperta per le gambe di Lisette, un'altra volta per le caramelle mou che la nonna teneva nel comodino. Ogni volta che passava, rallentava e sbirciava dentro. Le infermiere, come da istruzioni, avevano trasferito June dal suo letto alla poltrona accanto. La ragazza sedeva immobile con le mani sui braccioli. Le sue gambe pallide - piene di peli per non essersi depilata per un anno - sbucavano da sotto il camice dell'ospedale. Qualcuno le aveva messo ai piedi degli orribili calzini antiscivolo marroni. Davanti a lei c'era il vassoio a rotelle con la cena: petto di tacchino al sugo, salsa di mele, gelatina, una minuscola lattina di birra allo zenzero e un tè caldo. Tutto era intonso, le posate perfettamente allineate accanto al piatto, il che significava che nessuno aveva cercato di farla mangiare. Josie si chiese se June avrebbe mangiato. Avrebbe avuto abbastanza fame? Ricordava che Ray aveva detto che era in salute. Forse l'atto di mangiare era una cosa automatica per lei.

«Muoviti!» gridò Lisette dalla caffetteria, e Josie si allontanò dalla porta di June per tornare in sala da pranzo con le caramelle.

«Non c'è altro che tu possa fare per lei in questo momento. Lasciala stare.» disse, mentre Josie distribuiva una nuova mano per il loro gioco. Giocarono in silenzio, finendo due partite prima che Lisette le suggerisse di giocare a ramino. «Dal momento che, ovviamente, non hai intenzione di tornare a casa.» Strizzò l'occhio a Josie e ricominciò a mescolare le carte proprio mentre sentivano Sherri spingere il suo carrello oltre l'ingresso della sala da pranzo, dirigendosi verso la stanza di June. «Devo fare questa ammissione.» disse, rivolgendosi a qualcuno alla postazione delle infermiere.

Lisette distribuì le carte mentre Josie cercava di ricordare come si giocava, con le orecchie tese per sentire lo scatto della porta in fondo al corridoio, sperando che Sherri avesse il buon senso di concedere un po' di privacy alla povera ragazza.

«Non ti ricordi come si gioca, vero?» Lisette le disse all'improvviso.

Josie le rivolse un sorriso imbarazzato mentre Lisette le offriva un'altra caramella mou e le illustrava le regole base del gioco. Lentamente le tornarono in mente mentre giocavano alcune mani di prova, prima che Lisette prendesse il mazzo e ricominciasse a mescolarlo. «Ora giocheremo sul serio.» disse.

«Non abbiamo bisogno di un blocco per tenere traccia del punteggio?»

Lisette inarcò un sopracciglio. «Immagino che tu voglia fare un salto nella mia stanza per prenderne uno.»

«No.» disse Josie in tono deciso.

«Non hai un'apparizione carina su quel tuo telefono che potremmo usare?»

«Vuoi dire applicazione, nonna.»

Agitò una mano in aria. «Va bene. O vabbè? Ho sentito l'altro giorno la pronipote di Mrs. Sole che ha detto "vabbè". È questa la novità? I giovani sono troppo pigri anche solo per finire di dire le parole?»

Josie stava ridendo così forte che le ci volle un momento per registrare il fracasso proveniente dal corridoio. Poi un urlo raccapricciante squarciò l'aria, seguito da un altro e poi un altro, di più di una persona, finché non suonò come un branco di lupi isterici che ululano in preda al panico. Josie corse nel corridoio e vide un gruppo di assistenti in piedi, fuori dalla stanza di June, le bocche spalancate per l'orrore, i volti cinerei. Una delle donne smise di urlare giusto il tempo per vomitare, un'altra cadde in ginocchio e si coprì gli occhi mentre altri membri del personale si precipitarono verso la porta.

Josie corse verso la stanza, mentre il mondo girava al rallentatore attorno a lei. Stava correndo verso qualcosa di terribile, lo sapeva, un grande macigno di terrore premeva con forza sul suo centro di gravità. Il carrello di Sherri era intatto e incustodito fuori dalla stanza, la scheda elettronica di June lampeggiava sullo schermo.

Facendosi largo tra la folla, raggiunse alla fine la soglia. Sherri giaceva sul pavimento ai piedi del letto, a faccia in su, le mani abbandonate sul petto; morta. Una pozza di sangue si stava diffondendo rapidamente sotto di lei, la sua gola a brandelli, un minuscolo geyser di sangue che sgorgava ancora dalla carne lacerata. I suoi occhi erano enormi e vitrei, di ghiaccio, non tanto per l'orrore o addirittura il panico, ma semplicemente per la sorpresa, come se qualcuno fosse saltato fuori dall'armadio e l'avesse fatta trasalire. *La tua faccia si congelerà così*. La voce della madre risuonò nelle orecchie di Josie.

Spostò lo sguardo verso il lato opposto della stanza, dove June era accovacciata sotto la finestra, la spina dorsale nuda e incurvata rivolta verso la porta. I calzini antiscivolo ai suoi piedi erano pieni di sangue e l'orlo del camice dell'ospedale frusciava avanti e indietro nella pozzanghera cremisi. Da dove si trovava, Josie potè vedere che stringeva in una mano insanguinata una forchetta, un piccolo frammento di carne penzolava dai denti della posata. Stava facendo qualcosa con l'altra mano. Josie non riusciva a vedere cosa, ma la spalla e il gomito lavoravano a un ritmo frenetico, su e giù, avanti e indietro.

«Chiamate il 911» disse piano Josie alle donne singhiozzanti dietro di lei. «E non entrate in questa stanza.»

Fece un passo esitante all'interno. Poi un altro. Qualunque cosa June stesse facendo, era sul muro sotto le finestre, con un suo movimento tranquillo e stabile. Il suo corpo accovacciato bloccava la visuale di Josie.

A pochi metri dalla testa di Sherri giaceva una tazza di plastica bianca rovesciata. Il coperchio era stato rimosso ed era ancora sul vassoio. L'acqua calda per il tè. Doveva averla gettata in faccia a Sherri, per puntare poi alla giugulare.

Josie evitò la pozza di sangue che si allungava sul pavimento di piastrelle. Ora era abbastanza vicina da vedere che sul muro, col sangue rosso vivo e caldo di Sherri, June aveva scritto una parola in grandi strisce usando i polpastrelli. Non una parola, in realtà. Un nome.

RAMONA.

VENTI

Josie si sentiva vuota fissando June mentre tracciava di nuovo la R all'interno del nome Ramona ancora e ancora con mano ferma e intrisa di sangue. Dopo tutto ciò che aveva conosciuto durante la sua infanzia, Josie non credeva che ci potesse essere molto in grado di sconvolgerla, ma questo... questo era difficile da digerire.

Evitando con cura la striscia di sangue che si stava allargando, girò intorno al corpo di Sherri e si inginocchiò a circa un metro di distanza dalla ragazza. June non la guardò mentre passava alla prima A di Ramona, il palmo della mano che sfregava la lettera contro il cartongesso. Il suo mento sporgeva in avanti, per concentrazione o determinazione, Josie non avrebbe saputo dirlo. Forse per entrambe.

Josie disse: «June, sono io, il detective Quinn.»

Nessun segno di riconoscimento. Era come se fosse l'unica persona lì, non solo nella stanza, si rese conto Josie, ma nel mondo intero. Con la mano si allungò indietro e raccolse una goccia fresca del sangue di Sherri con cui iniziò ad accarezzare le lunghe linee dritte della lettera M.

Josie si fece avanti. «June, sono qui solo per parlarti. Pensi di poter posare la forchetta?»

La forchetta volò attraverso la stanza, sbattendo contro il muro di fronte a Josie e cadendo a terra. La ragazza aveva reagito con tanta rapidità e agile sicurezza, che Josie stentò a credere ai suoi occhi. Si chiese quanto profondamente nascosta *fosse* la vera June.

Josie deglutì. Il suo viso le sembrava insolitamente arrossato. «Grazie» disse mentre June con movimento ritmico spargeva altro sangue nella forma ovale della lettera O.

Josie guardò la porta. Il personale infermieristico si era allontanato dalla porta, radunando, probabilmente, tutti i residenti e raggruppandoli nell'area comune. Non aveva molto tempo. Si sporse in avanti un po' di più e deglutì di nuovo. «June, devo chiederti una cosa. Chi è Ramona?»

Niente. Continuava a girare in tondo, disegnando la O. «June» provò ancora Josie. «Chi è Ramona? Voglio aiutarti, ma non posso farlo se non mi dici cosa sta succedendo. Conosci Ramona? È nei guai? June, se questa Ramona è nei guai, allora ho bisogno di trovarla al più presto. Posso aiutarla. Lascia che la aiuti. Chi è? Dove posso trovarla?»

La sua mano continuava ad andare su e giù, su e giù, lavorando ora sulla lettera N.

«Ho visto tuo zio l'altro giorno» provò Josie. «Tuo zio Dirk. Subito dopo il suo incidente. Ero lì. Ha detto il suo nome. Me lo ha sussurrato. Ha detto "Ramona". Se solo potessi dirmi chi...»

Il resto della frase restò bloccato nella gola di Josie così all'improvviso e velocemente che iniziò a tossire. La testa di June scattò nella sua direzione e i suoi occhi color ambra puntarono su Josie come un uccello predatore. Lampeggiavano con intelligenza e consapevolezza. Per quella frazione di secondo, June era là, nella stanza con Josie. Poi improvvisamente scomparve di nuovo. Si voltò di nuovo verso il muro e continuò a scrivere.

Josie si riprese. «June, per favore. Puoi fidarti di me. Per favore dimmi cosa sta succedendo. Chi è Ramona?»

Il suono delle sirene, attutito, ma sempre più vicino, invase la camera. La delusione, mista alla disperazione, circondò le spalle di Josie. Stava arrivando la cavalleria. June sarebbe stata presa in custodia e con lei sarebbe sparita ogni possibilità per Josie di scoprire chi diavolo fosse Ramona e dove Josie potesse trovarla.

Lanciò un'occhiata alla porta vuota, e quando tornò a guardare June, la ragazza la stava fissando di nuovo, con una lucidità nei suoi occhi castano chiaro così severi e sorprendenti che Josie trattenne il respiro. Il panico la invase.

La ragazza si sporse in avanti e Josie sussultò istintivamente, alzando una delle mani; ma non ci fu nessun attacco. Allungando il collo, June avvicinò il viso a pochi centimetri da quello di Josie, aprì la bocca e tirò fuori la lingua più che poteva. Al centro c'era una piccola pallina rosa con una parola scritta sopra. Come una lucertola, June ritrasse la lingua prima che il cervello di Josie potesse elaborare correttamente la parola. Piccole lettere bianche. A stento leggibili. *Principessa.*

«Dove - dove l'hai preso, June?» chiese Josie.

Ma il momento era passato. La ragazza si era ritirata in se stessa, gli occhi vacui e vuoti come pietre levigate, il palmo scarlatto che spargeva il sangue di Sherri Gosnell sulla lettera finale.

VENTUNO

Josie sedeva su una sedia accanto alla scrivania di Noah Fraley, fissando le sue scarpe da ginnastica in attesa di parlare con il capo, mentre Noah faceva goffi tentativi di conversazione. «Sapevi che il suocero di Mrs. Gosnell è un paziente al Rockview?»

Aveva cercato in tutti i modi di stare lontana dal sangue di Sherri, ma eccola lì: una crosta brunastra intorno alle suole delle scarpe. Non c'era stato modo di evitarlo. Non in quella stanza. Non dopo il modo in cui June l'aveva uccisa. «Si chiamano residenti.» disse a Noah, distrattamente.

«Che cosa?»

Stava cercando di concentrarsi su Noah, ma continuava a vedere la lingua di June allungata verso di lei. *Principessa*. Che ci faceva il piercing per lingua di Isabelle Coleman nella bocca di June Spencer? Noah la fissò in attesa. Gli disse: «Nelle case di riposo, non sono chiamati pazienti, si chiamano residenti. Vivono lì.»

Il volto di Noah arrossì. «Oh»

Non aveva intenzione di metterlo in imbarazzo. Rapidamente, gli disse: «Sapevo che il suocero di Sherri risiedeva lì.

Quando vado a trovare mia nonna a volte lo vedo. L'ho visto anche oggi, in realtà. È quello con la laringe artificiale, che accusava sempre Sherri di rubargliela. Dev'essere uno scherzo di famiglia. Il marito di Sherri è - era - un idraulico, giusto?»

Josie non riusciva a ricordare il nome di battesimo, ma sapeva che era un Gosnell. Lo sapeva perché più di un anno prima, quando lo scaldabagno era saltato, Ray si era categoricamente rifiutato di chiamare l'uomo, o qualsiasi altro idraulico, insistendo per installare lui stesso quello nuovo, anche se non aveva alcuna esperienza idraulica. La litigata che era seguita tra Josie e Ray era stata folle. Era quasi come se lasciare che un altro aggiustasse qualcosa in casa sua costituisse per Ray un violazione. Lasciare un idraulico installare uno scaldabagno equivaleva a permettere a uno sconosciuto di provare sua moglie. L'ironia non mancò di colpire Josie.

«Nick» aggiunse Noah. «Nick Gosnell. Glielo hanno detto un'ora fa. Era fuori per una chiamata di emergenza. Dusty lo ha rintracciato. Pover'uomo. Riesce a immaginarlo? Ho sentito che erano innamorati dai tempi del liceo.»

Josie si accigliò. «Non è sempre tutto come sembra.»

Si aspettava che Noah arrossisse di più, forse un mormorio di scuse o portarsi un palmo sulla fronte in un gesto di imbarazzo. Ma tutto quello che disse fu: «Immagino di no.»

Seguì il suo sguardo fino a dove si trovava Ray, appena fuori dalla porta del capo, intento a parlare con un altro agente. Lentamente Ray si avvicinò a lei ed ebbe la strana sensazione di essere una di quelle mogli dei militari che vedono i soldati nelle loro uniformi lucenti salire lungo il vialetto, sapendo che portano solo cattive notizie. Quando si avvicinò, Josie si alzò e si asciugò i palmi sudati sui jeans.

Il telefono squillò sulla scrivania di Noah e lui rispose con un vivace, «Fraley.»

Ray le chiese: «Stai bene?»

No. Si sentiva scossa da quello che era successo con June.

Aveva rilasciato una breve dichiarazione a Ray quando era arrivato alla casa di riposo con un piccolo gruppo di altri agenti, ma non gli aveva parlato del piercing alla lingua.

«Jo?»

Gli disse: «Sì, sto bene. Dov'è June?»

«Giù in custodia.»

Josie continuava a rivedere June che veniva portata via dalla residenza da due agenti della polizia di Denton, i suoi polsi pallidi bloccati dalle manette dietro la schiena, i suoi occhi che guardavano davanti a sé, ma non vedevano nulla. Non aveva lottato. Il cuore di Josie si era spezzato guardando la ragazza incatenata dopo avere appena trascorso un anno in cattività. Si sentiva triste e inorridita per il barbaro omicidio di Sherri e il suo cuore le doleva per la famiglia dell'infermiera, ma non riusciva a togliersi dalla testa la faccia di June.

«Mi stai ascoltando?» Ray le agitò una mano davanti al viso.

Si concentrò su di lui. Un'ombra di barba gli scuriva la linea della mascella. Erano arrivati fuori all'ufficio del capo. Avevano attraversato la stanza senza che se ne accorgesse. «Scusa.» mormorò.

«Ho detto, ho controllato l'unghia acrilica. Appartiene a una delle ragazze dei gruppi di ricerca.»

«Grazie.» gli disse.

«Il capo vuole vederti. Non farlo innervosire, ok?»

VENTIDUE

Dall'altra parte della scrivania, il Capo Dipartimento Wayland Harris guardò Josie come se l'avesse beccata a rubare. In effetti, lo sguardo che le rivolse sopra gli occhiali da lettura era peggiore di quello che le aveva rivolto quando le aveva chiesto di consegnare la pistola e il distintivo e l'aveva sospesa facendole mantenere lo stipendio. Poi l'aveva guardata con disappunto. Ma oggi era quasi come se lei fosse qualcun'altra, una sconosciuta trascinata nel suo ufficio per essere interrogata. Non lo capiva. Allora, aveva fatto qualcosa di sbagliato. Lo sapeva. Non l'avrebbe mai ammesso ad alta voce perché amava troppo il suo lavoro per metterlo a repentaglio, ma sapeva che era vero. Questa volta era stata solo spettatrice. Aveva persino disarmato June Spencer. Più o meno.

«Quinn» disse. Il fatto che non l'avesse chiamata con il suo grado la infastidiva, ma mantenne la calma. «Perché ogni volta che c'è una catastrofe in questa città, tu ti ci trovi proprio in mezzo? Non sono stato chiaro quando ti ho detto di restare a casa? Non capisci il significato di una sospensione?»

«Signore» disse Josie. «Ero solo in visita a mia nonna.»

«E facevi solo benzina quando quel SUV si è schiantato contro il muro dello Stop and Go, giusto?»

«Esatto. Posto sbagliato, momento sbagliato – o posto giusto al momento giusto, a seconda di come lo si guardi.»

Lui si piegò in avanti, appoggiando i gomiti sulla scrivania. Era un uomo grosso. Alcuni degli ufficiali lo avevano soprannominato Grizzly, o Grizz in breve, a causa della grande struttura a forma di botte. Per quello, e per i peli che sporgevano dal suo naso bulboso. «Per come la vedo io, ti ho sospesa tre settimane fa eppure sei comparsa sulla scena di tutti i principali reati commessi in questa città. Stai *cercando* di essere licenziata?»

Arrossì. Non per l'imbarazzo, ma per la frustrazione. «Signore, glielo assicuro, niente di tutto questo è stato fatto apposta.»

I suoi occhi blu ghiaccio guizzarono rapidamente verso la porta, poi di nuovo verso di lei. «Perché sei entrata in quella stanza stasera?»

«Cosa?»

«Perché stasera sei entrata nella stanza di June Spencer? Quella ragazza avrebbe potuto ucciderti. Non eri armata. Non sei una poliziotta in questo momento. Quello che ha fatto a Sherri Gosnell...» Scosse la testa. «Lascia che ti chieda una cosa: stai cercando di farti ammazzare?»

«No, ho solo...»

«Ti avevo detto di tenere la testa bassa, Quinn. Sei come una dannata gatta selvatica. In ogni dannata cosa.»

«Capo» disse «credo che June Spencer fosse tenuta con Isabelle Coleman.»

«Che cosa?»

Le parole uscirono di getto mentre gli raccontava dello strano incontro con June. «Ho visto una foto su Facebook di Isabelle Coleman con lo stesso piercing sulla lingua. Era stata fatta alcuni mesi prima che venisse rapita.»

Mentre lei parlava, lui la fissava, la sua espressione attentamente assente. Era la sua specialità. Bene o male, la sua faccia era illeggibile. Quando lei finì, lui emise un lungo sospiro. «Quinn, odio dirtelo, ma al giorno d'oggi tutte le ragazze adolescenti hanno i piercing. Diavolo, mia figlia maggiore se n'è fatto uno l'anno scorso. Volevo ucciderla.»

«Ma signore, June Spencer non avrebbe mai messo un piercing con la scritta Principessa» disse Josie. «Il suo avrebbe avuto Stronza o un teschio sopra, o qualcosa di simile. Mi ascolti, non credo che June sia stata con Drummond durante l'ultimo anno. Penso che fosse nelle mani della stessa persona che ha preso Isabelle Coleman. Penso che abbia visto la Coleman in qualche momento dell'ultima settimana e si siano scambiate il piercing. È un messaggio, non capisce?»

I peli ispidi del sopracciglio sinistro del capo si sollevarono scettici. «Quinn, ti senti? Invio di messaggi tramite piercing sulla lingua?»

«È una coincidenza troppo grande. Per favore, guardi la pagina Facebook della Coleman. Vedrà» Josie continuò. «E se Isabelle Coleman e June Spencer si sono incontrate? Avete finito la perquisizione della proprietà di Drummond?»

«Non c'è niente lì. Abbiamo smontato l'intero posto e scavato in tutto il suo cortile, per circa un metro e mezzo. Potresti farci entrare una piscina lì dentro ora. Non c'è niente. Nessun segno della Coleman.»

«Quindi non era con Drummond. Sono state entrambe tenute da qualche altra parte e poi sono state separate. E se June ha visto la Coleman dopo che questa è stata rapita, ma prima che finisse con Drummond? Avete controllato la gente con cui se la faceva Drummond?»

«Non c'erano persone che Drummond frequentasse. Non aveva nessun amico. Ho provato a chiamare il suo unico parente conosciuto, uno zio che sta in Colorado. Il tipo mi ha detto che Drummond non merita un funerale. Pagherà la città.»

«E per quanto riguarda la prigione?»

Il capo le puntò contro un dito. «Quinn. Dico sul serio, ora. Basta. Apprezzo che tu mi abbia detto cosa è successo con quella ragazza, ma tu devi andare a casa. Seguiremo ogni pista. Lo sai. Ma tu sei fuori. Lascia a noi il lavoro della polizia.»

Josie sentiva che questa poteva essere l'unica possibilità di perorare la sua causa per tornare in servizio. Quando sarebbe stata di fronte a lui la prossima volta? Quando l'avrebbe richiamata, quando diavolo sarebbe mai successo? Non sarebbe rimasta ad aspettare. «Mi dispiace, ma mi ascolti. Le cose si stanno muovendo rapidamente. Lei è a corto di personale. Sta lavorando a un rapimento di alto profilo in cui potrebbe esserci più di una persona coinvolta, a una sparatoria, a un rapimento - di nuovo - dove sono coinvolti più possibili sospetti; e ora c'è un omicidio.»

«Pensi che non sappia con cosa abbiamo a che fare in questo momento, Quinn?»

«Non è quello che ho detto. Avete bisogno di aiuto. Mi faccia tornare. Due settimane. Mi può rimettere in sospensione dopo che le cose si saranno sistemate.»

«Non è così che funziona e tu lo sai. Come sempre, apprezzo il tuo entusiasmo, ma cammini sul ghiaccio sottile. La disciplinare mi sta col fiato sul collo perché conduca un'indagine adeguata. Hai più possibilità di vincere alla lotteria che non che quella donna decida di non sporgere denuncia. Stavo cercando un modo per tirarti fuori, prima che iniziasse tutta questa merda. Il fatto che tu ti trovi nel mezzo di ogni altro dannato casino non aiuta.»

«Non sporgerà denuncia.» disse Josie.

La sua voce si alzò fino quasi a gridare. «Quinn, le hai fatto cadere due denti! Come diavolo fai a sapere che non sporgerà denuncia?»

Perché quello che lei ha fatto è stato molto peggio della gomitata in faccia che le ho dato io, pensò Josie. Questa volta tenne la bocca chiusa; l'ultima volta che avevano avuto questa conversazione era sembrata una giustificazione. Invece, provò a dire: «Mi dispiace. Proverò a... volare sotto i radar da ora in poi. Ma per favore, ci ripensi. Possiamo farlo senza clamore. Mi può mettere al centralino o lasciarmi a fare la guardia a June Spencer mentre è dentro. Terrò la testa bassa, lo prometto.»

Lui sospirò. «Ho detto di no, Quinn. Ti ho fatto venire qui per avvisarti. Stai fuori dalla merda, va bene?»

Voleva urlare. Invece, chiese, nel modo più calmo possibile, «E la faccenda Ramona?»

Lentamente, le palpebre del suo capo si abbassarono. Alzò la testa al soffitto e inspirò profondamente, era il suo modo di contare fino a dieci. Si era spinta troppo oltre. I suoi occhi azzurri si fissarono di nuovo su di lei. «Non hai sentito una *dannata* parola che ho detto?»

«L'ho fatto. Mi stavo solo chiedendo, ora più che mai, che abbiamo bisogno di trovarla, non crede? E se fosse collegata a Isabelle Coleman in qualche modo? E se sapesse dov'è la Coleman?»

Il capo si passò una mano sugli occhi. «Non c'è nessuna Ramona. Ho ricevuto il rapporto della sparatoria e abbiamo verificato *ogni* possibilità. Ci sono sei Ramona nel database NAMUS elencate come scomparse, e nessuna di loro viene dalla Pennsylvania. Neanche vicino. Abbiamo controllato la casa di Spencer. Abbiamo parlato con colleghi, amici, la sua ex fidanzata. Nessuno conosce una donna con quel nome. Non c'è nessuno in città che si chiami Ramona - presente o scomparsa. È un vicolo cieco, Quinn.»

«Ma non pensa che sia strano che entrambi gli Spencer l'abbiano nominata? Deve significare qualcosa. Chiunque sia Ramona, deve essere importante.»

«La cosa strana è che stai insistendo su tutto questo nonostante tu sia stata sospesa. Non apprezzo che tu stia mettendo in dubbio la qualità del lavoro che questo dipartimento sta facendo. Ora, a meno che tu non voglia essere sospesa senza paga, è meglio che tu esca subito dal mio ufficio.»

«Capo.»

«Adesso!» urlò.

Le parole la colpirono come uno schiaffo fisico. Afferrò i braccioli della sedia e si alzò in piedi. Non per il fatto che le aveva urlato contro, il capo era famoso per la sua voce grossa e tonante, ma per il modo in cui la guardava. Per la seconda volta negli ultimi cinque minuti, si sentì come un'estranea nel suo stesso mondo.

Mantenne lo sguardo su di lui e uscì dalla stanza.

VENTITRÉ

Non aveva idea di quanto tempo avesse dormito, ma era sorprendentemente sveglia quando la porta si aprì, spingendo verso l'interno della stanza il suo corpo disteso. Quando aprì gli occhi, la luce del giorno irruppe nella stanza, accecandola. Il dolore alla testa fu istantaneo e straziante. La ragazza strinse gli occhi più forte che potè, portò l'avambraccio al viso e strisciò all'indietro fino a quando il suo corpo non urtò forte contro il muro di pietra. Prima che potesse riprendere fiato, una mano forte la sollevò da terra.

«Alzati.» ordinò la voce di un uomo.

Seguì più il dolore al cuoio capelluto che il comando. Le sue gambe oscillavano e tremavano mentre si alzava in piedi. Provò ad aprire di nuovo gli occhi, ma la luce era troppo forte.

«Per favore» gracchiò. «Voglio andare a casa.»

Lui rise, il respiro caldo nel suo orecchio. «Non puoi tornare a casa, ragazzina» le disse. «Sei mia ora.»

VENTIQUATTRO

Erano quasi le dieci di sera e Josie aveva già bevuto tre shot di Wild Turkey quando Luke arrivò a casa sua. Lo raggiunse alla porta, gettandogli le braccia al collo e baciandolo profondamente. Sentì crescere la sua voglia per lui, intensificata dall'alcol. Prima che Luke potesse riprendere fiato, gli stava già slacciando la cintura.

Ridendo piano, le afferrò le mani e le mantenne unite tra i suoi grandi palmi, come se le stesse scaldando in una giornata fredda. «Non così veloce» mormorò. «Ho sentito cosa è successo a Rockview. Tua nonna sta bene?»

«Sta bene.» rispose Josie. L'ultima cosa che voleva fare era parlare di quello che era successo a Rockview. Poteva ancora vedere la nonna in piedi sulla soglia della stanza vuota di June, a bocca aperta e pallida per lo shock come il resto dei residenti. Josie si era sentita malissimo a lasciarla lì e adesso si sentiva ancora peggio ricordandolo.

Liberando le mani dalla sua presa, Josie spinse Luke finché la sua schiena premette contro il muro dell'atrio. Le sue mani tornarono freneticamente alla sua cintura.

«Josie.» disse lui e lei provò una fitta di fastidio al tono della sua voce. Era pietà?

«Zitto.» ordinò, mentre finalmente lo liberava dalla cintura e spostava la mano in alto, dietro la testa, afferrandogli una manciata di capelli e tirandolo fino alla sua bocca affamata. Non la fermò.

Interruppe il bacio e guardò i gradini. «Dovremmo andare di sopra?»

Josie si tolse la camicia. «No» disse. «Ti voglio ora.»

Le sfiorò dolcemente la guancia con il dorso della mano. «Possiamo rallentare, lo sai.»

Ma lei non voleva rallentare. Lei non voleva tenerezza o combustione lenta. Aveva bisogno di un inferno furioso che bruciasse ogni ansia che si contorceva e rigirava nella sua testa. Aveva bisogno del calore, di quel fuoco che avevano raggiunto nei boschi.

Lei cadde in ginocchio davanti a lui. «No» disse. «Non possiamo.»

Josie raccolse i vestiti che aveva sparso sul pavimento e se li rimise. L'effetto anestetizzante del Wild Turkey era evaporato, lasciandola con la sensazione di aver bevuto una caffettiera di caffè, la sua mente era lucida, la sua ansia per il momento attenuata. Luke sedeva a torso nudo al tavolo della cucina. Si era tirato su i boxer e la guardava lavorare alla cena che aveva cercato di preparargli prima che arrivasse.

«Ti ho portato qualcosa.» disse alla fine.

Lei gli sorrise. «Oh, sì?»

«È nel mio furgone.»

«Hai intenzione di portarla dentro?»

«Sì, è una porta. Sai, per l'armadio della tua camera da letto.»

Josie si bloccò, il coltello in mano puntato su un pezzo di petto di pollo grigliato. La sensazione di eccitazione che aveva provato nel momento in cui lo aveva accolto sulla soglia di casa era improvvisamente scomparsa. «Il mio, uh, l'armadio della mia camera da letto?»

«Sì. Non c'è nessuna porta.» Rise. «Non te ne sei accorta?»

Lei rise insieme a lui, sperando che non sentisse la pungente nota di nervosismo nella sua voce. «Mi, uh, mi piace senza la porta» disse. «È più aperto, arioso.»

Era una bugia, ma era il meglio che potesse fare in quel momento. Cosa poteva dire? Niente che non avrebbe portato a domande a cui lei non voleva rispondere.

Quando lei e Ray si erano trasferiti insieme per la prima volta dopo il college, avevano vissuto in un minuscolo appartamento con un enorme armadio in camera da letto, grande abbastanza perché lei potesse entrare e uscire, ma non proprio una cabina armadio. Era là dentro e stava mettendo le cose a posto quando Ray aveva chiuso la porta senza pensarci, senza rendersi conto che Josie era ancora lì. Lo scatto del chiavistello, l'oscurità improvvisa, qualcosa si era rotto dentro di lei e le aveva provocato un attacco di panico inaspettato e furioso. Paralizzata, aveva iniziato a iperventilare, aveva avuto la sensazione che i muri le si chiudessero addosso, lo spazio oscuro sempre più piccolo di secondo in secondo. Era quasi svenuta.

Ray si era sentito malissimo. Una volta calmata, aveva tolto la porta dai cardini e l'aveva gettata nella spazzatura. L'avevano dovuta ripagare con il deposito cauzionale quando si erano trasferiti, ma Ray aveva detto che non importava. In ognuno della serie di appartamenti schifosi che avevano affittato e poi, finalmente, nella casa che avevano comprato insieme, lui aveva sempre rimosso tutte le porte dell'armadio. Era diventata la loro normalità.

Era stato naturale fare lo stesso nella sua casa. L'aiutava a dormire la notte. Ma non poteva dirlo a Luke. Lei non poteva dirgli la verità. Non poteva conoscere quella Josie.

«Arioso?» disse Luke. «Ma sembra terribile. Voglio dire, tutta la tua roba è proprio lì. Josie, gli armadi sono quei posti dove metti tutta la roba che non si usa. Sono destinati ad avere le porte.»

Il coltello colpì rumorosamente il bancone, facendolo trasalire. «Non tutti» rispose a denti stretti, poi fece un respiro profondo e ricordò a se stessa che Luke stava cercando di fare qualcosa di carino per lei.

Luke era un risolutore. Questa era una delle cose di lui che l'aveva inizialmente attratta. Se vedeva qualcosa senza speranza, lui semplicemente l'aggiustava. Continuava ad aggiustare le cose nella sua casa da quando si erano messi insieme: ritoccando la vernice, riparando la perdita del rubinetto nel lavandino del suo bagno, rattoppando un buco nel cartongesso della cucina lasciato dal precedente proprietario. Lo aveva sempre apprezzato - fino a ora. Questa volta sembrava che stesse cercando di aggiustare *lei*, ma lei non aveva bisogno di essere aggiustata. Non era rotta. Stava bene.

Ma ha buone intenzioni, si disse. Non stava tentando di controllarla. Lui non poteva capire che cosa avrebbe significato mettere quella porta. Si costrinse a sorridere. «Mi dispiace» disse. «Volevo dire, voglio dipingere la mia camera da letto. È stato davvero meraviglioso da parte tua uscire e comprarmi una porta, ma sarebbe meglio metterla in garage finché non lo faccio, ok?»

«Oh, posso dipingerla per...»

«No, no» disse rapidamente. «In realtà vorrei farlo da sola.»

Sembrava mezzo deluso e mezzo confuso. Doveva cambiare argomento e in fretta. Odiava farlo, ma era la prima cosa che le venne in mente. «Come sapevi di Rockview?» chiese, riprendendo il coltello facendo finta di nulla.

«Oh, ho chiamato per sapere se qualcuno avesse reclamato

qualcuno dei corpi della sparatoria - nessuno l'ha ancora fatto - e Noah me l'ha detto. Difficile da credere.»

Josie si voltò per prendere qualcosa dal frigorifero e fece cadere un gruppo di utensili da cucina sul pavimento. Luke balzò in piedi per aiutarla a raccoglierli.

«Basta che li butti nel lavandino» disse Josie con un sospiro profondo. «Li laverò più tardi.»

«Che cos'è, esattamente?» le chiese, indicando il pasticcio sul bancone: pollo, pasta e qualche intruglio cremoso. Aveva perso il conto di ciò che aveva esattamente messo in quella ciotola.

«Lasagna cremosa al pollo.» gli disse. Cercò nel telefono finché non trovò la ricetta e glielo passò.

La fronte di Luke si aggrottò mentre gli occhi andavano avanti e indietro dalla ricetta al piano di lavoro di Josie. Prima del suo arrivo, lei aveva avuto la brillante idea che cucinare le avrebbe distolto la mente dal lavoro che non era in grado di fare e da tutte le domande che le giravano in testa. Cucinare non l'aveva aiutata affatto. La verità era che odiava cucinare. Lo trovava noioso e frustrante. Viveva di bagel, cene al microonde e insalate da quando aveva lasciato Ray.

«Ti dispiace?» chiese Luke, indicando il petto di pollo cotto ammonticchiato su un piatto sul bancone.

Semplicemente non c'era con la testa, soprattutto ora. «No, certo» disse. «Dacci dentro.»

Per prima cosa Luke riorganizzò tutti i piatti e le ciotole sul bancone. Poi fece una ricerca nei suoi armadietti per misurini, basilico, sale, un grosso coltello e un tagliere. Iniziò, quindi, a tagliare a dadini il pollo. Josie avvicinò una sedia al tavolo della cucina e si sedette, i piedi sotto di lei. «Pensi di poterlo salvare?» gli chiese. Eccolo di nuovo, a sistemare le cose.

«Immagino che lo scopriremo» disse mentre le sue mani lavoravano velocemente e abilmente, tagliando il pollo nella metà del tempo che ci sarebbe voluto a lei. «Raccontami di oggi.»

Sollevata all'idea di non dover parlare della porta dell'armadio, gli raccontò tutto quello che era accaduto al Rockview, dall'arrivo di June a quando aveva trovato Sherri assassinata sul pavimento della stanza. Gli disse tutto tranne del piercing alla lingua con la scritta Principessa. Si era già pentita di averlo detto al capo; forse aveva ragione, forse lei era pazza. Forse non avrebbe dovuto prenderla così sul serio o provare così fortemente a collegare June alla Coleman. Luke la ascoltò attentamente mentre passava a preparare un condimento cremoso, assaggiandolo poi con un cucchiaio e aggiungendo ingredienti, mescolando, assaggiando, aggiungendo e mescolando ancora.

«Nessuna persona scomparsa di nome Ramona?» le chiese.

«Il capo ha detto che non ce ne sono. Non c'è nessuna Ramona in tutta Denton.»

«Ma è ovvio che gli Spencer conoscono una persona di nome Ramona.»

«A parte il fatto che l'ex ragazza di Dirk Spencer dice di *no*.»

Luke agitò in aria un cucchiaio di legno. «Aspetta, perché hai parlato con l'ex ragazza di Dirk Spencer?»

«Non è importante.» rispose Josie.

Il sorriso di Luke le disse che non ne avrebbe fatto un problema e per questo lo amava. Riempì d'acqua una pentola capiente e la mise sul fuoco a bollire, aggiungendo un pizzico di sale e un tappo di olio d'oliva. «Forse Ramona non è una persona» disse lui. «Forse è un posto.»

«No, penso che sia una persona» disse Josie. «Forse non è una persona scomparsa, ma solo una persona.»

La scena con June continuava a tornare nella mente di Josie dall'inizio alla fine, ma non la portava più vicina a capire il mistero di Ramona.

E che dire di Drummond? Come si collegava con il resto? Il

capo le aveva detto che non avevano trovato traccia della Coleman o di qualsiasi altra ragazza nella sua proprietà. Dov'era la Coleman, e come erano riuscite lei e June a entrare in contatto tra loro?

Josie recuperò il suo telefono dal piano di lavoro e aprì una schermata di ricerca. Adesso che era stata sospesa non aveva accesso ai database della polizia, ma aveva accesso alla Megan's Law list della Pennsylvania con l'elenco dei condannati per reati a sfondo sessuale che le avrebbe rivelato per cosa fosse stato in prigione Drummond.

Bastarono pochi minuti di ricerca per trovarlo. Era stato condannato dieci anni prima per violenza carnale e sequestro di persona. Aveva scontato sette anni. La sua foto mostrava un uomo con la faccia larga, con lineamenti che sembravano più adatti a un gigante. Sembrava tranquillamente di dieci anni più vecchio dell'età dichiarata di trentatré anni e fissava la telecamera con uno sguardo piatto, quasi la stessa espressione che aveva June quando l'avevano portata a Rockview. Fisicamente era lì, ma non mentalmente.

Drummond aveva poco più di vent'anni quando aveva commesso il crimine che lo aveva fatto finire nel registro dei predatori sessuali, probabilmente doveva essere stato il suo primo reato. Una volta uscito, sotto l'occhio vigile di sua madre, sembrava si fosse comportato al meglio.

Josie fece una ricerca sulla madre e trovò il necrologio. Era morta pochi mesi prima che June scomparisse. In teoria, morta sua madre, Drummond avrebbe potuto tenere June prigioniera per un anno e nessuno lo avrebbe scoperto. Era possibile che June avesse fatto fagotto e si fosse allontanata dalla casa di suo zio per essere poi presa da Drummond.

Josie si chiese se la borsa a tracolla di June fosse stata recuperata nella casa di Drummond. Inviò un breve messaggio a Ray per chiederglielo. Poteva immaginare il suo sguardo con gli occhi al cielo attraversare la città di Denton. La sua risposta arrivò in pochi minuti:

No. Niente borsa. Ora stanne fuori prima il capo ti licenzi.

Lei rispose:

Avete controllato gli amici che Drummond si è fatto in prigione?

Il capo mi ha già chiesto di indagare.
NON MANDARMI ALTRI MESSAGGI.

Digitò una risposta tagliente, ma poi la cancellò e invece scrisse "Grazie". Avrebbe potuto aver bisogno di Ray in futuro.

«Sei on line?» chiese Luke.

Alzò lo sguardo e lo vide calare le lasagne dure e crude nella pentola d'acqua bollente.

«Uh, sì.» disse.

La Coleman non era stata trovata a casa di Drummond, e nemmeno la borsa a tracolla di June, il che significava che c'erano un altro posto e qualcun altro coinvolto. Eppure, non riusciva a vedere Drummond coinvolto nella tratta. Non aveva senso. Lui era un collezionista. Aveva preparato una stanza; cosa aveva detto Ray? L'aveva ristrutturata come fosse una cella. Probabilmente Drummond aveva pianificato di prendere qualcuno. Aveva voluto June per sua gratificazione, non per farci soldi. I trafficanti guadagnano denaro dalle donne e dai bambini che comprano e vendono.

Tutto girava e rigirava nella sua mente, senza arrivare da nessuna parte.

«Josie?»

Alzò lo sguardo dal telefono. Luke era in piedi accanto a lei, un sorriso incerto sul volto. Le posò una mano sulla spalla. «Ho detto che le lasagne saranno pronte in mezz'ora. Volevi aprire una bottiglia di vino?»

Lei gli rivolse un sorriso. «Mi piacerebbe.»

Non tanto quanto mi piacerebbe scavare nel database della polizia, aggiunse silenziosamente.

VENTICINQUE

La lasagna si rivelò ricca e squisita. Anche seguendo la ricetta, Josie dubitava che avrebbe potuto riprodurre il sapore che Luke aveva ottenuto. Dopo cena, finalmente andarono in camera da letto dove Luke fece un accurato inventario delle ferite che si era fatta allo Stop and Go e le baciò tutte, prima di addormentarsi, esausto e russante, nel letto di Josie. La sveglia segnava due minuti all'una quando scivolò giù dal letto, mise i pantaloni della tuta e una maglietta sbiadita della polizia di Denton, e portò il pc in cucina.

Cercò su Facebook la pagina di June Spencer e scorse i post e le immagini del profilo. Non ce ne erano molti. Seguendo quello che le aveva detto Solange, Josie poteva immaginare che la ragazza avesse semplicemente ben poco da pubblicare.

Successivamente, aprì Google e inserì il nome di June Spencer nella barra di ricerca per vedere se Trinity Payne avesse scovato qualcosa di nuovo sul caso o se la storia fosse stata ripresa dalle testate giornalistiche nazionali. Una manciata di titoli proclamava: "Ragazza di Denton scomparsa da un anno trovata viva" e "Ragazza fuggita tenuta come schiava sessuale per un anno". Josie controllò le fonti. Erano tutte locali, soprattutto WYEP e altri giornali della zona. Alcuni post sotto quello di June, un vecchio titolo catturò l'attenzione di Josie: "Ritrovata viva a Denton casalinga della Pennsylvania scomparsa." Josie cliccò sulla storia di *USA Today* e la lesse rapidamente. Quindi aprì una nuova finestra del browser e inserì il nome della casalinga nella barra di ricerca. Comparvero centinaia di notizie; i titoli urlavano tutti la stessa cosa:

DOPO RICERCHE APPROFONDITE TROVATA VIVA
UNA DONNA DELLA PENNSYLVANIA SCOMPARSA
UNA MADRE DELLA PENNSYLVANIA SCOMPARSA
TROVATA VIVA
TROVATA VIVA DOPO 3 SETTIMANE LA DONNA
SCOMPARSA DALLA CONTEA DI ALCOTT

Josie cliccò su ogni pezzo e lo lesse. Sei anni prima, Ginger Blackwell, una madre trentaduenne di tre figlie di Bowersville, la prima città a ovest di Denton, scomparve mentre tornava a casa dal supermercato. Il suo veicolo e tutti i suoi oggetti personali - borsa, telefono, chiavi - erano stati trovati sul ciglio di una strada di campagna tra il supermercato e la sua casa. La spesa era ancora nel retro dell'auto e la ruota anteriore sinistra era a terra. Era scomparsa senza lasciare traccia.

La polizia di Bowersville, la Polizia di Stato e l'FBI avevano cercato giorno e notte. Un centro di comando era stato istituito vicino alla negozio dove era stata vista l'ultima volta. Era stato attivato anche un numero verde. Tutte le principali reti avevano raccontato la storia. Il marito della Blackwell era stato considerato uno dei primi sospettati anche se aveva un alibi. Una volta che aveva superato il poligrafo, la polizia aveva concentrato le sue indagini altrove, ma senza alcuna pista l'indagine era giunta a una battuta d'arresto. Josie ricordava vagamente il caso. Allora non era ancora entrata in polizia; era appena uscita dal college, viveva con sua nonna e, soprattutto, si stava ancora divertendo.

Era sicura di essere stata a conoscenza di quanto stava succedendo visto che era accaduto così vicino, ma non le era rimasto molto impresso.

Dopo tre settimane, Ginger era stata ritrovata sul margine dell'Interstatale 80 tra le due uscite di Denton, legata e nuda. Raccontò che una donna si era fermata per aiutarla con la ruota bucata e poi la cosa successiva che ricordava era di essersi trovata prigioniera; ma non era in grado di descrivere dove era stata tenuta o la persona o le persone che l'avevano trattenuta. «C'era solo completa oscurità» riferì. «Come essere tenuti in un armadio. Il buio era assoluto. Come in una scatola nera.»

Josie inspirò bruscamente mentre dita invisibili le strisciavano sulla colonna vertebrale. Come in un armadio. Come in un armadio. Non doveva immaginare; conosceva il terrore della Blackwell. Troppo per essere una coincidenza? La Blackwell era scomparsa senza lasciare traccia lungo un tratto solitario di una strada rurale, proprio come la Spencer e la Coleman. Tutte e tre le donne erano scomparse negli ultimi sei anni. Erano tante in un periodo così breve per un'area piccola come Denton. Poteva la stessa persona che aveva preso Isabelle Coleman, e forse anche June Spencer, aver preso anche Ginger Blackwell? Josie aprì in un'altra finestra il sito della Megan's Law e controllò di nuovo la pagina di Donald Drummond. Lui era in prigione quando Ginger Blackwell era stata rapita.

Tornò alla scheda con la storia della Blackwell e continuò a leggere. La Blackwell non ricordava quasi nulla. Non aveva idea se la donna che si era fermata ad aiutarla fosse coinvolta nel suo rapimento o no. Poi una donna di Bowersville, proprietaria di un negozio di parrucchiere locale, si era fatta avanti per dire che si era fermata quando aveva visto il veicolo della Blackwell in panne sul lato della strada, ma che la Blackwell non c'era. Ginger non ricordava se la proprietaria del negozio di parrucchiere fosse la stessa donna con cui aveva parlato. Non ricordava di essere stata scaricata sull'Interstatale. Le sue ferite non erano gravi. Le notizie non riportavano se fosse stata aggredita sessualmente o no.

Poiché era stata trovata sull'Interstatale, la Polizia di Stato aveva ottenuto la giurisdizione, ma poiché era stata trovata a Denton, il capo Harris aveva lottato per tenere il caso. Alla fine, l'avvocato del distretto della contea di Alcott aveva nominato un investigatore speciale per condurre un'indagine indipendente. Era una mossa insolita, ma Josie capiva il peso della pressione cui tutte le forze dell'ordine e l'ufficio del procuratore distrettuale dovessero essere state sottoposte per risolvere il caso, visto il livello di copertura della stampa nazionale.

Il caso di Ginger era stato rapidamente etichettato come una bufala. Josie fece scorrere almeno una ventina di articoli che spiegavano perché la polizia aveva ritenuto il rapimento una finzione. In ognuno veniva citato il marito di Ginger, che metteva in dubbio la teoria della bufala. Diceva: «Mia moglie non ha inscenato il proprio rapimento. Questa non è una bufala. Ha attraversato l'inferno. Ditemi, se ha fatto tutto questo da sola, allora come si è legata e buttata sul ciglio dell'autostrada?»

In effetti, come aveva fatto?

Studiando le foto di Ginger, era difficile credere che la donna avesse trentadue anni. Sembrava un'adolescente. Era magra con lunghi, lucenti capelli ramati e occhi del blu delle acque tropicali. La pelle pallida splendeva in ogni immagine. In alcune, teneva in braccio delle bambine che si dimenavano; in altre, si trovava di fronte a un monumento o a un paesaggio. Tutte prese prima del suo rapimento. Tutte che la mostravano raggiante e incredibilmente felice. Josie si chiese se avesse mantenuto quel sorriso negli anni successivi al suo rilascio.

Una mano le accarezzò i capelli facendola sobbalzare. «Gesù» disse Luke. «Cosa fai? Hai dormito almeno un po' stanotte?»

Il cuore di Josie batteva contro lo sterno mentre si guardava intorno in cucina e notava la luce del giorno, grigia e smorzata, filtrare attraverso le finestre. Era stata sveglia tutta la notte. «Io... io non riuscivo a dormire.» disse.

Lui sbadigliò. «Devi essere esausta.»

Ma non lo era. Si sentiva più acutamente sveglia che mai. Luke sedette accanto a lei al tavolo, ancora a torso nudo, vestito solo con i pantaloni della tuta a vita bassa che teneva nel cassetto in alto a sinistra del suo comò. «Cosa fai?» chiese, guardando di traverso lo schermo del computer, che mostrava la sua ricerca su Ginger Blackwell. «Devi davvero concedere una pausa a Google.» aggiunse, scherzando.

Josie cliccò su una delle notizie e una foto di Ginger Blackwell con il suo sorriso ampio e contagioso riempì lo schermo. Al di sotto, iniziò a essere riprodotto il video di una notizia di novanta secondi. «Ricordi questo caso?» gli chiese. «Fu rapita e poi scaricata sulla I-80 tre settimane dopo. Ginger Blackwell?»

Luke si passò una mano tra i capelli e studiò le foto della Blackwell. Nel video, Trinity Payne apparve accanto a un grande schermo televisivo che mostrava una serie di foto della Blackwell, raccontando i pochi fatti sulla scomparsa della donna. La vista di Trinity mandò una scossa a Josie. Trinity era corrispondente di una delle principali reti al momento del rapimento della Blackwell. Forse aveva ottenuto la storia grazie ai suoi legami con la zona.

«Ricordo il caso» disse Luke. «Ma solo perché era in televisione. Allora ero di stanza vicino a Greensburg. Pensai che l'intera faccenda fosse una bufala.»

Sospirando, Josie chiuse di scatto il suo laptop. «Sembra che lo pensassero tutti, all'unanimità.» rispose, ma lei non ne era così sicura. Desiderò poter vedere il fascicolo Blackwell e decidere da sola. Non era fuori dalla sua portata; si sapeva che accadevano bufale, ma di solito il colpevole veniva poi accusato o almeno multato, per uso non necessario delle risorse della polizia. Costava denaro mettere su una ricerca grande come quella organizzata per Ginger Blackwell. Soldi che una contea come

Alcott non aveva. Josie sapeva per certo che Denton aveva probabilmente fatto saltare il suo budget annuale in soli tre giorni dalla scomparsa di Isabelle Coleman. Se la Blackwell aveva messo in scena il suo rapimento, perché non era stata punita per questo? Qualcosa non quadrava; c'era qualcosa nel file della Blackwell che non era stato dato alla stampa. Lo sapeva.

Josie osservò Luke mentre si alzava e si dirigeva verso il bancone; versò la polvere di caffè nella caffettiera, aggiunse dell'acqua, e l'accese. Si chiese se potesse fidarsi di lui. Veramente fidarsi di lui. Aveva imparato alla tenera età di undici anni che non tutti gli uomini erano degni di fiducia, forse anche prima quando, a sei anni, suo padre aveva preferito una pallottola a lei.

L'unico uomo di cui si era veramente fidata era Ray, ma era un ragazzo quando l'aveva incontrato. E guarda come era andata a finire. Lui era diventato un uomo e aveva distrutto il periodo più sacro della loro vita insieme - il loro matrimonio - dimostrandole, una volta per tutte e definitivamente, che non ci si poteva fidare degli uomini.

Eppure, portava al dito l'anello di fidanzamento di Luke. Aveva detto sì, senza esitazione. Il che implicava un certo grado di fiducia da parte sua, giusto? Poteva parlargli del piercing con la scritta Principessa? Della sua teoria che i casi Blackwell, Coleman e June Spencer fossero tutti collegati? L'avrebbe liquidata facilmente come aveva fatto il capo? Avrebbe pensato anche lui che lei era *pazza*?

Pensò all'incidente che l'aveva portata al folle pasticcio in cui si trovava ora, sospesa e in sospeso. Dopo quanto era successo, Ray l'aveva chiamata esattamente così. Pazza. Poi aveva detto: «Non puoi fare cazzate del genere. Non puoi semplicemente colpire le persone.» Ovviamente non poteva, lo sapeva. Ma quasi tutti gli agenti della polizia di Denton condividevano l'opinione di Ray: era impazzita. Poteva aver perso il controllo ma sapeva di non essere pazza.

Onestamente, si sarebbe aspettata più sostegno dai suoi colleghi. Come se nessuno di loro avesse mai perso la testa nella foga del momento, fosse stato spinto a fare qualcosa di deplorevole, qualcosa di stupido o forse, sì, un po' pazzo. A volte succedeva. Quello con cui avevano a che fare giorno dopo giorno era il peggio che l'umanità avesse da offrire. Se non ti sconvolgeva di tanto in tanto, non eri umano. Soltanto Noah aveva dato un qualche segnale di aver capito. Le aveva detto tranquillamente, mentre lei lasciava la stazione di polizia in disgrazia, senza armi e senza distintivo, «Dovevi aspettartela.»

Josie prese la tazza di caffè fumante che Luke le offrì, fatto esattamente come piaceva a lei - due cucchiaini di zucchero e un sacco di crema di latte. «Luke» disse, mentre lui si sedeva accanto a lei. «Ricordi l'incidente con quella donna, sai, quella per cui sono stata sospesa?»

Lui rise. «Difficile dimenticarlo.»

«Pensi che abbia fatto la cosa giusta? Colpirla così? O pensi che fossi... non so... impazzita?»

Il suo viso si fece serio. «No» disse, senza un accenno di risata nel tono di voce. «Non penso che tu fossi impazzita. Io le avrei sparato.»

VENTISEI

Uscirono a fare colazione e lei gli raccontò in tono sommesso cosa June le aveva mostrato dopo l'omicidio di Sherri Gosnell; proseguì quindi con la sua teoria che il piercing con la scritta Principessa sulla lingua di June in realtà appartenesse a Isabelle Coleman. Non le disse che era pazza. Non mise in dubbio la sua competenza. Non le disse che aveva troppo tempo a disposizione, o che avrebbe dovuto riposarsi. Invece, sollevò un sopracciglio, masticò pensieroso il suo toast, deglutì e chiese: «Hai controllato la pagina Facebook di June Spencer per vedere se ci sono foto di lei con questo piercing alla lingua?»

La sua forchetta si fermò, oscillando sul piatto. «L'ho fatto. Non c'era niente di utile. Aspetta, pensi che io abbia ragione?»

Luke scrollò le spalle. «Non lo so. Posso capire quello che dice il capo. Non c'è nessuna prova definitiva che punti alla Coleman, ma dato tutto quello che mi hai detto, posso anche capire il tuo punto di vista.»

«Pensi che ci sia qualche altra cosa sotto? Pensi che Drummond fosse complice di qualcun altro? È forse coinvolta più di una persona?»

Finì il suo toast. «Non lo so. Tutto è possibile.»

«Pensi che ci sia una specie di traffico di donne?»

Luke corrugò la fronte mentre beveva un sorso di caffè, poi disse: «I trafficanti passano molto tempo ad adescare le loro ragazze. Di solito non le prendono con la forza. Non sto dicendo che non rapiscono mai le donne, sto solo dicendo che il loro modus operandi solito è trovare una ragazza con un livello basso di autostima - problemi familiari, disperata ricerca di attenzioni, quel genere di cose - tirare l'esca e poi cambiare atteggiamento. Di solito c'è un ragazzo che fa sentire la ragazza la persona più speciale del mondo intero, la ama come un matto, facendole ogni tipo di regalo, riempiendola di attenzioni e poi, quando è così rincretinita che potrebbe fare qualsiasi cosa per lui, arriva il sesso per soldi. Si tratta di manipolazione. È un gioco e questi ragazzi sono molto bravi. Facciamo un sacco di arresti alle soste dei camion. Ne vedo molte di queste ragazze; sfortunatamente, non mancano. Quindi, un giro di persone che rapisce adolescenti e poi le regala o le vende a noti autori di reati sessuali in modo che possano tenersele? È possibile, ma non mi convince molto.»

«Ma pensi che sia possibile che la stessa persona, o le stesse persone, che hanno preso Ginger Blackwell abbia preso anche la Coleman, e forse June Spencer?»

Un'altra scrollata di spalle. «Potrebbe essere. Varrebbe la pena dare un'occhiata. Dovresti dirlo al tuo capo per fargli richiedere copia del fascicolo Blackwell e controllare l'eventuale presenza di collegamenti con il caso Coleman - supponendo che il caso Blackwell, in realtà, non sia stata una bufala. Se c'è qualcosa di utile, sono sicuro che lo troverà. Chi ha il fascicolo?»

«La Polizia di Stato dovrebbe averne uno. Sono stati i primi soccorritori, e il caso era loro finché il capo non ha sollevato l'inferno e ottenuto che fosse coinvolto un investigatore dell'ufficio del procuratore distrettuale. Il laboratorio della Polizia di Stato aveva elaborato le prove».

«Hai trovato tutto questo su Google?»

«Trinity Payne ha scritto una storia piuttosto dettagliata sull'intera faccenda.»

Luke non aggiunse nulla; mangiarono in silenzio per qualche istante. Poi Josie gli fece la domanda su cui aveva rimuginato per tutto il tempo: «Puoi procurarmi una copia del file di Ginger Blackwell?»

La fissò. «Josie.»

«Lo so. Ti sto chiedendo molto. Soprattutto perché non sono in servizio in questo momento.»

La verità era che, anche se fosse stata in servizio, chiedergli una copia del fascicolo voleva dire mettere Luke in una posizione scomoda. Era un caso irrisolto e lei faceva parte di un altro corpo investigativo. «Per favore.» aggiunse.

Lui posò la forchetta e appoggiò entrambe le mani sul tavolo ai lati del suo piatto. «Perché?»

«Perché non credo che il suo caso fosse una bufala, ma non lo saprò per certo a meno che non sappia cosa la polizia ha nascosto alla stampa. E se ci fossero davvero connessioni tra il suo caso e quello di Isabelle Coleman? E se la Coleman fosse rinchiusa nello stesso posto dove fu tenuta la Blackwell? Potrei ritrovarla.»

Lui distolse lo sguardo da lei per un momento, fissandolo in un punto sopra la sua spalla. Una piccola ruga verticale apparve sopra il ponte del suo naso. Sembrava a disagio, come la volta che lei aveva dovuto dirgli che era ancora, tecnicamente, sposata con Ray. Era certa che stava considerando attentamente le sue parole. Qualunque cosa stesse per dire, lui non voleva offenderla o trattarla con condiscendenza. Alla fine, proseguì. «Josie, la polizia di Denton è perfettamente in grado di seguire queste piste. Cercare su Google ragazze scomparse in quest'area e provare a connettere i loro casi è una cosa; accedere illegalmente a un fascicolo della polizia per nessun'altra ragione che...» Si allontanò da Josie, riluttante o incapace di finire la frase. «So che è difficile per te essere sospesa, soprattutto con tutto quello che sta succedendo in questo momento, e so che vorresti essere un'eroina e trovare la Coleman da sola, riscattarti o qualcosa di simile, ma forse... non lo so, dormiresti di più la notte se trovassi qualcos'altro per, sai, riempire il tempo.»

«Qualcosa come lavorare a maglia?»

Arrossì. «No, sì... no. Voglio dire...»

Puntò la forchetta in aria nella sua direzione. «Questo non è un passatempo, Luke. Non lo faccio perché sono annoiata...»

Lui appoggiò i gomiti sul tavolo, incrociando le mani sopra il piatto. «Allora perché? Perché lo stai facendo?»

Dallo sguardo nei suoi occhi, capì che era una domanda sincera. Il bianco del suo tovagliolo fu improvvisamente fonte di distrazione. Fissandolo, lei fece scorrere la punta delle dita sul bordo orlato. *Perché è questo quello che sono.*

«Ti sto solo dicendo che la maggior parte delle persone sarebbe assolutamente felice per qualche settimana di vacanza dal lavoro. La maggior parte delle persone ha altro da fare. Io? Se avessi del tempo libero dal lavoro, andrei a pescare dall'alba al tramonto. Certo, mi mancherebbe il lavoro, ma sarei felice per la pausa.»

Lei tornò a guardarlo. «Se mi trovo un hobby, ci penserai almeno se procurarmi il fascicolo?»

Luke scosse la testa sospirando pesantemente, ma mentre tornava a mangiare Josie vide un mezzo sorriso sul suo viso e capì che avrebbe fatto quello che poteva.

Dopo aver finito di mangiare, Luke andò a lavorare e Josie tornò a casa. Aveva programmato di dormire qualche ora; cos'altro poteva fare? Ma rimase stesa a letto completamente sveglia, mentre la luce del sole scivolava dentro la stanza dai lati delle sue mini-tende. Non era sicura del perché il caso di Ginger Blackwell la infastidisse così tanto o anche perché avesse chiesto il fascicolo a Luke. Perché era importante? Quale connessione poteva esserci con il caso di June o di Isabelle Coleman?

Poi capì. La scomparsa di Ginger Blackwell aveva ottenuto l'attenzione nazionale. Entro la prima settimana, il suo viso era diventato il fulcro di ogni notiziario nel paese. Josie aveva persino trovato storie sul suo rapimento nei programmi serali sulle persone famose: *Access Hollywood, TMZ* e simili. Era come se il mondo intero fosse stato tappezzato di notizie su Ginger Blackwell. E due settimane dopo era stata scaricata sul ciglio dell'Interstatale.

«Perché?» Josie mormorò tra sé. La copertura della stampa aveva qualcosa a che fare con il fatto che il suo rapitore l'avesse lasciata andare? Il rapitore della Blackwell aveva commesso un errore? La donna avrebbe potuto facilmente essere scambiata per una universitaria. Il suo rapitore, o rapitori, l'avevano presa perché pensavano che fosse più giovane? Avevano intenzione di tenerla o addirittura ucciderla, ma si erano sentiti obbligati a rilasciarla sotto la pressione incessante dell'attenzione dei media?

Nonostante l'enorme volume di notizie sulla scomparsa di Ginger, c'erano pochi dettagli su ciò che la donna aveva vissuto e visto durante le tre settimane in cui era scomparsa.

Josie doveva parlare con Ginger Blackwell.

VENTISETTE

Josie setacciò Internet per trovare l'indirizzo della Blackwell per un'ora, prima che i suoi occhi iniziassero a bruciare e la sua testa a farsi pesante e annebbiata per la mancanza di sonno. C'era l'indirizzo di una strada rurale fuori Bowersville, ma Josie sapeva che i Blackwell non vivevano più lì perché l'intera area era stata trasformata in un campo da minigolf. Cercò usando il nome del marito della Blackwell, ma non trovò niente. Dove diavolo erano andati? Anche se si fossero trasferiti, al giorno d'oggi sarebbe stato impossibile tenere nascosto il loro nuovo indirizzo su internet, giusto? Provò a usare un database di ricerca privato a cui il dipartimento si era iscritto utilizzando l'accesso di Ray. Era un database cui poteva accedere senza che lui sapesse che aveva usato le sue credenziali, soprattutto visto che usava la stessa password per tutto: JoRay0803, ovvero i loro nomi seguiti dalla data in cui erano tornati insieme dopo il college. Ma il database non trovò altro che il vecchio indirizzo di Bowersville dei Blackwell.

Un ronzio acuto iniziò a risuonare nella sua testa, nel suo corpo pregandola di dormire. Improvvisamente si accorse del dolore sordo che irradiava dal suo lato sinistro a causa dell'incidente allo Stop and Go. Negli ultimi due giorni non aveva cambiato la benda alla gamba. Doveva assolutamente farlo, ma la stanchezza la colpì così forte che si sentì come se potesse semplicemente scivolare giù sul pavimento e dormire per giorni sotto il tavolo di cucina. Appena toccato il materasso, l'oscurità la inghiottì.

Un forte e costante bussare la svegliò poche ore dopo, decisamente troppo presto. Il sole era scivolato verso l'altro lato del cielo, i raggi ancora alti aggiravano furtivamente le persiane, anche se con molto meno vigore. Guardò l'orologio, si girò e cercò di riaddormentarsi. I colpi sulla porta continuarono. Josie si tirò uno dei cuscini sopra la testa, ma lo sentiva ancora. Finalmente, dopo quindici minuti di continui colpi, si alzò, scese le scale e spalancò la porta.

Trinity Payne era in piedi con il suo solito cappotto, un'attillata gonnellina nera e scarpe color tortora con tacchi alti; ciocche dei suoi capelli neri venivano sollevate dolcemente dal vento. Josie strizzò gli occhi. I suoi capelli erano così lucenti che ti ci potevi praticamente riflettere dentro.

«Bei capelli.» disse Trinity, come se potesse leggerle nella mente.

Josie si voltò per controllare il suo riflesso nei vetri della porta d'ingresso. A un lato della sua testa sembrava che qualcuno le avesse tirato i capelli tenendoli dritti in aria. Si leccò uno dei palmi e provò ad appiattirli, ma peggiorò solo le cose.

Trinity fece un passo verso di lei. «Come te la sei fatta?»

Josie si tirò più forte i capelli, passandoci le dita dentro. «Come mi sono fatta cosa?»

«Quella cicatrice.»

Le dita di Josie trovarono la pelle argentea e ne tracciarono la forma frastagliata. Iniziava vicino all'orecchio e le correva lungo il lato del viso, fino alla mascella. «Non che siano affari tuoi, ma me la sono fatta in un incidente stradale» mentì. «Sei sempre così invadente? Tipo, anche nella tua vita privata?»

Trinity spinse il fianco in fuori, le labbra contorte in un'espressione di disgusto, ma non disse niente. Josie guardò dietro di lei vedendo una piccola Honda Civic blu parcheggiata sul marciapiede. Indicò. «Guidi quella? La WYEP non paga molto bene, vero?»

Trinity rimase in silenzio, così Josie riprovò. «Cosa vuoi?»

«Eri al Rockview.»

«Quindi?»

«Quindi, vorrei poterti registrare mentre mi racconti quello che è successo. Non sto avendo notizie né da Rockview né dalla polizia di Denton.»

«Scioccante.»

«Dico sul serio. Dimmi cosa è successo, davvero.»

Josie incrociò le braccia sul petto. «Cosa ti fa pensare che sia successo altro oltre a quanto riferito dalla polizia?»

Trinity alzò gli occhi al cielo. «Per favore. Non trattarmi come un'idiota. Sai bene quanto me che la polizia evita di divulgare sempre tutto quello che scopre. Tu eri là. Hai visto tutto?»

Ecco come faceva. Inseriva delle domande nella conversazione come se fossero vecchie amiche. Josie aprì la bocca per rispondere ma si fermò rapidamente.

«Oh, andiamo. Che cosa hai da perdere? Sei una testimone. Ti sto solo chiedendo cosa hai visto.»

«Potrei perdere il lavoro. Non posso parlare di Rockview.»

«Conoscevi June Spencer?»

«Ma stai scherzando?» Josie scosse la testa e retrocesse verso la porta, pronta a lasciare Trinity Payne da sola sui gradini d'ingresso.

«E Sherri Gosnell?» Trinity le chiese. «Devi averla conosciuta. Tua nonna è una residente a Rockview. Sherri ha lavorato lì per decenni.»

Josie si fermò, metà del suo corpo oltre la soglia, e si voltò verso Trinity. «Cosa stai cercando di ottenere qui? June Spencer è stata tenuta prigioniera da un predatore sessuale. È stata salvata. Era fuori di testa. Non aveva nessun posto dove andare perché non si riesce a trovare sua madre e suo zio è in coma. Rockview l'ha accettata. La cosa successiva è nota a tutti: Sherri Gosnell è morta. Tutto questo è già stato chiarito. Non sono sicura di che cosa tu stia cercando. Se vuoi una storia, la storia vera qui è come ha fatto Donald Drummond, che è nel registro degli autori di reati sessuali, a riuscire a prendere questa ragazza e a tenerla senza che nessuno se ne accorgesse.»

Trinity sospirò. Si guardò le scarpe. «Non prendere questa cosa nel modo sbagliato» disse. «Ma questa non è una storia. Voglio dire, è una storia terribile, orribile, tragica, ma la gente sa già che i sistemi in atto per impedire ai criminali di commettere altri reati non funzionano. Prendi dieci crimini qualsiasi e vedrai che in otto di quei casi, l'autore del reato ha una lunga fedina penale o avrebbe dovuto rimanere in prigione ma è uscito per qualche tipo di tecnicismo. Non fa notizia.»

Josie strinse gli occhi. «Vuoi dire che non è il tipo di notizia che ti riporterà in un famoso spettacolo televisivo.»

Per una frazione di secondo il volto di Trinity rivelò la sua indignazione. Poi fu sostituito da uno sguardo più pragmatico. La sua fronte si increspò e le labbra si strinsero in una linea sottile. Poi disse: «Stiamo parlando ufficiosamente.»

Josie alzò gli occhi al cielo. «Non c'è ufficialità con te, Trinity.»

«Cosa c'è di sbagliato nell'essere ambiziosi?» chiese Trinity. «Voglio dire, sei il tenente donna più giovane nella storia della polizia di Denton.»

«Sono una detective, con una posizione nel nostro dipartimento. Sono stata l'unica tenente donna nella storia della polizia di Denton e ora sono l'unica detective donna nella storia della polizia di Denton. Io amo il mio lavoro, e sono brava.»

«Anche io amo il mio lavoro e sono brava.»

Josie alzò un dito indice. «Ma tu devi manipolare e molestare le persone per essere brava nel tuo lavoro.»

Le sopracciglia di Trinity si unirono. Il suo stomaco brontolò forte e lei lo coprì con una mano, come se volesse metterlo a tacere. Disse: «Il pubblico ha il diritto di sapere cosa succede nella sua comunità. Questo è un dato di fatto. La stampa può essere uno strumento potente. Forse il modo in cui faccio il lavoro offende la tua delicata sensibilità, ma quello che faccio è importante.»

«Ti interessa il pubblico o ti interessa essere presente in televisione?»

«Entrambe le cose» disse onestamente Trinity, le parole quasi gridate in un debole tentativo di coprire il rumore del suo stomaco che protestava di nuovo.

Prima che potesse fermarsi, Josie rise. La risposta era stata così istantanea e brutalmente onesta. Trinity non si faceva illusioni sul mondo o anche su se stessa. Josie non riusciva ad ammirare la sete di celebrità della donna o la voglia di un guadagno personale, ma certamente rispettava la sua sincerità. Indicò lo stomaco di Trinity. «Quando è stata l'ultima volta che hai mangiato?»

Trinity la guardò sospettosa. «Non è importante in questo momento.» disse.

Josie aprì completamente la porta e fece un gesto verso l'ingresso. «Non ti parlerò di Rockview» disse. «Ma se mi devi molestare, perché non mangi un po' delle mie lasagne avanzate mentre lo fai?»

Trinity socchiuse i suoi occhi azzurri. «Tu vuoi qualcosa.»

Josie non negò.

«Nessuno è mai gentile con me. Cosa vuoi?»

«Entra.» le disse Josie.

I tacchi di Trinity risuonarono mentre passava lentamente accanto a Josie, gli occhi fissi su di lei come se la potesse attaccare da un momento all'altro. Ridacchiando, Josie la superò e la condusse in cucina. «Rilassati» disse. «È solo una piccola informazione.»

VENTOTTO

Un'ora dopo, Josie aveva l'attuale indirizzo di Ginger Blackwell e Trinity lo stomaco quasi pieno e una promessa da parte di Josie che se ci fosse stata una connessione tra il caso Blackwell e il caso Coleman sarebbe stata la prima a saperlo. Josie aveva riscaldato la lasagna cremosa di Luke e preparato una tazza di caffè mentre condivideva la sua teoria secondo cui il caso di Ginger Blackwell non era una bufala e che la donna era stata liberata, in gran parte, grazie all'intensa copertura mediatica nazionale che il suo caso aveva ottenuto.

«Fu violentata» disse Trinity davanti a un boccone di lasagna. «Da più uomini, pensa.»

«L'hai incontrata?»

«No. Parlò con la stampa solo all'inizio e non volle essere ripresa. Troppo traumatizzata. Quando ricevetti l'incarico, aveva smesso di rilasciare interviste. Ma suo marito parlò molto con i giornalisti. Bravo ragazzo. Devoto a lei. Mi sono sentita male per loro. Specialmente quando la polizia cominciò a dire che era una bufala.»

«Le sparizioni sono molto frequenti in tutto il paese» disse Josie. «Perché il suo caso ricevette così tanta attenzione?»

«Suo marito aveva un parente, un cugino credo, che andava al college con un produttore di una grande rete televisiva. Era una di quelle situazioni "c'è un amico di un amico", sai? Comunque, il cugino si mise in contatto con il suo vecchio compagno di college, gli chiese di fare un pezzo sulla scomparsa della donna e diffonderlo a livello nazionale. Non fu difficile. Lei era una splendida casalinga di provincia scomparsa nel nulla. La gente si divora queste notizie. La notizia diventò virale e le altre reti la riproposero.»

«Se c'è la minima possibilità che il suo caso sia collegato a quello di Isabelle Coleman e se il caso della Coleman dovesse raggiungere l'attenzione nazionale, pensi che la lascerebbero andare?»

Trinity scrollò le spalle. Ingoiò il cibo e il suo volto si fece serio. «Oppure potrebbero ucciderla e scaricare il suo corpo. Se Ginger ha detto la verità e se ammettiamo che ci sia una specie di traffico di donne, penso che l'abbiano lasciata andare solo perché non sarebbe riuscita a ricordare nulla. Almeno, questo è quello che ha detto suo marito. Ha detto che loro l'avevano drogata.»

«Forse hanno drogato anche Isabelle.»

«Perché pensi che i casi siano collegati?»

«Non lo penso. Voglio dire, nessun motivo. È strano, tre donne rapite da queste parti, tutto qui.»

«Non ti facevo una teorica della cospirazione.» disse Trinity.

«Non lo sono» continuò Josie. «Sto solo dicendo che vale la pena dare un'occhiata. E se la Blackwell mi dicesse qualcosa che si collega al caso Coleman?»

Trinity socchiuse gli occhi. «Il capo sa che stai facendo una tua indagine adesso? Perché stai parlando con me di tutto questo e non con la polizia di Denton?»

«Sono praticamente al limite di ciò che possono gestire in

questo momento» rispose. «Inoltre, mi piacerebbe avere delle vere piste prima di portarle al capo.»

«Non ti credo, ma non credo nemmeno che i casi siano collegati. Conosci il patto: se trovi una connessione, io sono la prima a saperlo.»

Con riluttanza, Josie disse: «Sì, è quello su cui eravamo d'accordo. Non l'ho dimenticato nell'ultima ora. Ma perché non pensi che ci sia una connessione?»

Trinity scrollò le spalle. «Guarda June Spencer. Tutti pensavano che lei fosse scappata, ma era a casa di Donald Drummond. Non abbiamo modo di sapere tutto.»

«Gesù. Ci sono pervertiti ovunque. E se avessi ragione sulla cosa della copertura della stampa? Potresti ottenere una copertura nazionale per il caso Coleman?»

Trinity si appoggiò allo schienale della sedia e si attorcigliò una ciocca di capelli su uno degli indici. Fissò pensierosa il suo piatto vuoto. Josie non aveva mai visto una donna mangiare tanto quanto Trinity Payne, e non poteva pesare più di cinquantaquattro chili. «Posso provarci. Ho ancora dei contatti a New York. La Coleman è perfetta per il notiziario nazionale - una splendida adolescente bionda con tutta la vita davanti a sé -; vedrò cosa posso fare.»

Josie stava digitando il nuovo indirizzo dei Blackwell su Google Maps quando Trinity le chiese: «Dai, dimmi. È vero che June Spencer ha ucciso Sherri Gosnell con una forchetta?»

Josie si bloccò e lanciò a Trinity uno sguardo tagliente. «Trinity, per favore.»

«Dai dimmelo. Quando è stata l'ultima volta che hai sentito parlare di qualcuno ucciso con una forchetta? Deve essere stato brutale.»

Josie tornò su Google Maps. «C'era molto sangue.» ammise.

«Cosa pensi che l'abbia spinta oltre il limite?»

Josie scrollò le spalle. «Non ne ho idea. Non ero nella stanza quando è successo. Era già in cattive condizioni quando è arrivata a Rockview. Sei sicura che i Blackwell vivano ancora in questo posto?»

Aveva richiamato lo street view dell'indirizzo datole da Trinity. Trinity si sporse per dare un'occhiata allo schermo del computer. «Sono sicura che sono ancora lì» disse a Josie. «Ci hanno messo un'eternità a vendere la loro casa a Bowersville. Non riesco a immaginare che si siano trasferiti di nuovo. Buona fortuna per riuscire a farla parlare con te però.»

VENTINOVE

I Blackwell avevano cambiato nome e si erano trasferiti a Phillipsburg, New Jersey. Ecco perché Josie non era riuscita a localizzarli. Fortunatamente per lei, quando ancora si occupava del caso di Ginger, Trinity aveva promesso a Mr. Blackwell di continuare a cercare prove per dimostrare che il caso della moglie non era una bufala; in cambio aveva ottenuto di sapere la loro destinazione e i loro nuovi nomi. Era sempre un quid pro quo con Trinity.

Josie partì la mattina presto e guidò dritto verso est, venticinque chilometri orari oltre il limite di velocità, trasformando un viaggio di quattro ore in un viaggio di tre. Trinity le aveva dato il numero di cellulare del marito di Ginger, ma Josie aveva paura che, se avesse chiamato, l'uomo le avrebbe chiuso la porta in faccia prima ancora di arrivare in New Jersey. L'effetto sorpresa era la cosa migliore. Sperava solo che i Blackwell - o i Gilmore come erano conosciuti adesso - fossero a casa.

Phillipsburg era la città più pittoresca che Josie avesse mai visto. Le ricordava molto Denton. La maggior parte dei suoi edifici erano raggruppati principalmente lungo il fiume Delaware direttamente di fronte a Easton, Pennsylvania. Ma mentre Josie si addentrava nel New Jersey, le strade pulite e pittoresche di Phillipsburg cominciarono a lasciare il posto a lunghe strade rurali e terreni agricoli. Aveva decisamente un'atmosfera da paese. I Blackwell vivevano in periferia. Il loro grande cottage a due piani con il rivestimento grigio e gli scuri neri si trovava tra due fattorie lungo una strada di campagna. Josie calcolò buoni quattrocento metri tra la strada e la casa, tutta erba tagliata secondo gli standard di un campo da golf. Un lungo vialetto di ghiaia conduceva al lato della casa dove si trovava l'annesso garage, le sue porte come due occhi ben chiusi. L'area intorno alla casa era stata sistemata meticolosamente e decorata con cura. Sembrava il perfetto paradiso familiare suburbano.

Parcheggiò fuori dal garage e andò alla porta d'ingresso, le orecchie sintonizzate su l'abbaiare basso e rasposo proveniente dall'interno della casa di quello che sembrava un grosso cane. La porta blindata era adornata con barre d'acciaio decorative. Josie girò la maniglia ma era chiusa a chiave. Il basso latrato continuava all'interno, un suono così potente che da dove si trovava poteva quasi sentirne la vibrazione. Suonò il campanello e aspettò. Dopo pochi minuti, la pesante porta nera cigolando si aprì, abbastanza da rivelare il bianco di un bulbo oculare. «Posso aiutarla?»

Josie premette il viso tra le sbarre della porta blindata e parlò nel riquadro di vetro. «Mrs....ehm, Gilmore?»

«Non è qui.»

«Beh, in realtà sto cercando Ginger Blackwell.»

L'occhio sbatté la palpebra. L'abbaiare, ora più vicino, aumentò d'intensità. «Chi è lei?» chiese la donna, con tono ora stridulo.

Josie dovette urlare sopra l'abbaiare. «Mi chiamo Josie Quinn. Vengo da Denton.»

«Vada via.»

«Sono una detective del loro dipartimento di polizia... voglio dire, sono fuori servizio ora, ma sono un'agente di polizia. Volevo solo farle qualche domanda.»

L'occhio era così spalancato da sembrare un cartone animato. «Sto chiamando il 911. Le suggerisco di andarsene immediatamente. Non torni.»

Il bulbo oculare scomparve e la porta interna si chiuse come se non dovesse più riaprirsi.

«Aspetti!» urlò Josie. Si portò le mani alla bocca e gridò attraverso il vetro. «Mrs. Blackwell, per favore! Mi ascolti. Per favore. Un'altra ragazza è scomparsa. Ho bisogno del suo aiuto.»

Ma era certa che non l'avrebbe sentita con tutto quell'abbaiare. Aspettò qualche minuto che il rumore si placasse e riprovò, gridando ancora una volta nel pesante vetro della porta blindata nello spazio tra due delle barre d'acciaio. L'abbaiare ricominciò. Ripeté il processo più volte, aspettando di vedere una volante della polizia entrare nel vialetto da un momento all'altro. Ma non successe.

Dopo il quinto o sesto tentativo di attirare l'attenzione di Ginger, la porta si aprì di nuovo. La gola di Josie bruciava dal tentativo di farsi sentire attraverso la porta; la sua voce era roca e le parole rotolarono fuori troppo in fretta. «Mrs. Blackwell, per favore, è scomparsa un'altra ragazza, ho bisogno del suo aiuto, io...»

Il tono della donna era gelido. «Se pensa che aiuterò il Dipartimento di Polizia di Denton, è fuori di testa. Vada via prima che chiami la polizia, questa volta per davvero.»

«Sono stata sospesa!» sbottò Josie in un ultimo disperato tentativo di mantenere la donna con la porta aperta.

L'occhio la fissò cauto, temendo che Josie si lanciasse in avanti. «Per favore. Mi ascolti e basta. Non sono qui nella veste di poliziotta. Sono da privata cittadina. Sto solo cercando di capire alcune cose che sono arrivate alla mia attenzione ultimamente. Io... io ho letto di lei su internet. È stata rapita prima che io diventassi agente di polizia. Trinity Payne - la giornalista - mi ha dato il suo indirizzo. Mi ha detto che aveva cambiato nome ed è stata molto chiara sulla necessità di proteggere la sua privacy. Lei è l'unica che sa che sono qui. Non darò mai a nessuno il suo indirizzo. Glielo prometto, non rivelerò il suo nuovo nome o l'esistenza di questo posto.»

La porta si aprì di un altro centimetro e Josie poté vedere la pelle pallida e leggermente lentigginosa della guancia di Ginger. Piccole rughe estese dalla coda dell'occhio. «Perché è stata sospesa?» le chiese.

Josie deglutì. Si sentiva nervosa, come la prima volta che aveva testimoniato in tribunale. L'assistente del procuratore distrettuale aveva sparato domande a raffica mentre la giuria la fissava. Si era sentita come un insetto intrappolato all'interno di un bicchiere. «È stato a causa di una chiamata per disturbo della quiete pubblica. Fuori dalla vecchia fabbrica tessile a Denton. Sa, vicino al fiume, quelle case che si allagano ogni anno?»

«Ricordo.» disse Ginger.

«Ero stata chiamata per indagare su una rapina nelle vicinanze, quindi ero la più vicina. Altrimenti avrebbe risposto la pattuglia. Quindi, mi presento là - è tipo l'una del mattino. Uno dei vicini dice che continua a sentire un bambino che piange, gente che litiga, quel genere di cose. Sa che nessuno dei suoi vicini ha figli. Mi dice che ha una brutta sensazione. Quindi, trovo la casa che è la fonte di tutto il rumore. C'è un mucchio di ragazzi, forse sui venticinque, trentacinque anni, che fanno festa. Sono stati abbastanza accomodanti quando ho chiesto loro di abbassare il volume. Ho detto loro che volevo dare un'occhiata in giro. Esco sul retro, sa, vicino alla riva del fiume - alcune persone che stavano alla festa erano là fuori - e vedo questa donna. Ovviamente una tossicodipendente abituale. Con... con sua figlia...»

Josie si interruppe. Aveva ancora problemi a parlarne. L'unico modo per tirare fuori le parole era ricordare il volto della donna quando aveva urtato contro il suo gomito, lo schiocco sonoro dei suoi denti che si rompevano. «La bambina aveva quattro anni. Era malata. Molto malata. Bruciava. Urlava e si teneva l'orecchio sinistro - un'infezione, mi hanno detto più tardi - e sua madre la stava offrendo a tutti gli uomini della festa. Offriva di "potersi divertire" con lei se le avessero procurato della droga, o soldi per la droga.»

«Mio Dio.»

«Non so cosa sia successo, ma ho perso la testa. Sono scattata. Io, io l'ho colpita. Le ho dato una gomitata, in realtà. E lei è caduta.»

Un momento di silenzio si allungò tra loro. Josie si accorse che la porta si era aperta ulteriormente. Ora poteva vedere la faccia di Ginger e i suoi capelli ramati. Li aveva tagliati corti e pettinati in avanti in modo elegante e sofisticato. Il suo viso si era assottigliato rispetto alle foto di sei anni prima. Adesso dimostrava la sua età. Il suo sguardo era penetrante. «La bambina?» le chiese.

Josie chiuse gli occhi, provando la stessa ondata di sollievo che aveva provato quando era andata a trovare la bambina in ospedale e il pediatra di turno le aveva detto che stava bene. Disse: «Niente più di un'infezione all'orecchio. È stata affidata a una zia ora, per sempre speriamo.»

La porta cigolò quando Ginger l'aprì abbastanza da permettere a Josie di farle vedere dentro. Accanto alla donna, la testa ben al di sopra del livello della sua vita, stava in piedi il cane più grosso che Josie avesse mai visto. Ci vollero diversi secondi per il suo cervello per elaborare ciò che i suoi occhi stavano vedendo. Lui la fissava in silenzio con grandi occhi castani tristi. La mano di Ginger era appoggiata sul retro del suo collo. Anche con la porta tra di loro, Josie sentì un senso di paura primordiale così intenso che le sue viscere si sciolsero.

«È un mastino.» disse Ginger.

Josie non riuscì a staccare gli occhi dalla bestia e cercò di fare una battuta: «Cosa gli dà da mangiare? Persone?»

Ginger rise, il suono genuino, sbloccò la porta e l'aprì. «Non le farà del male. Si accomodi.»

Josie esitò. Il cane non si mosse. La mano di Ginger lasciò il suo collo così da poter tenere la porta aperta con una mano e fare un cenno a Josie di entrare con l'altra. Istintivamente, il corpo di Josie indietreggiò. Le piacevano i cani, ma le dimensioni di questo erano a dir poco intimidatorie. Il suo corpo le urlò di andarsene anche se la sua mente le diceva che non era affatto una minaccia.

La mano di Ginger le accarezzò la spalla. «Oh, mia cara, tutti reagiscono in questo modo a Marlowe, ma le assicuro che non le torcerà neanche un capello. A meno che non glielo dica io.»

TRENTA

«Il mio ricordo di quel periodo è così... sconnesso» disse Ginger. «È difficile dire cosa fosse reale e cosa solo un incubo. Qualche volta capisco perché è stato così facile per la polizia dire che era tutta una bufala.»

Si sedettero nel soggiorno ben illuminato di Ginger. I mobili erano rustici: sedie in cedro tinto e un divano con cuscini imbottiti del colore di un'arancia rossa. I pavimenti erano tutti di legno duro, lucidati e ricoperti di tappeti. C'erano vasi con piante e fiori ovunque. A Josie sembrava di essere in un giardino. Il marito di Ginger doveva essere al lavoro, le figlie a scuola. Ascoltò mentre Josie raccontava quello che sapeva sul caso Isabelle Coleman. Non entrò nei dettagli sull'omicidio di Sherri Gosnell da parte di June. Josie disse solo che June era stata liberata da poco e lei credeva che fosse entrata in contatto con la Coleman ad un certo punto della sua prigionia. Non menzionò il piercing alla lingua. Ginger ascoltò attentamente e poi concesse a Josie un'ora, non di più.

Ginger sedeva con la schiena dritta su una delle sedie. Marlowe le si era seduto accanto; parlando, lei gli accarezzava distrattamente la nuca. Il cane teneva gli occhi su Josie, un'espressione quasi annoiata sul muso. Di tanto in tanto, le dita di Ginger massaggiavano appena l'area dietro le orecchie, e lui chiudeva gli occhi in pura estasi.

«Odio chiederle di rivivere tutto quello che è successo» disse Josie. «Mi creda. Sto solo cercando di capire cosa sta succedendo e se ci sono collegamenti tra il suo caso e i casi Coleman e Spencer.»

«Da dove dovrei iniziare?» chiese Ginger.

«Cominci da quello che *ricorda*. Tipo quella mattina. Mi accompagni attraverso quella giornata.»

Gli occhi di Ginger si posarono su un punto sopra la spalla di Josie, come se stesse guardando i suoi ricordi riprodursi su uno schermo alle spalle di lei. «Mi sono alzata. Ho preso un caffè con Ed prima che andasse al lavoro. Usciva sempre presto, di solito prima che le bambine si alzassero. La nostra figlia di mezzo era stata invitata a un pigiama party. Non aveva mai dormito fuori casa prima e stavamo cercando di decidere se lasciarla andare o meno. Avevo detto di sì perché conoscevo abbastanza bene la famiglia, ma Ed aveva detto di no perché non si fidava mai di nessuno.»

A questo, Ginger fece un sorriso triste. Il mastino si voltò e la guardò, forse avvertendo il cambiamento di umore. Diede al cane un dolcetto, lui sbuffò e riportò lo sguardo su Josie. Ginger continuò: «Mio marito ha un buon istinto - non si fida mai di nessuno per le sue figlie. A ogni modo, avevamo concordato che ne avremmo parlato più tardi. Ho svegliato le bambine e le ho preparate per la scuola. Ricordo che la più piccola si era abbottonata il maglione da sola quella mattina e avevamo tutti esclamato che aveva fatto un bel lavoro. Poi la più grande aveva fatto notare che aveva iniziato con il bottone sbagliato, quindi l'intera maglia era abbottonata storta.»

Sospirò e si lasciò sfuggire una piccola risata. «Bambine. Comunque le ho portate a scuola, sono tornata a casa, ho stirato un po'. Poi sono andata al supermercato. Sono andata fino a

Denton; lì hanno un assortimento più vasto. Volevo fare il cavolfiore fritto quella sera a cena. Le bambine lo adorano.»

Josie sorrise. «Sembra delizioso. Mentre era al supermercato, è successo qualcosa di insolito? Ha notato qualcuno che, non so, la stava seguendo o indugiava troppo vicino a lei? Qualcuno ha attaccato bottone - tipo, uno sconosciuto?»

Questa volta, gli occhi di Ginger fluttuarono sul soffitto. Josie era certa che stesse ripercorrendo i suoi ricordi del viaggio al supermercato, analizzandolo ancora una volta per cogliere qualsiasi dettaglio fuori dall'ordinario. «No, No. Niente. Era tutto molto... normale.»

«Nel parcheggio?»

«No. Non ho notato niente di insolito. Nessuno si è avvicinato a me. Ho caricato le borse sul retro della macchina e sono partita.»

«E poi si è sgonfiata una gomma mentre tornava a casa?»

Gli occhi di Ginger si acuirono e scrutò intensamente Josie. «No. Non avevo una gomma a terra. So che è quello che è stato riferito, ma non è quello che è successo. C'era una donna ferma sul ciglio della strada.»

Dimenticando Marlowe per un momento, Josie si avvicinò al bordo del divano e si sporse verso l'altra donna. «Che cosa?»

«Sì, in una macchina nera e, prima che lei me lo chieda, non so di che tipo. Onestamente, non ricordo. Aveva quattro porte. Era nera. Questo è tutto quello che ricordo.»

«Va bene» disse Josie. «Ha detto che era ferma. Lei si è fermata con la sua auto?»

La lingua lunga e morbida di Marlowe scivolò fuori dalla bocca e lui si leccò le guance. Con un verso come se stesse annusando qualcosa, spinse le zampe anteriori in avanti e si sdraiò. Posò il muso tra di loro, gli occhi ancora su Josie. Ginger incrociò le mani in grembo. «Sì. Lei era sul ciglio della strada. Aveva quell'espressione, sa? Come se qualcosa non andasse e lei non riuscisse a capire cosa fare.»

«Che stava facendo?»

«Camminava avanti e indietro e continuava a portarsi la mano alla fronte. Sa, come se qualcosa non andasse bene.»

«E lei si è fermata.»

Ginger annuì. I suoi occhi assunsero uno sguardo mesto e lontano. «Ovviamente. Perché non avrei dovuto? Una donna bloccata su una strada rurale? A Bowersville? Sa che a Bowersville non c'è stato un omicidio in cinquantatré anni? Almeno, non ce ne sono stati fino a quando non ce ne siamo andati.»

«Sì, è un posto sicuro.» Molto simile a Denton, anche se Denton era molto più grande di Bowersville.

«Comunque, ho accostato. Ha detto che la sua macchina era appena morta.»

«Morta?»

«Sì, non ricordo cos'altro abbia detto, ma era così. La sua macchina era morta. Aveva bisogno di un passaggio.»

«Gliel'ha offerto?»

Ginger fece una smorfia. «Non ricordo. Non lo so. Ecco dove le cose si fanno... vaghe, incasinate. Ma sono sicura di averlo fatto. Questo è quello che farei oggi e quello che avrei fatto allora.»

«Non era la donna del negozio di parrucchiere? Quella che si è fatta avanti più tardi per dire che aveva trovato la sua macchina vuota?»

Ginger scosse la testa. «No. Voglio dire, non credo.»

«Le ha detto il suo nome?»

«Non ricordo.»

«Era Ramona, per caso?»

«Io, io non ne sono sicura. Non credo. Non ricordo mi abbia detto il suo nome. È possibile che l'abbia fatto, ma davvero non me lo ricordo.»

«Che aspetto aveva?»

«Come una malata di cancro.»

Josie non riuscì a trattenere la sorpresa dal suo volto.

Dovette fare uno sforzo di volontà per chiudere la bocca. Non era la storia che aveva previsto.

«Era pallida e indossava una di quelle, sa, quelle cose simili a turbanti. Come un copricapo. Una sciarpa. Non fuoriuscivano capelli, quindi ho pensato che fosse malata.

È quello che indossava una delle insegnanti delle bambine a scuola che aveva il cancro; le erano caduti i capelli per la chemio. Questa donna portava gli occhiali da sole. Questo è quello che ricordo. Era di taglia media, circa la mia altezza. Forse un po' grossa, ma alcune persone aumentano di peso durante la chemio, sa, perché a volte ai pazienti in chemio danno steroidi per la nausea, o qualche altro farmaco. Comunque, chi lo sa? Forse quello era solo il suo peso naturale. Non era enorme. Solo un po' sovrappeso.»

«Cosa indossava?» chiese Josie.

Le mani di Ginger fecero un movimento come se si stesse infilando un cappotto. «Indossava un maglione grigio. Non ricordo cosa ci fosse sotto» Si mise le mani sulle cosce. «E pantaloni, di poliestere, penso. Sono abbastanza sicura. Era più grande.»

«Più vecchia?»

«Anziana, piuttosto. Difficile dirlo, direi tra i settanta e gli ottanta anni.»

«È sicura?»

Ginger annuì. «Sì. La ricordo bene. È dopo che diventa strano.»

Marlowe guaì sommessamente. Ginger emise un leggero suono sussurrato di gola e lui si fermò.

«Strano, in che modo?» chiese Josie.

La mano sinistra di Ginger cercò le dita della mano destra. Uno per uno, ne strinse i polpastrelli. «Come... tutto quello che ho dopo sono questi... non posso - è così difficile da descrivere. Suona ridicolo.»

«Me lo dica.»

Le mani di Ginger si aprirono a ventaglio, i palmi verso l'alto, come se stesse facendo un'offerta. «Sono come fotogrammi di un video. Tipo, come se stessi facendo un film, ritagliando piccole sezioni per poi rimetterle insieme. Ogni clip dura solo pochi secondi, a volte è solo un flash o un'immagine. Niente di consistente. Il problema è che, quando li metto insieme, non hanno alcun senso. Non ce ne sono abbastanza.»

«Un Flash cut» disse Josie.

«Che cos'è?»

«Si chiama flash cutting. Nei film. Sono uscita con uno studente di cinema al college, una persona piuttosto seria. Quello che sta descrivendo è una forma di montaggio cinematografico.» Josie ricordava molto bene il ragazzo. Si era innamorata della sua creatività, ma si era stancata dopo aver dovuto sopportare un film noioso dopo l'altro, soffermandosi a discutere quale cosa intelligente il produttore, il regista o il gruppo di montaggio avevano fatto e la qualità del film nel suo complesso.

Ginger le sorrise. Un sorriso genuino. «Veramente?»

«Sì» rispose Josie. «È una cosa reale. Allora, mi parli dei suoi flash. Che cosa ha visto?»

«È così difficile metterli insieme, in ordine.»

«Allora non lo faccia» le disse Josie. «Non cerchi di metterli in ordine, me li racconti come le vengono in mente.»

Un altro sorriso, questa volta denso di trepidazione, oltre che sincero. Marlowe si alzò pesantemente, girò in tondo e mise la testa in grembo a Ginger. Lei coccolò il suo grande muso tra le mani. Accarezzandogli i lati del muso con i pollici, parlò piano. «Stavo camminando in una zona boscosa - non camminando, marciando. Potevo vedere le mie mani davanti a me. Erano legate insieme con fascette di plastica. Non c'era niente, solo alberi. Nemmeno un vero e proprio percorso. Poi questa roccia - sembrava l'ombra di un uomo in piedi. Beh, non tanto in piedi, quanto appoggiato alla parete rocciosa. Ho pensato che fosse un uomo vero fino a quando non l'abbiamo superato e mi sono resa conto che era proprio l'aspetto della roccia vista da molto lontano.»

Qualcosa in tutto questo suonò familiare a Josie; c'erano strane formazioni rocciose in tutte le foreste della contea di Alcott, e anche oltre. Erano come le nuvole; più guardavi le rocce, più forme riuscivi a identificare.

«Poi finisce» disse Ginger. «Poi ho flash di uomini. Non volti, solo uomini. Flash di due o tre secondi dove sentivo mani sul mio corpo, dove li vedevo sopra di me, mentre li sentivo farmi delle cose. Penso di essere stata violentata. Beh, so che lo sono stata. Hanno fatto un kit stupro all'ospedale dopo che mi ci hanno portata. C'erano prove - prove di... altri uomini... più di uno. Ed ha detto che hanno trovato anche della droga nel mio corpo il che spiegherebbe quanto mi sentissi disorientata. È per questo che Ed e io ci siamo così infuriati quando hanno detto che era tutto un inganno. Immagino che abbiano pensato che fossi uscita e avessi trovato un mucchio di uomini con cui andare a letto.»

Marlowe guaì di nuovo mentre le dita gli massaggiavano il pelo dietro le orecchie. Ginger sembrava sul punto di piangere. «Quei flash sono bui. Tutto il resto è buio. Quando sogno ho questa sensazione ricorrente di svegliarmi, e mi sembra veramente di essere sveglia, nell'oscurità totale, come fossi in una specie di scatola nera, in preda al panico. È così confuso però. Come se fossi ubriaca o malata; stanca e dolorante. Poi la cosa successiva che ricordo, è che sono sdraiata sul ciglio dell'Interstatale, e tutto è talmente luminoso che ho pensato di essere diventata cieca.»

«I notiziari dicono che era stata legata.»

Ginger annuì. «Mi hanno praticamente mummificata con del nastro adesivo.» Indicò il suo petto. «Tutta la parte superiore del mio corpo, ma mi hanno lasciato le gambe libere. Questa è l'altra ragione per cui ci siamo così arrabbiati quando hanno detto che era tutta una bufala. Voglio dire, come avrei potuto farlo a *me stessa*?»

«Chi ha detto che era una bufala?»

«È stato l'investigatore del procuratore distrettuale che avevano nominato. C'erano alcune questioni giurisdizionali perché sono stata trovata a Denton, ma l'Interstatale è competenza della Polizia di Stato. Ed ha parlato con tutti quelli coinvolti. Tutti hanno detto che non c'era niente con cui proseguire le indagini.»

La fronte di Josie si aggrottò. «Ma è un grande salto dal non avere nulla con cui andare avanti al ritenere il tutto una bufala.»

«Sì. Dopo diversi mesi, l'investigatore del procuratore distrettuale pubblicò un rapporto stabilendo che non c'erano prove sufficienti a confermare che fosse successo qualcosa di criminale. Immediatamente, la stampa iniziò a dire che era una bufala. Era una storia molto più interessante di me che venivo rapita e violentata.»

Ginger chiuse gli occhi. Josie vide un leggero tremito sulle sue labbra. «Ha rovinato le nostre vite» disse infine, aprendo gli occhi per far scorrere le lacrime sulle guance. «Persone con cui eravamo amici da tutta la vita si sono rivoltate contro di noi. Vicini, amici. Non eravamo più i benvenuti nella nostra chiesa. La gente mi chiamava puttana, bugiarda. Le nostre bambine venivano prese in giro a scuola. Ed perse il lavoro. È stato semplicemente assurdo. Quella Trinity, lei è stata l'unica giornalista a credere che stessimo raccontando la verità. Ed parlava molto con lei. Ha fatto un pezzo sul perché non potesse assolutamente essere una bufala, ma i suoi produttori non vollero trasmetterlo. Alle persone non interessa la verità, immagino.»

«Mi dispiace tanto.» disse Josie.

Ginger le rivolse un debole sorriso. «Ed parlò con un avvocato. Voleva citare in giudizio l'ufficio del procuratore distrettuale per diffamazione o qualcosa del genere. L'avvocato disse che sarebbe stato un caso difficile da provare. Tutto ciò che pensavamo rendesse evidente che non si trattava di una truffa poteva essere spiegato in qualche altro modo. I risultati del kit stupro? Ero reduce da una sbronza di tre settimane durante la quale avevo dormito con un gruppo di uomini. Il nastro adesivo? Avrebbero detto che Ed mi aveva aiutata a metterlo.»

«Mio Dio.»

«Sì, eravamo inermi. Impotenti. Penso che sia stato peggio di tutto quello che mi era successo in quelle tre settimane. Non so davvero che cosa mi sia successo, non ricordo. Ma quello che ci è accaduto quando sono stata liberata, è stata senza dubbio la peggiore esperienza della nostra vita. Sapevamo che dovevamo trasferirci. Poi Ed ha suggerito di cambiare i nostri nomi. Un nuovo inizio. Anche questo ha comportato dei problemi, ma, tutto sommato, penso che sia stata una buona decisione.» Sollevò una mano dalla testa di Marlowe e la agitò, indicando la stanza intorno a loro. «Stiamo andando abbastanza bene, credo.»

«Sono contenta.» disse Josie.

«Dubito che tutto questo le possa essere utile, ma è quello che è successo.»

«È stato utile» la rassicurò Josie. Guardò il cellulare. «Il mio tempo è quasi scaduto. Uscirò dalla sua vita. Le lascio il mio numero di cellulare però. Se ricorda qualcos'altro, qualsiasi altra cosa, mi chiami.»

TRENTUNO

Aveva perso la cognizione del tempo trascorso. Il suo terrore era un ciclo infinito di oscurità e privazioni. Quando sentiva il suo stomaco che si stringeva per la fame, non riusciva a capire se fossero passate ore o giorni dall'ultima volta che aveva mangiato. Non vedeva niente, che i suoi occhi fossero aperti o chiusi. Aveva esaminato con cura ogni centimetro della sua piccola prigione; non c'era via d'uscita. Una parte di lei temeva il ritorno dell'uomo, ma l'altra parte desiderava un'interruzione all'oscurità totale. Al silenzio.

Cominciò a temere la luce più del buio: lo spiraglio della porta che si apriva, lo spicchio di luce della sua torcia che le trafiggeva le pupille come fossero schegge di vetro. Quando riusciva a tenere gli occhi aperti abbastanza a lungo da provare a vederlo, non riusciva a concentrarsi. Sembrava che lui fosse ovunque allo stesso tempo, e da nessuna parte. Il centro di un sole accecante. Quando finalmente lui le portava del cibo, lei lo mangiava a occhi chiusi, infilandoselo in bocca avidamente con entrambe le mani, accovacciata in un angolo della stanza come un animale selvatico.

Tutto ciò su cui poteva contare era il suo senso dell'olfatto.

Dopo la terza volta che era venuto, lo cominciò a percepire davanti alla cigolante porta aperta della cella. Il suo odore percorreva il pavimento sporco come una nebbia incolore, filtrando attraverso le fessure, facendola svegliare come la gomitata di un visitatore indesiderato. Puzzava di tabacco, detersivo e cipolle. Se mai si fosse allontanata da lui, avrebbe riconosciuto quell'odore ovunque.

A volte si inginocchiava accanto a lei e le accarezzava i capelli. Per una volta, gentile. Ma non le piaceva. In questo c'era qualcosa di peggio rispetto a come l'aveva trascinata nel bosco o lanciata contro il muro. Non le piaceva il modo in cui il suo respiro accelerava mentre l'accarezzava.

TRENTADUE

La mente di Josie elaborò i fatti mentre si allontanava dalla casa di Ginger Blackwell. Quindi Ginger era stata drogata. Josie aveva raccolto abbastanza dichiarazioni da ragazze del college di Denton che erano state drogate da sapere che i rapitori di Ginger Blackwell avevano usato droghe da stupro: Rohypnol, GHB, Ketamina. Avrebbe potuto essere una qualsiasi di quelle più popolari o una combinazione tra di loro. Ognuna di quelle droghe abbassava le inibizioni, placava il soggetto e, in generale, eliminava ogni possibilità che questi ricordasse cosa fosse successo. Ciò avrebbe certamente spiegato i flash-cut dei ricordi.

Si chiese se la donna sul ciglio della strada fosse coinvolta. Doveva esserlo, altrimenti si sarebbe fatta avanti dopo la scomparsa di Ginger. Anche se era difficile immaginare una donna vicina agli ottant'anni coinvolta nel rapimento di altre donne. Josie aveva visto i filmati dei notiziari con la proprietaria del negozio di parrucchiere che aveva trovato la macchina abbandonata di Ginger. Non sembrava malata e di certo non era anziana. Quindi chi era Chemio Lady? Ed era davvero malata o il turbante era solo un travestimento per ispirare empatia in un passante? Se non era coinvolta, cosa le era successo e perché non si era fatta avanti?

Poi c'era la formazione rocciosa. Quella che sembrava un uomo in piedi. Josie ricordava vagamente qualcosa del genere dalla sua infanzia, ma non riusciva a ricordare quanti anni avesse o dove l'avesse visto. C'era qualcosa lì, al limite della sua memoria, ma non riusciva a raggiungerlo. Mentalmente, passò attraverso tutte le formazioni rocciose che lei e Ray avevano catalogato durante la loro infanzia. Li usavano come segnali. *Incontriamoci al Cuore Spezzato.* Quello nei boschi dietro la Denton East High School che sembrava un cuore a cui mancava una gobba. *Sarò alla Tartaruga alle dieci;* quella a forma di guscio di tartaruga a un chilometro e mezzo dietro la casa d'infanzia di Ray su cui si sedevano e si ubriacavano scherzando quando erano al liceo. *Ci vediamo alle Cataste.* Quella era usata da molti ragazzi di Denton, nei boschi vicini al vecchio mulino tessile in fondo a una parete rocciosa dove diverse lastre di roccia erano cadute dal fianco della montagna, formando grandi cataste di rocce piatte. Anche lei e Ray si erano baciati là. Sorrise tra sé. Ce n'erano molte altre, lo sapeva; solo non riusciva a trovarle nei suoi ricordi.

Sarebbero state comunque nelle sue foto del liceo. Avrebbe potuto darci un'occhiata quando fosse tornata a casa. Dal portabicchieri accanto al suo posto, squillò il cellulare. Abbassando rapidamente lo sguardo vide un selfie di lei e Luke, i loro volti vicini, sorridenti. Abbassò lo sguardo, premette il tasto di risposta e poi il vivavoce, e disse: «Ciao caro.»

La voce di Luke suonava metallica. «Sei in macchina?»

«Sì, che succede?»

«Dove sei?»

«Io, uh, sono andata al negozio per il fai-da-te.» rispose.

«Il cosa?»

«Il negozio per il fai-da-te. Mi hai detto di iniziare a lavorare a maglia.»

Lo poteva immaginare scuotere la testa, con quell'adorabile piccolo sorriso che le rivelava che era serio solo a metà, di qualunque cosa stessero parlando. «Ho detto che dovresti cercare di trovarti un hobby. Non sono sicuro che saresti soddisfatta del lavoro a maglia. Anche se, ehi, forse potresti farlo con tua nonna.»

«Lei lavora all'uncinetto.»

«Qual è la differenza?»

Un cartello verde alla sua destra indicò che la rampa per la prima uscita di Denton era avanti di tre chilometri. Mise la freccia e si spostò sulla corsia di destra. «Non lo so con certezza» disse con una risata. «Immagino che dovrei scoprirlo.»

«Ci vediamo stasera?»

«Ovviamente»

«Ho quel fascicolo per te.»

Il suo cuore quasi si fermò. L'auto si spostò un po' troppo velocemente sulla destra, e lei la riportò in corsia. «Davvero?»

«Sì. L'ho fotocopiato e te l'ho portato stamattina, ma tu non eri in casa. L'ho lasciato sul tavolo della cucina.»

Rallentò quando arrivò alla rampa di uscita e poi si fermò per un semaforo rosso. «L'hai fotocopiato?»

Luke non rispose. Per un momento pensò che forse era caduta la linea. Poi lui disse: «Non volevo che ci fossero e-mail o fax o scansioni o qualsiasi altra cosa che potesse ricondurre a me. Io davvero non avrei dovuto farlo, Josie.»

La luce cambiò e lei svoltò, dirigendosi verso casa. «Lo so, Luke. Mi dispiace davvero di avertelo chiesto; quello che hai fatto significa molto per me.»

«Vuoi sentire qualcosa di strano?»

«Sempre.»

«C'erano quattro poliziotti che hanno lavorato al caso della Blackwell. Sai, prima che l'ufficio del procuratore distrettuale intervenisse e prendesse il controllo.»

«Sono tutti morti!» esclamò Josie.

Luke rise. «No, regina del dramma. Ma sono stati tutti trasferiti nei due anni successivi alla chiusura del caso Blackwell.»

«Oh. È insolito?»

«Beh, sono stati gli unici a essere trasferiti. Uno dei ragazzi aveva appena iniziato il suo servizio qui. Penso solo che sia strano. Comunque, probabilmente non è niente. Ho passato troppo tempo con te e con le tue teorie. Senti, noi non abbiamo mai avuto questa conversazione, perché non ti ho mai portato il fascicolo, okay?»

«Certo» disse Josie, imboccando il vialetto. «Luke, davvero lo apprezzo. Prometto che sarai ripagato.»

C'era una sfumatura di civetteria nella voce di Luke. «Oh veramente? Di che tipo di rimborso stiamo parlando?»

«Il tuo genere preferito.» E riattaccò.

TRENTATRÉ

A casa, si tolse le scarpe nell'atrio, godendosi la sensazione di avere i piedi liberi dopo tante ore in macchina. La gamba era ancora dolente e pulsante, e la parte bassa della schiena era rigida per il lungo viaggio.

Come promesso, sul tavolo della sua cucina c'era una grossa busta contenente il file di Ginger Blackwell. Accanto a esso giaceva un fascio di fiori di campo rosa, ciascuno con quattro petali arrotondati e minuscoli pistilli gialli al centro. Crescione Viola. Sua nonna le aveva insegnato i veri nomi della maggior parte dei fiori selvatici che crescevano nella Pennsylvania rurale. Questi iniziavano a fiorire a marzo ed erano i suoi preferiti. Josie sorrise mentre li prendeva.

Trovò un vaso da fiori, si versò un bicchiere di vino rosso e si sedette al tavolo. Il fascicolo di Ginger Blackwell era estremamente sottile per un caso che aveva avuto così tanta risonanza. Passò al setaccio le pagine di informazioni che erano state inviate via fax alla Polizia di Stato di Denton; andavano dal vago (una signora castana stava in agguato fuori da una scuola elementare di New York) al bizzarro (una donna affermava di aver già visto Ginger in sogno). Nessuna informazione era particolarmente utile, e tutte - almeno quelle che sembravano abbastanza sensate da dover essere verificate - erano state controllate e poi abbandonate. C'erano note su dove Ginger era stata ritrovata e da chi. Un automobilista dell'Ohio che passava per la Pennsylvania sulla Route 80 l'aveva vista sul ciglio della strada dimenarsi per mettersi in piedi e si era fermato. Aveva chiamato il 911 e la Polizia di Stato l'aveva trovata. La nota riportava che "era legata alle braccia con del nastro adesivo".

Josie cercò nel contenuto della cartella finché non trovò due fotografie. Una era della zona in cui Ginger era stata trovata e l'altra di lei seduta su un letto d'ospedale. Fu percorsa da un brivido freddo. Certo, erano passati sei anni da quando Ginger Blackwell era uscita dal suo calvario, ma la ragazza nella foto sembrava l'ombra terrorizzata della donna che Josie aveva incontrato quella mattina. I capelli ramati erano arruffati e cosparsi di foglie secche e piccoli ramoscelli, la pelle era pallida quasi al punto da sembrare blu. Occhi spenti facevano capolino da sopra le guance scavate e la sua espressione era vuota come quella di June Spencer.

Era nuda dalla vita in giù. La parte superiore del suo corpo, giusto da sotto i fianchi fino al collo, era avvolta così strettamente con del nastro adesivo che la forma delle mani era appena visibile, come due piccole protuberanze.

«Non è possibile che se lo sia fatto da sola.» borbottò Josie.

Josie sfogliò il resto del fascicolo, cercando rapporti sulle impronte digitali - sicuramente avevano provato a prelevare impronte dal nastro adesivo - ma non c'era niente. La dichiarazione di Ginger era lì, ma non c'erano rapporti da parte di investigatori che avessero fatto visita a tutte le unità locali di oncologia per parlare con pazienti di sesso femminile. Avevano mai investigato? Forse quei rapporti non erano stati inseriti nel fascicolo, o erano stati rimossi una volta concluse le indagini?

«Ma sul serio?» Josie disse a se stessa mentre raggiungeva la fine della pila di pagine. Non c'erano cartelle cliniche. Sfogliò di nuovo l'intero fascicolo. Nessuna registrazione del kit stupro. Nessuna registrazione delle ferite. Nessun risultato del laboratorio criminale per il kit stupro. Nessuna foto delle ferite di Ginger. Nessuna foto del nastro adesivo o di Ginger dopo che le era stato rimosso. Piccoli brividi freddi di paura le corsero addosso. Questo andava oltre uno scadente lavoro di polizia. Non si omettevano mai i risultati di un kit stupro in un caso di rapimento a scopo di aggressione sessuale.

E poi, finalmente, si rese conto di cosa l'avesse infastidita fin dal primo momento in cui aveva letto dell'indagine. Perché la polizia avrebbe dovuto dichiarare che il caso di Ginger era una bufala? Perché non farlo diventare silenziosamente un caso irrisolto per mancanza d'indizi se volevano che il problema svanisse? Che problema era? Cosa avrebbe potuto rivelare la cartella clinica o i risultati del DNA del kit stupro per giustificarne l'omissione dal file?

Il rumore della porta d'ingresso che si apriva la fece sobbalzare. La risata di Luke riempì la stanza. Lui rimase sulla soglia. «Sono io.» disse.

Si mise una mano sul cuore che batteva forte. «Mi hai spaventata.»

«Mi dispiace.»

L'ultimo sorso di vino rosso si era versato sul contenuto del fascicolo Blackwell. Si precipitò al bancone e prese della carta assorbente per asciugarlo. Luke la guardò con uno sguardo leggermente divertito sulla faccia. «Eri di certo molto assorta in quel fascicolo. Hai dimenticato che sarei passato?»

Tolse le ultime gocce di liquido dalle pagine, anche se non riuscì a eliminare la macchia rossa, e rimise le pagine nella busta. «No» sbottò lei. «Assolutamente no.»

Si avvicinò e le cinse la vita con un braccio, tirandola a sè in un abbraccio. Sapeva di sapone e dopobarba. «Ti sono piaciuti i fiori?»

Lei si addolcì mentre le labbra di lui solleticavano il suo collo. «Lo sai che mi sono piaciuti.»

Un'ora dopo stavano cenando a letto. Luke aveva ordinato una elegante cena da asporto dal ristorante dove Solange, l'ex fidanzata di Dirk Spencer, lavorava e l'aveva portata con sé, completa di forchette di plastica insieme ai contenitori da asporto in polistirolo bianco. Lo guardò divorare più ravioli di aragosta di quanti lei ne potesse mangiare in una settimana.

«Conosci qualcuno della divisione forense?» gli chiese Josie, cogliendolo tra un boccone e l'altro.

«Dove?» chiese. «Vuoi dire nel laboratorio criminale statale?»

«Sì, non eri di stanza a Greensburg?»

Lui annuì, posando il contenitore vuoto sul comodino e sdraiandosi ai piedi del letto, con una mano che sorreggeva la testa mentre l'altra le accarezzava il polpaccio illeso.

«Lì vicino, sì» disse. «Perché?»

«Allora, conosci qualcuno del laboratorio?»

Le sue dita smisero di muoversi. Josie alzò lo sguardo dal contenitore del cibo da asporto abbastanza a lungo da vedere un'ombra attraversare il suo viso. «Che c'è?» gli chiese.

«Potrei conoscere qualcuno lì.»

Lei spostò le dita dei piedi verso il suo petto, solleticando la cassa toracica con l'alluce. «Potresti?»

La mano di lui si spostò più in alto fino all'interno della sua coscia. «Be', dovrei verificare se lavora ancora là. Per non parlare, ancora una volta, del fatto che non dovrei cercare file o tirare fili per te.»

Lei mise da parte il suo contenitore da asporto e allungò il suo corpo più vicino alle sue dita vaganti. «Non te lo chiederei a meno che non fosse veramente importante.»

La bocca di Luke seguì le dita con baci ansimanti lungo l'interno delle sue gambe. «Si tratta di quel fascicolo della Blackwell?»

Un gemito involontario le sfuggì dalle labbra. «Sì. Ho bisogno di uh, il rapporto, uh, i... risultati del...»

Quando la sua bocca raggiunse il centro tra le sue gambe, lei perse la capacità di parlare. Lui alzò la testa per un momento, un sorriso malizioso sul volto. «Se io prometto di chiedere informazioni sul rapporto, prometti di non parlare del caso per il resto della notte?»

Gli prese la testa con le mani e gli spinse indietro il viso. «Sì» sospirò. «Oh Dio, sì.»

TRENTAQUATTRO

Luke andò al lavoro che Josie ancora dormiva, ma almeno le aveva lasciato un po' di caffè. Appoggiata al bancone della cucina, mentre lo sorseggiava lentamente, si accorse che tutte le sedie erano state spinte sotto il tavolo. Inoltre, la pila di posta che stava controllando il giorno prima era stata ammucchiata ordinatamente in cima alla cartellina della Blackwell, posata sul suo portatile chiuso. Tutto sistemato in una piramide ordinata proprio accanto ai fiori che Luke le aveva portato, l'acqua nuovamente rabboccata.

Sapeva che avrebbe dovuto essere felice. Ray l'aveva fatta impazzire con il suo perenne disordine, ma tutto questo la infastidiva in modo diverso. Questa era casa sua. Il suo santuario. Il suo casino. Luke non lo capiva. A volte, semplicemente, non riusciva a *capirla*.

Con un sospiro, recuperò una grossa scatola di plastica dal garage e tirò fuori un vecchio album fotografico per vedere se riusciva a trovare la formazione rocciosa che Ginger aveva menzionato. Prima di sera, quasi ogni superficie della sua cucina immacolata era ricoperta di foto di lei e Ray. Le prime erano state scattate quando avevano quasi dieci anni.

Erano sulla veranda di casa di Ray. La madre di lui li aveva sorpresi a ridere e aveva scattato la foto; all'epoca la famiglia di Ray viveva dall'altra parte dell'area boschiva dietro il parcheggio per roulotte di Josie. Prima che il padre di Ray se ne andasse. Avevano trascorso innumerevoli ore insieme esplorando la foresta, ma soprattutto nascondendosi dai genitori ed evitando entrambe le loro case.

Il gruppo successivo di foto risaliva al liceo. Loro due apparivano sempre stretti l'uno all'altra, il braccio di Ray teso sulle spalle di Josie voltata verso di lui, con il viso alzato verso il suo. Adesso il ricordo di quegli anni bruciava. Josie non avrebbe mai immaginato che Ray l'avrebbe potuta ferita come aveva fatto.

Josie trovò una foto di loro due fatta il giorno in cui erano entrati nella loro casa. I loro volti brillavano. Sembravano due persone profondamente e follemente innamorate. Erano destinati a stare l'uno con l'altra. Soffocò le lacrime mentre chiudeva di scatto l'album. Quella voce assillante in fondo alla sua testa chiese per la millesima volta se fosse stata troppo dura con Ray. Tornò indietro con la memoria a quella terribile notte e poi alla notte in cui l'aveva sorpreso con Misty. No, aveva fatto la cosa giusta. Alla fine avrebbe potuto perdonargli la sua infedeltà, ma quella notte con Dusty aveva distrutto la più sacra forma di fiducia tra loro, un tipo di tradimento che non avrebbe mai potuto perdonare.

Con un sospiro, diede una seconda occhiata alla pila di foto che aveva creato, quelle di loro due vicino alle varie formazioni rocciose dentro e intorno a Denton; erano state fatte da amici. Trovò ogni altra formazione presente in città, a quanto pareva, tranne quella dell'Uomo In Piedi. L'aveva solo immaginato? Ma perché la descrizione fatta da Ginger le sembrava così familiare? Provò a chiamare Lisette per controllare come stava e per scoprire se ricordasse l'*Uomo In Piedi*, ma la chiamata andò direttamente alla segreteria telefonica. Lasciò un messaggio breve e allegro chiedendo a sua nonna di richiamarla.

Luke chiamò poco prima delle nove, interrompendo l'elenco mentale della sua vita e quale parte di essa corrispondesse a quale formazione rocciosa.

«Cosa fai domani?»

Lei rise. «Accidenti, non lo so. Fammi controllare la mia agenda. Oh, esatto, non ho programmi. Perché? Che cosa succede?»

«Il mio contatto al laboratorio? Può incontrarti domani all'una. Penso che, se parti verso le nove, potresti arrivare a Greensburg in tempo. Se te la senti di guidare fin là. Sono quasi quattro ore.»

«Non posso parlargli al telefono?» chiese Josie.

«No, vuole incontrarti di persona. Non è negoziabile.»

«Oh. Bene, okay, posso affrontare il viaggio. Vieni con me?»

«Non posso. Devo lavorare. Ti mando l'indirizzo del laboratorio. C'è un parco pubblico a pochi isolati. Non puoi sbagliare. Ti incontrerà là. So che è un viaggio lungo, ma se vuoi i risultati del caso Blackwell, questo è l'unico modo per ottenerli. Sto già facendo molto più di quanto dovrei, Josie.»

Non c'era severità nella sua voce, solo il ricordarle come dato di fatto che stava infrangendo le regole per farle ottenere quello che gli stava chiedendo. «Lo so» disse rapidamente. «Vado a incontrarlo. Grazie. Lo apprezzo davvero.» Dalla profondità della montagna di foto e album foto che giacevano sul suo tavolo, pescò una penna. «Come si chiama?»

«Denise Poole. Ti invio un messaggio con le altre informazioni. Devo tornare al lavoro. Ho appena preso uno straordinario in più.»

Aveva pronunciato il nome così in fretta che lei l'aveva sentito a malapena. «Denise Poole?» chiese conferma, scarabocchiando il nome.

«Sì» disse, sembrando a disagio. «Era la mia ragazza. Senti, devo proprio andare.»

«Non mi avevi detto che avevi una ragazza quando lavoravi a Greensburg.» sbottò.

«Quindi?» disse Luke. «Che differenza fa? Ci siamo lasciati anni fa. Voglio dire, non è che siamo già sposati.»

«Ahi!» disse Josie.

«Mi dispiace» disse, ma come se non lo pensasse davvero. «Ascolta, ne parleremo domani, va bene? Devo andare.»

Fissò il telefono dopo che lui ebbe riattaccato. Faceva male. Luke aveva ragione, non era un grosso problema che lui e Denise Poole fossero usciti in passato; ovviamente, Josie sapeva di non essere la sua prima ragazza. Ma quello che le dava fastidio era che non l'aveva mai menzionata prima. Lei gli aveva parlato del suo passato, non è che ci fosse molto da raccontare. Era sempre stato solo Ray.

Chiamò di nuovo Lisette mentre cercava di ricordare quanto tempo fosse stato di stanza a Greensburg. La chiamata andò di nuovo alla segreteria telefonica. Josie lasciò un altro messaggio vocale con una voce che suonava troppo allegra perché potesse essere credibile. Riprovò di nuovo più tardi. Quando sentì il messaggio vocale della segreteria di Lisette per la terza volta, chiamò la postazione delle infermiere.

«È davvero molto depressa» disse a Josie una delle infermiere. «Sai, da quando Sherri è morta. Si alza ancora per i pasti, ma a parte quello resta a letto.»

«Oh» disse perplessa Josie. «Non mi ero resa conto che fosse così vicina a Sherri.»

«Non credo che lo fosse, in realtà» rifletté l'infermiera. «Ma per qualche ragione, l'intera faccenda l'ha colpita davvero duramente. Ha colpito duramente molti di noi.»

«Lo so» disse Josie. «Senti, mi è successa una cosa e non posso vieni lì domani. Per favore, parla con lei però. Dille di chiamarmi.»

«Certamente»

TRENTACINQUE

La mattina dopo Josie partì per Greensburg. Il GPS la portò direttamente al luogo che Denise Poole aveva indicato e Josie parcheggiò lungo l'altro lato della strada, allungando le braccia sopra la testa prima di scendere dall'auto. Si avviò lentamente verso il parco, lanciando un'occhiata furtiva al messaggio che Luke aveva inviato in precedenza. *Ha detto che indosserà una sciarpa rossa,* le aveva scritto.

Il tempo era più caldo quel giorno, di poco superiore ai tredici gradi e il parco era pieno di gente che faceva jogging e di madri che spingevano passeggini e inseguivano bambini nell'area giochi. C'erano delle panchine nella zona più esterna e Josie individuò rapidamente Denise. Sedeva da sola, un Kindle in una mano, una tazza di caffè nell'altra e una sciarpa rossa lavorata a maglia legata intorno alle spalle. Aveva capelli scuri, raccolti in una crocchia ordinata ed era considerevolmente più grande di Josie. Non più grassa, solo più grande. Una donna dalle ossa grosse. Ma era attraente, in modo austero, e vestita con stile. Josie si sedette accanto a lei. «Miss Poole?»

Gli occhi della donna si spostarono dal Kindle al viso di

Josie con un sorriso esitante. Josie notò che gli occhi erano castano chiaro. «Tu devi essere Josie.»

Posò il caffè e tese una mano, che Josie strinse.

«Grazie per avere accettato di incontrarmi.» disse Josie.

Denise indicò la mano di Josie. «Bell'anello. Luke non mi ha detto che siete fidanzati.»

Josie fissò l'anello. Forse avrebbe dovuto toglierlo prima di venire a conoscere l'ex ragazza di Luke. Ma perché avrebbe dovuto nascondere il fidanzamento? Tuttavia, il momento sembrò leggermente imbarazzante. «Oh, sì, grazie.»

Denise tornò a guardare il suo Kindle abbastanza a lungo per spegnerlo. Mentre lo faceva, mormorò: «Goditela finché dura.»

«Che cosa?»

Quando Denise la guardò di nuovo, il suo sorriso era rigido e triste. La sua voce era intrisa di una simpatia quasi condiscendente. «Non te l'ha detto, vero?»

Josie non disse nulla.

«*Noi* eravamo fidanzati» disse Denise. «Strano che ti abbia mandato qui a incontrarmi, ma abbia evitato di dirti questo piccolo particolare. Ascolta, sembri davvero gentile e so che non sei qui per discutere di Luke, ma dovresti sapere che è un fidanzato seriale. Gli piace essere fidanzato. Gli piace la novità. Poi passa il tempo, perde interesse e va avanti.»

Fidanzati? Luke aveva definito Denise la sua ragazza. Non aveva mai detto niente sull'essere stato fidanzato. Josie si schiarì la gola. «Sono qui solo per i risultati del caso Blackwell.»

Denise allungò una mano e le accarezzò il braccio. «Ovviamente. Deve essere davvero importante per te perché tu abbia chiesto a Luke di chiamarmi.»

Josie sostenne il suo sguardo. «Non so se siano importanti o meno. Non li ho ancora visti.»

Denise si frugò nella tasca posteriore e ne tirò fuori una busta piegata, che porse a Josie. «Allora perché ne hai bisogno?»

Josie scrollò le spalle. «Potrei non averne bisogno. Se c'è qualcosa di importante lì, lo saprò quando lo vedrò. Ecco perché ho chiesto di vedere qualsiasi cosa tu abbia.»

«L'ho cercata su Google. Ginger Blackwell.»

«Sì, anch'io.»

«Perché la polizia avrebbe detto che il caso di Ginger Blackwell era una bufala quando il kit stupro ha rilevato la presenza di tre diversi tipi di sperma?»

Tombola. Josie resistette all'impulso di aprire la busta davanti alla Poole. Disse: «Credevano che il sesso fosse consensuale.»

«Sesso consensuale con tre uomini diversi contemporaneamente?»

Josie scrollò le spalle. «Beh, sai, le donne sole e disperate farebbero qualsiasi cosa per attirare l'attenzione – o almeno così dicono.»

Denise si accigliò. «Immagino che ci siano donne là fuori disposte a fare quel genere di cose.»

Josie la ringraziò di nuovo e si alzò per andarsene.

«Non sono stati ricercati nel database statale.» disse Denise.

Josie chiese: «Cosa vuoi dire?»

Stando in piedi, Josie poté vedere che Denise era ancora più alta di quanto lei avesse inizialmente pensato. Probabilmente si avvicinava a un metro e ottanta. Provò a immaginare Luke che si proponeva a questa donna o addirittura stretto in un bacio, ma, semplicemente, non ci riuscì. O forse non volle. Perché non le aveva detto che Denise era stata la sua fidanzata? Ancora più importante, perché Denise aveva fatto fare a Josie un viaggio di quattro ore per incontrarla di persona per qualcosa che le avrebbe potuto dire al telefono e per dei risultati che avrebbe potuto inviare via fax o mail? Che tipo di relazione avevano ancora che a Luke era bastato fare solo una telefonata? Josie non era un tipo geloso, ma l'intera faccenda con Denise era strana, anche per i suoi standard.

«Hanno raccolto i campioni, ma non li hanno mai controllati per vedere se corrispondevano a qualcuno già presente nel database. Qualsiasi database. Statale o federale. Li hanno raccolti ma non hanno fatto nulla.»

Josie la fissò.

Denise le rivolse un altro sorriso, ma questa volta sembrava forzato, con una sfumatura di nervosismo. «Perché non li hanno controllati?»

«Perché l'intera faccenda è stata ritenuta una bufala» disse Josie. «Non ha senso sprecare le risorse dello stato per una pazza, giusto?»

Tuttavia, il fatto che i risultati del kit stupro non fossero stati verificati in nessun tipo di database era un fatto utile ma non sorprendente. Qualcosa sicuramente non tornava.

«Tu non ci credi. Non saresti qui se avessi accettato l'idea della bufala. Cosa sta succedendo davvero?»

Josie inarcò un sopracciglio. «Che cosa?»

Denise incrociò le braccia sul petto. «Hai chiesto a Luke di chiamarmi per avere questi risultati del DNA. Lui mi ha chiesto di darteli anche se potremmo essere licenziati entrambi. Perché?»

Josie non poteva rispondere a quella domanda, né poteva negare il senso di terrore che sentiva crescere dentro di sé man mano che scopriva di più sul caso di Ginger Blackwell e sulle indagini di merda che avevano seguito il suo rilascio. L'indagine clandestina di Josie rischiava di far affondare lei e Luke in acque molto profonde. Sperava solo che la nuotata ne valesse la pena.

Josie sospirò e decise di cambiare rotta. «Un'adolescente è scomparsa a Denton» disse a Denise. «Si chiama Isabelle Colemann. Ho pensato che potesse esserci un collegamento con il caso di Ginger.»

La fronte di Denise si corrugò. «C'è?»

«Non lo so. Voglio dire, se c'è, non l'ho ancora trovato.»

«Perché non hai semplicemente fatto la richiesta tramite il tuo dipartimento?»

Le guance di Josie si tinsero di rosso. «Io... io non potevo.»

«Perché no?»

«Sono sulla lista nera del mio capo, e questa» agitò la busta nell'aria «è un'impresa disperata. Ho pensato che, trovando qualcosa di utile potrei tornare nelle sue grazie; altrimenti nessun danno nessun inganno.»

«Capisco.» disse Denise in un tono che lasciava intendere che non capiva affatto. Ma se Denise fosse stata davvero preoccupata per le motivazioni di Josie o per il fatto di poter essere licenziata, allora non sarebbe stata d'accordo - no, non avrebbe insistito - su questo incontro.

«Ascolta» disse Josie. «Apprezzo molto il tuo aiuto, ma devo tornare a casa.»

Denise socchiuse gli occhi. «Certo» disse, raccogliendo le sue cose. «E io devo tornare al lavoro.»

Josie si voltò e si allontanò. Era a metà strada tra lei e la macchina quando Denise la chiamò, «Di' a Luke che lo vedrò quando vengo a prendere il dipinto.»

Josie si fermò di botto e si voltò.

Denise le rivolse un sorriso disinvolto. «Lui capirà cosa intendo.»

TRENTASEI

Tornando a casa, Josie continuò a rivivere nella sua mente la scena del parco. Di che diavolo di quadro stava parlando Denise? Luke aveva davvero pensato di rivederla? Nutriva ancora dei sentimenti per lei? Josie compose il suo numero ma la chiamata andò direttamente alla segreteria. «Sono io» disse concisa. «Sono sulla via di casa. Ex fidanzata? Sul serio? Bella mossa da stronzo mandarmi lì alla cieca. Chiamami.»

Fatto ciò, lasciò che la sua mente vagasse sul fatto di aver scoperto che i campioni di DNA del kit stupro di Ginger Blackwell non fossero mai stati inseriti in nessun database per un confronto. Il suo istinto aveva ragione sul caso Blackwell, nonostante quello che aveva detto a Denise riguardo al fatto che non c'era motivo per cui la polizia li dovesse analizzare avendo pensato che il caso era una bufala. Avevano messo al sicuro i campioni di DNA il giorno del rilascio di Ginger. Li avrebbero dovuto esaminare attraverso i database statali e federali subito dopo averli raccolti. Invece, qualcuno li aveva conservati per tutto il tempo necessario affinché il caso venisse archiviato, permettendo che l'intera faccenda venisse insabbiata.

L'auto emise un segnale, facendole capire che era a corto di benzina. Guardò passare i cartelli sul lato dell'Interstatale fino a quando non vide quello per una stazione di servizio all'uscita successiva. All'interno del minimarket annesso alla stazione di servizio, trovò un bancomat e cercò di prelevare denaro per fare benzina e per un po' di caffè. Fondi insufficienti, apparve sul monitor. Riprovò. La macchina doveva essere guasta.

In un box vuoto in bagno, aprì l'app della banca sul telefono per controllare il suo saldo effettivo. Lo stipendio veniva accreditato direttamente ogni due settimane, e l'ultimo accredito sarebbe dovuto essere stato fatto quella mattina. Ma l'app era d'accordo con il bancomat. Non era stato effettuato alcun accredito. Non aveva soldi. Con un ringhio, diede un calcio alla porta del box, facendola sbattere contro il telaio.

All'esterno, compose il numero di Ray che, per una volta, rispose immediatamente. «Jo» disse e il suo tono le fece capire immediatamente che stava aspettando la sua chiamata. Il panico iniziò lentamente a formarsi alla base del suo stomaco.

«Cosa sta succedendo?» gli chiese.

«Non lo sai?»

«So che il mio stipendio non è arrivato. Sono... a un paio d'ore da lì. Mi sono fermata a fare benzina e ho appena scoperto di non avere soldi. Che cosa diavolo sta succedendo, Ray?»

«Perché sei a un paio d'ore di distanza?»

«Ray.»

«Il capo ti ha sospesa senza paga da stamattina.»

«Che cosa?» disse così forte che attirò gli sguardi degli altri clienti che stavano entrando e uscendo dal minimarket. Abbassò la voce. «Perché? Non me l'ha nemmeno detto. Ci sono procedure. Ray, che cazzo?»

«È per quello che hai detto a Trinity Payne. A proposito di Rockview.»

Il panico le strisciò nel petto e le fece battere il cuore troppo velocemente per un brevissimo istante. Tutti i suoi risparmi erano stati investiti nella casa, ormai da mesi viveva stipendio dopo stipendio. Aveva un paio di carte di credito, ma per quanto tempo avrebbe potuto vivere solo con quelle? Non poteva pagare le bollette con le carte. «Non ho parlato con Trinity Payne di quello che è successo a Rockview. A cosa ti riferisci?»

«Non hai guardato il notiziario nelle ultime ventiquattr'ore?»

«No, non l'ho fatto. Cosa ha detto, Ray? Cosa ha detto che io ho detto?»

Lui sospirò. «Ti mando il link alla notizia.»

«Dimmelo e basta.»

«Che hai confermato che la Spencer ha ucciso Sherri Gosnell con una forchetta e che c'era molto sangue.»

Tha-thump fece il suo cuore. Tha-tha-tha-tha-thump. «Oh, mio Dio. Ray, devi parlare con il capo. Non ho mai detto quelle cose. Beh, ho detto la cosa sul sangue, ma non ho mai confermato il fatto della forchetta. Non esplicitamente. E niente di tutto ciò era sul rapporto.»

«Comunque, perché stavi parlando con Trinity Payne?»

«Non stavo, voglio dire, non proprio. È venuta a casa. Mi sta molestando da quando sono stata sospesa. Voleva sapere di Rockview, ma Ray, giuro che non le ho detto niente.»

«Ascolta, posso prestarti dei soldi se hai bisogno...»

«Non ho bisogno di soldi, Ray» sbottò. «Ho bisogno di riavere il mio cazzo di lavoro. Come può farlo? Non me l'ha nemmeno detto. Non mi ha nemmeno dato la possibilità di difendermi. Sto arrivando. Sarò là in due ore.»

«Jo, non farlo.»

«Non se la caverà per questo.»

«Ti ha detto di tenere la testa bassa e solo il giorno dopo Trinity Payne fa il tuo nome in televisione.»

Urlò a pieni polmoni. «Non le ho detto *niente*!»

La voce di Ray era triste. «Il danno è fatto, Jo. Venendo qui a confrontarti con Grizz non farai che peggiorare le cose. Due ore? Dove diavolo sei?»

«Non sono affari tuoi. Ci vediamo presto.»

TRENTASETTE

La chiamata successiva fu a Trinity Payne, che rispose al terzo squillo con un «Hai parlato con Ginger Blackwell?»

Josie riuscì a malapena a pronunciare le parole: «Fottuta stronza. Come hai potuto?»

Silenzio. Il che significava che Trinity sapeva di avere torto.

Stringendo il cellulare così forte che le facevano male le dita, Josie guardò male le persone che entravano e uscivano dal minimarket fermandosi a fissarla. «So che mi hai sentito. Come hai potuto? Sapevi che quello che ho detto su Rockview era ufficioso.»

«Hai detto che non c'era ufficialità.»

«Sai dannatamente bene che quello che ti ho detto era in confidenza. Non ho nemmeno mai confermato che ci fosse una forchetta. Come hai potuto usarlo? Hai idea di cosa hai fatto?»

Il suo tono era disinvolto. «Oh, per favore. Come se a qualcuno importi. E allora? Ho usato una riga o due di quello che mi hai detto e anche quel poco non era granché interessante. Il mio produttore non voleva nemmeno mandarlo in onda.»

«Al *mio capo* importa. Mi ha sospesa senza paga. Grazie a te, non riesco nemmeno a mettere benzina nella mia macchina.»

«Pensavo fossi sposata.»

La rabbia esplose in un lampo di luce accecante. Per un momento, non riuscì a respirare. «Sono separata» disse a

denti stretti. «Pago tutto da sola e ora sono al verde e senza lavoro perché dovevi avere la tua storia. Sei una puttana manipolatrice e bugiarda e, a meno che tu non voglia che ti riorganizzi quegli zigomi perfetti da televisione, è meglio che tu stia alla larga da me. E per l'esclusiva che ti avevo promesso? Dovrai passare sul mio cadavere.»

Attaccò prima che Trinity potesse dire un'altra parola. Usando la carta di credito, comprò benzina sufficiente per tornare a casa. Non osò prendere un caffè. Inoltre, la sua indignazione stava scavando un buco nello stomaco. Ribollì durante l'intero viaggio verso casa, le mani che si stringevano attorno al volante mentre il suo cervello calcolava furiosamente quanto le sarebbe costato vivere nelle settimane a venire. Avrebbe potuto continuare a pagare benzina e cibo con la sua carta di credito, ma non sarebbe riuscita a pagare i conti. O il mutuo.

La sua bella casa. Il suo rifugio. Avrebbe potuto non pagare le bollette, decise. Avrebbe tenuto tutto quanto sarebbe servito per pagare gas, elettricità e acqua per salvare la casa. Dopo di che, non aveva nessuna idea di come sarebbe sopravvissuta. E no, per nessuna ragione avrebbe chiesto dei soldi a qualcun altro. Sua nonna non aveva niente da darle e Luke le aveva già dato abbastanza.

Era così presa dai pensieri su come avrebbe fatto a far quadrare i conti che quasi perse la sua uscita. Mentre entrava nel parcheggio del Dipartimento di Polizia, controllò i veicoli personali, ma non vide la jeep del capo. Ovviamente non c'era. Ray doveva avergli detto che sarebbe passata e lui sapeva che era meglio non trattare con lei faccia a faccia.

Si precipitò comunque dentro solo per trovare il posto vuoto come una città fantasma. Solo Noah Fraley sedeva alla sua scrivania, pochi altri uscivano e entravano dalla sala comune del secondo piano. Ray non si vedeva da nessuna parte. La porta dell'ufficio del capo era chiusa, la stanza silenziosa e impenetrabile.

Avvicinandosi alla scrivania di Noah, si mise le mani sui fianchi e lo guardò male. «Dov'è il capo?»

Lui ricambiò il suo sguardo, sorpreso, le guance arrossate. «È fuori con tutti gli altri per il caso Coleman. Una signora ha chiamato e ha detto che pensava di aver visto una ragazza bionda camminare lungo il ciglio della strada sulla Old Gilbert.»

Josie inarcò un sopracciglio. Conosceva la strada di cui stava parlando. Non era lontana dal liceo cattolico di Denton. Un sacco di studenti usavano quella strada di campagna quando tagliavano dalla scuola per arrivare al centro commerciale a circa un chilometro e mezzo di distanza.

«Quando dovrebbe tornare?»

Noah scrollò le spalle. «Non lo so. Immagino che dipenda dal fatto che la pista sia verificata o meno.» Aspettò un lungo momento per vedere se aveva altre domande. Poi guardò la porta del capo come se guardasse all'uomo in persona, con l'angolo della bocca piegato in un'espressione afflitta. «Detto tra te e me, il capo si sta comportando come una vera testa di cazzo. Ascolta, se hai bisogno di aiuto, tipo per pagare le bollette o altro, io posso prestarti del denaro. Almeno finché il capo non si toglie il bastone dal culo e ti rimette sul libro paga.»

Se fosse stata un'altra persona a offrirsi di aiutarla, Josie si sarebbe sentita insultata. Anche il pensiero di Ray che si offriva di aiutarla con i soldi le faceva sudare le mani. Ma venendo da Noah, sempre gentile e corretto nei suoi confronti, era diverso. Di certo non avrebbe accettato, ma gliene era grata.

«Grazie.»

Noah scrollò le spalle come se non fosse un grosso problema. «Vuoi che ti chiami quando torna? Ha dormito qui quasi tutte le sere. Probabilmente potresti incrociarlo.»

Ma la sua rabbia si era dissipata per il momento, placata

dalla gentilezza di Noah. Non aveva energie per mantenere quel sentimento fino al ritorno del capo. Forse la rabbia non era comunque l'approccio migliore. Forse la mattina dopo sarebbe stata più lucida, meno incline a fare storie e a dire qualcosa che l'avrebbe fatta licenziare per sempre. «No» disse Josie. «Tornerò domani.» *Può aspettare*, pensò. «Ma grazie.»

Lo sguardo di Noah tornò allo schermo del suo computer dove Josie poteva vedere che stava registrando informazioni telefoniche sul caso di Isabelle Colemann. Non ce n'erano molte. «Certo.» disse.

«Ehi, Noah.»

«Sì?»

«Hanno già trasferito June Spencer?»

Incontrò ancora una volta i suoi occhi. Per la prima volta in tutti quegli anni da quando lo aveva conosciuto, si rese conto che aveva minuscole pagliuzze d'oro nelle iridi marroni. «No» rispose. «Probabilmente non c'è un posto dove spostarla. L'unità psichiatrica più vicina è a un'ora di distanza e non hanno posti letto. Il capo sta cercando di trovarle un posto in una struttura a Philadelphia. Ma la ragazza non è stata ancora incriminata. La stanno trattenendo giù in attesa che il procuratore distrettuale decida cosa fare con lei.»

«Non ho mai visto il procuratore distrettuale muoversi così lentamente. Ha ucciso una donna con una forchetta, per l'amor di Dio! Perché non l'hanno ancora incriminata?»

Un'altra scrollata di spalle, a significare "non è compito mio prendere queste decisioni" e Noah tornò allo schermo del suo computer.

«Fammi sapere come va a finire la pista per la Coleman.» disse Josie andando via.

«Non ce n'è bisogno» le gridò dietro. «Se è lei, la vedrai in televisione.»

TRENTOTTO

Era quasi buio quando arrivò a casa. Andò direttamente al piano di sopra senza accendere la luce e pensò alla bolletta dell'acqua mentre si preparava un bagno caldo. L'incidente allo Stop and Go sembrava essere avvenuto anni prima, ma era passata meno di una settimana e per tutte quelle ore di guida le faceva ancora male la schiena. Prima di calare il suo corpo dolorante nell'acqua, controllò il telefono per una eventuale chiamata di Lisette. Niente, e quando riprovò a chiamare rispose direttamente la segreteria telefonica. Per prima cosa la mattina dopo doveva andare al Rockview.

Ovviamente, non c'erano state chiamate neanche da Luke. Doveva aver visto la sua precedente chiamata persa e sentito il suo messaggio arrabbiato. Tuttavia, non era insolito che fosse in ritardo, specialmente se era rimasto bloccato in un caso difficile verso la fine del turno.

Mentre si stendeva nell'acqua, lasciò che la sua mente scivolasse tra l'ossessione per la possibile connessione tra il caso di Ginger Blackwell e quelli di June Spencer e Isabelle Coleman e il fatto che il capo l'aveva fottuta alla grande senza una buona ragione. Era tutto troppo. Questi erano proprio gli scenari per cui il vino era stato creato e lei desiderava che gliene fosse rimasto ancora un po'. Forse Luke ne avrebbe portato con sé, per scusarsi. Avrebbe potuto berselo in fretta mentre inveiva contro di lui per non averle rivelato la sua vera relazione con Denise e il loro incontro segreto riguardante un certo dipinto.

Un'ora dopo giaceva in un nido di cuscini sul letto, indossando solo una maglietta - una delle vecchie magliette del college di Ray che lei aveva portato con sé quando lo aveva lasciato - esaminando di nuovo il materiale del caso Blackwell. Rilesse il rapporto del procuratore distrettuale, che riportava che "nessuna prova sostanziale" era stata trovata a sostegno delle affermazioni di Ginger sul fatto che fosse stata rapita, imprigionata illegalmente o aggredita sessualmente. Lo stesso procuratore distrettuale aveva firmato il rapporto. Josie cercò il nome dell'investigatore incaricato di esaminare le prove contro Ginger.

«Manco per il cazzo,» mormorò tra sé. «Jimmy "Manomorta" Lampson?»

James Lampson era stato un agente di polizia di Denton quando Josie era al liceo. A quei tempi era di pattuglia e i ragazzi del liceo lo avevano soprannominato "Manomorta" perché gli piaceva fare accostare le ragazze, farle uscire dalle loro auto per perquisirle senza motivo. Andò avanti per un paio d'anni prima che i genitori di qualcuna delle ragazze finalmente si lamentassero. All'inizio ebbe una tirata d'orecchie, ma una volta che capo Harris ebbe preso il comando, si ritrovò sbattuto fuori a cercare un nuovo lavoro. L'ultima volta che aveva sentito parlare di lui, lavorava all'ospedale, nella sicurezza privata.

Finché non aveva visto il suo nome sul rapporto Blackwell, Josie non sapeva avesse accettato un incarico presso l'ufficio del procuratore distrettuale. Non aveva idea di come fosse finito lì a fare il comodo lavoro di investigatore, ma poteva immaginarlo; il figlio di Jimmy era buon amico del figlio del procuratore distrettuale, entrambi avevano giocato per la squadra di calcio di Denton East; entrambi avevano la reputazione di andare a letto con le ragazze, scaricandole subito dopo e facendo girare voci malevole su di loro. Non aveva idea di dove fossero adesso quei ragazzi, ma i loro padri si stavano ancora occupando dei casi nella Contea di Alcott, e non bene a quanto pareva.

Pensò a June ancora seduta in una cella di detenzione nel Dipartimento di Polizia di Denton mentre il procuratore distrettuale decideva cosa fare di lei. Stavano decisamente violando il suo diritto a un giusto processo. Avrebbe già dovuto essere in un'unità psichiatrica. Perché l'ufficio del procuratore distrettuale la stava tirando per le lunghe? Si chiese se Manomorta fosse in qualche modo coinvolto e stesse interferendo nel caso di June come probabilmente aveva fatto in quello di Ginger. In tal caso, perché?

Il cellulare la spaventò, facendo volare le pagine del rapporto di Lampson sul letto. La suoneria le parve rintocchi di campane a morto. Non Luke. Non Lisette. Non Ray. Qualcuno che non la chiamava spesso. Il numero le era vagamente familiare, e quando rispose sentì la voce piena di lacrime della sorella di Luke.

«Carrieann?» disse Josie, con il cuore in gola. C'era solo un motivo per cui la sorella di Luke avrebbe chiamato. Sentì un nodo alla gola. «È vivo?» chiese col fiato sospeso.

«Hanno sparato a Luke» singhiozzò Carrieann. «Gli hanno... sparato.»

Vide l'immagine di Luke che giaceva impotente da qualche parte sul lato dell'Interstatale, sanguinante e incapace di chiedere aiuto.

«È *vivo*?» chiese di nuovo.

Ci fu un rumore come se Carrieann si stesse soffiando il naso e poi disse: «A malapena. Adesso è in sala operatoria.»

«Dove? Dov'è adesso?»

«Al Geisinger. Ha perso così tanto sangue. Hanno dovuto usare l'eliambulanza per un intervento chirurgico d'urgenza. Oh, Dio.»

Era a un'ora di distanza. Josie poteva farcela in metà del tempo. «Ci vediamo lì.» disse, e riattaccò.

TRENTANOVE

Carrieann Creighton era una delle donne più robuste che Josie avesse mai incontrato: alta un metro e ottanta e muscolosa in tutti i punti in cui la maggior parte delle donne sono morbide e sinuose. Sembrava una versione femminile di Luke. Non erano gemelli. Carrieann aveva cinque anni più di lui e viveva a tre ore di distanza, in una contea così rurale da avere un solo semaforo. Josie l'aveva incontrata solo due volte in passato. Erano andate d'accordo nonostante gli avvertimenti di Luke secondo cui Carrieann sarebbe stata dura e scostante.

Josie la trovò nella piccola sala d'attesa per familiari fuori dall'ala chirurgica, che camminava su e giù nei suoi jeans sbiaditi e strappati, la punta d'acciaio degli stivali da lavoro da uomo infangata e una giacca di jeans sopra una camicia di flanella che aveva visto giorni migliori. I capelli biondi, che iniziavano appena a mostrare i primi fili di grigio, erano raccolti in una coda di cavallo. Il suo volto era tirato, gli occhi cerchiati di rosso. Quando vide Josie, attraversò la stanza a grandi passi e la avvolse in un forte abbraccio. Vedere Carrieann angosciata rendeva il tutto più reale.

Durante il viaggio verso l'ospedale Josie aveva tenuto a bada la sua isteria elencando tutte le domande che aveva. Era Josie, l'agente di polizia, non Josie la fidanzata dell'ufficiale di polizia. Era stato l'unico modo per tenere il piede sull'acceleratore, per continuare ad andare avanti, per evitare di accostare e perdersi completamente sul ciglio della strada.

Prima che le sue ginocchia potessero cedere, barcollò all'indietro e cadde sulla sedia più vicina. Carrieann si lasciò cadere su quella accanto a lei e si allungò, stringendo la mano di Josie nella sua. Era strano e un po' allarmante vederla così affettuosa, come se fossero cognate da anni, ma aveva la sensazione che fosse più un modo per confortare sé stessa piuttosto che Josie. In ogni caso, l'avrebbe accettato. Questo era un territorio inesplorato per lei. Le uniche due persone per cui Josie si era mai veramente preoccupata prima di Luke erano sua nonna e Ray e nessuno dei due era mai stato in pericolo. Luke era arrivato nella sua vita come l'aria di cui aveva bisogno quando la sua vita di merda minacciava per soffocarla. Era sopravvissuta alla sua sospensione in gran parte grazie a lui. Amava il suo buon umore, il suo sorriso, il suo corpo - il suo corpo che stava lottando per sopravvivere in quel momento. Desiderava non avergli lasciato quel messaggio prima. Sembrava così banale ora. Sperava che quelle parole non sarebbero state le ultime che avesse mai sentito da lei.

«Che cosa è successo?» chiese a Carrieann.

La sorella di Luke si guardò intorno nella stanza come se si fosse appena resa conto che erano lì, sole tra le sedie di vinile imbottite e vecchie riviste abbandonate. In una mano aveva un fazzoletto appallottolato. Lo stritolò. «Hanno detto che era nel parcheggio della caserma. Aveva appena finito il suo turno. È caduto in un'imboscata. Qualcuno gli ha sparato due volte. Al petto.»

Josie chiuse gli occhi. Tutto ciò a cui riusciva a pensare era il cuore di Luke. Era un colpo mortale. Come poteva essere ancora vivo? Le lacrime le scesero lungo le guance lasciando scie calde e salate.

«Oh, tesoro» disse Carrieann con voce roca mentre metteva un braccio intorno alle spalle di Josie e la stringeva in un goffo abbraccio. «Lui è forte. Ce la farà.»

Ma Carrieann non ci credeva più di quanto ci credesse Josie. Era solo qualcosa che ci si dice mentre si aspetta un risultato su cui non si ha alcun controllo. «Che calibro?»

«Che cosa?» chiese Carrieann.

«Di che calibro erano i proiettili?»

La maggior parte delle persone non avrebbe mai pensato di fare questa domanda, ma Carrieann e Luke sparavano a bersagli e andavano a caccia di selvaggina da quando erano grandi abbastanza da tenere una pistola in mano, cioè da prima che la maggior parte delle persone impugni per la prima volta un'arma. «30-30» disse Carrieann.

«Munizioni da caccia.»

Carrieann annuì.

Quasi ogni famiglia nella Pennsylvania rurale aveva un fucile da caccia con munizioni calibro 30-30. Un cacciatore avrebbe saputo sicuramente l'immenso danno che una munizione simile avrebbe inflitto a un essere umano; a seconda del tipo di colpo, il proiettile avrebbe potuto attraversare direttamente un corpo o si sarebbe potuto frammentare al suo interno, distruggendo tutto sul suo cammino. Luke era fortunato a essere vivo. Per adesso.

Carrieann disse: «Hanno detto che gli spari provenivano dal bosco.»

«Oh Dio.»

Doveva essere vicino al posto in cui si erano appartati l'altro giorno. La caserma era circondata su tre lati dalla foresta. Qualcuno si era intenzionalmente nascosto tra gli alberi e aveva aspettato che finisse il suo turno. Lui? O qualsiasi altro agente, si chiese. Pensò alla busta sul tavolo della cucina. Il dossier di

Ginger Blackwell con tutte le informazioni mancanti. E all'altra busta nella sua macchina, che dimostrava che Ginger era stata violentata, proprio come lei stessa aveva raccontato. Avevano preso di mira Luke perché aveva messo il naso nel caso? Sembrava proprio così. O stava di nuovo leggendo troppo tra le righe? No. Era sicura di no. Era stato fatto fuori nel parcheggio alla fine del suo turno. Era intenzionale.

Chi poteva sapere che stava curiosando nel file del caso Blackwell? Ovviamente, Denise aveva idea del fatto che stava facendo ricerche su di esso, ma lei sembrava molto più interessata a lui personalmente. Dato che aveva avuto accesso al fascicolo cartaceo, doveva trattarsi di qualcuno della sua caserma. Potevano anche non sapere che l'aveva passato a Josie o che aveva chiamato Denise per i risultati del kit stupro.

Ma se qualcuno sapeva che l'aveva dato a Josie e che lei stava indagando sul caso Ginger Blackwell, sarebbe stata lei la prossima?

Si guardò intorno. Aveva visto due agenti della Statale all'ingresso dell'ospedale e uno fuori alle porte dell'ala chirurgica, ma questo era tutto. Di solito quando un membro delle forze dell'ordine viene colpito, i suoi compagni d'armi sono ovunque. Rimanendo di guardia. Restando vigili. «Dove sono tutti gli altri?» chiese.

«Stanno perlustrando i boschi» rispose Carrieann. «Stanno cercando di trovare chi ha sparato a Luke.»

Ma non lo avrebbero trovato. Perché era uno di loro. Sapeva come coprire le sue tracce. Probabilmente era là fuori con loro in questo momento, alla ricerca di se stesso. Avrebbe ingannato tutti. Nessuno si sarebbe aspettato che uno di loro attaccasse un collega. A meno che l'assassino non fosse stato aiutato. A meno che non ci fosse più di una persona. Pensò al procuratore distrettuale, a Jimmy Lampson e ai loro loschi rapporti sul caso Blackwell. Poi c'erano i quattro agenti della Statale che erano stati trasferiti subito dopo aver lavorato al caso Blackwell. Per evitare che facessero domande? Per evitare che gli uomini responsabili del rapimento di Ginger fossero mai chiamati a rendere conto del loro crimine?

Nessuno degli agenti della polizia di Denton che aveva lavorato al caso Blackwell era stato allontanato e c'erano ben tre agenzie delle forze dell'ordine coinvolte nel caso: la Polizia di Stato, la Polizia di Denton e l'ufficio del procuratore distrettuale. Il che significava che, se le forze dell'ordine fossero state complici o coinvolte nel rapimento di Ginger Blackwell, non ci sarebbe mai stato modo di sapere con esattezza chi fosse coinvolto e a che livello.

«Josie?»

«Eh?»

«Stai bene?» chiese Carrieann. «Sei davvero pallida.»

Josie agitò una mano con fare sbrigativo, mentre la sua mente correva all'impazzata. «Bene, sto bene.»

E se il caso Blackwell fosse collegato al caso Coleman, come sospettava Josie? Pensò a Ray che le diceva ripetutamente di lasciare stare il caso Coleman. La polizia di Denton era coinvolta? E il capo? Sapeva chi c'era dietro alle ragazze scomparse? Era per questo che non aveva chiamato l'FBI sul caso Coleman? Era per questo che aveva cambiato lo status di Josie dalla sospensione retribuita alla sospensione senza stipendio subito dopo che lei gli aveva rivelato la pista che collegava la Coleman a June Spencer?

Carrieann strinse un palmo umido di sudore sull'avambraccio di Josie e, interrompendo i suoi pensieri, sussurrò richiamando la sua attenzione: «C'è il chirurgo.»

Josie alzò lo sguardo e, in effetti, un uomo alto e corpulento vestito con camice e berretto chirurgico blu abbinati stava varcando la porta. Con un'espressione cupa e fissa, si diresse verso di loro. Le dita di Carrieann si strinsero sul braccio di Josie. Insieme si alzarono per salutarlo.

«Siete qui per Luke Creighton?» chiese.

Josie aprì la bocca per parlare, ma aveva le labbra così secche che riuscì a malapena a separarle. Carrieann tirò Josie più vicino a lei e parlò per entrambe. «Sì» disse. «Sono sua sorella e lei è la sua fidanzata.»

L'uomo si presentò. «Sono il primario di chirurgia traumatologica. La mia squadra sta suturando Mr. Creighton in questo momento. È stabile, per ora, ma aveva molti danni agli organi interni. Due proiettili al petto.» Indicò verso il lato destro, nell'area appena sotto la clavicola. «Il primo ha mancato il cuore, ma si è frammentato una volta dentro - entrambi i proiettili lo hanno fatto - e ha causato molti danni agli organi circostanti.» Indicò più in basso e più verso il centro. «Il secondo proiettile gli ha lacerato la milza, quindi l'abbiamo dovuta asportare. Siamo stati in grado di rimuovere la maggior parte dei frammenti e ricucire quello che potevamo. È molto fortunato a essere vivo. Lo trasferiremo in terapia intensiva e lo terremo lì in coma farmacologico finché il suo corpo non inizierà a riprendersi dal trauma. Devo avvertirvi, però, le sue ferite sono estese e gravi. Lui...»

«Quante probabilità ha?» sbottò Josie. Non ne poteva più delle parole del dottore. Grave. Trauma. Estese. Frammentato. Era troppo. Tutto quello che voleva sapere erano le possibilità di sopravvivenza.

Il dottore fece una smorfia. «Non posso davvero darle delle probabilità.»

«Tiri a indovinare. La sua ipotesi migliore. Una percentuale. Qualcosa. Qualsiasi cosa. Non la riterremo responsabile. Sappiamo già che sta molto male. Lo sapevamo nel momento in cui gli hanno sparato. L'unica ragione per cui è vivo è grazie a lei e al suo team. Capiamo che il resto è fuori dal suo controllo. Ma per favore. Quali sono le sue possibilità?»

Lui la fissò per un lungo momento, chiaramente a disagio con la situazione. Poi disse: «Cinquanta e cinquanta.»

QUARANTA

Ebbero modo di vederlo per dieci minuti ciascuna, ma non di più, e fu, comunque, tutto ciò che Josie riuscì a sopportare. La grande corporatura di Luke sembrava più piccola a causa dell'enorme quantità di macchinari necessari per tenerlo in vita. Tubi e fili sembravano estendersi da ogni parte, le flebo serpeggiavano da entrambe le braccia, dalle mani e dall'interno dei gomiti. Un grande tubo era inserito in bocca e fissato con del cerotto. Il camice blu dell'ospedale sembrava gettato a casaccio su di lui e, sotto, si vedeva il petto attraversato da una serie di fili che lo collegava ai vari macchinari. Numeri multicolori lampeggiavano sui monitor che lo circondavano. In testa aveva una grande cuffia da doccia blu. Quell'uomo non somigliava affatto a Luke.

Si avvicinò lentamente al letto, temendo di spostare qualcosa d'importante. Faceva freddo nella stanza, e lei si chiese se Luke fosse abbastanza al caldo. Ma lui aveva sempre caldo. Spesso nel mezzo della notte, si svegliava per aprire una delle finestre della camera da letto, solo per farla alzare più tardi per chiuderla. «Lasciala aperta» diceva sussurrando assonnato dal letto. «Ti scaldo io.»

Il ricordo la colpì forte come una mazza da baseball sulle

spalle. Un singhiozzo involontario le sfuggì dalle labbra. Le lacrime le offuscarono la vista. Fece un passo incerto verso il letto e cercò di trovare un punto del suo braccio dove poter mettere la mano. Aveva bisogno di toccarlo, di sentire il suo corpo caldo sotto il suo palmo. Aveva bisogno che lui sapesse era lì. I peli ispidi del suo avambraccio sembravano elastici sotto le sue dita. La sua pelle era fresca e secca. Lei lo strinse dolcemente. Altre lacrime le fuoriuscirono dagli occhi mentre si rendeva conto che non c'era modo che lui potesse sentire il suo tocco. Non con tutti i salvavita artificiali, le attrezzature per il monitoraggio delle funzionalità vitali attaccate e i resti dell'anestesia a seguito dell'intervento chirurgico. Non riusciva nemmeno a immaginare cosa stessero pompando nelle sue vene per tenerlo sedato.

«Luke» disse con voce soffocata. «Sono qui. Sono proprio qui. Sono così...». La voce si ruppe e lei dovette cercare di riprendersi. «Mi dispiace così tanto che quello che è successo. Per favore, non... per favore, non...».

Non riuscì a finire. Voleva dirgli che non era arrabbiata per Denise Poole e il suo stupido quadro o per la porta dell'armadio che aveva comprato. Voleva solo che stesse bene.

Ma poi giunse l'infermiera che l'accompagnò dolcemente fuori dalla stanza e fuori dall'unità di terapia intensiva. Il suono della chiusura della porta a ventola dietro di lei sembrò come quello del suo cuore che si spezzava. Asciugando le lacrime con la manica della giacca, trovò la strada per la piccola sala d'attesa dove Carrieann l'avvolse in un lungo abbraccio che le tolse il fiato. Fu contenta quando finì.

Le persone intorno a loro scorrevano i telefoni, dormivano sulle sedie o fissavano ciecamente il televisore montato in un angolo della stanza acceso su uno spettacolo notturno senza audio. Diversi poliziotti statali erano fermi lungo la parete di fondo, vicino alle finestre. Josie li guardò con diffidenza mentre cercava due sedie accostate dove avrebbe potuto rannicchiarsi su un fianco e dormire un po'. Non ne riconobbe nessuno, anche se non conosceva veramente i colleghi di Luke.

Usò la giacca come cuscino e si rannicchiò sul fianco destro. All'inizio Carrieann si sedette accanto a lei, ma dopo qualche minuto si alzò e cominciò a camminare su e giù per la stanza. Josie chiuse gli occhi e ascoltò il suono ritmico dei suoi stivali sul linoleum, fino a lasciarsi scivolare nel sonno.

Si svegliò alla luce del giorno e con una vibrazione sotto la testa. Sbattendo gli occhi per svegliarsi, si sedette e passò diversi secondi a cercare di districare il cellulare dalla tasca della giacca. Aveva ancora carica, ma non ne era rimasta molto. Riconobbe subito il numero di Ginger Blackwell; lo aveva memorizzato perché non voleva salvarlo come contatto nel telefono. Guardandosi intorno non vide Carrieann da nessuna parte. Un nuovo gruppo di poliziotti statali stazionava lungo il muro di fondo. Un nuovo turno. Josie sussurrò un saluto al telefono mentre usciva dalla sala d'attesa.

«Miss Quinn?» La voce di Ginger non aveva la stanchezza che sembrava avvolgere quella di Josie. Era chiara e tagliente, le sue parole come punte nelle tempie della detective.

«Sì» disse Josie. Sgattaiolò lungo il corridoio come se avesse appena rubato qualcosa, alla ricerca del bagno per donne.

«Sono Gin... Sta bene? Riesce a sentirmi?»

Josie si schiarì la gola. Individuò il cartello con la sottile figura in un vestito in fondo al corridoio e aumentò il passo. «Sto bene» rispose, cercando di sembrare più vigile e sveglia. «Che succede?»

«Volevo dirle una cosa. Mi sono ricordata una cosa. Almeno, penso di ricordare. Ho fatto un sogno a riguardo. Ha ricevuto il mio file?»

Nel bagno delle donne, Josie si chinò a guardare sotto le

porte interne. Miracolosamente, era sola, ma non sapeva per quanto tempo. «Sì. Devo dirglielo, Ginger, manca un sacco di roba.»

«Manca? Tipo cosa?»

«Come il kit stupro che le hanno fatto in ospedale. Avevano preso il DNA durante il test. Si ricorda?»

«Certo. È stato orribile, molto... invasivo.»

Josie la sentì rabbrividire attraverso il telefono. «Mi dispiace. Posso chiederle, si ricorda i risultati?»

Silenzio.

«Ginger?»

Un fruscio. Josie credette di sentire Marlowe piagnucolare sullo sfondo. «Ha mostrato... c'erano delle prove. Confermavano la mia storia.»

«Quindi le dissero i risultati?»

«Sì. Uno degli agenti ci disse che l'analisi del kit stupro mostrava... mi dispiace. Non posso.»

«Va tutto bene» disse Josie. «Ero solo curiosa di sapere che cosa le avevano detto.»

«Ecco perché siamo rimasti così scioccati quando hanno iniziato ad accusarmi di avere orchestrato il tutto. Qualche settimana prima erano venuti da noi e ci avevano detto che il kit stupro dimostrava che stavo dicendo la verità... sugli uomini.»

«I risultati non erano nel fascicolo, ma sono riuscita a trovarne una copia. Ma ho bisogno di sapere se manca altro. Vorrei vedere cosa dicono le cartelle cliniche, che immagino dovremo chiedere all'ospedale. Se esistono ancora.»

Ginger sembrò sollevata. «Oh beh, mio marito ha la cartella clinica dell'ospedale. Ne chiese una copia lui stesso quando iniziarono le indagini. Le posso semplicemente inviare il file tramite e-mail?»

«Certamente. Sarebbe grandioso.» Mentre Josie le diceva lentamente il suo indirizzo e-mail, sentì il cigolio della porta che si apriva e si voltò verso un alto agente della Polizia di

Stato in uniforme che stava entrando. Lui si bloccò quando la vide.

Josie disse: «Questo è il bagno delle signore.»

«Cosa?» Ginger chiese.

L'agente fece un passo indietro per poter guardare meglio l'insegna sulla parte esterna alla porta. Le rivolse un sorriso imbarazzato. «Oh merda» disse. «Mi dispiace.»

«Il bagno degli uomini è dall'altra parte del corridoio.» gli disse Josie.

Ginger disse: «Miss Quinn? Cosa sta succedendo?»

Al telefono, con la voce più ferma che poteva, Josie disse: «Devo andare. La richiamo più tardi.» Ma riusciva a malapena a sentire la sua stessa voce al di sopra del cuore che batteva forte.

QUARANTUNO

L'e-mail arrivò mentre stava rimestando nel casino degli oggetti buttati sotto il sedile lato passeggero, cercando di trovare un caricabatterie per il telefono. Quando questo squillò, aveva trovato diverse bottiglie d'acqua mezze piene, due dollari e diciassette centesimi in monetine - che si mise in tasca perché ne aveva bisogno - tre barrette di cereali e un laccio da scarpe. Si appoggiò allo schienale con un pesante sospiro. Chiudendo momentaneamente gli occhi, appoggiò la testa contro lo schienale del sedile. Il sole era sorto mentre era in bagno e ora inondava i finestrini dell'auto, allontanando il freddo pungente che era sceso durante la notte e lasciando dietro di sé una perfetta, deliziosa freschezza. Per pochi secondi finse che la sua vita fosse di nuovo normale. Era ancora una detective della polizia di Denton. Ancora sul libro paga. Luke era ancora al sicuro e illeso. Tra pochi minuti l'avrebbe chiamata per dirle una qualsiasi cosa provocante e per decidere di incontrarsi più tardi quella sera; avrebbero bevuto vino e fatto l'amore, si sarebbero addormentati per poi farlo di nuovo.

Ma la realtà arrivò sfondando la porta della sua mente, provocandole un senso di nausea. Gli occhi si aprirono di scatto e aprì l'e-mail di Ginger Blackwell. Non c'era nessun messaggio. Soltanto un PDF allegato. Josie lo scaricò sul telefono e lo aprì. I documenti del Denton Memorial erano pesanti. Ci vollero diversi minuti per aprire l'intero PDF. Mentre aspettava, si allungò di nuovo e tornò a cercare sotto il sedile lato passeggero. Le sue dita sfiorarono qualcosa che sembrava carta. Pensando di trovare una ricevuta, la tirò fuori per guardare e gioì ad alta voce quando scoprì che era una banconota da cinque dollari. Almeno non si sarebbe dovuta umiliare a chiedere a Carrieann i soldi per comprare un pasto, anche se supponeva che alla caffetteria dell'ospedale avrebbero accettato la carta di credito.

Alla fine, l'intero documento era lì. Avrebbe voluto avere il computer portatile con sé. Alcuni degli appunti delle infermiere erano completamente illeggibili. Lo scorse lentamente e con attenzione mentre il sole saliva più in alto nel cielo, riscaldando l'abitacolo finché non dovette abbassare il finestrino per respirare un po' di aria fresca. Era tutto lì. La versione di Ginger degli eventi, per quanto fossero disgiunti, accorciati e abbreviati in dati medico-clinici. "Pt riporta perdita di memoria secondaria ad aggressione sessuale. Pt riferisce di aggressione da parte di più uomini. Contattato SANE." Un SANE era un infermiere forense per vittime di violenza sessuale, appositamente addestrato per raccogliere prove in caso di stupro e conservarle in modo corretto e sicuro. Era tutto là. Tutto era stato fatto secondo le regole.

Il fascicolo della polizia era incompleto, ma le prove c'erano tutte, se le cercavi. Qualcuno aveva reso difficile trovare il fascicolo completo, ma non aveva manomesso o distrutto delle prove. Quindi, se qualcuno avesse mai gridato allo scandalo, tutti gli investigatori coinvolti avrebbero potuto dire che non mancava niente. Nessuno avrebbe mai perso il lavoro o sarebbe andato in prigione per quel fascicolo perché non era stato fatto nulla di male.

Chiuse il PDF, gettò il telefono sul sedile del guidatore e

passò altri cinque minuti a scavare prima di trovare il caricatore. Lo stava collegando per poter richiamare Ginger, quando vide un paio di agenti che si facevano strada nel parcheggio verso l'ospedale. Non si comportavano in modo sospetto o minaccioso, ma pensò all'uomo che aveva incontrato nel bagno delle signore quella mattina. Meglio non essere da sola. Mise in tasca il telefono, il caricatore e i cinque dollari che aveva trovato, e si diresse verso l'ospedale.

QUARANTADUE

Le lacrime sgorgarono dagli occhi mentre aspettava che la toccasse di nuovo, chiedendosi se sarebbe stato cattivo o insopportabilmente gentile. Ma il suo tocco non arrivò. Invece, il raggio della torcia fluttuò lontano dai suoi occhi verso terra mentre lo sentì sistemarsi sul pavimento. Rimase lì così a lungo che gli occhi di lei cominciarono ad abituarsi all'oscurità della cella. Il tetto sopra di loro era pietra, con le radici degli alberi che serpeggiavano tra le fessure. La condensa luccicava in un angolo. Un grosso insetto nero correva lungo uno dei rami.

Girò la testa. Vedeva gli stivali dell'uomo a pochi metri di distanza, le ginocchia strette al petto, le grosse braccia pelose e penzoloni. Riusciva appena a distinguere il bagliore dei suoi occhi, tristi e incerti, fissi su di lei. Lui non sapeva cosa fare.

Lentamente, lui strisciò sul pavimento verso di lei. Il suo respiro la fece quasi vomitare mentre cercava di rimanere ferma; le mani dell'uomo scivolarono intorno alla sua gola. Un'ondata di isteria la investì, il suo respiro accelerò. Alzò le braccia per lottare, ma lui era troppo forte.

Le parole le si strozzarono in gola. *Per favore, no.*

QUARANTATRÉ

«Vado in caffetteria.» sussurrò Josie a Carrieann mentre camminavano l'una accanto all'altra nel corridoio. Era poco prima dell'ora di punta per il pranzo e lo stomaco di Josie brontolava sonoramente, per l'odore di cibo. Pregò Dio che i suoi cinque dollari bastassero a sfamarla.

La caffetteria cominciava a riempirsi di uomini e donne in camice d'ospedale e parenti dall'aria stanca che entravano e uscivano, così Josie scelse un tavolo sul fondo della grande sala, un punto di osservazione che le permetteva di avere una panoramica dell'intero posto mentre mangiava il suo piatto di patatine fritte. Nessuno avrebbe potuto avvicinarsi di soppiatto a lei. Era anche vicina a una presa di corrente per caricare il telefono. A diversi metri di distanza, un televisore trasmetteva le notizie del mattino da WYEP. L'audio era attivo ma lei era troppo lontana per sentirlo, quindi, seguì i titoli che erano in sovraimpressione nella parte inferiore dello schermo.

LE MORTI PER OVERDOSE DI EROINA HANNO TOCCATO UN NUOVO MASSIMO NELLA CONTEA DI ALCOTT

IL CORONER CHIAMATO PER INCIDENTE DI 3
VEICOLI A BOWERSVILLE
LA STRADA CEDE NELLA CONTEA DI COLUMBIA

Josie si pulì le dita unte e sporche di sale e prese il telefono. Era al trentotto per cento. Provò a chiamare di nuovo Lisette, ma la chiamata andò alla segreteria telefonica. Lasciò un altro messaggio mentre la preoccupazione cominciava a roderle il fegato. Alla prima occasione sarebbe dovuta passare a Rockview, ma non sarebbe stato oggi. Fece scorrere i contatti finché non trovò il numero di Ginger e fece partire la chiamata. Ginger rispose al terzo squillo.

«Ha ricevuto l'e-mail?» chiese, senza preoccuparsi dei convenevoli.

«Sì» disse Josie. «Grazie.»

«Ha tutto ciò di cui ha bisogno?»

Tutto ciò di cui aveva bisogno. Di cosa aveva bisogno? Cosa avrebbe fatto con il fascicolo Blackwell? Certo, ora sapeva che la Blackwell non aveva inscenato il suo rapimento, ma questo non cambiava nulla. Sapere che la Blackwell stava dicendo la verità non aveva portato Josie più vicino a trovare Isabelle Coleman. Quello di cui aveva davvero bisogno era trovare l'*Uomo In Piedi* - e anche allora avrebbe potuto non essere più vicina al ritrovamento di Isabelle Coleman. Ma Ginger non poteva aiutarla in questo, così Josie disse semplicemente: «Sì, grazie.»

Ginger aggiunse: «Beh, c'è solo un'altra cosa. Si ricorda che avevo detto che avevo qualcosa da dirle?»

In televisione, le parole "Top Story" apparvero sopra una foto di Luke. Era la sua foto della polizia, quindi la sua espressione era stoica e seria, la mascella sembrava più quadrata di quanto non fosse in realtà sotto il grande cappello da agente con il massiccio sottogola. Sembrava bello, ma anche che stesse terribilmente scomodo in uniforme. Il suo cuore sussultò di nuovo e usò un tovagliolo unto per fermare le lacrime prima che scendessero. Lo schermo passò a brevi filmati delle forze dell'ordine che convergevano nell'area intorno alla caserma di Luke.

"La ricerca del cecchino dell'agente della Polizia di Stato continua", si leggeva nel testo in sovraimpressione.

Non avrebbero mai trovato l'autore. Si chiese come il contingente di uomini senza volto dietro il rapimento di Ginger Blackwell avrebbe potuto tenere la stampa lontana da tutto questo. Qualche anno prima, in una caserma della Pennsylvania nord-orientale, due poliziotti statali erano caduti allo stesso modo in un'imboscata nel parcheggio della loro caserma. La copertura della notizia era stata costante, esaustiva ed estesa a livello nazionale.

«Josie?»

«Sì» disse, tornando a pensare a Ginger. «Sono qui. Mi dispiace. Ha detto che aveva qualcosa da dirmi?»

Ginger disse: «Potrebbe esserci stata un'altra donna quel giorno. Il giorno in cui mi hanno rapita.»

«Aspetti cosa?» disse Josie, più forte ed energica di quanto intendesse apparire. Alcune persone ai tavoli vicini si voltarono verso di lei e la fissarono. Fece loro un sorriso imbarazzato e abbassò la voce. «È sicura?»

«Credo di sì. Ho fatto un sogno la scorsa notte, dopo la sua visita. Il mio terapeuta ha detto che alcuni dei miei ricordi possono tornare nei sogni. Faccio sempre questo sogno in cui parlo con la donna anziana e la cosa successiva che accade è che sono nell'oscurità. Questa volta, però, c'era un'altra donna nel sogno.»

«Nel sogno?» disse Josie. «Non è un vero ricordo?»

«Beh, sì, un sogno, ma è anche un ricordo. La conversazione con la donna anziana è stato l'ultimo ricordo lucido che ho prima di essere rapita. Penso che questo sogno fosse una continuazione di quel ricordo. Forse parlargliene l'ha fatto riemergere.»

«Okay, quindi, è sicura che la donna nel suo sogno non fosse la proprietaria del negozio di parrucchiere?»

«Sono certa che non fosse lei. Era una donna diversa.»

«Quindi pensa che ce ne fossero due» disse Josie. «L'anziana donna con la chemio, quella per la quale si era fermata, e la donna del suo sogno.»

«Sì. Credo ce ne fossero due.» convenne Ginger.

«Ma è sicura che questa donna del suo sogno fosse reale?»

Silenzio. Poi Ginger fece un verso di esasperazione. «Beh, io non lo so per certo. Come ho detto, *era* un sogno. Ma sembrava un vero ricordo per me.»

«Non l'aveva mai sognata prima? O ricordata?»

«No, mi dispiace. Non mi crede, vero?»

Josie non poteva puntare un'indagine su un sogno che avrebbe potuto essere o non essere un ricordo, ma non lo disse a Ginger. Invece le chiese: «Cosa può dirmi di questa nuova donna?»

«È nebuloso. Molto nebuloso. Nel sogno era sulla cinquantina. Capelli corti, castani tendenti al grigio. Non riesco... non riesco a vedere cosa indossava. Il suo viso è... deve capire, i ricordi sono distorti. Ma credo che abbia detto di chiamarsi Ramona.»

«Ne è sicura?»

Ci fu un breve silenzio. «Beh, no, non lo sono. Voglio dire, il nome Ramona mi frulla in testa da quando lo ha menzionato. Ma quello che mi fa pensare che forse era davvero il suo nome, e che ho avuto un vero ricordo, è che nel sogno le ho parlato e le ho detto che non ho mai incontrato nessuno che si chiamasse Ramona nella vita reale. Poi ho iniziato a parlarle di una serie di libri che avevo letto da bambina. Adoravo quei libri e il personaggio principale si chiamava Ramona. Ricordo di averle detto come avevo cercato di convincere le mie figlie a leggerli, ma che non avevano alcun interesse. Troppo antiquati, forse. Continuava a sorridere e ad annuire e ho pensato che, probabilmente, non le importava. Quella parte sembrava così concreta, sembrava così reale.»

Josie sentì un formicolio dietro il collo. Si alzò dal tavolo e, tenendo il cellulare contro l'orecchio con la spalla, raccolse il vassoio del pranzo e lo svuotò. Mantenne la voce bassa mentre si dirigeva verso gli ascensori. Ne aspettò uno vuoto e ci scivolò dentro, premendo il pulsante che l'avrebbe riportata alla terapia intensiva. «Ma lei stessa ha detto che aveva continuato a pensare al nome da quando ha parlato con me. Poi sentirlo in un sogno... non sarà stato il potere della suggestione?»

«Suppongo di sì, ma penso davvero che fosse un ricordo. Penso davvero che lei fosse lì e si facesse chiamare Ramona.»

«Forse è lei che l'ha adescata, allora. Questo non spiega quello che è successo alla prima donna - quella malata - ma questa Ramona sarebbe stata una delle ultime persone a vederla» disse Josie, quasi a stessa. «Nei suoi... flash, ricorda di averla vista di nuovo o di aver visto altre donne?»

Ci fu un lungo silenzio e un altro sospiro, poi Ginger disse: «No mi dispiace. No. Ricordo di aver detto qualcosa sul nome Ramona ed è allora che mi sono svegliata.»

«Se questa donna fosse reale, pensa che la riconoscerebbe se la vedesse di nuovo? Se vedesse una foto?»

«Non lo so. È possibile.»

«In questo sogno, la donna della chemio se n'è andata mentre stava parlando con Ramona?»

«Mi dispiace, non lo so. Non ricordo.»

«Hanno parlato tra di loro?»

«Credo di sì, ma non ricordo i particolari. Mi dispiace. L'intera faccenda è ancora piuttosto confusa, ma ora sono certa che ci fosse un'altra donna.»

Ginger si era fermata per aiutare una donna malata e poi era stata avvicinata da una donna che si faceva chiamare Ramona. Era stata rapita, drogata e violentata. Tenuta per tre settimane fino a che la pressione mediatica della stampa nazionale era diventata troppo pressante e i rapitori avevano scelto di scaricarla. Viva. Ancora una volta, Josie fu colpita dalle precauzioni che queste persone avevano preso per evitare di commettere alcuni reati mentre ne commettevano altri. Era come le prove nel fascicolo di Ginger, che erano state disperse, ma non distrutte. Ginger era stata rapita e aggredita, ma non uccisa. Invece di ucciderla, l'avevano scaricata e poi avevano avuto cura di screditare la sua storia. Perché?

Perché era più facile screditare una madre casalinga di tre figlie di quanto non fosse evitare un'accusa di omicidio.

Tuttavia, avevano corso un grosso rischio permettendo a Ginger di vivere e di essere libera. Chiunque fossero.

«Mi dispiace. Probabilmente pensa che io sia ridicola. Chiamarla per un sogno.» disse Ginger.

L'ascensore si fermò e le porte si aprirono. Josie si prese il suo tempo camminando lungo il corridoio, non volendo finire la conversazione nella sala d'attesa della terapia intensiva dove molti agenti della statale erano radunati. «Non sia sciocca» la rassicurò Josie. «Voglio ascoltare qualsiasi cosa possa ricordare, anche se arriva tramite un sogno. Grazie.»

«Mi terrà aggiornata?»

«Cert...» Josie si bloccò quando una donna di passaggio la urtò con le spalle, facendole volare il telefono a terra e borbottando una scusa mentre si affrettava lungo il corridoio. Josie recuperò il telefono, gli occhi fissi sulla figura che si allontanava. Indossava il camice come tutto il personale, con una felpa nera sbiadita sopra. C'era qualcosa di familiare in lei, ma Josie non riusciva a capire cosa. I suoi capelli erano corti: biondo cenere con sfumature scure alle radici con le ciocche che puntavano in ogni direzione. Josie avrebbe giurato di aver visto dei tatuaggi che uscivano dal colletto del camice, ma era passata troppo in fretta. C'era qualcosa di strano in lei però. Josie riportò il telefono all'orecchio. «Ginger, è ancora lì? Scusi, mi è caduto il telefono. Se ricorda altro allora...»

«La chiamerò.»

«Perfetto.»

Attaccarono e Josie fissò la donna. Poi capì: indossava degli stivali. Vecchi stivali militari malconci. Le infermiere dell'ospedale indossavano tutte scarpe da ginnastica o zoccoli in gomma. Nessuno che lavora un turno di otto o dodici ore indosserebbe stivali militari, non importa quanto logori. Josie cominciò a correre a perdifiato dietro di lei.

QUARANTAQUATTRO

La donna si girò al rumore dei piedi che correvano e Josie vide il luccichio di un anello al naso. Quando vide Josie venire verso di lei partì in volata.

«Aspetta!» gridò Josie.

La donna zigzagò lungo il corridoio, provando ogni porta, in cerca di una via di fuga. Alla fine, scomparve dietro una di esse. Josie la raggiunse e spinse la porta fino a trovare le scale e sentì il suono dei piedi della donna risuonare verso il basso. Le corse dietro, saltando tre gradini alla volta. Due piani più in basso la raggiunse, aggrappandosi alla manica della felpa nera e tirando forte. Nel giro di pochi secondi la guancia della donna era premuta contro il muro, le braccia dietro la schiena, le gambe divaricate. Josie la teneva. «Stai ferma.» disse senza fiato.

«Lasciami andare» disse decisa la donna. «Non ti conosco nemmeno. Perché mi stai molestando? Questa è un'aggressione. Chiamo la polizia.»

«Io sono la polizia.»

Nel momento in cui le parole uscirono dalla bocca di Josie, la sua prigioniera iniziò a lottare come se la sua vita dipendesse da questo. Josie tenne duro, sgroppando come se fosse su un toro meccanico in un bar.

«So chi sei» le urlò Josie all'orecchio. «Lara Spencer. Ora fermati. Ho bisogno di parlare con te.»

La sorella di Dirk Spencer non cedette di un centimetro. «Non ho niente da dirti, puttana.»

«Posso aiutarti.» disse Josie.

Lara continuò a resistere, furiosamente, e Josie le disse: «Lo so che sei nei guai. So che June è nei guai. Voglio aiutarvi. Io non sto proprio con la polizia. Sono stata sospesa. Sto cercando di capire cosa sta succedendo e ho bisogno del tuo aiuto.»

La donna si fermò, ma Josie sentiva che ogni suo muscolo era teso. Nel momento in cui Josie avesse allentato la presa, sarebbe scappata.

«Penso di essere anch'io in pericolo. Il mio fidanzato ha cercato di aiutarmi a scoprire perché le donne svaniscono intorno a Denton e gli hanno sparato. È in terapia intensiva, come tuo fratello. Penso che sarò la prossima. Per favore.»

I muscoli di Lara si rilassarono leggermente. «Hai... hai visto June?»

«Li ho visti entrambi, Lara. L'auto in cui era Dirk mi ha quasi investita quando si è schiantata. Sono stata l'ultima a parlargli prima che andasse in coma. Ho visto June subito dopo aver ucciso quella donna alla casa di riposo. Ho bisogno di parlare con te. Non dirò a nessuno che sei qui, o chi sei.»

Si rilassò ancora un po' e Josie allentò lentamente la presa finché liberò completamente Lara, restandole però vicina nel caso avesse cercato di correre via. Lara si voltò e si sistemò i vestiti. Da vicino, Josie poteva vedere quanto fosse magra, una donna diversa da quella nella foto con June e Dirk che Josie aveva trovato sul frigorifero di Dirk. Il camice e la felpa le pendevano addosso. Le guance sembravano infossate. I tatuaggi le risalivano il collo quasi fino al mento. Disse: «Nessuno sa chi sono comunque. Ho un documento d'identità falso.»

«Oh. Bene, allora va bene.»

Lara squadrò Josie dall'alto in basso, valutando la situazione. «Hai dei soldi? Sono davvero affamata.»

«In realtà no. Ho appena speso i miei ultimi cinque dollari in caffetteria.»

«Hai delle carte di credito? Prendono anche quelle.»

Non avrebbe voluto usare la sua carta per un pasto che costava solo pochi dollari, ma poi si ricordò dei cestini e degli scaffali davanti a ogni postazione alimentare. Probabilmente avrebbe potuto prendere degli spuntini per dopo. Poteva lasciarli in macchina. «Va bene» disse a Lara. «Andiamo.»

La caffetteria era ormai piena di gente e Josie ne fu grata. Nessuno avrebbe prestato loro attenzione mentre Lara caricava avidamente un vassoio con del cibo: cheeseburger e patatine fritte, una ciotola di taco, l'insalata dello chef, yogurt e tre bottiglie di tè freddo. Josie trattenne una protesta mentre il cassiere passava tutto e lei con riluttanza consegnava la carta di credito.

Lara mangiò avidamente, il cappuccio calato sulla testa, infilando cibo in bocca come se fosse una specie di gara a chi mangiava più veloce.

«Leva il cappuccio» sibilò Josie. «Su attira l'attenzione. Quando è stata l'ultima volta che hai mangiato?»

In fretta, Lara se lo abbassò e continuò a ingurgitare cibo. «Qualche giorno fa.» disse con un boccone in bocca.

Josie aspettò che Lara rallentasse, sorpresa da quanto una donna così magra riuscisse a mandare giù. I suoi occhi tornarono al televisore sul muro. Ancora notizie. Sarebbero andati avanti per ore, con aggiornamenti ogni mezz'ora fino al pomeriggio quando sarebbero cominciate le soap opera quotidiane.

«Come sta Dirk?» chiese.

Lara scrollò le spalle. «Gli hanno sparato. Ha un grosso tubo in gola. La macchina respira per lui. Come pensi che stia?»

«Mi dispiace.»

Un'altra scrollata di spalle, come per dire "Certo".

Se June fosse stata in qualche modo simile a sua madre, Josie avrebbe capito perché Solange l'avesse trovata una tale sfida. «Lara» disse. «Che cosa stava facendo Dirk in un SUV pieno di membri di una gang di Philadelphia?»

«Come fai a sapere che erano membri di una gang?»

«I tatuaggi.»

«Oh. Non lo so.»

«Lara. Sii sincera con me. È una cosa seria. Tuo fratello sta combattendo per la sua vita.»

Lara guardò Josie, gli occhi lampeggianti. «Pensi che non lo sappia? È tutto quello che ho. Lui e June.» Si picchiettò un dito contro la tempia. «E ho sentito che June in realtà non c'è più.»

«Allora dimmi la verità così posso aiutarti.»

Lara le lanciò un'altra occhiata indagatrice e la sua espressione tirata disse a Josie che non le piaceva quello che vedeva. «Cosa hai intenzione di fare *tu*?»

«Non ne sono ancora sicura. Per prima cosa, ho bisogno di sapere con cosa ho a che fare. Dimmi cosa sai.»

Lara svitò il tappo di uno dei suoi tè freddi e ne bevve mezza bottiglia. Si pulì la bocca con il retro della manica della felpa, strinse gli occhi. «Ho bisogno di sigarette.»

«Non puoi comprare sigarette in un ospedale.»

«No, ma puoi comprarle in fondo alla strada con quella carta di credito.»

«Non ti compro le sigarette, Lara.»

Tracannò il resto del tè freddo e spostò la sua attenzione sulla scodella di taco, mangiando ora con una lentezza esasperante che fece venire voglia a Josie di urlare. Capiva perché Dirk aveva combattuto così duramente per far uscire June dalla sua sfera di controllo. Josie aspettò pazientemente finché non ebbe finito e bevuto un'altra mezza bottiglia di tè freddo. Guardò di nuovo il servizio della WYEP sulla sparatoria di Luke, seguito da una storia su Sherri Gosnell. Il titolo riportava: "Sepolta la vittima dell'omicidio in città". Lo schermo puntò all'esterno della grande chiesa episcopale sul lato ovest di Denton, dove le persone si erano radunate in gruppi. Sei uomini uscirono dalle doppie porte rosse, i volti tirati, indossando abiti eleganti e portando la bara di Sherri. Successivamente il servizio si spostò sul servizio funebre, zoomando sull'uomo che Josie pensava fosse il marito di Sherri, Nick Gosnell. Aveva il torace robusto ed era un po' sovrappeso; altezza media, capelli castano chiaro punteggiati di grigio con la scriminatura in mezzo. Anche il suo pizzetto stava diventando grigio. Da quello che poteva vedere, un occhio era gonfio e gravemente contuso, come se qualcuno gli avesse fatto un occhio nero. Aveva litigato con qualcuno? Si era ubriacato, era caduto e aveva sbattuto la faccia? Le persone facevano cose pazze quando erano in lutto. Ricordando la vista del corpo di Sherri, Josie scommetteva che si era ubriacato ed era caduto. Il suo occhio buono traboccava di lacrime mentre guardava sua moglie calare sottoterra. Josie si sentì attraversare da un'ondata di tristezza, ma la allontanò. Doveva concentrarsi.

Si voltò verso Lara. «Sei anni fa, una donna di nome Ginger Blackwell è stata rapita, trattenuta per tre settimane e violentata da più persone. È stata drogata e scaricata sul ciglio della strada. La polizia ha fatto un debole tentativo di indagare sulla faccenda prima di dichiararla una bufala. Ho letto il file; non è una bufala. Ginger non ha finto nulla. Oggi ho parlato con lei e mi ha detto che l'ultima cosa che ricorda prima di essere stata presa è che stava parlando con una, forse due donne sul ciglio della strada. Una aveva l'auto in panne. Sembrava una paziente sotto chemioterapia. Inoltre pensa che ci fosse un'altra donna lì con loro, una donna più giovane che avrebbe detto di chiamarsi Ramona.»

Lara si appoggiò allo schienale, incrociando le braccia sul petto magro. Gli angoli della bocca si abbassarono in un'espressione scettica.

«Sai qual è stata l'ultima cosa che mi ha detto Dirk?

Quando stava sanguinando in quel SUV che si è schiantato contro il muro di un edificio?»

Lara non si mosse, ma Josie colse un lampo di interesse nei suoi occhi.

«Ha detto una sola parola: Ramona.»

Lara non disse nulla.

«E tua figlia? Dopo aver ucciso quell'infermiera, ha scritto qualcosa sul muro col sangue. Sai cosa ha scritto?»

Il viso di Lara si oscurò, le sue spalle sussultarono appena. Questo non era stato reso noto alla stampa, quindi Josie era sicura che fosse la prima volta che la madre di June sentiva parlare di ciò che era realmente accaduto sulla scena del crimine. Tuttavia, non chiese nulla. Si limitò a fissare Josie.

«Ramona.»

«Quindi?» chiese infine Lara.

«Chi è Ramona?»

«Non lo so. Non conosco nessuna Ramona.»

«Dirk e June conoscono una Ramona, ovviamente. Ginger Blackwell crede di aver incontrato una Ramona prima di essere rapita.»

Lara allungò la mano e aprì il tappo del suo ultimo tè freddo, ma non lo bevve. «Non so chi sia Ramona, e non so perché conoscono il suo nome. Dirk non mi ha detto tutto. Ha detto che era per il mio bene.»

«Cosa intendi?»

Si bloccò di nuovo, abbracciandosi e abbassando lo sguardo verso la tavola. «Ti ho già detto troppo. Basta.»

«Lara.»

All'improvviso, un pezzo di lattuga tra i resti della sua ciotola di taco distrasse Lara. Dita sottili si protesero e presero la forchetta per raccoglierla.

«June aveva un bilanciere rosa sulla lingua con la scritta "Principessa"?»

Lara continuò a spingere la lattuga nel suo vassoio, ma

scosse lentamente la testa a destra e a sinistra. «No» mormorò. Poi emise uno sbuffo. «June sarebbe morta prima di farsi beccare con addosso qualcosa di rosa, tanto meno qualcosa che dicesse Principessa.»

«In questo momento una ragazza è scomparsa» disse Josie. «Il suo nome è Isabelle Coleman.»

Come se le sue parole avessero evocato Isabelle Coleman, il viso dell'adolescente balenò sullo schermo televisivo sopra la testa di Lara. Era una delle tante foto di Facebook che avevano estratto dalla sua pagina. Si trovava ai margini del campo di calcio di Denton East. Era notte, ma i lampioni dello stadio illuminavano il campo. Sullo sfondo il tabellone segnapunti era illuminato, mostrando Denton in vantaggio di sette punti. Isabelle indossava una giacca verde chiaro e sorrideva luminosa, quasi come se qualcuno l'avesse sorpresa a ridere. Una bellezza mozzafiato. Sotto la sua foto le parole dicevano: "Le ricerche della ragazza della Pennsylvania entrano nella seconda settimana". La telecamera virò su un giornalista in piedi accanto al grande schermo con la foto di Isabelle. Ma non era Trinity Payne. Era un uomo, con un volto molto familiare.

«E allora?» chiese Lara.

Per un momento, Josie non riuscì a capire cosa stava succedendo. Dov'era Trinity Payne? Perché questo giornalista di fama mondiale stava presentando la notizia su WYEP? Perché il WYEP avrebbe dovuto definire Isabelle una "ragazza scomparsa della Pennsylvania" quando tutti sapevano già esattamente dov'era successo?

Senza staccare gli occhi dallo schermo, Josie disse: «Credo che il caso Coleman sia collegato al caso Blackwell e, dopo la mia conversazione con Ginger Blackwell questa mattina, penso sia collegato anche a June.»

Ma l'uomo sullo schermo non stava parlando per WYEP. Era il conduttore del notiziario mattutino della rete nazionale. Ecco perché le era così familiare. WYEP era solo un affiliato.

Infatti, il notiziario del WYEP era già terminato. Ora stavano trasmettendo il programma mattutino nazionale. Trinity Payne ce l'aveva fatta. Aveva reso il caso Coleman un caso da copertura nazionale.

«Ti ho detto che non conosco nessuna Ramona.» disse Lara.

«Sì, ma tu sai qualcosa. Potresti non sapere cosa, ma sai qualcosa. Devo sapere perché tuo fratello era in quella macchina. Dopo che è stato portato qui, nessuno è riuscito a trovarti. Ovviamente ti sei nascosta. Perché? Cosa ti ha detto? Che cosa aveva intenzione di fare?»

Il conduttore smise di parlare e sullo schermo apparve un montaggio di immagini e brevi video: Isabelle in varie foto, veicoli che si affollavano davanti casa dei Coleman, persone impegnate nelle ricerche che si aggiravano nei boschi intorno a Denton.

Con un sospiro di rassegnazione, Lara disse: «Non so cosa avesse intenzione di fare, questo è il punto. Non mi ha detto niente. Mi ha detto che non poteva dirmi niente perché era troppo pericoloso.»

«Che cosa era troppo pericoloso?»

Lara gettò di nuovo la forchetta sul vassoio. «Lui non pensava che June fosse scappata. Ne era ossessionato. Era scappata da casa mia in passato, ma non gli importava. Pensava che qualcosa non andasse. Gli dissi di fare quello che doveva fare, ma pensai che un giorno June sarebbe tornata. Comunque, un fine settimana viene a trovarmi e mi dice che pensa di sapere dov'è June e cosa le è successo, ma mi dice anche che non me lo avrebbe detto. Dice solo che è una situazione molto pericolosa. Pensava di aver bisogno di aiuto.»

«Del tipo che può offrire una gang?»

«Dirk era andato a scuola con un ragazzo ispanico, Esteban Aguilar. Adesso lui è a capo di una gang nel mio quartiere. Non sapevo nemmeno che Dirk parlasse ancora con lui o che sapesse dove trovarlo. Quella volta gli ho detto di non scherzare con nessuna gang. Non era una buona idea. Gli ho detto: «Chiama la polizia. Chiama solo la polizia.» Ha detto che non poteva. Quindi si incontra con Esteban. Non so di cosa abbiano parlato. So soltanto che poche settimane dopo mi chiama e mi dice che Esteban avrebbe mandato alcuni ragazzi ad aiutarlo a riprendersi June.»

Un'altro testo apparve in fondo allo schermo del televisore, sotto un'altra foto di Isabelle che sorride: "Nuova foto dal cellulare scattata il giorno del rapimento". Poi cominciò un video di Isabelle e di un'altra ragazza adolescente in quella che sembrava una camera da letto. Josie riconobbe l'altra adolescente come la migliore amica di Isabelle. Dal rapimento di Isabelle aveva parlato molte volte davanti alla telecamera con Trinity. Josie sapeva che la ragazza aveva trascorso a casa di Isabelle la notte precedente la sua scomparsa. Era andata via la mattina mentre i genitori di Isabelle erano ancora in casa. La telecamera era fissata sui volti delle ragazze, che nascondevano gran parte dello sfondo. Stavano ridacchiando, parlando e facendo smorfie alla telecamera.

«Ho chiesto, prenderla da dove» continuò Lara. «Ha detto che non poteva dirmelo, che non poteva dirmi niente. Ha solo aggiunto che avrei saputo se qualcosa fosse andato storto dal notiziario. Se qualcosa fosse andato storto, avrei dovuto nascondermi; e poi ha detto che "in nessun caso" avrei dovuto chiamare la polizia, perché la polizia è corrotta.»

Josie stava ascoltando le parole di Lara, ma non riusciva a staccare gli occhi dallo schermo televisivo. Nel video, mentre posava per la fotocamera, Isabelle faceva una smorfia come se avesse sentito odore di marcio. Aveva alzato la mano per agitarla avanti e indietro davanti al naso. Le unghie erano lunghe, acriliche come quelle che si fanno in un salone di bellezza. Erano rosa con strisce gialle. All'improvviso Josie non riuscì a respirare.

Lara disse: «Ha detto che la polizia era coinvolta.»

QUARANTACINQUE

La porta del bagno si spalancò e Josie si precipitò verso il water, cadde in ginocchio e vomitò tutto ciò che di prezioso i suoi cinque dollari avevano comprato. Il suo corpo si stava ribellando contro di lei. Una volta fatto uscire tutto, si asciugò ma spasmi a vuoto continuarono contraendo dolorosamente il suo addome. Una donna che era nel bagno due box più in là, rimase dietro di lei preoccupata. Josie poteva vedere le scarpe da ginnastica bianche sotto il suo camice blu scuro.

«Tesoro, stai bene?» le chiese.

Josie non aveva idea di dove fosse andata Lara; sperava che fosse ancora a tavola. Annuì con la fronte contro il sedile del water. «Qualcosa che ho mangiato» sussurrò. «Sto bene.»

I piedi della donna andarono e tornarono, questa volta più vicini. Un tovagliolo di carta apparve accanto al viso di Josie. «Prendi questo.»

Josie la ringraziò e si alzò in piedi. La donna era giovane e bionda e le sorrideva comprensiva. Forse erano i capelli biondi o la sua pelle perfetta, ma le ricordava vagamente Misty.

«Mi dispiace» disse all'infermiera. «Sto per sentirmi male di nuovo.»

Si voltò di nuovo verso il gabinetto, chinandosi su di esso mentre il corpo si contorceva, desiderando di essere sola per elaborare ciò che aveva appena visto e sentito.

Ray. L'uomo che aveva conosciuto e amato per tutta la vita. Lui le aveva mentito sull'unghia acrilica. Perché? Non c'era modo che fosse coinvolto nel rapimento di Isabelle Coleman, ma stava coprendo qualcuno? Dusty? Il capo? Stavano tutti coprendo una o più persone? Fino a che punto? Le girava la testa.

L'infermiera appoggiò una mano tra le spalle di Josie. «Hai bisogno che chiami qualcuno, tesoro?»

L'FBI, pensò Josie.

«No, no» le rispose. «Sto bene, davvero.»

Si raddrizzò, si voltò e si diresse verso il lavandino dove spruzzò dell'acqua sul viso. Nello specchio poteva vedere l'infermiera che la guardava, sembrando ancora preoccupata. Josie si costrinse a sorridere. «Veramente, sto bene ora. Non è necessario che resti con me.»

L'infermiera tirò fuori un cellulare da una delle tasche del camice e guardò il display. «Devo davvero tornare al lavoro.» disse.

«Vai pure» le disse Josie. «Ho solo bisogno di pochi istanti per sistemarmi. Sto bene adesso. Grazie.»

Con un ultimo sguardo ansioso in direzione di Josie, l'infermiera lasciò il bagno. Josie si spruzzò dell'acqua fredda sul viso ancora un paio di volte, si sciacquò la bocca con l'acqua del rubinetto e passò le mani tra i capelli sciolti. La porta si aprì e Josie si irrigidì, guardando dallo specchio. Ma era solo Lara.

«Che diavolo è successo?» chiese Lara e le porse il muesli e le barrette proteiche che Josie aveva comprato con la carta di credito. «Sei malata o qualcosa del genere?»

Josie prese le barrette e se le infilò nelle tasche della giacca. «O qualcosa del genere» disse mestamente. «Ascolta, hai un posto sicuro dove puoi andare, per oggi? Riesci a non farti vedere?»

Lara si appoggiò al lavandino accanto a Josie, le dita che tormentavano la cerniera della sua felpa con cappuccio. «Certo» disse. «Che pensi di fare ora?»

Josie strappò un tovagliolo di carta dal distributore accanto ai lavandini e si asciugò le mani. «Vado a parlare con mio marito.»

QUARANTASEI

Trovò un'area all'esterno vicina all'ingresso, ma abbastanza lontana da esso in modo che nessuno potesse sentirla. Subito dopo il ferimento di Luke, la stampa era arrivata all'ospedale, affamata di notizie sulle sue condizioni; ma ora solo due furgoni di qualche canale televisivo erano fermi di fronte all'ingresso dell'ospedale, gli occupanti non si vedevano da nessuna parte.

Camminando avanti e indietro, chiamò Ray. La chiamata andò alla segreteria telefonica e lei riattaccò senza lasciare un messaggio. Dall'altra parte dell'ingresso, Lara la fissava. Josie non aveva idea di dove avesse trovato una sigaretta, ma ne portò una alle labbra e aspirò. Josie aspettò tre lunghi minuti e riprovò. Questa volta, Ray rispose al quarto squillo.

«Jo?»

Nel momento in cui sentì la sua voce - così familiare, una voce che era stata per lei fonte di conforto da quando aveva nove anni - un singhiozzo le salì in gola. Cercò di nasconderlo, ma la sua voce si incrinò quando lui disse il suo nome.

La voce di Ray era piena di preoccupazione e con una sfumatura di urgenza. «Jo?» disse di nuovo. «Stai bene? Cosa sta succedendo? Dove sei?»

Trasse un lungo respiro. «Sono con Luke» gli disse con voce tremante. «Ma immagino che tu lo sappia, vero?»

Ray non percepì la nota accusatoria nella sua voce. «Mi dispiace, Jo» disse. «L'ho visto al notiziario. Come sta?»

Quindi si sarebbe comportato in modo disinvolto, normale, come se non le avesse mentito. «Si sta aggrappando alla vita, stronzo.»

Ray sembrò sinceramente confuso. «Che cosa?»

«Tu e i tuoi... compari sapete esattamente come sta. Dimmi, Ray. Chi ha sparato voleva ucciderlo o solo ferirlo? Chi avete mandato? Perché chiunque fosse, non è un bravo cecchino.»

Il suo tono si fece leggermente più freddo. Non aveva niente dell'indignazione che lei si sarebbe aspettata se lui non avesse saputo chi c'era dietro la sparatoria di Luke. «Non so di cosa stai parlando, Josie.»

Non la chiamava mai Josie.

«Quanti di voi sono coinvolti, Ray?» gli chiese. «Fin dove si spinge questa cosa?»

«Non so di cosa stai parlando.»

«Chi è Ramona?»

Ci fu un momento di silenzio seguito da un lungo sospiro. «Non c'è nessuna Ramona.»

«So che non è il suo vero nome. Chi è?»

«Vorrei che la smettessi con questa cosa» disse. «Mi sto preoccupando per te. Stai iniziando a sembrare pazza, Jo. Tu non stai gestendo molto bene questa sospensione. Inventare persone con nomi falsi, infastidire il dipartimento mentre siamo nel bel mezzo di un'indagine. Anche quella bravata con Misty l'altra sera. Cosa le hai detto?»

«Che cosa?»

«Adesso non vuole parlare con me. Non risponde alle mie chiamate. Non so cosa sia successo, cosa abbia fatto. L'unica cosa che mi viene in mente è che le hai detto qualcosa e, dopo aver avuto il tempo di pensarci, ha deciso di chiudere con me. Cosa le hai detto?»

«Non cambiare argomento, Ray. Pensi che me ne freghi qualcosa della tua ragazza spogliarellista in questo momento? Non mi hai sentito? Luke sta lottando per la vita. In cosa ci hai cacciato, Ray?»

«Io... io non so di cosa stai parlando» balbettò.

Aveva una versione ufficiale e la stava rispettando. Lei cambiò argomento. «Dov'è l'*Uomo In Piedi*, Ray?»

Il suo brusco cambio di respiro le fece capire che si trattava di qualcosa d'importante. Quando parlò di nuovo, c'era paura nuda e cruda nella sua voce. «Josie» disse. «Questo è molto importante. Devi allontanarti da questa cosa. Lascia stare. Tutto. Ti imploro.»

Aveva colpito il nervo giusto. Era ora di continuare a spingere.

«Perché mi hai mentito sull'unghia acrilica? So che era di Isabelle Coleman. Aveva quelle unghie nel video che la sua amica ha fatto il giorno in cui è scomparsa.»

«Ascoltami per favore. Devi smetterla subito. Mi capisci? Non posso proteggerti.»

«Proteggermi da cosa?»

La sua voce era appena udibile. «Da loro.»

«Chi, Ray? Fino a che punto arriva tutto questo?»

«Lontano. Molto, molto lontano. Non hai idea. Ti supplico, Jo. Come moglie. Per favore, lascia stare.»

Le sue parole erano come spine nel suo cuore. La voce di Josie si incrinò di nuovo. «Quanto sai?»

«Abbastanza.»

«Sai che non posso lasciare stare, Ray. Non sono fatta così.»

Sussurrò: «Ti uccideranno, Josie.»

«Allora devo fermarli. Dov'è Isabelle, Ray?»

«Non lo so.»

«Ray.»

«Dico sul serio. Non lo so.»

«Lo sapevi? Quando è scomparsa?»

«Non all'inizio. Sospettavo che... che fossero coinvolti. Nessuno ha detto niente in modo chiaro. Tutti continuavano a cercarla. Poi i ricercatori hanno trovato il telefono di Isabelle nel bosco; penso che i nostri ragazzi lo abbiano mancato apposta. Penso... penso che forse qualcuno avrebbe dovuto sbarazzarsene, ma non hanno fatto in tempo. Il capo ha iniziato a chiamarlo rapimento. Penso che lui sappia dov'è la ragazza. Penso che molti di loro lo sappiano.»

«Dove Ray?»

«Non posso dirtelo, Jo. Sei troppo in pericolo per come stanno le cose. Non lo so nemmeno per certo.»

«Ma pensi che ci siano loro dietro il suo rapimento.»

Taceva, ma poteva sentirlo respirare.

«Ray.»

«Non lo so. Io, io penso che potrebbe essere possibile.»

«L'hanno con loro adesso?»

«No.»

«Dov'è?»

«Non lo *so*» disse Ray. «E credo che nessuno di loro lo sappia ora.»

QUARANTASETTE

Per alcuni secondi, Josie si sentì come se stesse soffocando. Guardandosi intorno, si sedette sulla panchina più vicina, chiuse gli occhi e si concentrò sul suo respiro. Qualcosa la stava tormentando da qualche parte nella sua mente dopo la reazione di Ray alla sua menzione dell'*Uomo In Piedi*. Lui sapeva dov'era, ovviamente, anche se lei non lo ricordava tra i momenti che aveva condiviso con Ray. Ma sapeva di averlo già visto, il che significava che doveva tornare con la memoria a prima di Ray. Sorvolò sugli orrori del tempo passato con sua madre andando più indietro, al tempo passato con suo padre. La minuscola mano nella sua, mentre uscivano da una casa bianca nel bosco alla ricerca di lobelia purpurea. Erano fiori di campo che crescevano su lunghi steli coperti di erbacce, con i petali rosso cardinale che sembravano dita e un pistillo come un minuscolo periscopio che dal centro si alzava fuori. Josie li amava, quasi quanto aveva amato cercarli con suo padre nei boschi. C'era solo un posto in cui li avevano trovati.

Aprì gli occhi, fece un respiro profondo e chiamò di nuovo Lisette. Segreteria telefonica. Di nuovo chiamò la reception del

Rockview. Ancora una volta, un'infermiera le disse che Lisette stava facendo un pisolino.

«Sono un paio di giorni che chiamo» disse Josie. «Lei non mi ha richiamata. Sono preoccupata.»

Ci fu un istante di pesante silenzio. Poi: «Beh, tesoro, come ti ho già detto, è stata piuttosto giù dopo la faccenda con Sherri e, senza di lei qui, Alton è andato su tutte le furie, molestando le donne come se fossero di sua proprietà. Nessuna vuole uscire dalla propria camera. Sherri era l'unica che riusciva a tenerlo sotto controllo. Sembra un'impresa di pompe funebri da queste parti. Siamo tutti traumatizzati, per dirti la verità. Voglio dire, il modo in cui è stata uccisa...»

A pensarci bene, era proprio da Lisette prendere a cuore la morte prematura di Sherri. Josie ricordava come Lisette avesse reagito al notiziario sul rapimento di Isabelle Coleman. «Probabilmente sta pensando alla madre della povera Sherri.» borbottò Josie.

«Oh beh, la mamma di Sherri è morta qualche anno fa.» disse l'addetta alla reception.

«Davvero?»

«Sì. Se l'è presa il cancro. Era piuttosto anziana, però. Aveva anche un po' di demenza.»

«Veramente?» disse Josie.

«Sì. Vuoi che svegli tua nonna, cara?»

Qualcosa stava emergendo nella mente di Josie, come una schiarita in un banco di nebbia. «No, no grazie. Avevo bisogno di chiederle una cosa, ma mi sono ricordata cosa avevo bisogno di sapere. Passerò a trovarla appena posso.»

Riattaccò e usò il telefono per accedere al sito web dell'Ufficio per la valutazione delle proprietà della contea di Alcott. Ci vollero alcuni minuti per cercare nel database, ma trovò quello che cercava. Stava chiudendo il browser quando squillò il telefono. Era Ray. Deviò la chiamata alla segreteria telefonica. Lui richiamò immediatamente. Ancora una volta, deviò la sua chiamata alla segreteria telefonica. Si alzò sulle gambe tremanti ma tornò a sedersi subito. Non sapeva se le vertigini fossero dovute allo shock, all'ansia, alla disidratazione o alla privazione del sonno. Forse a tutte quelle cose.

Il suo telefono trillò con un messaggio di Ray. *Non tagliarmi fuori. Per favore.*

Mise il telefono in modalità silenziosa, lo lasciò cadere nella tasca della giacca e chiuse di nuovo gli occhi. Anche nell'oscurità dietro le palpebre, il mondo intero sembrava girare. Era tutto troppo. Luke vicino alla morte, Ray un bugiardo e ora... un criminale? Perché era quello che era adesso. Non aveva idea di quanto sapesse, ma sapeva abbastanza da essere coinvolto in qualcosa di grosso. Qualcosa di orribile. Se non aveva agito anche al minimo sospetto di dove Isabelle Coleman era tenuta, era colpevole quanto chiunque altro la stesse tenendo prigioniera. Il pensiero le fece venire la nausea.

Si chiese se Luke si aspettasse che lei mentisse per lui, perché era sua moglie o perché era una poliziotta? O entrambe le cose? Come avrebbe potuto? Ray era sempre stato buono, dignitoso, onesto e leale. Erano quelle le qualità che lo rendevano un buon poliziotto. Cosa gli era successo? Come le era sfuggito? Forse non era stata del tutto attenta durante il loro matrimonio.

Ray aveva detto che sospettava fin dall'inizio che "loro" fossero coinvolti nella scomparsa della Coleman, il che significava che aveva motivo di credere che i suoi colleghi fossero coinvolti in qualcosa di brutto addirittura prima della scomparsa della Coleman. Da quanto tempo lo sapeva? E se avesse saputo di June Spencer fin dall'inizio? Avevano lavorato insieme fianco a fianco per cinque anni. Che cosa si era persa Josie? O era stato al corrente di cose che lei non aveva saputo in quanto donna? Il buon vecchio club dei maschi. Cercò per un momento nei recessi della memoria il momento nel quale, durante il loro matrimonio, lui aveva iniziato a comportarsi in modo diverso, ma non riusciva a pensare a niente. Era vero che il loro lavoro poteva essere stressante; a volte ricevi una chiamata o un caso che ti lascia con i nervi scossi per settimane, ma nulla poteva giustificare qualcosa di simile.

La nausea le serrò di nuovo lo stomaco, ma non le era rimasto più nulla da espellere. Come erano arrivate a questo punto le cose? Tre settimane prima era una rispettata detective della polizia di Denton, città che amava, con una bella casa nuova e una nuova entusiasmante relazione. Ora era stata sospesa, al verde e molto probabilmente in pericolo di morte. Il suo futuro ex marito - il suo amore del liceo - era una criminale e il suo fidanzato era a malapena vivo, con gli organi fatti a pezzi e un'adolescente innocente ancora non si trovava. Come erano potute andare le cose così male, così in fretta?

I suoi occhi si aprirono di scatto.

«June!» disse ad alta voce.

Tirò fuori il telefono e fece scorrere i contatti finché non trovò il numero di cellulare di Noah Fraley. Mentre ascoltava lo squillo del telefono, si chiese se anche lui fosse coinvolto. Dolce, timido, maldestro Noah? Ma ieri non avrebbe mai immaginato che anche Ray fosse coinvolto. Non poteva fidarsi di nessuno.

«Fraley.» disse Noah dopo il sesto squillo.

«Noah, sono io.»

La sua voce si abbassò quasi a un sussurro. «Ehi, Josie. Sono davvero dispiaciuto per Luke. Come... come sta?»

Il suo cuore sussultò e accelerò di nuovo. Non se l'era aspettato. Sembrava sincero, ma lei non poteva fidarsi di Noah più di quanto potesse fidarsi di uno sconosciuto.

«È in coma farmacologico» disse rigidamente. «Non sta granché bene.»

«Sono davvero dispiaciuto. Tu come te la cavi?»

Accidenti a lui. «Non bene.» disse, mentre le lacrime si accumulavano dietro le palpebre. Se era coinvolto, non poteva fargli sapere che stava chiamando per June. Fece un tentativo sperando che Ray non fosse alla stazione di polizia. «Ehm, Noah. Hai visto Ray?»

«No. È fuori con tutti gli altri a cercare Isabelle Coleman.»

Josie guardò verso l'ingresso. Lara non c'era più. «Stai ancora registrando le segnalazioni?»

«No, ora sono giù alle celle. Qualcuno deve fare da babysitter a June Spencer.»

Fu pervasa da un senso di sollievo. Si diresse verso l'ingresso e quindi verso gli ascensori. «Non l'hanno ancora trasferita?»

«No. Dicono forse domani o dopodomani. Quelli dell'unità psichiatrica di Philly dovrebbero avere un letto per allora. Vuoi che dica a Ray di chiamarti?»

«Oh, no. Non preoccuparti. Continuerò a provare. Lui lo fa qualche volta. Non vuole essere tormentato.»

«Beh, è un idiota» disse Noah. «Vuoi che glielo dica?»

Dovette forzare una risata. «Sicuro. Puoi dirglielo.»

Attaccarono proprio mentre arrivava al piano di terapia intensiva. Trovò Carrieann nella sala d'attesa, la faccia cinerea e rigata di lacrime. Josie sentì una strana assenza di gravità, come se fosse fatta di niente. Come se il suo cuore pulsante la sollevasse da terra.

Si avvicinò a Carrieann e la afferrò per le spalle. «Che è successo? È... lui è...?» Non riusciva a pronunciare la parola, anche solo a pensarla.

Carrieann sembrò guardarla attraverso. «Hanno trovato il cecchino.» disse.

«Ma Luke sta bene?»

Carrieann annuì. «Sta come prima.»

Il suo sollievo fu palpabile, come un respiro che aveva trattenuto per cinque minuti anziché per cinque secondi. «Hanno trovato chi ha sparato?»

«L'hanno arrestata un'ora fa. La stampa non lo sa ancora.»

Perplessa, Josie chiese: «Arrestata?»

In quel momento Carrieann incontrò i suoi occhi. «Denise

Poole. Luke te l'ha mai menzionata? È la sua ex ragazza. È sempre stata un po' fuori di testa, un po' ossessionata da lui, ma non avrei mai pensato che avrebbe provato a fare qualcosa di simile.»

Il mondo intero sembrò ridursi a una puntura di spillo. Carrieann stava ancora parlando, ma tutto ciò che Josie riusciva a sentire era un ronzio nelle orecchie, come il rubinetto di una vasca da bagno aperto a tutto volume. Un sudore freddo le scese lungo la fronte e il labbro superiore. Superò Carrieann e si accasciò su una delle sedute lungo la parete. Cercò di calmarsi concentrandosi sul dipinto dall'altra parte della sala d'attesa. Era una copia di un Renoir, pensò con sollievo, così volutamente fuori fuoco. Si chiese se fosse così che apparivano i ricordi nella mente di Ginger, volti sfocati e indistinti. Si ricordò del dipinto al quale Denise aveva accennato.

Chiunque ci fosse dietro a tutto questo chiaramente non aveva idea che Josie avesse incontrato Denise Poole il giorno prima, altrimenti Josie sarebbe morta. Lei *sarebbe* morta non appena Denise avesse fornito il suo nome come alibi.

Mentre il ruggito nelle orecchie si attenuava, Josie guardò Carrieann, cercando di concentrarsi. Non poteva cedere alle sue emozioni proprio ora. Doveva trovare una via d'uscita.

«Non riesco proprio a crederci» continuò Carrieann. «Denise. Non ho mai pensato che potesse fare qualcosa del genere.»

Josie disse in tono assente: «Perché non l'ha fatto.»

La confusione corrugò il volto di Carrieann. «Che cosa? Che cosa hai detto?»

Josie fece cenno a Carrieann di avvicinarsi e sussurrò: «Ho bisogno del tuo aiuto. Ora.»

QUARANTOTTO

Tre colpi secchi e la voce di un ragazzo chiamò: «Sei lì dentro?»

Un altro forte colpo alla porta e la mano sulla sua gola si rilassò. Inspirò quanta più aria poteva. Sebbene respirare fosse tanto doloroso, era un sollievo improvviso e dolce. Un altro colpo e la speranza le riempì il petto martoriato. Provò a chiamare, ma le sue parole erano deboli e appena udibili, anche alle sue stesse orecchie.

La voce tornò, più chiara ora. «Papà, ci sei?»

Questo mostro aveva un figlio? Si chiese quanti anni avesse e se l'avrebbe aiutata. Sicuramente, se l'avesse trovata, l'avrebbe aiutata, portata a casa sua.

L'uomo raccolse la sua torcia e aprì appena la porta ma abbastanza a lungo da permetterle di vedere un ragazzo dalla struttura snella nella forte e luminosa luce del sole prima di essere sbattuta di nuovo nell'oscurità e di sentire bloccare la serratura. La sua speranza si infranse. Nuove lacrime le pungevano gli occhi. Il ragazzo era così vicino. Salvezza. Casa. Sognava di essere di nuovo tra le braccia di sua madre e sua sorella. Se solo l'uomo non l'avesse picchiata così violentemente avrebbe potuto gridare. Giaceva come una bambola rotta buttata sul pavimento sporco, quando sentì di nuovo la voce del ragazzo.

«Voglio solo sapere cosa hai lì dentro.»

QUARANTANOVE

L'area di detenzione di Denton era un gruppo di celle poco utilizzate nel seminterrato del Dipartimento di Polizia con un'uscita di emergenza che conduceva al parcheggio sul retro. Erano per lo più riservate agli studenti ubriachi del college e agli ubriachi che avevano bisogno di dormire. Per i detenuti che erano stati incriminati, la polizia di Denton lasciava il compito agli uffici della centrale della contea che distava solo poche miglia. Le loro celle erano molto più sicure, presidiate ventiquattr'ore su ventiquattro e con lo sceriffo che garantiva il trasporto dei detenuti da e verso il tribunale. Denton aveva risparmiato molto tempo e denaro trasferendo le persone in attesa di giudizio alla centrale piuttosto che tenerle in custodia.

Che June Spencer fosse ancora lì in custodia era straordinario. L'affermazione di Noah secondo cui non erano riusciti a trovarle un letto nelle vicine unità psichiatriche era una stronzata; doveva pur essercene uno da qualche parte. Ciò che peggiorava la situazione era che non c'era nessuno a combattere per i diritti di June; suo zio era aggrappato alla vita, sua madre stava nascosta. Non poteva nemmeno parlare per se stessa.

Ovviamente, stavano cercando di ritardare il suo trasferimento. Un altro giorno o due e, probabilmente, avrebbe avuto una sorta di incidente - forse durante il trasferimento - o forse avrebbe trovato qualcosa con cui uccidersi. Almeno questo è quello che avrebbero affermato. Allora non ci sarebbe stata alcuna possibilità che June si riprendesse abbastanza da testimoniare contro qualcuno di loro.

Josie doveva portare June fuori di lì e al sicuro. Parcheggiò il pick-up che aveva preso in prestito da Carrieann a un isolato di distanza dal Dipartimento di Polizia. Le aveva anche prestato un fucile ranch Marlin. Probabilmente aveva vent'anni e il suo calcio di legno era scheggiato e graffiato, ma Carrieann le aveva assicurato che sparava lo stesso. Ora era coperto dalla giacca, mentre Josie si nascondeva nell'ombra vicino ai cassonetti nel parcheggio sul retro. Rapidamente e furtivamente, controllò il display sul cellulare. «Da un momento all'altro» sussurrò. Aveva cominciato a fare freddo, quasi al punto che poteva vedere il suo respiro. Saltellava silenziosamente da un piede all'altro, cercando di tenersi al caldo mentre aspettava.

Alla fine, sentì le porte dell'edificio spalancarsi, grida, passi e, presto, macchine che prendevano vita ruggendo. Rimase in attesa mentre una per una si precipitavano fuori dal parcheggio. Come programmato, Carrieann aveva denunciato il falso avvistamento di Isabelle Coleman dall'altra parte della città. Tutti quelli di turno sarebbero stati mandati a cercarla, lasciando solo una persona nell'atrio principale al piano di sopra per accogliere i visitatori e una persona nelle celle per tenere d'occhio June Spencer. Non sapeva se sarebbe stato Noah, ma non importava. Sarebbe andata via con June Spencer, qualunque cosa fosse stato necessario fare.

Josie conosceva un agente di pattuglia che lavorava di notte e parcheggiava sempre nel parcheggio sul retro e aspettò che uscisse dall'edificio. Mentre si dirigeva verso la sua auto, lei scivolò attraverso la porta appena prima che si chiudesse. Sapeva che sarebbe stata immortalata dalle telecamere a circuito chiuso, ma non le importava. Era già una donna morta. Tutto quello che doveva fare era prendere June, uscire e portarla al sicuro.

Si fermò nel piccolo corridoio che portava dalla porta all'area di detenzione. Il cuore le batteva forte. Aprì la giacca e sollevò il fucile, tenendolo con entrambe le mani, il calcio a filo contro la spalla destra. Si fermò un attimo per calmare il respiro e le mani tremanti. Stava per infrangere la legge. Stava per suggellare il suo destino, buttare via tutto ciò che aveva di caro nella vita. Ma non c'era altro modo: uccidere o essere uccisa.

Tuttavia, commettere un crimine nella sua stazione di polizia non era qualcosa che avrebbe mai pensato di fare. Fece un ultimo respiro tremante e si avviò lungo il corridoio. Da un lato c'era una fila di celle: due piccole, due grandi. Dall'altro c'era una fila di scrivanie inutilizzate e una panca vuota. Direttamente di fronte a lei era seduto Noah Fraley, i piedi su una grande scrivania, così che tutto quello che poteva vedere era il battistrada incrostato di fango dei suoi stivali. Si era addormentato, ma non si spaventò quando la vide; se lo aspettava. Si mosse verso di lui, come un gatto, alzando il fucile e mirando al centro del petto. Lentamente, il ragazzo tolse le dita da dietro la testa e abbassò le mani, i palmi rivolti verso di lei, un gesto di resa. Un sorriso incerto gli balenò sulle labbra, come se non fosse abbastanza certo se quello che stava vedendo fosse reale o no.

«Detective Quinn?» disse con tono preoccupato e interrogativo.

Josie lanciò una rapida occhiata alla sua sinistra e vide che tutte le celle erano vuote, tranne una. June era rannicchiata in posizione fetale sotto il lettino in una delle celle singole. Come un cane. Qualcuno le aveva messo un paio di pantaloni della tuta e una semplice maglietta bianca.

Noah si alzò mentre Josie si avvicinava. «Josie.» disse, provando un'altra tattica.

«Tieni le mani dove posso vederle.» ordinò.

«Cosa stai facendo?»

Indicò con il mento la cella di June, tenendo il fucile puntato su di lui. «La porto con me.»

Noah cominciò a ridere, ma poi ci ripensò. La faccia rosso fuoco. «Stai scherzando, vero?»

«Sei coinvolto?» chiese. «Stai con loro?»

Sembrava sinceramente perplesso, ma lei mantenne ferma la sua determinazione di non fidarsi di nessuno, nemmeno di Noah. «Di cosa stai parlando?»

«Non importa. Prendi solo le chiavi. Falla uscire.»

«Non puoi... perché... che diavolo sta succedendo qui?»

«So cosa sta succedendo. So di Ginger Blackwell. So di June. So di Isabelle Coleman.»

A poco a poco, il viso di Noah divenne sempre più tirato. «Che cosa sai? Josie, non ho idea di cosa tu stia parlando.»

«*So* di Ramona.» sibilò.

Nessun cenno di riconoscimento.

Gli disse: «Non importa comunque. Forse davvero non sai cosa sta succedendo in questa città o forse sei un eccellente bugiardo proprio come mio marito. Ad ogni modo, mi prendo June. Apri la cella.»

Fece alcuni cauti passi attorno alla scrivania verso di lei. All'interno della cella, June si mosse, come un animale, i suoi occhietti luccicanti si fissarono su Josie. Ricordava a Josie gli animali dello zoo: selvaggi predatori intrappolati in gabbia. Sperava di non essere in pericolo. Non voleva fare la fine di Sherri Gosnell.

«Non sei costretta a farlo» disse Noah. «Senti, perché non ti prendi un momento? Vai a casa. Ci dormi su. Possiamo vederci domani. Parleremo di qualunque cosa stia succedendo. Lascia che ti aiuti.»

«Non trattarmi con condiscendenza.» gridò.

June si mosse come un serpente, strisciando fuori da sotto la branda e verso le sbarre della cella. Noah stava tra la scrivania e la cella. Le chiavi delle celle erano lì sulla scrivania, alla sua sinistra. La sua pistola era appesa al fianco destro.

«Lascia solo che ti aiuti... a sistemare le cose. Possiamo andare da qualche parte e parlarne.»

Pensava che fosse pazza. Stava cercando di allentare la tensione. La stava trattando come una donna che stava per buttarsi da un ponte.

«Non sono fottutamente folle, Noah. Vuoi sapere cosa è folle? Ti dirò cosa è folle. Isabelle Coleman è scomparsa da dodici giorni. Ci sono uomini nelle forze di polizia che sanno dove si trova o, almeno dove si trovava, eppure non è stata ancora trovata. Ciò che è folle è che ho trovato una delle sue unghie acriliche vicino alla sua cassetta della posta quel giorno che tu mi hai fatto entrare sulla scena del crimine - una scena del crimine nel bel mezzo dei dannati boschi, a un buon quarto di miglio da quella cassetta della posta. Quello che è folle è che June Spencer indossa il piercing alla lingua di Isabelle Coleman, ma June era sparita da un anno, il che significa che June a un certo punto è stata tenuta prigioniera con la Coleman. Eppure, è stata trovata in casa di Donald Drummond che non è qui per dirci che cazzo è successo perché il capo gli ha sparato per ucciderlo.»

La sua voce salì di volume. «Quello che è *folle* è che sei anni fa una donna di nome Ginger Blackwell è stata attirata sul ciglio della strada e drogata da una donna che si fa chiamare Ramona e che la polizia non ha mai neanche cercato. Quello che è folle è che, di fronte alle indiscutibili prove fisiche, hanno etichettato il caso come una bufala. Quello che è folle è che non appena ho scoperto il caso di Ginger, hanno sparato al mio fidanzato. Quello che è folle è che la sua ex ragazza, con cui ero ieri, è stata incastrata per il tentato omicidio. Quello che è fottutamente folle è che ci sono delle cazzo di cose di merda che succedono in questa città e io sono l'unica persona a cui frega qualcosa. Ora falla uscire da quella cella!»

A ogni nuova briciola di informazioni, il volto di Noah diventava di una sfumatura più pallida e il suo braccio destro scendeva di una frazione di centimetro più in basso, verso la sua pistola. Noah non aveva mai tirato fuori la sua arma durante il servizio e sarebbe stato lento nel farlo. Le sue dita sfiorarono il calcio della pistola, ma non aveva ancora slacciato la fondina. Non avrebbe avuto alcuna possibilità.

Josie gli sparò un colpo alla spalla destra, il suono del fucile fu assordante nella piccola stanza. Il senso di colpa la assalì, ma lo respinse. Nel momento in cui Noah toccava il pavimento, lei gli era già accanto, slacciando la fondina per disarmarlo, infilandosi poi la sua arma dietro la schiena, nella cintura. Giaceva a terra, tenendosi la spalla, girando la testa e sforzandosi di guardare il sangue che sgorgava sulla sua camicia azzurra. «Tu... tu mi hai sparato» ansimò.

«Non ti ucciderà» disse. «È un calibro .22 e sono un buon tiratore.»

Lui non rispose, gli occhi spalancati sulla ferita, incredulo. Josie aveva un minuto, al massimo, prima che il sergente arrivasse al piano di sotto. Se Noah non era coinvolto, almeno non avrebbero pensato che l'aveva aiutata. Se era coinvolto, allora era contenta di avergli sparato. Afferrando le chiavi, lo scavalcò e aprì la cella di June. La ragazza si trascinò fuori, i suoi occhi scrutavano con circospezione la figura prona di Noah. Usando un braccio per tenere il fucile alzato e pronto, con l'altro Josie condusse June fuori. La ragazza non reagì.

Prima che se ne andassero, Josie diede un'ultima occhiata a Noah sdraiato sul pavimento, il sangue che colava dalla ferita alla spalla. Ricacciando indietro una scusa, spinse June fuori nella notte buia e fredda.

CINQUANTA

June sedeva sul sedile anteriore del camioncino di Carrieann, fissando il finestrino, mentre gli edifici illuminati del centro di Denton lasciavano il posto all'oscurità nera come l'inchiostro delle strade rurali. Josie continuava a guardarla. Non sapeva cosa aspettarsi; la ragazza aveva brutalmente e violentemente ucciso una donna con una forchetta, eppure era mansueta e muta come un cucciolo abbandonato. Un brivido percorse il corpo di Josie, nonostante il riscaldamento nel vecchio furgoncino fosse al massimo.

«Ti porterò in un posto sicuro.» le disse.

Nessuna risposta e Josie ebbe un improvviso lampo di quanto assurda la situazione doveva sembrare a June. Era stata salvata da Donald Drummond da persone che erano malvagie quanto Drummond. Dalla padella alla brace. Nessuna meraviglia che fosse scattata come un animale ferito.

«Dico sul serio» le disse Josie. «Questo posto è sicuro. È una donna che conosco. Non lascerà che ti accada nulla. Si prenderà cura di te fino a quando...»

Fino a quando? Fino a quando Dirk non si fosse svegliato dal coma? Fino a quando Lara fosse uscita dal suo nascondiglio?

Fino a quando non avessero più un bersaglio sulla loro schiena? Quando June sarebbe stata al sicuro? Quando ognuno di loro sarebbe stato al sicuro?

«Fino a quando non avrò sistemato le cose.» concluse fiaccamente.

Gli occhi spenti di June non lasciarono mai il finestrino.

Avevano ancora un'ora di macchina prima di raggiungere Carrieann. Josie dubitava che sarebbe riuscita a ottenere qualcosa dalla ragazza, ma doveva fare un tentativo. «June, ho bisogno di sapere. È stato Donald Drummond a prenderti?»

Silenzio.

«O è stata Ramona?»

La testa di June ruotò lentamente in direzione di Josie, i suoi occhi scuri lampeggiarono nella scarsa illuminazione del cruscotto di Carrieann. Guardò Josie negli occhi proprio come aveva fatto alla casa di riposo.

«È stata lei, vero? Una donna di nome Ramona. Ti ha fatto salire o ti ha offerto un passaggio. O forse l'avevi già incontrata e lei ti ha fatto credere che ti avrebbe potuto aiutare a lasciare la città. Forse farti tornare da tua madre o dai tuoi amici a Philadelphia. Solo che lei non ti ha portata là, vero?»

June continuò a fissare Josie, senza battere ciglio, ma i suoi occhi erano vivi. Lei era lì, da qualche parte.

«Hai visto Isabelle Coleman, vero?»

Niente, lo sguardo scivolò di nuovo nel vuoto.

«No» disse Josie. Allungandosi, toccò l'avambraccio di June. «Non te ne andare. So che sei lì. Per favore parlami. Ho bisogno di sapere cosa hai visto. Ho bisogno di sapere quello che sai.»

Ma la testa di June era di nuovo voltata verso il finestrino, di nuovo verso il nulla che scorreva fuori.

Con i chilometri da percorrere davanti a loro, Josie continuò a parlare, riempiendo June di domande e rassicurazioni, nel tentativo disperato di farle capire che era dalla sua parte. Finché, finalmente, esausta e senza più argomenti, tacque e percorse il resto della strada con il solo rumore del riscaldamento che riempiva il vuoto freddo fra loro. Mentre si fermava su una remota strada di montagna vicino all'ospedale dove Carrieann era parcheggiata nel suo SUV, Josie scoccò un'ultima occhiata a June, ma gli occhi della ragazza erano chiusi.

CINQUANTUNO

Josie si slacciò la cintura di sicurezza e si voltò con tutto il corpo verso June, toccando leggermente il suo avambraccio. «June, svegliati. Siamo arrivate.»

June aprì gli occhi e guardò dritto oltre Josie, osservando Carrieann che si avvicinava alla sua portiera con la cautela di un gatto.

«Quella è la mia amica, Carrieann» disse Josie. «June, devo chiedertelo un'ultima volta: hai visto Isabelle Coleman? Puoi dirmi qualcosa, qualsiasi cosa, su dove sei stata tenuta prima di arrivare a stare con Donald Drummond?»

Carrieann bussò leggermente sulla portiera di Josie. Josie avrebbe voluto continuare a provare a fare domande per ottenere informazioni, ma avrebbe potuto volerci un'eternità. Josie non aveva tempo. Specialmente dopo quello che aveva appena fatto. Con un sospiro frustrato, aprì la portiera e scese.

«Com'è andata?» chiese Carrieann, guardando alle spalle di Josie. «È lei?»

«Sì, è lei. Ho sparato a qualcuno.»

Carrieann teneva gli occhi su June. «Lo hai ucciso?»

«No.»

Scrollò le spalle. «Non preoccuparti, allora.»

Josie stava cercando di capire se Carrieann stesse scherzando o no, quando questa la superò salendo nella cabina del furgoncino. «Mi chiamo Carrieann.» disse a June.

La ragazza ricambiò lo sguardo, senza battere ciglio.

«Dov'è Lara?» chiese Josie.

«Non è voluta venire con me. Ci incontreremo adesso.»

«Carrieann, grazie per questo. Non devi... lei potrebbe essere pericolosa.» disse Josie, abbassando la voce in modo che June non sentisse.

«L'hai già detto prima» le ricordò Carrieann, abbassando la voce in un sussurro come aveva fatto Josie. «All'ospedale. E ti ho detto che avrei fatto qualsiasi cosa possa servire a scoprire cosa è successo veramente a mio fratello. Non ho paura di questa ragazza.»

«Forse dovresti averla.»

Carrieann inarcò un sopracciglio. «Posso essere vigile senza avere paura. Smettila di preoccuparti adesso. Ci penserò io.»

«Per favore, stai attenta» implorò Josie. «Non farla vedere a nessuno.»

«Tranquilla» Carrieann le lanciò un'ultima occhiata significativa. «Torno domattina dopo che avrò nascosto queste due nella mia azienda agricola. Non farti ammazzare mentre sono via.»

«Cercherò di non farlo.»

Josie guardò Carrieann allontanarsi con June finché le luci posteriori del suo camioncino non scomparvero nella notte.

CINQUANTADUE

Aveva promesso a Carrieann di non tornare in ospedale, ma Josie non poteva andarsene senza vedere Luke ancora una volta. L'infermiera la lasciò rimanere per dieci minuti. Era passato solo un giorno, ma sembrava già più magro. Toccò la sua pelle fresca e, facendo attenzione a evitare il caos di tubi e fili, si chinò a baciargli la guancia e gli sussurrò: «Mi dispiace.» prima che un'infermiera la accompagnasse fuori.

Prima di andarsene, diede una rapida occhiata alla sala d'attesa assicurandosi che Lara non fosse lì, ma vide solo due militari che dormivano sulle sedie e una manciata di parenti preoccupati. Josie stava per voltarsi e andarsene quando la vista di Trinity Payne in televisione attirò la sua attenzione. Era fuori dal Dipartimento di Polizia di Denton, i capelli sferzati dal vento, con un microfono in mano. Lungo la base dello schermo scorrevano le parole: "Prigioniera rapita". Josie dovette avvicinarsi all' apparecchio per sentire quello che Trinity stava dicendo.

«... c'era solo un agente in servizio nell'area di detenzione questa sera, quando un uomo armato e mascherato ha fatto irruzione dalla porta sul retro, sparato all'agente Noah Fraley e rapito June Spencer...»

Un pistolero mascherato?

Il senso di colpa fu un dolore acuto nel petto. Noah aveva mentito. Lei gli aveva sparato e lui aveva mentito per lei. Se mai avesse voluto un segno che non fosse coinvolto, sarebbe stata questa singola, perfetta bugia. Si chiese allora perché Noah avesse cercato di prendere la sua pistola. Perché non avesse cercato di convincerla di essere innocente, piuttosto che tentare di affrontarla.

Non gli avresti creduto, le ricordò una voce nella testa.

Poi un pensiero orribile la colpì. E se avesse cercato di prendere la sua pistola per arrendersi?

«Oh, buon Dio.» mormorò tra sé.

Ma non importava. In quel momento non aveva modo di sapere se fosse un nemico o no. Aveva fatto quello che doveva fare e June era salva.

Il cellulare le vibrò in tasca. Uscì dalla sala d'attesa e si allontanò lungo il corridoio mentre lo tirava fuori e guardava il display prima di rispondere.

«Ray.»

«Dov'è June Spencer?» le chiese.

«L'ultima volta che ho saputo qualcosa era in una cella di detenzione nel seminterrato dell'edificio della polizia di Denton.» disse Josie.

«Hai davvero intenzione di farlo?»

«Fare cosa?» disse, con un po' più di finta innocenza rispetto a quello che avrebbe voluto.

«Mentire.» ringhiò, a voce sempre più alta.

Lei rise. «Vuoi *farlo* davvero? Tu vuoi fare a me una ramanzina sul mentire? Proprio *tu*?»

Ci fu un lungo silenzio. Probabilmente Ray stava facendo il conto del gran numero di bugie che le aveva detto negli ultimi anni. Poi, con calma, chiese: «Ti stai scopando Noah Fraley?»

Josie scoppiò in una risata breve e incontrollata. Non poté farne a meno. Il pensiero era così assurdo. Poi l'implicazione di cosa lui le stava dicendo prese piede. Stava davvero insinuando che lei non poteva fare una qualsiasi cosa a meno di usare il sesso per riuscire a farla? «Forse la tua piccola ragazza spogliarellista ha bisogno di usare la sua vagina per ottenere qualcosa, ma io no.»

«Jo.» disse, e la sua voce si addolcì per un momento.

«Perché allora dovresti chiedere una cosa simile?»

«Noah ha cancellato il filmato della sicurezza. Ha lasciato una dannata scia di sangue dall'area di detenzione alla stanza della vigilanza. Ha cancellato tutto – dell'esterno *e* dell'interno.»

Il suo cuore sussultò. «Filmati di sicurezza di cosa?»

Lui sospirò, di nuovo. «Sai dannatamente bene di cosa.»

«No, mi dispiace, non lo so.»

Josie poteva sentire che stava parlando a denti stretti. «Questo non è un gioco, Josie. Non posso proteggerti se continui ad andare avanti. Dimmi dov'è June. Vado a prenderla e la riporto indietro. Loro non sapranno mai per certo che sei stata tu.»

«Chi sono "loro"?»

«Sai che non posso dirtelo. È per il tuo bene. Per favore, Jo. Questa è una cosa seria. So che non sei brava a tirarti indietro, ma ti sto dicendo che la tua vita dipende da questo.»

Un brivido le percorse tutto il corpo. La mano che teneva il telefono all'orecchio tremò. «Pensi che possa semplicemente dimenticarmene? Smettere di fare domande e tornare alla mia vita normale? E che dire della prossima volta che un'adolescente scompare, Ray? Non posso fermare tutto questo. Mi sono ricordata dov'è l'*Uomo In Piedi* e sto per andarci.»

«Josie, non farlo. Gesù. Non andarci. Non capisci. Ti uccideranno.»

Josie pensò alla donna che aveva menato per aver venduto la

figlia di quattro anni per droga. Pensò a Noah Fraley sdraiato sul pavimento di piastrelle, con il sangue che gli sgorgava dalla spalla. Pensò a Luke nel letto d'ospedale e a June rannicchiata come una bambina sotto il lettino della cella. Tra tutte le persone a cui poteva pensare, ebbe un improvviso lampo di memoria di sua madre che le diceva sempre: "La vita non può essere sempre rose e fiori non significa un cazzo".

«Forse» disse a Ray. «O forse io ucciderò *loro*.»

CINQUANTATRÉ

Nelle lunghe, interminabili ore che seguirono cercò di muoversi due volte, ma il dolore al petto era troppo forte. Andava alla deriva dentro e fuori un sonno pieno di sogni di lei con sua sorella; lei che, come faceva spesso, si intrufolava nel letto della sorella nel cuore della notte accoccolandosi e ridendo tutta la notte finché la luce del giorno non entrava dalla finestra. Ogni volta che si svegliava, si sentiva nuovamente devastata dal trovarsi in quel buio incubo, con il dolore che le attraversa il corpo a ogni respiro. Lei sperava nel ragazzo. Sicuramente lui l'avrebbe trovata e avrebbe chiesto aiuto.

Quando la porta si aprì nuovamente, nella camera filtrò la luce grigia e polverosa dell'alba o del tramonto. Da dove giaceva, rannicchiata contro il muro, sentì avvicinarsi due serie di passi. Una così pesante, l'altra così leggera. Il ragazzo. Non osò guardare oltre la sua spalla mentre la speranza si riaccendeva dentro di lei nel caldo bagliore della torcia che la illuminava.

«Io... io non capisco.» sussurrò il ragazzo.

La paura nella sua voce le diceva che non l'avrebbe salvata.

«Questa è mia» disse l'uomo. «Un giorno, avrai la tua.»

Lacrime calde le rigarono il viso; una grande mano si abbassò e ne asciugò una. «Shhh, zitta ora» sussurrò. «Shhh, ora, mia dolce Ramona.»

CINQUANTAQUATTRO

Tornata all'auto, Josie guidò per un'ora e mezza al buio, mantenendosi fuori dall'Interstatale, usando solo le strade rurali per arrivare al bivio per la vecchia casa dei suoi bisnonni. Al tempo possedevano otto ettari di terra che avevano venduto ad Alton Gosnell quando Josie aveva cinque anni. Alton, e il padre di Alton prima di lui, possedeva circa quattro ettari a ridosso degli otto sui quali vivevano i bisnonni di Josie. La proprietà era vicina alla cima di una delle montagne alla periferia di Denton. Era isolata e a circa venti chilometri dal centro di Denton, ma era comunque considerata parte della città.

Come la casa dei Coleman, la vecchia casa dei suoi bisnonni era in fondo alla strada, alla fine di un lungo vialetto pieno di buche e ricoperto di vegetazione, erba e cespugli. Superò il vialetto di accesso tre volte prima di riuscire a individuarlo. I Gosnell avevano posto due sbarre d'acciaio tenute da una catena su cui era appeso un cartello "Divieto di accesso". Una volta individuatolo, guidò per circa ottocento metri verso una vasta area a lato della strada. Si districò tra ghiaia e alberi, gli ammortizzatori che protestavano mentre oltrepassava un recinto abbattuto e superava alcuni piccoli tronchi. Non poteva rischiare di essere vista dalla strada. Una volta che il veicolo fu sistemato al sicuro dietro un boschetto di alberi, spense il motore e si spostò sul sedile posteriore. Recuperò la coperta dal kit di emergenza e ci si sdraiò sotto, il Marlin di Carrieann tra le mani.

Si svegliò poche ore dopo alla debole luce del giorno, pioveva a dirotto e l'acqua entrava dai finestrini. Lentamente, si mise a sedere e guardò fuori. Non si vedeva nessun movimento vicino all'auto, nessun suono tranne quello insistente del cinguettio degli uccelli sugli alberi tutt'intorno a lei. Il cellulare rivelò sei chiamate perse di Ray, tre dal numero che sapeva essere di Misty e due di Trinity Payne. Nessuna da Carrieann, il che era un buon segno. Avevano deciso di non avere contatti tra loro a meno che la salute di Luke non avesse preso una brutta piega. Josie non voleva lasciare una traccia che potesse portare a Carrieann o a June.

Controllò i messaggi di testo. Ce n'erano una dozzina di Ray che implorava di richiamarlo o, almeno, di fargli sapere dov'era così che avrebbe potuto raggiungerla. Aveva dormito durante tutto questo tempo. La sua stanchezza aveva radici profonde ed era tentata di tornare di nuovo sotto la coperta per continuare a dormire. Ma non poteva. Isabelle Coleman era ancora là fuori. Questi uomini senza volto che rapivano e abusavano giovani donne dovevano essere fermati.

Josie mise il telefono in modalità silenziosa, uscì in fretta dall'auto e afferrò il Marlin, facendosi strada attraverso la foresta verso la proprietà dei Gosnell e poi verso il vecchio vialetto chiuso dalle catene. Quando lo trovò, la luce del sole aveva cominciato a far scemare la nebbia che rimaneva sul terreno. Una leggera patina di sudore le copriva il viso, gocce le rotolavano lungo la schiena mentre camminava sul ciglio del vialetto, le orecchie tese per i rumori di un qualche veicolo o di passi in avvicinamento.

Alla fine, giunse alla radura invasa dalla vegetazione dove si trovava la casa dei suoi bisnonni, con la sua facciata bianca oramai grigia di sporcizia. Il centro del tetto aveva ceduto. Un ramo nodoso di un albero era caduto sul pavimento del portico anteriore, provocando il cedimento del pavimento in legno. I Gosnell avevano acquistato la proprietà, ma avevano lasciato andare in rovina la casa. Josie aveva solo frammenti di memoria di quando era in quella casa con il padre e la nonna. Non aveva alcun attaccamento emotivo al luogo, ma le sembrava uno spreco farlo cadere in pezzi.

Fece il giro della casa, guardando dalle finestre mentre camminava. Era vuota e buia, l'intonaco delle pareti interne si era sgretolato, le assi del pavimento avevano ceduto. Uno scoiattolo le sfrecciò sopra i piedi, e lei gridò di sorpresa, puntando la pistola verso il bordo della radura dove la minuscola creatura era scomparsa. Soddisfatta del fatto che non ci fosse nessuno all'interno, arrivò alla porta sul retro e fissò la fila di alberi al bordo della radura.

Cercò di recuperare un ricordo dai recessi della memoria. Non riusciva a ricordare che direzione lei e suo padre avevano preso per entrare nel bosco, ricordava solo che avevano camminato mano nella mano dalla casa al bosco. Decise di partire dal centro della linea di alberi, quasi in linea retta da dove si trovava. Mentre camminava, allargava lo sguardo a destra e a sinistra, gli occhi alla ricerca della formazione rocciosa.

Aveva pensato che una volta entrata nel bosco il suo corpo le avrebbe fatto ricordare dove andare, un po' come le mani sanno impugnare una pistola dopo che ti sei allenato e hai sparato per anni. Ma i ricordi del bosco dietro casa dei bisnonni erano come i ricordi di Ginger sul suo rapimento, indistinti e fuori fuoco. Sapeva solo di aver già visto in passato l'*Uomo In Piedi*.

Quando si rese conto di aver girato per tre volte intorno allo stesso albero coperto di muschio iniziò a segnare il suo percorso, usando le chiavi della macchina per intagliare una X sui tronchi all'altezza degli occhi. Sembrava che fossero passate ore quando giunse a quello che sembrava un vero e proprio sentiero nel bosco. Il sudore le bagnava le ascelle; si tolse la giacca e se la legò intorno alla vita. Il sottobosco era diventato un solco largo solo quanto le spalle di una persona di media corporatura. Scese fino a una piccola conca. Mentre si spostava più in basso, una parete rocciosa sembrò emergere dal terreno cosparso di foglie. Poi lo vide. L'*Uomo In Piedi*.

Più si avvicinava, più nitidi diventavano i suoi ricordi. Sembrava come un uomo di profilo appoggiato alla parete di roccia con una gamba piegata, un ginocchio sporgente, un piede piatto contro la pietra dietro di lui; il mento abbassato come se stesse guardando qualcosa a terra. Mentre si avvicinava, vide che non si trattava di un'unica formazione rocciosa, ma di una serie di piccoli massi che sporgevano in punti diversi, creando quell'illusione. Poteva essere notato solo da una certa distanza e angolazione. Una volta superato, se si guardava indietro, tutto ciò che si vedeva erano dei sassi sporgenti dal muro in modo casuale. A pochi passi dall'*Uomo in Piedi* c'era una piccola apertura. Era alta solo circa un metro. Si accovacciò per guardare dentro, ma c'era solo oscurità. Tirò fuori il telefono e lo riaccese. Nessun servizio. Però poteva funzionare come torcia.

La grotta era piccola, ma abbastanza grande da poter ospitare al massimo due persone. Era fresca, umida e piena di massi. Aveva appena cominciato a entrare quando, fuori, un ramoscello si spezzò. Josie sussultò così bruscamente che sbatté la testa sulla volta della grotta. Massaggiando il cuoio capelluto, mise in tasca il telefono e tornò a controllare l'ingresso, facendo scivolare il Marlin davanti al corpo solo per rendersi conto che l'unico modo per tenerlo in modo da poter sparare a chiunque fosse là fuori era stendersi a pancia in giù.

Un altro ramoscello si spezzò mentre si appiattiva col corpo a terra, appoggiando la canna del Marlin su alcuni piccoli massi di fronte a lei. Con la guancia premuta contro il calcio, sbirciò fuori dalla grotta e aspettò. Il battito del cuore le martellava nelle orecchie. Chiunque fosse là fuori non stava cercando di non fare rumore. Un paio di pesanti stivali neri con la punta d'acciaio entrarono nel suo campo visivo. Poi una voce familiare sibilò: «Jo!»

«Ray?»

Gli stivali fecero un salto indietro. Poi la faccia di Ray apparve all'ingresso della grotta. «Che cazzo ci fai lì dentro?»

Josie uscì e si alzò, ma trattenne le mani sul Marlin, la canna puntata verso terra. Ray indicò il fucile. «E dove diavolo hai preso quell'affare?»

Josie strinse gli occhi su di lui. «Non preoccuparti del fucile.»

Ray le si avvicinò. Il suo viso sembrava più magro, la sua pelle pallida. «Sono preoccupato per te» disse. «Devi venire con me, adesso. Via da qui. Non puoi stare qui, mi hai capito?»

La voce indurita di Josie vacillò. Si odiava per questo. «Sai una cosa, Ray? Non ci capisco più niente. Sicuro come la morte non ci capisco un cazzo di quello che sta succedendo in questa città.»

Cercò di aggirarlo, ma lui si mosse con lei, bloccandole la strada. Lo colpì alla coscia con la canna del fucile. «Togliti di mezzo, Ray.»

«Sì, Ray» disse una voce maschile alla loro sinistra. «Togliti di mezzo.»

Entrambi si voltarono e videro Nick Gosnell in piedi a diversi metri da loro. Teneva in mano un fucile da caccia ed era puntato direttamente alla testa di Josie.

CINQUANTACINQUE

Ci fu un momento di tensione e di consapevolezza prima che i tre agissero simultaneamente. Josie sollevò il Marlin, sparando un colpo in direzione di Nick. Ray la spinse, deviando il tiro da un lato. Nick sparò a sua volta. Josie cadde all'indietro contro la parete rocciosa, picchiando la testa. Una luce brillante le accecò la vista. Cercò di fare un passo, ma cadde in avanti, il Marlin la colpì al fianco. Ray si scagliò su Gosnell e il fucile di Nick sparò di nuovo. I due uomini caddero giù lungo il pendio e fuori dalla vista di Josie, una trottola di arti agitati e di nero lucente della canna del fucile. La visione di Josie sembrò sdoppiarsi per un momento, poi tornò alla normalità. Allungò una mano dietro la testa e sentì del sangue tra i capelli. In lontananza poteva udire Ray e Nick che cadevano nel sottobosco. Cercò di rialzarsi, ma le gambe sembravano fatte di gelatina. Si mosse carponi verso il suono, il pesante Marlin appoggiato sulla schiena, finché non ci fu silenzio.

Ray.

Non c'erano stati altri spari. Ray era ancora vivo? Il pensiero la fece ondeggiare sulle ginocchia. Sarebbe potuta tornare alla grotta, mantenere lì una posizione difensiva fino a quando non avesse capito cosa diavolo stesse succedendo. Da dentro la grotta sarebbe stata in grado di sentire arrivare Gosnell, vedere le sue scarpe. Avrebbe sparato prima che potesse fare una mossa contro di lei. Allora sarebbe potuta scappare. Se solo fosse riuscita a restare in piedi. Provò ad alzarsi. La foresta intorno a lei girava. Si sedette sui talloni e spostò la cinghia per portare il Marlin davanti a sé.

Quando sentì lo scricchiolio dei piedi sulle foglie accanto a lei fu troppo tardi. Armeggiò con il Marlin, ma le mani erano goffe e insicure. Qualcuno dietro di lei la sollevò, come se non pesasse niente. Il freddo metallo della canna del Marlin le premette su un lato della gola; sull'altro, il materiale grossolano della cinghia le tagliò la pelle. Mentre la carotide veniva lentamente schiacciata, la foresta vorticosa intorno a lei divenne grigia, poi nera.

CINQUANTASEI

Si svegliò nell'oscurità completa. Allungando le mani verso l'alto, le passò dolcemente sulle palpebre per assicurarsi che stesse davvero aprendo gli occhi. A poco a poco, le si acuirono i sensi: un martellamento pesante dietro la testa, la fredda sensazione del cemento sotto il sedere, un odore di legno marcio e muffa. La schiena era appoggiata contro qualcosa di morbido. Si voltò leggermente e spinse contro di essa con una mano. Qualcosa di forte le strinse l'avambraccio e lei strillò, contorcendosi e scalciando con tutte le sue forze. Ci vollero diversi secondi perché registrasse la voce di Ray sotto le sue urla.

«Jo, sono io. Sono *io*.»

«Ray?» chiamò nell'oscurità.

Le sue mani cercarono tutt'intorno, ma toccarono solo cemento. Sentì un fischio e, con ritardo, si rese conto che era lei che stava iperventilando. Odiava gli spazi bui e chiusi. Il battito cardiaco tuonò sopra il rumore del suo respiro sibilante, il corpo si dimenò nell'oscurità anche se lei avrebbe voluto che non si muovesse – avrebbe voluto stare ferma, calmarsi e riprendere fiato. Poi le braccia di Ray si strinsero intorno a lei, il suo respiro caldo sulla nuca. «Va tutto bene» le disse. «Sei al sicuro. Sono qui con te.»

Avrebbe voluto urlargli di lasciarla andare, ma non riuscì a trovare le parole, emise solo un verso, come un animale bloccato in una trappola per orsi. Un terribile lamento che le fece male alle orecchie. Il suo corpo si abbandonò a quel tocco così familiare - che avrebbe dovuto essere di conforto, ma non lo era.

Come se le leggesse nella mente, Ray disse: «So che non vuoi che ti tocchi, ma devi calmarti, Jo. Fa finta che io sia Luke o chiunque altro. Per favore calmati.»

Il lamento continuò. La sua mente urlava ordini a raffica, a nessuno dei quali però il suo corpo era in grado di obbedire. *Respira. Smettila di lottare. Silenzio. Calmati cazzo.*

Ray allentò la presa su di lei ma la tenne ancora contro il suo petto. Appoggiò il mento sulla sua testa. «Shhh» sussurrò. «Jo, va tutto bene. Ascolta la mia voce. Puoi ancora ascoltare la mia voce, vero?»

Lui aveva ragione. La notte che aveva messo fine al loro matrimonio - addirittura prima che Misty entrasse in scena - non aveva distrutto questa sensazione. Si calmò, il lamento si trasformò in un piagnucolio, il respiro rallentò leggermente.

«Non ti farò del male» le disse. «Te lo prometto. Lo sai, Jo. Non ti farei mai del male.»

Bugie, tutte bugie, ma lei ascoltava comunque perché doveva. Perché la sua voce un tempo era stata la sua casa. Ne seguì il suono per uscire dal labirinto tortuoso dell'isteria, aggrappandosi a esso come se ne dipendesse la sua vita.

«Sono qui con te» continuò lui. «Non ho intenzione di lasciarti.»

Il suo petto ansante rallentò. Il respiro sibilante cessò. Sarebbe stata quasi in grado di parlare.

«Non sei più una ragazzina. Non sei sola. L'oscurità non può farti del male, ricordi? È solo oscurità.»

Lui aveva ragione. L'oscurità non poteva ferirla. Né avrebbe potuto uno spazio stretto. O sua madre. Ma là fuori, alla porta, c'era un nuovo mostro e aveva già cercato di far loro del male. Erano nella scatola nera ora.

La sua voce era flebile. «Ti ha fatto del male?»

«Sto bene.» disse Ray, anche se a giudicare dal tono della voce, lei sospettò che le stesse nascondendo qualcosa. Le mani di Josie iniziarono a toccare il suo corpo cercando eventuali ferite, ma lui le prese veloce e le trattenne nelle sue. «Sto bene» la rassicurò. «Veramente.»

Avrebbe voluto vederlo. Lei si appoggiò di nuovo a lui, e si sdraiarono a terra insieme. «Ci ha preso i telefoni» disse Ray. «Non che ci sia campo quassù. Ho provato a cercare una via d'uscita, ma inutilmente.»

«Dove siamo?» chiese.

«Nel bunker... di Gosnell.»

«Bunker?»

«Beh, comunque tu voglia chiamarlo. Ha costruito questo posto dietro casa sua, fuori nel bosco. Come una di quelle case di terra o qualcosa di simile.»

Una struttura nella terra. Un buco nel terreno.

«Sei mai stato qui prima d'ora?»

«No. Sì. Voglio dire, sono già stato a casa sua, nella proprietà, ma mai... non sono mai stato qui dentro.»

Appoggiò la testa di lato contro la sua giacca. L'odore di sangue e sudore si mescolavano agli odori terrosi della minuscola stanza. «Stai sanguinando?»

«No» disse, troppo in fretta. «Voglio dire, sì. Penso di avere una brutta ferita alla gamba, ma sto bene, Jo.»

«Che posto è questo? Per cosa lo usa?»

Ray non parlò per diversi secondi. L'unica prova che aveva che fosse ancora vivo era l'alzarsi e l'abbassarsi del suo petto sotto la sua guancia. Si chiese se si fosse addormentato. «Ray?»

«Lo usa per... voglio dire, penso che lo usi per tenerci... sai, le donne.»

Il suo tono era più stridulo questa volta. «"Tenerci le donne?"»

La sua voce rimase calma ma triste. «Jo, quando sei venuta qui, cosa pensavi di trovare?»

«Isabelle Coleman è qui?»

«No.» disse con assoluta convinzione.

«Come fai a saperlo?»

«Perché lo so.»

«Moriremo qui.» disse Josie.

«No. Non lascerò che accada.»

«Perché siete così buoni amici? Puoi semplicemente chiedergli di lasciarci andare e lui lo farà?»

Lui fece un sospiro esasperato. «Josie.»

«Voglio la verità, Ray. Tutto. Quanto sai e quando lo hai saputo. Ho bisogno che tu continui a parlarmi, o rischio di perdermi qui dentro.»

CINQUANTASETTE

«L'anno scorso...» iniziò e lei lo interruppe con un acuto, «L'anno scorso?»

«Vuoi ascoltare o no?»

«Mi dispiace. Vai avanti.»

Usò un'altra tattica. «Sai che dopo che le cose sono andate male tra noi, ero un po' fuori controllo, vero?»

Poteva sentire il suo disagio nei muscoli tesi del suo corpo. La repulsione le fece rivoltare lo stomaco. «Non è successo dopo che abbiamo rotto. Eri fuori controllo molto prima, e lo sai.»

«Jo, sai che mi dispiace. Non so quante volte ancora devo dirtelo.»

Non disse nulla perché era storia antica. Ci erano passati già mille volte. Ray non ricordava nulla della notte che aveva sostanzialmente messo fine al loro matrimonio, ben prima che arrivasse Misty.

«Jo, sai che non intendevo...»

«Non farlo» scattò lei. «Dimmi solo cosa è successo.»

Lui sospirò. «Beh, l'anno scorso, io e Dusty e un gruppo di ragazzi eravamo andati a bere. Eravamo davvero ubriachi, sai?»

«Sì, lo so.»

«Jo.»

«Dimmi.»

«Ero arrabbiato. Ero arrabbiato per averti perso. Lo sapevo... sapevo che le cose non sarebbero più state le stesse. Lo vedevo nei tuoi occhi ogni volta mi guardavi.»

Lei tremò tra le sue braccia, metà per la rabbia e metà per il ricordo traumatizzante di quella notte. «Hai detto tu a Dusty di restare da noi.» disse.

«Dusty rimaneva sempre a casa nostra.»

«Eri così ubriaco che gli hai detto che poteva scoparmi se avesse voluto – e lui ci ha provato, Ray.»

Ricordava di essersi svegliata da un sonno profondo con delle mani che vagavano su tutto il suo corpo, pensando che fosse Ray e poi, mentre fluttuava più vicino alla coscienza, aveva realizzato che nulla nel tocco di quella persona sembrava di Ray.

«Anche Dusty era ubriaco, Jo.»

«Non ubriaco quanto te, e questo non lo scusa. Non scusa niente di tutto quello che è successo. Dormivo.»

Era balzata fuori dal letto, colpendo e prendendo a calci Dusty così furiosamente che le sue grida avevano fatto salire Ray su per le scale. Aveva tirato via Dusty da Josie e lei, in quel momento, si era sentita sollevata. Ma poi aveva visto la sua faccia. I suoi occhi vuoti. Come se la stesse guardando ma senza vederla affatto. Lampeggiavano di rabbia. Lui l'aveva inseguita, chiamandola stronza e puttana e accusandola di tradirlo con Dusty. Fu a quel punto che Dusty, in piedi, nudo dall'altra parte della stanza, aveva detto: «Amico, calmati. Mi hai detto tu che me la potevo scopare.»

«Jo, sai che non l'avrei mai detto se non fossi stato così ubriaco.»

«Ma tu eri così ubriaco, Ray. Ubriaco, arrabbiato, geloso, fuori controllo. Proprio come era tuo padre con tua madre.»

Lo sentì irrigidirsi, ma lui non disse nulla. Era arrabbiata con lui per quello che era successo, ma lo odiava perché lui non lo ricordava. Era stato colto da una rabbia esplosiva, colpendo Dusty alla bocca così duramente da fare uscire il sangue. Quando Josie aveva detto a entrambi di andarsene, Ray si era voltato e aveva preso a pugni anche lei. Proprio così. L'aveva colpita così forte che era finita sul pavimento.

«Avevi promesso che non mi avresti mai fatto del male.» sussurrò nel buio.

«Jo, mi dispiace. Non ricordo nemmeno di aver detto a Dusty che poteva... Non ricordo di aver litigato con nessuno di voi due. Non ricordo niente di tutto ciò che è successo.»

«Ma ti ricordi che Dusty ti ha parlato di questo posto?»

«Non me l'ha detto, davvero.»

«Quindi che cosa è successo?»

«I ragazzi stavano cercando di distrarmi da te - dai nostri problemi e da tutto - e hanno chiesto a Dusty se mi avesse mai portato a vedere Ramona. Dusty è diventato davvero strano, come se non volesse parlarne. Sai Dusty e io - noi siamo amici da molto tempo. Non abbiamo mai avuto segreti l'uno con l'altro. Così gli chiedo chi è Ramona. Improvvisamente sembra molto a disagio. Come se non volesse davvero parlarmene. Ma gli altri ragazzi, era come se avessero sentito l'odore del sangue, sai? Quindi lo incitano con insistenza, ma lui non ne vuole parlare. Poi uno degli altri ragazzi dice: «Fanculo, portiamolo a vederla» e loro... loro mi hanno portato qui.»

Fece una pausa per riprendere fiato. Poteva sentire i muscoli di lui contrarsi sotto di sé. Continuò: «Beh, non qui, nel senso di qui dentro, ma alla casa dei Gosnell. Era tardi e all'inizio non sapevo di chi fosse la casa. Cioè, avevo incontrato Nick un paio di volte. Una volta quando aveva riparato il bagno alla stazione di polizia, e poi a casa dei genitori di Dusty quando stava facendo delle riparazioni al loro impianto idraulico. Ma lo non conoscevo davvero. Comunque, i ragazzi mi fanno scendere dall'auto e bussano alla porta di casa; quando Sherri

Gosnell risponde, loro le dicono che eravamo lì per vedere Ramona.»

«*Sherri Gosnell* è Ramona?»

Di nuovo lo sentì scuotere la testa. «No, Ramona è come un nome in codice. Cioè, vai alla casa, chiedi di lei e loro ti portano qui.» Lo sentì alzare una mano per indicare dove si trovavano.

Pensò alle parole di Ginger e rabbrividì. «In una scatola nera come questa?»

«Non lo so» disse. «Non potevo... non potevo andare fino in fondo. Sherri ci dice di aspettare, che avrebbe chiamato Nick. Poi lui è uscito sorridente, come se fosse felice; mi ha ricordato di quel tizio della carrozzeria di quando eravamo bambini. Te lo ricordi? Offriva alle ragazze un passaggio fino al centro commerciale. Cioè, perché mai un uomo adulto senza figli avrebbe dovuto dare un passaggio a delle tredicenni fino al centro commerciale? Perché era un pervertito.»

Josie ingoiò l'acido che le era salito in fondo alla gola. «Me lo ricordo.»

«Beh, Nick aveva proprio quello sguardo. Quindi ci dice di tornare indietro e ci conduce nel bosco. Nell'oscurità. Aveva una di quelle lanterne a batteria. Mentre lo seguiamo chiedo a Dusty che cosa diavolo stiamo facendo e lui dice che Nick tiene delle ragazze qui. Gli chiedo cosa voglia dire e lui mi dice, sai, che Nick aveva delle ragazze là dietro e che, se conosci la parola in codice e sei disposto a pagare, puoi venire e fare quello che vuoi con loro. Gli ho chiesto dove prendesse le ragazze e Dusty si è arrabbiato con me e mi ha detto di stare zitto e smetterla di essere una tale figa.»

«Non importava se eravate tutti poliziotti» mormorò Josie. «Quindi cosa è successo dopo?»

«Beh, scendiamo nel bunker. Vedo che c'è una porta, ma prima di entrare Dusty mi racconta tutta questa storia su come una volta entrato, non si torna indietro. Continuava a chiamarla una fratellanza, nel senso che non si poteva denunciare gli altri. Ha detto che dire qualcosa alla persona sbagliata, avrebbe potuto farmi uccidere. O fare uccidere te. Dusty continuava a chiedermi se fossi sicuro di volerlo fare, o se forse avrei dovuto semplicemente chiedere di uscire alla spogliarellista del club.»

«Tu hai scelto Misty.»

«No. Sì. No, no. Voglio dire, non si trattava di Misty. La verità è...»

Si interruppe e lei lo sentì alzare il mento ed espirare a lungo. «Avevo paura, ok? Ho avuto una brutta sensazione. Perché avrebbe dovuto minacciarmi? E non c'era nessuna luce o altro che veniva fuori da quel posto. Era semplicemente strano. Era strano l'aver bisogno di una parola d'ordine. Davvero non volevo sapere cosa ci fosse dall'altra parte della porta, perché se lo avessi saputo allora avrei dovuto fare qualcosa al riguardo, e...»

«Sei una figa?» disse seccamente.

«Jo, dai.»

«È vero, Ray. Sapevi che qualcosa non andava dal momento in cui ti hanno portato lì, ma hai scelto di non fare nulla. Non comportarti come se fossi un grande martire. Andarsene senza fare niente ti rende altrettanto malvagio quanto gli altri ragazzi che sono venuti qui dentro e... e...» Non riusciva a dirlo.

«Non è stato così.»

«Davvero? Com'è stato, Ray?»

«Non sapevo in realtà quanto fosse brutto. Tutto quello che sapevo davvero era che questo tipo stava gestendo un bordello nel suo bunker nel cortile e che molti poliziotti ci erano stati. Nessuno voleva essere beccato.»

«Certo.» disse sarcastica.

Lui rimase in silenzio per diversi istanti. Josie cercò di aspettare che ricominciasse, ma non ci riuscì a lungo. Disse: «Cosa hai fatto?»

Ray sospirò: «Ho detto che non ero pronto per questo, e

sono tornato all'auto. Li ho aspettati lì. Poi mi hanno portato a casa. Noi ne abbiamo mai più parlato di nuovo.»

«Tu e Dusty?»

«Sì. Non ne abbiamo mai più discusso. Beh, fino a quando Isabelle Coleman non è scomparsa.»

«Hai pensato che l'avesse presa Gosnell?»

«Non lo sapevo. Dopo circa una settimana e nessun segno di lei, l'ho dovuto chiedere a Dusty.»

Josie sbottò per la frustrazione. Voleva allontanarsi da lui, ma le sue braccia erano l'unica cosa che le impediva di essere risucchiata nell'abisso. «Ray, se pensavi che Gosnell l'avesse presa, perché non sei semplicemente venuto qui e non l'hai tirata fuori? Se pensavi che Gosnell stesse trattenendo delle donne contro la loro volontà, perché non hai *fatto* qualcosa?»

«Perché... tu non capisci quanto sia profonda questa cosa. Non era così semplice. Se lei era davvero qui e lui l'aveva presa e tutti i ragazzi della polizia lo sapevano, sai cosa avrebbe significato?»

«Tutti i ragazzi della polizia sanno di questo posto?»

«Non lo so. Molti. Un sacco. E non solo qui, non solo la polizia. Penso... penso che Gosnell faccia questa cosa da un sacco di tempo.»

Fu presa da un disgusto crescente. «Sua moglie lo sapeva. Lei lo ha aiutato. Come l'ha potuto fare? Tutte quelle donne.» All'improvviso il feroce attacco con la forchetta di June sembrava una morte troppo bella per Sherri Gosnell. Tutto aveva un senso.

«Sì» concordò Ray. «Penso che le abbia attirate lei. A volte, almeno.»

«Quindi lo hai chiesto a Dusty apertamente?»

«Beh, sì, in pratica. Gli ho chiesto se pensasse che Gosnell avesse qualcosa a che fare con la scomparsa di Isabelle Coleman. Lui mi ha detto di chiudere la bocca e smetterla di fare domande stupide.»

«Ma quando abbiamo parlato al telefono hai fatto sembrare che tu non sapessi che era qui, che ci fosse stata ma non fosse più qui. Che diavolo, Ray?»

«Dusty è venuto da me. Pochi giorni fa. Ha detto che Gosnell gli aveva detto che l'aveva presa lui, ma che era scappata.»

Ogni muscolo del suo corpo si tese, una leggera accelerazione. Se era scappata, poteva essere ancora viva.

«È stato allora che tutti sono impazziti e si sono messi a cercarla dappertutto. Abbiamo iniziato a ricevere tutte quelle segnalazioni, quegli avvistamenti di lei che camminava lungo le strade o nei boschi. Sai, ora era diverso da quando era scomparsa la prima volta. Nel senso che tutti i ragazzi erano impazziti temendo di essere beccati; quindi, era più importante trovarla per primi.»

Rabbrividì. «Cosa le avrebbero fatto quando l'avessero trovata?»

Lo sentì scrollare le spalle. «Non ne ho idea.»

Josie aveva delle idee. «E il capo, è...?»

«Non lo so.»

«Non ha detto niente?»

«Nessuno dice niente, Jo. Voglio dire, Dusty mi ha detto qualcosa, ma questo è tutto. È qualcosa di cui nessuno parla.»

«Ray.»

«Sì?»

«Cosa succede alle ragazze quando Gosnell ha finito con loro?»

CINQUANTOTTO

Era impossibile dire da quanto tempo fossero lì, ma sembrava un'eternità. Ray aveva tastato la maggior parte della minuscola cella e aveva trovato un gabinetto in un angolo che avevano usato per fare i propri bisogni. Erano entrambi assetati e affamati. L'unica acqua era quella del gabinetto, ma convennero che non erano ancora così disperati. Josie aveva ancora nella giacca le barrette di cereali che aveva comprato da Geisinger. Erano quattro in tutto. Ciascuno ne mangiò una e decisero di conservare le altre due per dopo. Si aggrapparono l'uno all'altra e parlarono finché non riuscirono più a restare svegli.

Josie non aveva idea di quanto avessero dormito, ma si svegliò con Ray che rabbrividiva incontrollatamente. Si era addormentata con la testa sul suo grembo, e ora oscillava mentre le gambe di Ray tremavano. Le sue dita risalirono sul suo corpo, raggiungendo il suo viso. Coprendogli le guance con i palmi delle mani, si mise in ginocchio e si avvicinò. «Ray» disse. «Ray!»

Lui gemette.

Una scarica di adrenalina la attraversò come se le fosse stata appena iniettata direttamente nel cuore. Ogni senso si acuì. Il suo respiro irregolare suonava assordante. Perché tremava? Aveva detto che non era ferito gravemente.

«Oh mio Dio, Ray!»

Certo che l'aveva detto. Aveva mentito. Stava cercando di farle mantenere la calma. Cercò la cerniera della sua giacca e fece scivolare le mani dentro, passando le dita su ogni centimetro di lui finché non trovò la ferita. Quando le dita di lei premettero sulla pelle tenera e strappata, lui gridò. Era sul lato sinistro, più vicino alla schiena che all'addome. In base alle sue conoscenze sapeva che non c'era molto sul lato sinistro dell'addome, motivo per cui era ancora vivo. Ma stava andando in shock. Non poteva dire quanto sangue avesse perso. O quanto tempo avesse ancora. La sua maglietta avrebbe potuto tamponare la ferita. Si tolse la giacca, la gettò di lato e sfilò la maglietta da sopra la testa. Tremando solo in reggiseno e canotta, la appallottolò e gliela premette contro la ferita.

«Gesù, Ray.»

Facendo attenzione, scambiò di posto con lui, appoggiando la schiena al muro e facendo stendere Ray in modo che la sua testa le giacesse in grembo. Sistemò la maglietta, assicurandosi che fosse ben premuta contro la carne lacerata e poi gli sistemò la giacca sul petto. Con una mano gli accarezzò i capelli, mentre lacrime calde le rigavano le guance e cadevano sul viso e sul collo di Ray. Con l'altra mano le trovò e con delicatezza le asciugò. Lui stava bruciando, la pelle in fiamme. Desiderava poterlo vedere, vedere il suo volto. Ancora una volta maledì l'oscurità e maledì Nick Gosnell per averli rinchiusi lì dentro.

«Ray» disse ad alta voce. «Ho bisogno che tu mi parli. Ho bisogno che tu resti con me. Ray!»

Lui gemette di nuovo, pronunciò poche parole incoerenti. Lei lo chiamò ancora e ancora, ogni volta con un tono più acuto. Le parole di Ray diventarono più chiare. «Ho bisogno di parlare... con te... e di Misty...»

Erano poche parole, ma le fecero male. Non riuscì a essere

crudele. «Lo so» disse con tono stridulo. «Vuoi sposarla e vivere felici e contenti. Ray, va bene. Mi va bene. Hai la mia benedizione. Per favore, smettila di preoccuparti di questo.»

Ray si rilassò un po', anche se il suo corpo tremava ancora. Lo abbracciò e lo strinse più forte che poteva, cercando di calmarlo. «Resta con me» gli sussurrò. «Resta con me.»

Era impossibile dire quanto tempo fosse passato. Ma alla fine il corpo di Ray si fermò. Cercò la sua gola per un battito e gridò di sollievo quando ne trovò uno, impercettibile, ma c'era. Ci volle qualche istante per districarsi da sotto di lui. Riprese la giacca, la appallottolò e gliela mise sotto la testa; si prese qualche minuto per tastare la cella. Le pareti sembravano essere fatte di cemento, forse blocchi di calcestruzzo. C'era una tavola di legno su cardini addossata al muro, come uno di quei fasciatoi appesi alle pareti nei bagni delle donne, solo che questo era a misura di adulto. Pensò di provare a tirarlo giù e metterci Ray sopra, ma decise che sarebbe stato più lavoro di quanto potesse fare al buio. Inoltre, spostarlo avrebbe potuto rivelarsi fatale a questo punto. Alla fine, sentì delle giunture nel muro che potevano essere solo una porta. Non c'era nessuna maniglia e quello che sembravano strisce di gomma ne sigillava la parte bassa. Tuttavia, si mise carponi e premette la bocca contro il bordo inferiore dove sarebbe stato più probabile riuscire a farsi sentire.

Poi urlò a squarciagola.

Urlò fino a quando la sua gola bruciò e la sua voce fu rauca. Prima gridò aiuto e, quando non arrivò, chiamò Gosnell in tutti i modi possibili. Le rispose un gemito lontano. Il respiro le si gelò nei polmoni. C'era un'altra donna.

«Oh mio Dio, Ray», sussurrò Josie da sopra la spalla. «C'è qualcun altro qui. Ha qualcun'altra.»

Non Isabel Coleman. Chi allora? Qualcuna di cui era stata denunciata la scomparsa che, forse, era rimasta tale a causa degli sforzi deliberatamente poco brillanti del Dipartimento di Polizia nel cercare questo tipo di vittime. La rabbia divampò incandescente dentro di lei, e lei riprese con i suoi tentativi di farsi sentire.

Urlò e picchiò contro la porta, facendo pausa solo per controllare Ray, il cui polso era sempre più difficile da trovare, finché non ce la fece più. Mentre si accasciava contro la porta, il petto ansante, il sonno aleggiava sui bordi della sua coscienza. Combatté contro di esso, senza nemmeno rendersi conto di avere perso la battaglia finché non fu svegliata di soprassalto dal rumore di qualcosa che grattava sul pavimento fuori dalla sua cella. Sollevò la testa da terra e premette l'orecchio contro la porta. Passi. Qualcosa che sembrava rumore di mobili che venivano spostati.

«Ray» sibilò da sopra la spalla. «Sta arrivando qualcuno.» Le sue mani si agitarono nell'oscurità finché non trovò una parte del corpo di Ray. Un ginocchio. Lo seguì fino alla gola, affondando le dita nella carne, alla ricerca di un battito. Dove la sua pelle prima era infuocata, adesso era fredda.

«Ray.»

Cercò l'altro lato della gola. Non sentiva niente. Trovò le sue labbra socchiuse, vi avvicinò la guancia sperando di sentire una leggera aspirazione d'aria. Niente.

«No... Ray!»

Non riusciva a nascondere l'isteria nella sua voce. L'ossigeno usciva dai suoi polmoni, sfuggendo più velocemente di quanto potesse rientrare. Le vertigini la assalirono. Questo non poteva essere vero. Era un incubo. Si sarebbe svegliata da un momento all'altro e sarebbe stata nella sua grande, bella camera da letto. Luke sarebbe stato in cucina a preparare uova strapazzate e Ray le avrebbe lasciato messaggi arrabbiati sul telefono, dicendole di lasciare in pace Misty. Sarebbe tornata in servizio con gli uomini che conosceva da cinque anni e sarebbero stati tutti uomini buoni. Uomini onesti che non sapevano nulla del bunker di Gosnell.

Ray l'aveva ferita. L'aveva ferita profondamente in quel

punto vulnerabile della sua anima che non aveva mai condiviso con nessun altro - nemmeno con Luke, non proprio. Ma lui era così tanto parte della sua realtà, che le era difficile immaginare di vivere senza di lui. Era sempre stato lì, solo a distanza di una telefonata. Era un bugiardo, un imbroglione, un criminale e, lei glielo aveva fatto ammettere, un codardo. Ma era sempre stato suo. Era suo da quando erano bambini. Faceva parte della sua identità. Buono o cattivo, non era pronta per questo.

«Ray» ansimò, prendendogli il viso tra le mani e premendo un bacio alla sua bocca rigida. «Per favore, non lasciarmi. Non così.»

Appoggiò il suo corpo su quello di lui, respirando il suo odore per l'ultima volta, desiderando che si svegliasse, che la circondasse con le braccia ancora una volta, dicendole che l'avrebbe protetta, che non avrebbe permesso a Gosnell o a nessun altro di farle del male. Ma era sola nel buio. Più sola di quanto non fosse mai stata in vita sua.

Come era possibile che fosse di nuovo lì? Sola nell'armadio, paralizzata dalla sua stessa paura, terrorizzata da ciò che l'aspettava dall'altra parte della porta. Con sua madre - ubriaca, odiosa, maligna - sapeva cosa aspettarsi. Ma che sarebbe successo con Gosnell? Sapeva che era violento, che non aveva problemi a ferire le donne. Aveva ucciso Ray. Si tenne legata a quel pensiero perché la faceva arrabbiare e aveva bisogno della sua rabbia per quando quella porta si sarebbe finalmente aperta. Si immaginava come un fuoco, che iniziava lentamente e cresceva fino a illuminare l'intera stanza. Quando lui avesse aperto la porta, lei sarebbe scoppiata – un'esplosione di dolore, odio e rabbia. Le sue mani si aggrapparono al corpo senza vita di Ray come la sua mente si aggrappò strettamente alla sua rabbia. Ora doveva aspettare.

CINQUANTANOVE

Quando finalmente la porta della cella si aprì, Josie sollevò la testa dal cadavere di Ray, disorientata e accecata dalla leggera, nebbiosa luce che si insinuò; si alzò in piedi, ondeggiando instabile sulle gambe. Coprì gli occhi con una mano. Li strizzò e poi sbatté le palpebre rapidamente, cercando di mettere a fuoco la figura incombente di Gosnell. Era solo un'ombra nera a forma di uomo che riempiva la porta. La sua voce esplose all'interno del minuscolo spazio, «È già morto?»

Lei non rispose, cercando di osservare la stanza intorno a lei tra i punti luminosi colorati che le assalivano gli occhi. Le pareti erano blocchi di calcestruzzo, come aveva sospettato, ma dipinti di rosso. La lastra di legno ribaltabile era proprio come se l'era immaginata. Il gabinetto era bianco coperto di sporcizia. Distolse di proposito lo sguardo dalla forma distesa di Ray. Non pensava di poterlo sopportare. Se lo avesse visto – se avesse visto quello che Gosnell gli aveva fatto - avrebbe perso il controllo e non avrebbe avuto più niente per combattere l'uomo che le stava di fronte.

La mano oscura di Gosnell fece un cenno. «Andiamo, forza.» disse.

«No.» La sua voce sembrava il cigolio di una porta.

La sagoma nera di Gosnell si avvicinò. «Cosa mi hai detto, ragazza?»

Raccolse quel poco di saliva che aveva in bocca, la ingoiò e disse: «Ho detto, NO.»

La sua risata sembrò come una puzza che riempie tutti gli spazi. «Le ragazze non mi dicono di no, tesoro.»

Poi le si avvicinò, più veloce e più agile di quanto lei si aspettasse. O forse era solo lei più debole e più stordita di quanto pensasse. Lei colpì la morbida carne del suo torace ma senza effetto, mentre lui afferrava una manciata dei suoi capelli e la trascinava fuori dalla cella. La ferita nella parte posteriore della sua testa minacciò di riaprirsi e strappare una parte del cuoio capelluto. Lei urlò suo malgrado, i suoi piedi che cercavano di mantenere il passo dell'uomo. Fuori dalla minuscola cella, la lanciò e lei atterrò su qualcosa di alto e morbido. Un letto, realizzò una volta che ebbe la possibilità di osservare ciò che la circondava, un letto king size a baldacchino.

La stanza era grande e oblunga, con il letto che occupava un lato del rettangolo. Da esso, Josie poteva vedere l'intera lunghezza della stanza. Era senza finestre e arredata come un salotto: divani allineati su una parete con almeno tre piccoli tavolini e piccole lampade su ciascuno di essi che proiettavano un tenue bagliore dorato nella stanza. Il pavimento era coperto da un vecchio tappeto marrone a pelo lungo. Lungo lo stesso muro dove era posizionato il letto, alla sua sinistra, c'era una porta leggermente socchiusa, che nascondeva un wc e quella che sembrava una tenda da doccia. Un bagno. Nel muro di fronte ai divani c'erano quattro porte, ognuna rivestita da una obsoleta stampa floreale viola e bianca perché sembrassero parte del muro. Solo le serrature e le maniglie a leva su ognuna facevano capire cosa fossero. C'erano delle serrature fissate sopra pannelli di acciaio rinforzato poste accanto a ciascuna maniglia della porta; al di sopra, catenacci scorrevoli.

Quattro porte.

Il suo cuore si fermò, batté due volte, saltò un battito e poi prese a battere furiosamente. Quattro porte. Ciò significava che ogni volta potevano esserci quattro donne lì, forse di più se condividevano le celle. Quante donne aveva tenuto Gosnell nel corso degli anni? Quante donne c'erano adesso?

Sbatté le palpebre, cercando di mettere meglio a fuoco la stanza fino a quel momento sfocata. Gosnell era dall'altra parte della stanza, appoggiato a un piccolo frigorifero che non aveva notato. Accanto c'era una porta dal pesante pannello. Quella doveva essere l'uscita. Dall'altro lato del frigorifero c'era un armadietto bianco con le ante in vetro che conteneva quelle che sembravano fiale di farmaci e aghi inutilizzati. I sedativi.

Lui si voltò e tornò da lei con una lattina di birra in mano. La aprì con uno schiocco che suonò stranamente attutito. C'era una strana assenza di suono in quel luogo. Come se ogni rumore fosse istantaneamente assorbito dalle pareti e dalla terra al di là di esse. Nessuna sorpresa che le sue urla fossero state inutili. Mentre lui si avvicinava, nel cerchio di luce proiettata dalla lampada da comodino, vide quanto scuro e brutto fosse il suo occhio nero. Sembrava anche peggio di quando l'aveva visto in televisione, al funerale della moglie.

«Isabelle Coleman ti ha fatto quell'occhio nero?» gli chiese.

Il sorriso malizioso che aleggiava sul suo viso svanì. La rabbia divampò nei suoi occhi. Bevve un lungo sorso di birra e la guardò, come se dovesse decidere che cosa farle prima. Lei non aveva mai avvertito così tanta repulsione in vita sua. Era come se mille insetti cercassero di strisciare per uscire dalla sua pelle. Tenne la lattina di birra con una mano e con l'altra si allentò la cintura dei jeans. Lei avrebbe avuto forza e resistenza per affrontarlo? Con gli occhi scrutò di nuovo la stanza, cercando un'arma. Forse avrebbe potuto usare una delle lampade. Non sembravano pesanti, ma avrebbe potuto avvolgere il suo disgustoso collo grasso con i fili elettrici. Gosnell però era grosso, robusto, grasso e probabilmente forte. Si rese conto che avrebbe dovuto farlo parlare se avesse voluto cercare di prendere tempo per capire cosa diavolo potesse fare, e come lo avrebbe potuto fare.

«Sherri guardava?» gli chiese.

Le dita che cercavano a tentoni la cerniera si fermarono. Le sorrise. «Che cosa?»

«Tua moglie. Lei ti ha aiutato. Le è piaciuto? Lei ti ha portato le ragazze, giusto?»

«Mi portava delle ragazze perché è quello che le dicevo di fare. A lei non piaceva guardare. A volte la facevo stare a guardare, ma non le piaceva. Sapeva che era meglio non dire niente. Sherri era una brava ragazza.»

La sua mano si allontanò dai pantaloni e fece un cenno verso le porte tappezzate delle celle. «E a te? A te piace guardare?»

La sua testa si girò in direzione delle porte. Quando tornò a voltarsi verso di lui, notò che il suo viso si era arrossato. Sembrava eccitato, affamato. Posò la birra e si avvicinò ai piedi del letto. Una delle sue mani le toccò una caviglia, le dita scivolarono sotto la gamba del pantalone per toccarle la pelle nuda.

«Non toccarmi, cazzo.» disse, sferrando un calcio alla mano.

Per essere un uomo così grande si mosse rapidamente, salendo sul letto e mettendosi a cavalcioni su di lei. Il peso di lui sopra di lei le schiacciò i fianchi. Provò a respingerlo, ma era troppo debole. Lui le tenne i polsi tra le sue mani e strinse così forte che poté sentire formarsi i lividi.

«Ho detto, non toccarmi.» ansimò.

«Nessuno mi dice cosa fare.» disse lui.

Fallo parlare, ordinò una voce nella sua testa. Contro ogni fibra del suo corpo che le urlava di combattere, si costrinse a rilassarsi un poco. Lui le sorrise, le sue mani le stringevano ancora i polsi.

«Io faccio quello che voglio» disse con orgoglio. «Non solo

qui. Anche lì fuori. Non pago più niente. Non mi fanno mai una multa per eccesso di velocità. Ho preso a pugni un tizio in un bar il mese scorso e non mi hanno nemmeno arrestato. I poliziotti sono venuti, hanno visto che ero io e mi hanno lasciato andare.» Rise. «Il ragazzo ha avuto bisogno di sette punti di sutura in faccia. Mi fanno la dichiarazione delle tasse gratis. C'è un bar dove vado a bere, e bevo sempre gratis. Ovunque vada, sono come un re.»

«Perché vogliono continuare a tornare...» Josie disse quasi soffocando «... per cosa d'altro?»

Dondolò avanti e indietro, schiacciandosi sopra di lei. Non riusciva a trattenere la repulsione dal suo viso, cosa che lo fece solo ridere. «Beh, certo, ma soprattutto perché hanno paura di quello che ho su di loro. Hanno tutti mogli, fidanzate, famiglie e stronzate simili.» Le lasciò andare un polso e indicò la porta verso l'esterno. Josie riusciva appena a vederla da sopra la sua spalla. «Là» disse, indicando una piccola telecamera nera attaccata al muro sopra la porta. «La mia macchina fotografica scatta loro foto non appena entrano. Ho un fascicolo di chi viene e quante volte e cosa fa mentre è qui.»

Le prese di nuovo il polso libero e le inchiodò le mani al letto sopra la sua testa. Il suo alito era caldo e puzzolente contro la sua guancia mentre si sdraiava sopra di lei. «E nessuno vuole essere colui che mi distrugge.»

Distolse il viso dal suo per non vedere i suoi occhi lucidi. *Fallo parlare e basta.* Quando una delle mani di Gosnell si allungò fino alla cintura dei suoi pantaloni, fece un'altra domanda. «Come ti è venuta questa idea?»

«Gesù Cristo, quanto parli.» si lamentò. Sospirò pesantemente, si sedette di nuovo e lasciò andare le sue mani. Lei le portò subito davanti a lei. Il sollievo che provava nell'avere un po' di distanza tra loro era palpabile. «Mio padre» disse. «È una specie di attività commerciale di famiglia.» Dimenticando per un attimo la cintura, infilò la mano nei suoi jeans, muovendola su e giù.

Josie pensò ad Alton Gosnell ricoverato comodamente al sicuro a Rockview, in fondo al corridoio a poche porte da sua nonna, e le venne da vomitare. Quindi suo padre aveva iniziato tutto. Prendere la sua laringe sembrava il minimo che Sherri potesse fare. «E tua madre?»

La sua mano si bloccò. Un'ombra passò sul suo volto. Dopo qualche secondo si sollevò da lei e recuperò la birra. Josie si mise in ginocchio.

Gosnell disse: «Non aiutava. Non sapeva come comportarsi. Mio padre ha dovuto sopprimerla.»

«Ma tu non hai avuto quel problema con Sherri.» suggerì. Lui sorrise, debolmente. «Sherri era una brava ragazza.» L'ombra sul viso tornò di nuovo. «Poi quella stronzetta l'ha uccisa.»

«June Spencer?»

«L'ho fatta uscire. Avevamo comunque quella nuova. Non avevo abbastanza stanze. L'ho mandata da Donald. Poi lei va e uccide la mia Sherri.»

Quindi June *era stata* qui.

«Donald era uno dei tuoi...» cercò la parola giusta, ogni scelta la faceva rabbrividire e decise per «...clienti abituali?»

Sorseggiò la birra, improvvisamente senza fretta di infilarsi nei suoi pantaloni. Si rese conto che lui si stava divertendo. Vantandosi della sua impresa malata. «Sì, lo era. Aveva preso in simpatia June. Quando arrivò il momento, chiese di potersela prendere. Gli dissi che doveva pagare per lei. Mi offrì duemila dollari. Li presi. Più facile che scavare una buca.»

Una nuova ondata di vertigini la travolse. Quindi le aveva uccise. Cos'altro poteva fare un uomo come Gosnell con le sue schiave? «È stata l'unica che hai venduto?»

«Sì. Non avevo bisogno di altro. Guadagno abbastanza con le mie ragazze qui.»

Ricominciò a guardarla maliziosamente, la mano che lavorava più forte questa volta dentro i suoi pantaloni, quindi Josie disse: «Dev'essere stato difficile. Perdere Sherri così.»

Il suo viso si colorò di rabbia. La lattina di birra volò verso il viso di Josie, schiantandosi contro il muro accanto alla sua testa. Le puntò un dito contro. «Vuoi stare zitta?»

Fece un respiro profondo, si allontanò da lei e, inciampando, si diresse di nuovo al frigorifero, accanto all'armadietto delle fiale e degli aghi. Josie si chiese quanto fosse ubriaco e andò avanti. «Sherri somministrava le droghe, vero? Alle tue ragazze? Era un'infermiera. Doveva essere abituata a fare iniezioni.»

Prese un'altra birra dal frigo e sbatté la porta. Aprì la lattina. «Ti ho detto di stare zitta. Cazzo, parli troppo.»

«Dove prendevi la droga?» chiese Josie, cercando di farlo continuare a parlare in modo che non si toccasse più - o meglio – che non toccasse più lei. «Devi aver avuto bisogno di una scorta abbastanza costante. I tuoi clienti abituali; tra i clienti abituali dovevi avere un dottore o un farmacista, forse più di uno. Chi era il tuo fornitore?»

La ignorò, tracannando la birra, ma tenendo gli occhi su di lei.

«Non puoi farlo, vero? Non puoi somministrare i farmaci senza Sherri?»

Le tirò la lattina, che era più piena della precedente e, nonostante Josie avesse cercato di evitarla, la colpì alla spalla e poi finì sul letto, rovesciando il suo contenuto sulle lenzuola. «Non ascolti un cazzo, vero?» ringhiò.

«Cosa farai ora?» continuò a insistere. «Tu e Sherri non avete mai avuto figli. Non c'è nessuno che ti aiuti a portare avanti l'azienda di famiglia.»

Scuotendo la testa, tornò al frigo per prendere un'altra birra. «Faresti meglio a non parlare di mia moglie.» borbottò.

«Che è successo? Non poteva avere figli? Oppure non ha voluto avere figli con te? O eri tu? Non potevi darle dei figli?»

Josie evitò per un pelo la lattina di birra piena che si schiantò contro il muro sopra la sua testa, lasciando uno squarcio nel muro a secco e spruzzando liquido su di lei. Avanzò verso di lei, puntandole di nuovo il dito contro con aria accusatoria. «Ti ho detto di stare zitta. Non sai di cosa stai parlando. Sherri ha avuto un tumore quando aveva diciannove anni. Le hanno dovuto legare le tube. Non c'è niente che non vada in me.»

Josie sentì un piccolo moto di simpatia per Sherri, che fu rapidamente sostituito dalla paura e dal disgusto mentre Nick liberava il suo pene dai pantaloni e lo pompava ancora un paio di volte. Salì sul letto. In ginocchio, Josie indietreggiò, allontanandosi da lui. «Ti mostrerò come funziona bene» disse. «Basta parlare. Ora farai quello che ti dico.»

Sperava che non potesse vederla tremare. La stava fissando con il suo occhio buono. Avrebbe dovuto lasciarlo avvicinare ancora. Era l'unico modo. Se non poteva vederla, non poteva prenderla. Da un cassetto di uno dei tavolini tirò fuori un pezzo di corda, che utilizzò per legare le mani di lei alla colonna del letto più vicino alla testiera. Lottò, le dita che volavano sul suo viso, cercando di raggiungere gli occhi, poi le strinse a pugno cercando di colpire un qualsiasi bersaglio morbido o sensibile. Gosnell le sbatté la testa contro il muro finché lei non si fermò; stelle le fluttuavano davanti agli occhi. Poi finì di legarle i polsi e iniziò a tirarsi giù i pantaloni. Una porta nella mente di Josie scricchiolò e si aprì. Il posto in cui andava quando succedevano cose brutte. Non aveva avuto bisogno di farlo per molti anni. Non aveva mai pensato di averne bisogno di nuovo. Quando Gosnell le salì sopra ancora una volta, lei la attraversò.

Un colpo alla porta li immobilizzò entrambi.

SESSANTA

«Nick Gosnell.» tuonò una forte voce maschile dall'altra parte. A Josie suonava familiare, ma non riusciva a riconoscerla.

Si voltò a guardare la porta. Il martellamento nella sua testa si intensificò, così come il crepitio della porta nella cornice. «Che cazzo?» mormorò Nick.

«Gosnell» disse di nuovo la voce. «Apri la porta. Lo so che sei lì dentro.»

Lui mandò lo sguardo avanti e indietro da lei alla porta, come se dovesse decidere cosa fare.

«Gosnell, esci subito, dannazione!» ringhiò la voce. Fu allora che Josie capì chi era. Il capo.

Nick si tirò su la cerniera dei pantaloni e mentre si dirigeva verso la porta si fermò davanti al frigorifero, frugando in fondo per cercare qualcosa che il cervello confuso di Josie non riusciva in quel momento a immaginare. Poi sentì il rumore di un proiettile che veniva introdotto nella canna. Una pistola. Gosnell aprì un poco la porta. La luce del giorno entrò.

«Posso aiutarla, capo?» chiese.

La voce del capo dipartimento Harris suonò bassa e furiosa, come ogni volta che uno dei suoi ufficiali faceva qualcosa di monumentalmente stupido. «So cosa sta succedendo qui, Gosnell.»

Nick disse: «Non sono sicuro di cosa stia insinuando, capo.»

Josie vide Nick perdere momentaneamente l'equilibrio e poi premere il corpo contro la porta. Il capo stava cercando di entrare. «Fammi entrare, dannazione.»

Nick disse: «Non so a che gioco stia giocando, ma farebbe meglio ad andarsene da qui. Questa è proprietà privata.»

La lotta con la porta continuò. Poteva sentire il capo gettarsi contro di essa. «Io sono la polizia, Gosnell.»

«La legge non ha giurisdizione qui. Vattene dalla mia terra.»

«Sei nella mia città, Nick. Pensi che non sapessi cosa stava succedendo? Non ho potuto provare nulla fino a oggi.»

«Se hai qualcosa su di me, dov'è la tua squadra? Perché sei venuto da solo?» lo schernì Nick, cercando di tenere sotto controllo la pistola e impedire al capo di sfondare la porta.

«Ci sono solo due persone in questa città di cui so di potermi fidare. Uno sono io e scommetto il mio rene che hai l'altra lì dentro. Ora fammi entrare!»

Il cuore di Josie cominciò a battere più forte. «Capo!» urlò.

La porta si staccò dal telaio mentre capo Harris irrompeva, spingendo Gosnell di lato e a terra sulla schiena. Alzò la sua Glock 19 in dotazione al dipartimento e la puntò dall'altra parte della stanza. Josie intravide la faccia rossa e furiosa del capo nel secondo che ci volle prima che si girasse e individuasse Gosnell sul pavimento. Gosnell gli prese a calci il ginocchio con il tacco dello stivale, facendogli partire il colpo dalla pistola, il proiettile mancò Gosnell di molto. Il capo cadde, finendo quasi addosso a Gosnell mentre quest'ultimo rotolava via e trovava la sua pistola, puntandola verso Harris. Questi sparò di nuovo. Il proiettile sfiorò il braccio di Nick, facendo volare pezzi del tessuto della sua camicia. Quindi Gosnell sparò e il Harris cadde.

«Capo!» gridò Josie di nuovo, ma lui giaceva a faccia in giù, immobile.

Tirò disperatamente le corde fino a quando non si lacerò uno strato di pelle ai polsi. Non riusciva a sentire nulla al di sopra delle urla, come se qualcuno stesse pugnalando a morte una donna. A Josie ci volle un momento per rendersi conto che era lei a urlare; quindi tacque. Sentì Gosnell che, mentre si muoveva in giro, borbottava ogni possibile imprecazione sottovoce mentre rimetteva a posto la porta ed esaminava il disordine. Ora per lei l'unica speranza era liberarsi le mani.

Poi si mise dietro di lei, spingendola verso il muro così da poterla slegare. Urlò di nuovo. «Vuoi stare zitta, cazzo?»

Ma non riusciva. Non poteva. Il capo era pulito e Gosnell gli aveva sparato proprio davanti ai suoi occhi. Avrebbe potuto essere morto. Luke, Ray, il capo. Quanto ancora le avrebbe preso quest'uomo?

«Tornerai là dentro con il tuo ragazzo finché non avrò ripulito questa merda.» le disse.

Iniziò a prenderlo a calci finché non si rese conto che per lei era vantaggioso essere slegata. Avrebbe avuto alcuni preziosi secondi per provare a fare qualcosa. Era più grosso di lei e armato. Lei era legata e ferita. Non riusciva a mettersi in una posizione tale da poterlo sopraffare o ferire abbastanza gravemente da riuscire a sottometterlo o scappare. Aveva bisogno di prendere il sopravvento.

Allora sentì la voce di Ray, come se fosse lì davanti, ai piedi del letto. *Calmati, Jo. L'oscurità non può farti del male.*

Smise di lottare e fece un lungo respiro tremante, permettendo a Nick di liberarle mani. Le afferrò di nuovo i capelli, il suo metodo preferito per spostare le donne da un posto all'altro. Senza esitazione, allungò entrambe le mani e gli afferrò i lati della testa, come se volesse attirarlo a sé per un bacio. Per una frazione di secondo, il volto dell'uomo mostrò una sorpresa felice. Poi lei conficcò i pollici nelle sfere morbide dei suoi occhi, aggrappandosi ai lati della testa mentre lui urlava, sgroppava e agitava le braccia, nel tentativo disperato di allontanarsi da lei.

Nick cadde giù dal letto, sul pavimento. Lei gli saltò sopra, atterrando dolorosamente sulle sue ginocchia e trovò la sua pistola dimenticata sul pavimento. Si alzò, con il dolore che le trafiggeva entrambe le rotule, e puntò la pistola sulla sua forma che si contorceva. Teneva i palmi delle mani contro i suoi occhi. «I miei occhi!» gridò. «I miei occhi!»

«Gosnell!» gridò.

«I miei occhi! Puttana. I miei occhi!»

«Smettila di muoverti.» gli disse mentre si avvicinava.

«Fottuta stronza!» strillò.

«Questo è per Ray.» disse e gli sparò un colpo alla rotula sinistra.

Altre urla. Le sue mani si affrettarono a cercare la rotula ferita. Si rannicchiò su un fianco. Seguendo i suoi movimenti a scatti, Josie gli piazzò la canna della pistola contro la rotula destra - acciaio contro osso - e fece fuoco di nuovo. Sangue e ossa le schizzarono in faccia. Usò l'avambraccio per ripulirsi. I suoni che uscivano dalla bocca di lui erano qualcosa che non aveva mai sentito prima - non da un essere umano - ma lei non li percepiva. «Quello era per il capo.»

Lo prese a calci, facendolo rotolare finché non fu disteso sulla schiena, premendo il tallone sul ginocchio ferito più vicino a lei. Si chinò in modo da poter essere ascoltata al di sopra delle sue grida. «E questo è per le ragazze.» gli disse e gli sparò un colpo all'inguine.

Gettò via la pistola e corse dove giaceva il capo, faccia in giù. Gli toccò la spalla e lui tossì. «Josie...» disse con voce strozzata.

Lei cadde in ginocchio. «Capo!»

«Non mi muovere» disse, con voce roca. Ogni parola sembrava una lotta pazzesca. Si concentrò per ascoltarlo. «Penso che il proiettile mi abbia reciso la spina dorsale. Non riesco a sentire niente. È difficile... è difficile respirare.»

Si sdraiò accanto a lui, il viso a pochi centimetri dal suo, così che potesse vedere i suoi occhi. Lui cercò di sorridere, ma una lacrima gli uscì dall'occhio e rotolò dal ponte del naso. Si fissarono l'un l'altra per un po'. Il sollievo che Josie provò fu assorbito dal dolore che la stava già travolgendo. Niente sarebbe mai più stato lo stesso.

«Ascolta» sussurrò. «È importante.»

«Capo.» gemette.

«Fidati di Fraley. È pulito. Ti sto promuovendo a capo. Tu sei reintegrata e promossa. Non... non fidarti di nessun altro. Tu... dovrai portare dentro... nuovo...»

«Porterò nuove persone.» promise.

«Guardati... guardati le spalle.»

«Lo farò.»

Le sue palpebre sbatterono. «Chiama...»

Gli toccò delicatamente la guancia. «Capo?»

«L'FBI.»

«Va bene, lo farò»

Gli occhi di lui si spalancarono e lei sostenne il suo sguardo, uno sguardo penetrante, di un'intensità che le fece venire la pelle d'oca lungo tutto il corpo. «Prendili» disse. «Prendili tutti.»

Poi espirò per l'ultima volta.

SESSANTUNO

Coprì capo Harris con un lenzuolo preso dal letto con tutto il rispetto possibile in quel buco infernale dimenticato da Dio in cui si trovavano. Il corpo di Nick era totalmente immobile in un'ampia ed estesa pozza di sangue, frammenti di ossa tutt'intorno a lui. Si concesse di singhiozzare per diversi minuti accanto al suo mentore, con le ginocchia al petto e dondolandosi avanti e indietro come una bambina. Gemette per pochi momenti privati, permettendo a se stessa di sentire l'inimmaginabile perdita che aveva appena subìto. Poi si asciugò le lacrime e si tirò in piedi. Trovò i suoi pantaloni e se li rimise. Poi esaminò la stanza. Doveva pensare. Doveva essere furba ora.

Per prima cosa doveva aprire le porte. Il terrore era come un mattone pesante nello stomaco. Non sapeva da quale porta Gosnell l'avesse fatta entrare, quindi le avrebbe dovute controllare tutte. Iniziò da quella più vicina a lei e proseguì. Con suo grande sollievo, la prima cella era vuota, anche se sembrava che fosse stata svuotata di recente. Una coperta sgualcita giaceva su un lettino di legno, e un sacchetto di fast food aperto giaceva sul pavimento. Quando aprì la seconda porta, vide gli stivali di Ray;

la richiuse. Non sopportava il pensiero di vederlo. Non in quel modo. Non ancora.

Trasse un respiro e aprì la terza porta. Vuota. Dietro la quarta porta una magra figura elfica stava rannicchiata nell'angolo della cella. Si accucciò ancora di più quando Josie fece un passo attraverso la porta. «Ciao.» disse Josie. La donna si alzò di scatto e si allontanò da lei, un braccio pallido e magro che le copriva gli occhi. «Basta.» disse con voce rauca. Josie non lo ritenne possibile, ma la rabbia che provava nei confronti di Gosnell per tutto l'orrore che aveva inflitto a tante giovani donne innocenti bruciò ancora di più.

«Va tutto bene» disse Josie. «Adesso sei al sicuro. Non ti farò del male.»

Josie aspettò diversi istanti. Alla fine, la donna abbassò il braccio e sbatté le palpebre, osservando Josie. Non era Isabelle Coleman. Questa donna era probabilmente sui venticinque anni, con capelli scuri corti e un mento appuntito. «Chi sei?» chiese la donna, la domanda suonava come un'accusa.

«Mi chiamo Josie Quinn. Sono un dete...» si interruppe, le lacrime scendevano spontaneamente lungo le sue guance. Guardò indietro dove giaceva il corpo del capo. Poi continuò, raddrizzando la postura e alzando il mento con orgoglio. «Sono il nuovo capo della polizia in questa città e sono venuta a tirarti fuori da qui.»

SESSANTADUE

La donna si reggeva in piedi su gambe traballanti, scheletrica, con un reggiseno di pizzo fuori misura e mutandine. «Aspetta qui» le disse Josie e prese rapidamente una coperta che aveva trovato nella cella vuota. La porse alla donna. «Ecco.»

Continuando a guardare Josie con sospetto, la donna avvolse lentamente la coperta intorno alle sue spalle. «Come ti chiami?» chiese Josie.

«Rena» disse la donna, la voce rotta da un'improvvisa esplosione di emozioni. «Rena Garry.»

Josie le tese una mano. «Rena, dobbiamo uscire di qui. Ora.»

Gli occhi della donna lampeggiarono di comprensione. Afferrò la mano di Josie e la seguì fuori dalla cella.

«Non c'è un bello spettacolo qui fuori» disse Josie. «Guarda avanti, verso la porta. Non guardare in basso.»

Josie cercò di portarla oltre il corpo devastato di Nick Gosnell, ma Rena si fermò, tirando con insistenza la mano di Josie. Josie la tirò a sé. «Per favore» le disse. «Dobbiamo andare.»

Rena si fermò accanto a lui, fissandolo. «Questo è lui» disse. «È venuto qui tutti i giorni.»

«Questo posto era suo» confermò Josie. «Ascolta, dobbiamo davvero...»

Gli occhi di Josie furono attratti dal corpo del capo. Colpita da un pensiero, lasciò cadere la mano di Rena. «Solo un secondo.» le disse, ma gli occhi della donna erano fissi sul corpo di Gosnell con feroce intensità.

Josie la lasciò lì abbastanza a lungo mentre cercava il cellulare del capo, che trovò nella tasca posteriore dei pantaloni. Mentre tornava indietro verso Rena, si rese conto che non poteva proprio telefonare al 911. Chi diavolo poteva chiamare? Il capo le aveva detto di non fidarsi di nessuno. Non che ci fosse alcun segnale sulla montagna, pensò guardando lo schermo. Doveva andare a casa di Gosnell e usare la sua rete fissa.

Afferrò di nuovo la mano di Rena. «Per favore» disse. «Dobbiamo uscire di qui.»

«Sei stata tu?» chiese Rena.

Josie abbassò lo sguardo, vedendo esattamente quello che aveva fatto come fosse la prima volta. Attraverso gli occhi di qualcun altro. Gli occhi di Gosnell erano un disastro, carnosi e sfondati, il sangue gli rigava il viso. La parte anteriore dei suoi jeans era stata fatta a pezzi, il sangue stagnava attorno. I bordi frastagliati dell'osso sporgevano dal ginocchio sinistro, lo spazio dove avrebbe dovuto essere il ginocchio destro. Schegge ossee, tessuti, tendini e sangue tutt'intorno a lui. Colpi a distanza ravvicinata e danni devastanti.

«Sì» disse. «Sono stata io.»

Osservò Rena sputare sul corpo di Gosnell. Poi la ragazza disse, «Andiamo.»

Josie annuì, mettendo in tasca il cellulare del capo e tirando Rena verso la porta, fermandosi solo per afferrare in un angolo la pistola del capo. La infilò nella cintura dei jeans e spinse la porta distrutta da parte. La luce del giorno fluttuò intorno a loro, quasi accecandole. Rena si portò di nuovo un braccio sugli occhi e Josie guardò giù ai suoi piedi. «Non hai scarpe.» le disse.

«Non ha importanza.»

Josie intrecciò le dita con quelle di Rena e insieme si avviarono nella luce.

SESSANTATRÉ

La casa dei Gosnell era piccola e scarsamente arredata. La porta sul retro conduceva in una cucina che sembrava non essere stata rimodernata dagli anni Settanta. Josie lasciò Rena seduta davanti a un bicchiere d'acqua al tavolo di formica ingiallita che occupava gran parte della stanza. Il resto della casa era vuoto. Tirò un sospiro di sollievo. Erano al sicuro per il momento, ma era solo questione di tempo prima che arrivasse qualcuno. Non potevano restare a lungo.

Dalla finestra del soggiorno era visibile la Jeep del capo. Non gli aveva trovato nessuna chiave in tasca, il che significava che probabilmente l'aveva lasciata nel veicolo. Poteva sempre caricare Rena sulla Jeep e partire con lei. Ma aveva bisogno di preservare la scena. Proteggerla. L'ultima cosa di cui aveva bisogno era che uno dei clienti malati di Gosnell arrivasse e distruggesse le prove.

Il capo aveva detto di chiamare l'FBI, ma lei non conosceva nessuno all'FBI. Luke avrebbe saputo chi chiamare, ma non poteva aiutarla in quel momento; per lo meno, sperava che fosse ancora vivo. Probabilmente Denise Poole conosceva qualcuno, ma era possibile che fosse in custodia ormai. Quindi, rimaneva una sola persona - l'unica persona che aveva le capacità di aiutare Josie a proteggere e preservare la scena, anche se chiamarla andava contro ogni fibra dell'essere di Josie.

Tornò in cucina e trovò il telefono fisso. Ci vollero tre tentativi per trovare il numero giusto - stava andando a memoria. Finalmente, la sua chiamata ebbe risposta.

«Pronto.» disse la donna dall'altra parte.

«Trinity?» chiese Josie. «Ho bisogno del tuo aiuto.»

«Chi è?»

«Sono Josie Quinn.»

Ci fu un brusco respiro affannoso. «Dove *diavolo* sei? Nessuno ti ha vista per due giorni. O ha visto Ray. E qualcuno alla stazione di polizia ha detto che il capo è sparito e nessuno riesce a trovarlo.»

Due giorni. Era stata in quella cella con Ray per due giorni. Si chiese se Luke fosse ancora vivo. Non riusciva a sopportare di chiedere. Non poteva perdere anche lui. Non sarebbe mai sopravvissuta. Chiuse gli occhi. «Ti dirò dove sono - dove siamo tutti - ma ho bisogno del tuo aiuto. Conosci qualcuno all'FBI?»

«Certo. C'è un agente nell'ufficio di Philadelphia, siamo amici. Io... aspetta. Che diavolo sta succedendo?»

«Ho bisogno che tu lo chiami. Non appena riattacchiamo. Inoltre, ho bisogno che tu contatti Noah Fraley.»

«È stato appena dimesso dall'ospedale.» disse Trinity.

«Grande. Prendilo e portalo con te.»

«Portarlo dove?» chiese Trinity.

«Te lo dirò» disse Josie. «Ma devi fare esattamente come ti dico. Nessuna eccezione, nessuna deviazione.»

Josie immaginò una delle sopracciglia perfettamente curate di Trinity inarcarsi.

«Che vantaggio ne ricavo?»

«La storia della tua vita.»

SESSANTAQUATTRO

Avevano ancora poche ore di luce, secondo i calcoli di Josie. Era preoccupata per quello che sarebbe successo quando si sarebbe fatto buio. Non voleva stare a casa di Gosnell al buio, ma accendere le luci prima dell'arrivo dei soccorsi sarebbe stato rischioso. Se qualcuno dei soci di Gosnell si fosse presentato, Josie sarebbe stata costretta a difendere lei e Rena.

«Quanto ci vorrà prima che arrivino qui?» chiese Rena, tremante, dal tavolo della cucina. Aveva piegato le ginocchia contro il petto, le dita dei piedi rannicchiate oltre il bordo della sedia. Continuava a tirare gli angoli della coperta sempre più stretta intorno a lei. Non faceva freddo in casa, ma Josie sapeva che era sotto shock.

Josie era sulla soglia. Aveva aperto le tende del soggiorno in modo che da dove si trovava avesse una visuale parziale del vialetto. «Potrebbero volerci alcune ore.» disse onestamente.

Rena aggrottò la fronte. «Non capisco. Se sei il capo della polizia, perché dobbiamo aspettare ore prima che arrivino i soccorsi? Perché hai chiesto dell'FBI?»

Josie chinò la testa. «È una lunga storia» disse. «Che sarò

felice di raccontarti mentre aspettiamo. Ma prima devo sapere, da quanto tempo eri in quel bunker?»

Il corpo di Rena iniziò a oscillare lentamente avanti e indietro. «Non ne ho idea. Che giorno è?»

«Il ventitré marzo.»

Una delle mani di Rena sgusciò fuori da sotto la coperta e si coprì gli occhi. «Oh mio...» gemette.

«Quando - qual è l'ultimo giorno che ricordi?» Josie chiese dolcemente.

«Ottobre. Era il cinque ottobre. Ero in ospedale. Oh, mio Dio. Non posso... non posso crederci. Sapevo che ero qui da molto. Sembrava da sempre, ma le droghe... È tutto sfocato. Io non... io non...»

L'isteria fece alzare la sua voce di due ottave. Josie attraversò la stanza, tirò fuori una sedia e si sedette accanto a Rena. «Ehi» disse dolcemente. «Adesso sei al sicuro. Rena, andrà tutto bene. Perché eri all'ospedale a ottobre?»

Rena non parlò per un lungo momento. Quando alzò lo sguardo su Josie, le lacrime rigavano il suo viso magro. «P-p-per la riabilitazione. Io... io sono una tossica, va bene?» Allungò un braccio e, per la prima volta, Josie si accorse dei segni che scavavano la carne morbida nella curva del suo gomito. «Era la mia terza volta. Mi ero registrata per entrare nel programma ed ero andata lì. Dopo due settimane la mia assicurazione ha smesso di pagare, quindi me ne sono andata. Stavo cercando la mia macchina nel garage e una signora è venuta a piedi verso di me. Mi ha chiesto se avevo bisogno di aiuto; ho detto di sì, che stavo cercando la mia auto. E questa è l'ultima cosa che ricordo.»

Quindi, simile alla storia di Ginger.

«Mi dispiace» disse Josie. «Mi dispiace tanto. Ti ricordi qualcosa della donna?»

«Era vestita con un camice, come un'infermiera. Più vecchia, tipo, forse intorno ai sessant'anni. Ha detto che si chiamava Ramona.»

Quindi, Sherri Gosnell l'aveva adescata.

«Quale ospedale?» chiese Josie.

Rena glielo disse, ma Josie non riconobbe il nome. «È in una piccola città fuori Pittsburgh.» aggiunse Rena. Poi i suoi occhi si spalancarono. Si guardò attorno freneticamente. «Oh, mio Dio, dove sono? Dove diavolo sono? Siamo ancora in Pennsylvania?»

«Sì» disse Josie. «Sei ancora in Pennsylvania. Ma sei a circa ottanta chilometri da casa.»

«Dio mio.»

«Mi dispiace tanto, Rena.» disse Josie. Si alzò per controllare le finestre del soggiorno. Ancora niente. Il sollievo lottava con la sua ansia. Trinity e Noah sembravano non arrivare abbastanza velocemente.

Dietro di lei, Rena disse: «Ora adesso parla tu. Dimmi dove sono e come mi hai trovata.»

SESSANTACINQUE

La luce del giorno stava svanendo quando Josie e Rena sentirono i primi scricchiolii di pneumatici sulla ghiaia all'esterno. Avevano bevuto ogni bottiglia d'acqua trovata nel frigorifero e fatto razzia negli armadietti di Gosnell, trovando alcune patatine e cracker da sgranocchiare. Josie poteva dire, dal modo in cui Rena sceglieva le patatine, che aveva ancora meno appetito di lei; ma entrambi i loro stomaci brontolavano per la fame e Josie la esortò a mangiare, se non altro per passare il tempo. «Non so quando avremo la possibilità di procurarci del cibo vero. Una volta arrivata l'FBI, le cose si muoveranno piuttosto velocemente.» le disse Josie. Mangiarono quello che potevano. La gola di Josie era secca e graffiata per quanto aveva parlato, ma mangiare l'aiutava a tenere lontana l'ansia, le impediva di pensare a Ray e al capo che giacevano morti, freddi e soli nel bunker.

Entrambe balzarono in piedi quando sentirono le macchine. Più di una, realizzò Josie mentre sfrecciava in soggiorno. Osservò la prima svoltare l'ultima curva del vialetto dei Gosnell e diventare visibile. Tutto il suo corpo si rilassò dal sollievo mentre l'Honda Civic di Trinity Payne si accostava alla Jeep del capo. Dietro c'erano due Chevy Suburban nere e un furgone bianco squadrato con il logo dell'FBI e con dipinto sulla fiancata le parole Squadra di Pronto Intervento per la Raccolta delle Prove sul Campo di Philadelphia.

«Sono qui» gridò Josie a Rena, perdendo ogni traccia di calma nella voce «Sono qui!»

Rena si appoggiò allo schienale della sedia in cucina. «Torno subito.» le disse Josie.

Josie non avrebbe mai pensato di provare tanta gioia nel vedere Trinity Payne, ma faticò a non cadere tra le sue braccia mentre la donna usciva dalla Honda. Si fermò a qualche metro di distanza da Trinity, cercando di sorridere, ma già sentendo la sua compostezza incrinarsi. Le sue spalle tremarono mentre tutt'intorno a loro gli agenti dell'FBI cominciarono a scendere dai loro veicoli e a correre ovunque.

«Grazie.» disse Josie a Trinity.

Per una volta il volto di Trinity era privo del suo solito sguardo affilato. «Non hai un bell'aspetto.» rispose.

La portiera lato passeggero della Honda si aprì e ne uscì Noah. La sua spalla destra era pesantemente fasciata e il braccio era infilato in una fascia legata al collo. Sembrava pallido ed esausto, le borse pesanti sotto gli occhi. «Detective Quinn.» disse.

«Noah» disse Josie con voce strozzata. Si asciugò le lacrime con il dorso delle mani. «Mi dispiace di averti sparato.»

Riuscì a fare un debole sorriso. «Tutto perdonato.» rispose Noah.

Un alto agente con un completo grigio antracite si avvicinò a Josie. Poteva tranquillamente essere alto quasi un metro e ottanta ed era magro come un palo. Aveva quasi sessant'anni, i capelli corti di un grigio smorto. Trinity guardò da lui a Josie e disse: «Questo è l'agente speciale Marcus Holcomb. Seguirà questa indagine.»

Josie gli strinse la mano. «Lasci che le mostri cosa abbiamo.»

SESSANTASEI

Josie trascorse due ore sulla scena con Holcomb, guidando la sua squadra al bunker e fornendogli la sua versione dei fatti. Quando cominciò a sentirsi sempre più esausta, Holcomb le suggerì di farsi accompagnare dalla sua squadra in ospedale per essere controllata e poi in albergo per lavarsi, mangiare qualcosa e riposarsi un po'. Le assegnò un agente donna. Josie fu grata per la compagnia. L'ultima cosa che voleva era restare sola.

Una volta in albergo pensò che non sarebbe riuscita a dormire, ma, dopo una doccia e due antidolorifici, cadde in un sonno senza sogni. La lasciarono dormire fino al mattino presto, ma poi arrivò il momento di tornare al lavoro. L'FBI aveva bisogno di sapere tutti i dettagli che lei poteva fornire. Nella camera d'albergo l'agente donna organizzò un'area improvvisata per il colloquio, registrando la lunga dichiarazione di Josie, mentre Holcomb rimaneva dai Gosnell per supervisionare le operazioni.

A Josie fu detto che Rena Garry era stata trasferita sotto scorta al Centro medico di Geisinger. A Josie fu permesso di contattare Carrieann per farle sapere che era al sicuro e per organizzare la presa in custodia di June e Lara Spencer da parte dell'FBI. Non c'erano stati cambiamenti nelle condizioni di salute di Luke. Josie ne fu sollevata, ma delusa. Aveva bisogno di Luke adesso, più che mai.

A Noah e Trinity fu data la possibilità di fare visita a Josie in albergo. Fu Noah a dirle che non avevano ancora trovato Isabelle Coleman. «Ci sono delle tombe lassù» disse. «Alcune relativamente nuove, ma nessuna abbastanza recente per essere della Coleman.»

Josie rabbrividì. «Gosnell e suo padre sono stati qui per decenni. Noah, potrebbero esserci un centinaio di corpi lassù.»

Noah si sedette accanto a lei ai piedi del letto. «Lo so» le disse. «Senti, non ho avuto la possibilità di dirtelo prima, ma mi dispiace per Ray.»

Josie fissò i fili del tappeto sotto le sue scarpe da ginnastica. Riusciva a vedere i fili marroni, malva e di più sfumature di rosa. «Ray lo sapeva» sussurrò Josie. «Sapeva che stavano facendo qualcosa di male lassù e non ha cercato di fermarli.»

«Ma era sempre tuo marito.» le disse Noah.

Tutto quello che riuscì a fare fu un rigido cenno del capo.

«Josie» disse. «Ci sono un paio di cose. Gosnell aveva dei video...»

«Lo so» disse. «Me l'ha detto.»

Alzò lo sguardo in tempo per vedere la smorfia di Noah. «Holcomb vuole che li rivediamo con lui. Dobbiamo identificare tutti i possibili uomini presenti. Se questa cosa è ampia tanto quanto pensi, sarà un'operazione delicata rastrellare tutti questi stronzi senza destare sospetti.»

«Trinity ha pubblicato la storia che ho suggerito?»

«Sì. Si è dovuta mettere d'accordo il suo produttore e la stazione televisiva, ma Holcomb ha risolto il tutto abbastanza rapidamente.»

Josie sorrise. «Chissà cosa le ha promesso. Trinity non fa niente per niente.»

Noah scrollò le spalle. «Non è poi così male.»

La storia che Josie aveva suggerito era che sia Gosnell che il capo Harris erano vivi e vegeti e assistevano l'FBI in un'indagine su un deposito di droghe illegali trovato nella proprietà di Gosnell, compreso un laboratorio di metanfetamine che era stato approntato sul retro della vecchia casa all'estremità della proprietà. Josie aveva suggerito di filmare l'FBI che perquisiva la vecchia casa dei suoi bisnonni. Era abbastanza lontana dal bunker da poter evitare il panico ai clienti di Gosnell. La falsa storia avrebbe evitato a questi di entrare nella proprietà, ma avrebbe anche evitato che si dessero alla fuga. Tuttavia, Josie sapeva che ci sarebbero stati molti uomini nervosi a Denton e nelle contee circostanti. Sulla base di quello che le aveva detto Ray, sapevano senza bisogno di guardare nessun nastro che Dusty era coinvolto.

«Holcomb ha preso Dusty?» gli chiese.

«Sta collaborando pienamente» disse Noah. «Penso che stia cercando di ottenere una specie di accordo. Holcomb ha detto appena due parole e Dusty ha cominciato a scodinzolare, rotolandosi come una dannata cagna in calore, pronto a parlare di tutto.»

La repulsione percorse il corpo di Josie. «Che essere schifoso.»

«Sì. Non mi è mai piaciuto quel tipo.»

«Non credo che sia mai piaciuto nemmeno a sua madre.»

Noah rise. Il suono le sembrò alieno dopo i giorni che aveva passato, eppure era bello sentirlo. Noah le diede un colpetto alla gamba con la sua. «Dusty ha già identificato tutti i responsabili della polizia di Denton. Holcomb li ha fatti arrestare tutti questa mattina. Sei ufficialmente capo ad interim ora. Sei comunque superiore a tutti di grado ormai, anche senza che Grizz ti promuovesse. Tutti gli altri stanno lavorando come se fosse tutto nella normalità. Siamo un po' a corto di personale, ma stiamo gestendo le cose. Ho delle squadre che cercano di localizzare Isabelle Coleman in giro.»

«Va bene» disse. «Ehi, hai parlato con Holcomb riguardo al fatto di farmi andare a trovare mia nonna?»

«Può darti un'ora, tutto qui. Vuole vedere questi nastri immediatamente. Fatto ciò, ci potrai tornare e passare più tempo con lei.»

«Un'ora? Sta scherzando?»

«No. Posso portarti io a Rockview; è sulla strada per l'ufficio.»

«La mamma di Ray? La moglie del capo? Lo sanno?»

Il mento di Noah ricadde sul petto. «So che volevi dirglielo tu, ma non si poteva aspettare. Continuavano a chiamare. Sapevano che c'era qualcosa che non andava.»

Josie strinse gli occhi «Non Holcomb. Ti prego, Dio, dimmi che non hai lasciato che glielo dicesse Holcomb.»

Aprì gli occhi e Noah incontrò il suo sguardo. «No» disse. «Gliel'ho detto io».

«Grazie.»

«Sei pronta per rimetterti al lavoro?»

Josie fece un respiro profondo, preparandosi a ciò che stava per accadere. Rivivere il suo calvario per il bene di Lisette, darle la notizia della morte di Ray, guardare i video e trovare Isabelle Coleman. «Sì.» disse.

SESSANTASETTE

«Hai detto che hanno trovato dei corpi lassù sulla montagna.» disse Lisette. Fissò Josie dalla poltrona reclinabile nella stanza, gli occhi spalancati come Josie non li aveva mai visti. Agitò una delle mani appallottolando un fazzoletto.

«Sì» disse Josie. «Noah ha detto che hanno trovato delle tombe, ma nessuna abbastanza fresca per essere quella di Isabelle Coleman. Nonna, mi hai sentito? Gosnell ha ucciso Ray.»

Lisette annuì e premette il fazzoletto all'angolo di ciascun occhio. Forse aveva problemi a elaborare la notizia. Forse era troppo, troppo grande per assorbirla tutta in una volta. La vita senza Ray era impensabile. Josie si rese conto che aveva ancora bisogno di lui. Forse non quotidianamente, ma Ray aveva portato il peso del suo passato, dei suoi demoni. Solo Ray sapeva tutto; era stato lì per la maggior parte del tempo e senza di lui avrebbe dovuto portare quel fardello da sola. L'unico modo per Josie di riuscire ad andare avanti era concentrarsi su ciò che doveva essere fatto, passo dopo passo. Parlare con Lisette, poi incontrarsi con Holcomb. Per fortuna la sua lista era infinita e lei era grata per questo.

«Verrò con te al funerale» disse Lisette. Allungò una mano fino a dove Josie sedeva sul bordo del letto e Josie l'afferrò. «Mi dispiace tanto, Josie.»

Josie deglutì il groppo in gola. «Grazie.»

Era gentile, ma Lisette sembrava molto più arrabbiata per quello che Nick Gosnell aveva fatto nella sua proprietà nel corso degli anni piuttosto che per l'omicidio di Ray. La nonna lasciò andare la mano di Josie e si accomodò di nuovo sulla poltrona. Secondo dopo secondo, i suoi occhi assunsero mille sfumature diverse. Josie ebbe la sensazione che la sua mente fosse completamente altrove.

«Nonna» disse dolcemente Josie. «Devo andare via presto. Mi hanno dato solo un'ora. Devo andare... andare a guardare i video. Identificare tutti i clienti di Gosnell. Starai bene finché non potrò tornare?»

«Sherri deve essere stata abusata terribilmente.» disse Lisette come se non avesse sentito Josie.

Josie sospirò. Forse i Gosnell erano un territorio emotivo più sicuro di Ray in questo momento. Diede un'occhiata all'orologio accanto al letto di Lisette. Le restavano quindici minuti. «Sì» rispose Josie. «Sulla strada per venire qui, Noah mi ha detto di aver parlato con il medico legale di Sherri. Ha detto che l'autopsia di Sherri ha mostrato molte vecchie fratture. Costole, braccia, gambe, anche una frattura del cranio. Tipico di una vittima di violenza domestica.»

«È così triste» disse Lisette. «Non ha mai detto una parola.»

«Deve essere stato piuttosto difficile per lei socializzare» disse Josie. «Visto com'era la sua vita a casa.»

«Non ha mai detto una parola» ripeté Lisette. «Faceva solo il suo lavoro. Non era scortese, solo... stava solo... lì.»

Josie cercò di immaginare com'era stata la vita familiare di Sherri. Sotto molti aspetti, ricordava a Josie June Spencer nel suo stato catatonico. Aveva semplicemente attraversato i momenti della vita. Ma supponeva che per Sherri, vivendo con un mostro come Nick Gosnell, la vita fosse stata tutta una questione di sopravvivenza. Solo superare ogni giorno viva o senza essere picchiata le doveva essere sembrata una vittoria. Josie si chiese se avesse mai tratto vera gioia dalla vita. Era combattuta tra il provare simpatia per Sherri e il sentirsi infuriata dal fatto che la donna aveva partecipato così attivamente ai traffici malvagi del marito. Si chiese quanto fosse colpevole Sherri. Non si poteva negare che Nick avesse abusato di lei, ma ciò che si era spinta a fare per aiutare il marito era semplicemente incomprensibile.

La voce di Lisette assunse un'improvvisa feroce intensità. «Quel figlio di puttana di Alton Gosnell. Guarda cosa ha creato. Sai che non hanno mai trovato sua moglie? Ha sempre detto che era scappata, ma immagino che ora sappiamo cosa le sia realmente successo.»

«La troveranno sulla montagna, ne sono certa.» disse piano Josie, non volendo turbare ulteriormente sua nonna condividendo le cose che Nick le aveva detto della madre di Nick.

Sentì quello che sembrava un singhiozzo e aggiunse rapidamente: «Verrò per interrogarlo, nonna. Non appena avremo finito con questi video. Nick lo ha implicato e io non gli permetterò di passarla liscia.»

Josie sentì tirare su col naso. Poi Lisette disse: «Bene. Sono contenta. Lui non dovrebbe farla franca.» Abbassò la voce. «Lui è molto malato però. Una specie di infezione, hanno detto.»

«Questo non mi riguarda» disse freddamente Josie.

Ci fu silenzio. Poi, «Questa è la mia ragazza.»

SESSANTOTTO

Josie non sopportava l'agente speciale Holcomb. Era stata sollevata nel vederlo nella proprietà di Gosnell ed era felice per la presenza dell'FBI, ma il carattere di Holcomb lasciava molto a desiderare. Era vivace quasi quanto i suoi capelli corti e scialbi. Forse aveva visto troppo nella sua lunga carriera, specialmente lavorando per la Divisione per i Diritti Civili dell'FBI che indaga sulla corruzione nella polizia e sulla tratta degli esseri umani, ma a lei non sembrava abbastanza arrabbiato o appassionato.

«Forse è quello di cui abbiamo bisogno. Qualcuno che sia clinico. Distaccato.» aveva cercato di persuaderla Noah dopo una giornata trascorsa in compagnia di Holcomb, loro tre a setacciare i video del bunker di Gosnell, cercando di identificare tutti gli uomini che vi apparivano. Avrebbero identificato prima gli uomini, in modo da poterli arrestare al più presto. Poi, più tardi, la squadra dell'FBI avrebbe lavorato per identificare tutte le donne per abbinarle ai resti che erano già stati recuperati. C'erano quasi due decenni di video e avevano visionato solo cinque anni circa in quel primo giorno. Holcomb scorreva velocemente i video. Per il momento a lui interessava solo scattare foto dei volti degli uomini. Più tardi, per amore dell'accusa, qualcuno avrebbe fatto esaminare a fondo ogni singolo video. Fermava il video ogni pochi secondi, chiedendo a Josie o Noah se potevano dare un nome alla faccia, e diventava impaziente quando esitavano.

Anche durante l'avanzamento rapido, i video erano orribili. Sia Josie che Noah dovettero fare diverse pause, uscendo fuori all'aria fresca, lasciando che la pioggia lavasse via l'orrore anche se solo per pochi secondi. Holcomb si era alzato solo due volte. Una volta per mangiare e una volta per prendere una tazza di caffè - solo per sé, niente per loro. Poi aveva registrato, senza dire una parola, ogni nome che gli avevano dato su un taccuino con la stessa espressione che Josie immaginava avesse quando faceva la lista della spesa. La irritava.

Alla fine del terzo giorno avevano una solida lista su cui lavorare e Holcomb li lasciò per mettere insieme mandati e squadre per farli eseguire. «Dovete finire tutto questo in fretta» disse loro. «Vorremmo arrestarli tutti in un breve lasso di tempo. Non vogliamo che si avvisino a vicenda. Voglio tutti questi stronzi fino all'ultimo.»

Era la prima cosa detta da Holcomb su cui Josie fu d'accordo.

Nel momento in cui se ne andò, Josie si rivolse a Noah. «Quante persone stanno cercando Isabelle Coleman in questo momento?»

«Ho una dozzina di persone fuori in questo momento.»

«Allora andiamo a parlare con Alton Gosnell.»

Noah si accigliò e guardò l'orologio. Era uno dei pochi uomini che Josie conoscesse che portava ancora un orologio invece di fare affidamento sul telefono. «Proprio adesso? Non vuoi riposarti? Sono stati tre lunghi giorni.»

«No. Non voglio riposare. Andiamo.»

SESSANTANOVE

Alton Gosnell era così malato che il personale infermieristico non voleva lasciare in alcun modo che Josie si avvicinasse a lui. Lei non si scoraggiò. «Non mi interessa se è nel bel mezzo di un dannato trapianto di cuore. Io voglio parlare con lui,» disse alla direttrice delle infermiere di Rockview.

«Miss Quinn...»

Noah, che stava dietro a Josie, disse: «È Capo Quinn, capo della polizia.»

La direttrice si costrinse a sorridere stancamente. «Capo Quinn, Mr. Gosnell ha la febbre molto alta. Il suo battito cardiaco è aumentato e la pressione del sangue è calata. Come probabilmente saprà, ha una stomia e parla usando una laringe artificiale. Nelle sue condizioni, qualsiasi tipo di... intervista sarebbe estremamente stressante. Semplicemente non posso permetterlo.»

Josie si mise una mano sul fianco. «Mi assicurerò di trasmettere le sue raccomandazioni alle famiglie delle donne che ha violentato e ucciso. Non è un'intervista. È un interrogatorio. Se sta per morire, allora è particolarmente urgente che io parli con lui. C'è ancora una ragazza scomparsa in questa città e io sia dannata se non la trovo.»

«Non può semplicemente entrare qui e fare richieste. Può anche essere il capo della polizia, ma semplicemente non può fare quello che vuole.»

La voce di Josie era bassa e tesa, come un filo sul punto di spezzarsi. «Ne ho decisamente abbastanza delle persone che si mettono sulla mia strada. Quest'uomo ha lasciato una fossa comune nella sua proprietà. Lo capisce? Stanno portando alla luce i corpi di giovani donne - dieci finora – e ne stanno continuando a trovare. Il radar che penetra nel terreno mostra che potrebbero esserci ben altri sessanta corpi sepolti lassù. Mr. Gosnell può parlare usando la laringe artificiale, ma può ancora parlare. Quelle donne non hanno più quel lusso. Sono io la loro voce ora e ho un sacco di domande del cazzo. Ora può togliersi di mezzo o posso farla arrestare e accusare di intralcio alla giustizia».

«Non può...»

«Posso e lo farò. Non mi metta alla prova. Forse non reggerà in tribunale, ma non è proprio un mio problema ora, vero? Sarebbe un problema del suo avvocato.»

Josie indicò il corridoio dietro la donna e la fissò, sfidandola a mantenere la posizione. Dopo un lungo, teso momento, la direttrice si fece da parte, senza dire una parola. Alle spalle di Josie, disse: «È nella stanza...».

«So dov'è.» scattò Josie senza voltarsi indietro verso la donna.

Alton Gosnell era appoggiato al letto, con indosso la maglia blu sbiadita del pigiama. Le poche ciocche di capelli bianchi rimaste erano ritte sulla sua testa. La sua pelle era arrossata. Quando respirava, la sua stomia fischiava. Il suono del fluido nei suoi polmoni suonava come una caffettiera. La stanza puzzava di urina stantia e sudore. I suoi occhi scuri seguirono Josie e Noah quando entrarono nella stanza. Noah si fermò da un lato del letto, Josie dall'altro. Noah, come stabilito dalla legge, disse i loro nomi e lesse i suoi diritti ad Alton. Quando chiese se capiva i diritti così come gli erano stati letti, la mano destra di Alton si sollevò e premette la laringe artificiale sulla gola. «Volete arrestarmi?» chiese la voce robotica.

«Siamo qui solo per parlare, Mr. Gosnell» disse Noah. Agitò una copia dei diritti nell'aria. «Devo solo leggere questo prima di parlare alla gente dei reati di cui sono accusati.»

Alton annuì. Avevano concordato in anticipo che Noah avrebbe condotto la maggior parte dell'interrogatorio, dal momento che un misogino come Alton sarebbe stato più propenso a parlare con un uomo che con una donna. Quello, oltre al fatto che Josie non era abbastanza sicura di potersi mantenere professionale.

«Mr. Gosnell, mi dispiace per la morte di suo figlio.» iniziò Noah. Nessuno dei due era dispiaciuto, ma erano d'accordo che potesse essere un punto di partenza.

Alton scrollò le spalle. «Era debole. Stupido.»

Noah e Josie si scambiarono uno sguardo. Noah ci si tuffò. «Stupido? Sembra che stesse gestendo un'attività di successo lassù sulla vostra proprietà. Da quello che possiamo capire, lo faceva da decenni.»

La mano nodosa si premette la laringe nella gola. «L'avete catturato però, vero?» Alton guardò Josie. Lei si rifiutò di sentirsi a disagio sotto il suo sguardo malizioso, quasi identico a quello del figlio. Era vecchio e infermo. Non poteva nemmeno camminare. Poteva sbirciare tutto quello che voleva, ma non poteva farle del male. «A me, non mi hanno mai preso.»

«Suo figlio l'ha implicato nei suoi crimini.» disse Josie.

L'uomo fece una risata silenziosa. Quindi premette di nuovo il dispositivo contro la sua gola. «Non potete arrestarmi ora. Sono troppo vecchio, troppo malato.»

A Josie non sarebbe importato se il tipo si fosse sgretolato mentre gli mettevano le manette addosso, era finita. Aprì la bocca per dire qualcosa, ma Noah intervenne. «Qual era la differenza? Tra lei e Nick. Perché lei non è mai stato catturato?»

Gli occhi di Gosnell tornarono verso Noah. «Non ho mai portato nessun altro lassù. Ero solo io. Non le ho vendute e sicuro come la merda non le ho lasciate in giro. Quando finivo con loro, le facevo fuori.»

«Le faceva fuori?» chiese Noah.

Alton non disse nulla. Noah provò una strada diversa. «Cosa ne faceva dopo averle fatte fuori?»

«C'era un sacco di terra lassù» disse Alton. «Soprattutto dopo che avevo comprato la proprietà dietro la nostra.»

«Dove catturava le ragazze? Perché la gente non se ne accorgeva?»

Alton scosse la testa. «Non ne ho mai presa una due volte nello stesso posto. Guidavo il più lontano possibile, ne sceglievo una che pensavo non sarebbe mancata a nessuno, aspettavo che non ci fosse nessuno in giro e la prendevo. Allora non c'erano telefoni cellulari e maledette macchine fotografiche ovunque. Era più facile a quel tempo, e di sicuro non ne ho mai prese tante come il mio ragazzo.»

«Quante crede che ce ne siano là fuori?» chiese Noah.

«Non lo so. Non le ho mai contate.»

«Ricorda la prima volta che, uh, ne ha fatta fuori una?» chiese Noah.

Alton guardava dritto davanti a sé. Se il suo respiro non fosse stato così affannoso, Josie avrebbe potuto pensare che fosse morto. Noah disse: «Mr. Gosnell?»

Forse stava ricordando. I suoi occhi divennero vitrei e uno sguardo che poteva essere definito solo come euforico si fece strada sul suo viso cremisi. Josie si sentì male. Era, si rese conto, un vero serial killer. Aveva operato per decenni senza controllo, senza vincoli, con abbastanza terra privata per nascondere i suoi crimini per tutto quel tempo. Non solo era assolutamente privo di rimorsi, ma aveva goduto dei suoi crimini. Josie sapeva, in base alle leggende cittadine sulla famiglia Gosnell, che la moglie di Alton era scappata quando il figlio aveva solo nove anni, il che significava che Nick era stato cresciuto quasi esclusivamente dal padre, che lo aveva plasmato a sua immagine e somiglianza. Due generazioni di serial killer. Tale padre, tale figlio.

La voce di Lisette, feroce e tremula, risuonò dalla porta. «Di loro la verità, Alton.»

Sorpresi, Noah e Josie la guardarono. Appoggiata al suo deambulatore, la sua minuscola figura sembrava riempire l'intera porta. I suoi occhi erano in fiamme ed erano puntati su Alton Gosnell con un'intensità selvaggia. Josie non aveva mai visto quello sguardo sul viso di sua nonna. La sua dolce e amorevole nonna.

«Nonna?»

Lisette spinse il suo deambulatore nella stanza, brandendolo come un'arma. Andò a sbattere contro il letto di Gosnell, scuotendolo. Le fantasticherie euforiche di Gosnell lasciarono il posto al fastidio. Le lanciò uno sguardo duro. Premendo di nuovo la sua laringe artificiale sulla gola, disse: «Zitta, Lisette.»

Lei gli puntò un dito contro. Tutto il suo corpo tremava di rabbia. «Pensi che non sappia cosa hai fatto? L'avevo capito. Lo sapevo che eri stato tu. So cosa hai fatto alla mia... alla mia... Ramona. Ora racconta la verità, brutto bastardo.»

Al nome Ramona, Josie sentì tutto il colore scomparire dal suo viso. «Nonna?» chiese di nuovo, la sua voce si indebolì mentre guardava la donna che a malapena riconosceva. Questa donna non era sua nonna. Questa era una donna diversa. Una donna con l'odio negli occhi e la vendetta che le scuoteva il corpo. L'unica cosa che sembrava impedirle di stringere le dita attorno alla gola di Gosnell era il suo deambulatore.

Gosnell rise di nuovo silenziosamente. Poi guardò Lisette e premette il dispositivo alla gola. «Era perfetta. Hai fatto un buon lavoro partorendola, Lisette. Ho odiato farla fuori. Vorrei averla tenuta per sempre.»

Le lacrime rigavano le guance di Lisette, ma lei si rifiutò di ammettere la loro presenza, lasciandole cadere sulla sua camicia. Non disse niente.

«Pensi che non lo sapessi?» le chiese lui.

Lisette rimase ancora in silenzio.

«È stato quel ragazzo dell'esercito, vero? Quello che ha vissuto con la tua famiglia un'estate? Ti ho vista nel bosco con lui una volta. Te l'ha dato per bene, non è vero?»

Lisette rimase senza fiato. Noah rimase completamente silenzioso e immobile, lasciando che l'intera vicenda si svolgesse da sola. La voce di Josie era poco più di un sussurro. «Nonna, di cosa sta parlando?»

Lisette tenne gli occhi su Gosnell. «Ero una ragazzina» disse. «Solo tredici anni. I miei genitori affittavano una stanza della nostra casa per guadagnare un po' di soldi. Un'estate venne un soldato in viaggio da un posto all'altro. Si fermò per qualche mese. Non era molto più grande di me. Pensavo di amarlo. Dopo che se ne fu andato mi accorsi di essere incinta.»

«Che cosa? Papà era il tuo unico figlio.»

«Lo era, per quello che si sapeva. Mia madre disse a tutti che era incinta. Non appena si iniziò a vedere, mi tennero chiusa in casa. Dissero a tutti che ero malata. Partorii in casa una bellissima neonata. Mia madre la fece passare per sua. Mia sorella. La piccola Ramona.»

Gosnell mormorò le sue parole. *La piccola Ramona.*

La voce di Josie tremò. «Quanti anni è... è vissuta?»

«Aveva otto anni. Stavo stendendo il bucato sul lato della casa e lei stava giocando lì in cortile. Correva intorno, a caccia di farfalle. Poi scomparve. Proprio così» fissò Gosnell. «La prese lui.»

«Gli animali selvatici l'hanno mangiata.» disse Gosnell.

«L'unico animale che l'ha presa sei stato tu.» ribatté Lisette.

Altre risate silenziose gli scossero il corpo.

Lisette disse: «La cercai nei boschi. Mio padre cercò con

me. Per giorni. Anche la polizia ci aiutò. Poi, dopo circa una settimana, trovammo i suoi vestiti nel bosco. Strappati. La polizia disse che doveva essere stata attaccata da un orso o da coyote. Che probabilmente l'aveva trascinata via. Cercarono il suo corpo per alcune settimane, ma senza risultato. Seppellimmo una bara vuota.» La sua voce era soffocata nella gola. In un sussurro aggiunse: «Una piccola bara vuota.» Impiegò un momento per asciugarsi il viso rigato di lacrime con la parte posteriore di una delle maniche. «Mia madre fu felice di nascondere la polvere sotto il tappeto. Io non ho mai creduto che l'avesse presa un animale selvatico, ma cos'altro le sarebbe potuto succedere? Allora non c'era la lista Megan per le persone scomparse e tutte quelle cose. La gente non parlava di crimini sessuali o pedofili. Solo nel mio cuore sapevo che le era successo qualcosa di brutto e che non era stato un animale a farlo. Avevo vissuto in quei boschi per tutta la vita e non avevo mai visto un coyote. Quando mi hai detto di Nick e delle donne, ho capito. Sapevo che tipo d'uomo fosse Alton... tu non hai mai sentito le cose che diceva alle donne qui. Non è un caso che la mela non sia caduta lontana dall'albero.»

Tale padre, tale figlio.

La pelle d'oca corse lungo le braccia di Josie.

Lisette urtò di nuovo il letto con il suo deambulatore. «Che cosa le hai fatto, figlio di puttana?»

Gosnell distolse lo sguardo da lei. Il suo sorrisetto scomparve. Aveva un'espressione quasi addolorata sul volto. «È stata la mia prima» disse. «Io volevo tenerla, ma dopo alcuni giorni che la gente la stava cercando, ho capito che non potevo. Quindi l'ho fatta fuori. L'ho messa da qualche parte dove nessuno l'avrebbe trovata e ho lasciato i vestiti in modo che tutti pensassero che l'avesse presa un orso. Pensavo che mi sarebbero venuti sicuramente a cercare. Ho aspettato.»

«Le hai fatto del male? L'hai toccata?»

I suoi occhi tornarono vitrei. «Non come pensi» disse. «Non

c'è stato il tempo. Mia moglie era ancora viva. Il mio ragazzo era lì, sempre a fare domande. Non potevo rischiare. Ogni volta che andavo a trovarla, uno di loro mi rovinava il momento.»

Josie si avvicinò a Lisette e mise una mano sull'avambraccio della nonna. «Nonna.» disse.

«Ma è stata la prima che ho rapito» continuò Gosnell. I suoi occhi si illuminarono. «E non sono mai stato preso. Allora ho capito che potevo farlo.»

Ho capito che potevo farlo.

Josie sapeva dai corpi rinvenuti nella proprietà dei Gosnell e dai video che tutte le vittime di Gosnell erano adolescenti o appena più grandi. Se gli appetiti di Alton seguivano gli stessi criteri di quelli del figlio, Ramona, allora di otto anni, doveva essere stata una vittima casuale, non necessariamente scelta in base ad un desiderio sessuale. Lui sapeva che era illegittima ed era stato facile rapirla dal cortile del vicino. Il perfetto soggetto di prova.

«Per quanto tempo?» chiese Josie. «Per quanto tempo hai pensato di prendere una ragazza prima che tu prendessi Ramona?»

«Per molto tempo» disse. «Da quando ero adolescente. Volevo fare di più, ma questo è arrivato dopo, con le altre. Ho mantenuto il nome vivo per mio figlio. Quel primo assassinio perfetto. Gli ho detto che doveva trovare la sua Ramona, e l'ha fatto, ma poi ha snaturato l'intera cosa. Non riusciva a tenere la bocca chiusa. Te l'ho detto che era stupido.»

Ecco da dove veniva il tutto. Nick si era semplicemente appropriato del nome per la sua piccola impresa commerciale, anche se aveva deluso Alton. "Snaturato" era stata un'interessante scelta di parole. Josie provò a immaginare un Alton giovane, che nutriva fantasie di rapimenti e stupri per almeno un decennio. Che emozione doveva essere stata per lui anche solo prendere la bambina. Fare finalmente un passo per trasformare le sue fantasie malate in realtà. Il fatto che fosse riuscito a farla franca aveva probabilmente fatto sì che i suoi impulsi contorti prendessero vita. Poi lui aveva ucciso la moglie e aveva iniziato a insegnare al figlio come stuprare e uccidere le donne e come sbarazzarsi dei loro corpi.

«Dov'è lei?» chiese Lisette. «Dov'è mia figlia?»

«È lassù» disse Alton. «È lassù sulla montagna con le altre.»

SETTANTA

«Nonna, come mai non mi hai mai parlato di tua figlia?»

Si sedettero fianco a fianco sul letto di Lisette. Si tenevano per mano, ma fissavano dritto davanti alla porta aperta dove il personale e gli altri residenti camminavano su e giù per il corridoio, senza guardare nella stanza di Lisette. Il trambusto di Rockview andava avanti come al solito. Il terremoto emotivo che Josie aveva appena vissuto nella stanza di Alton Gosnell apparteneva solo a loro. A lei e sua nonna. Gli ultimi membri sopravvissuti della loro famiglia.

«È storia antica.» disse Lisette. La sua voce suonava pesante ed esausta.

«Dai, so che non è vero» disse Josie. «Non sarà mai storia antica per te.»

Passarono alcuni secondi. Lisette strinse la mano di Josie. «È stato così tanto tempo fa, e i miei genitori hanno faticato così duramente per chiuderlo nel passato e lasciarlo lì. Devi capire com'era allora. Non potevi rimanere incinta al di fuori del matrimonio. Non c'erano madri single. Mia madre voleva mandarmi via. C'era una casa per madri non sposate a Philadelphia. Sarei dovuta andare lì per partorire. Ramona sarebbe stata adottata, così si sperava. Forse sarebbe sopravvissuta se avessi fatto come volevano. Ma non potevo rinunciare a lei. Sapevo che non sarei stata in grado di farlo. Li ho sfiniti. Hanno avuto l'idea di far passare Ramona per loro. Ma non l'hanno mai veramente accettata.

«Per un po', dopo la sua scomparsa, mi sono davvero chiesta se l'avessero fatta portare via. Ma loro sentirono la sua mancanza quando sparì. Quindi, capii che non erano stati loro. Tuttavia, quando trovammo i suoi vestiti, sembravano ansiosi di farle il funerale. Volevano andare avanti come se non fosse mai esistita. Di lei non si parlava. Penso che mia madre fosse sollevata.»

«Nonna, mi dispiace tanto.»

«Alla fine, ho accettato che non avrei mai saputo esattamente cosa le fosse successo. Ho capito che era morta, anche se ho continuato a fantasticare sul fatto che fosse viva, che sarebbe venuta a trovarmi un giorno. Col tempo è passato. Ho persino accettato che non avrei mai seppellito il suo corpo. Ma non ho mai accettato la perdita.»

«Non so come avresti potuto.»

Lisette si voltò e guardò Josie. Sorrise - il sorriso di una donna con un dolore lancinante, ma che cerca di rimanere ottimista. «Poi sei arrivata tu. Una piccola bambina. Ero così felice.»

Josie ricambiò il sorriso. Si avvicinò a Lisette e mise la testa nell'incavo della sua spalla. In qualche modo, a ventotto anni si adattava ancora perfettamente come a otto. «Papà sapeva di lei?»

«No. Nessuno lo sapeva tranne io e i miei genitori. Non l'ho mai detto a nessuno.»

«Cosa è successo al padre?»

«Non lo so. Non ne ho saputo più niente. Seppi che si era arruolato all'estero per combattere in Corea. Ho sempre immaginato che fosse morto in guerra. Era più facile così.»

«June Spencer ha scritto il suo nome nel sangue di Sherri Gosnell» disse Josie. «Ecco perché eri così arrabbiata, perché non hai risposto a nessuna delle mie chiamate. Lo sapevi? Sospettavi di Alton?»

Lisette scosse la testa. «Non subito. Non ho effettuato il collegamento. Era semplicemente la menzione del suo nome. Ha portato tutto a galla come fosse ieri. Mi dispiace non averti potuto parlare. Sapevo che stavi affrontando molte cose e non volevo farti carico anche di questa.»

«Oh, nonna, non potresti mai farmi carico... mai.»

Lisette le strinse la mano. «Ma poi quando sei arrivata l'altro giorno e mi hai detto cosa avevi passato e cosa avevi trovato. Allora ho capito.»

«Manderò Alton Gosnell in prigione.»

Lo aveva già arrestato dopo la sua confessione. Purtroppo, era in così cattive condizioni che doveva essere trasferito in ospedale invece che nella prigione della contea. Anche se era inutile, e lei in realtà non aveva personale, aveva già pianificato di farlo trasferire e aveva previsto un agente fuori dalla sua stanza d'ospedale. Se non per nessun altro motivo che per ricordargli di essere stato catturato alla fine.

«Non andrà mai in prigione» disse Lisette. «È troppo malato. Ma adesso lo so. So cosa è successo alla mia dolce Ramona.»

Josie si sentiva inutile e impotente di fronte al dolore di sua nonna. Si sentiva ancora più impotente di quanto non si fosse sentita nella cella oscura di Nick Gosnell. Era una persona che agiva. Viveva d'azione. Ma sapeva dal suo dolore per Ray e per la morte del capo che non poteva fare niente. Non c'era modo di mitigare il dolore di sua nonna. Esisteva come un'entità, e sarebbe stato con Lisette fino al suo ultimo respiro. Tuttavia, le chiese: «C'è qualcosa che posso fare, nonna?»

«Dopo aver trovato la ragazza Coleman, tu torni su quella montagna e trovi la mia Ramona. Trovamela, Josie.»

SETTANTUNO

Josie era alla finestra dell'ufficio del capo - il suo ufficio adesso - e fissava la strada sottostante, disseminata di furgoni dei notiziari, di giornalisti, di gigantesche antenne paraboliche mobili e di curiosi. Le squadre di Holcomb avevano effettuato la loro retata due giorni prima; il giorno dopo lei, Noah e Lisette avevano ottenuto la confessione da Alton Gosnell, e la notizia di quello che stava succedendo davvero alla proprietà dei Gosnell era esplosa. Noah aveva assunto alcuni giovani locali per erigere barriere temporanee per tenere tutti a distanza di sicurezza dalla stazione di polizia. Qualcuno aveva persino installato un bagno chimico sul marciapiede. La stampa era lì per restare, questo era sicuro. Per una volta Josie non si sentiva a disagio con loro lì. Erano insistenti e invadenti, ma anche gli occhi vigili di cui aveva bisogno mentre l'FBI e ciò che restava del suo personale risolvevano questo pasticcio diabolico.

Josie guardò mentre una donna con un vestito nero attillato e un bolero blu attraversava la barriera della stampa e si avvicinava alle porte d'ingresso, con i tacchi di dieci centimetri che risuonavano sull'asfalto. Trinity si metteva in mostra. Josie aveva chiarito che lei avrebbe avuto accesso a Josie e Noah in ogni momento e che era autorizzata a entrare nell'edificio attraverso l'ingresso dei dipendenti posto sull'altro lato. Ora stava solo sbattendo in faccia a tutti i suoi colleghi il suo status elevato.

Josie si allontanò dalla finestra e sollevò il telefono sulla scrivania. Controllò il suo cellulare provvisorio ma non c'erano notizie da Carrieann, nessun cambiamento nelle condizioni di Luke. Sperava che il domani portasse notizie migliori. Sospirò. Almeno Denise Poole era stata rilasciata dalla custodia cautelare, le accuse contro lei erano cadute. Josie chiamò Rockview e aspettò, mentre qualcuno andava a cercare la direttrice. Dopo pochi minuti, quest'ultima prese la chiamata, sembrando senza fiato e tormentata. Senza preamboli questa le disse: «No, il signor Gosnell non è stato ancora spostato. L'ospedale non ha posti letto. Mi creda, sto facendo quello che posso. Speriamo di poterlo trasferire domani.»

Odiava l'idea che sua nonna avrebbe dovuto passare un altro secondo sotto lo stesso tetto di quel mostro. Lei sapeva che Alton non poteva fare del male a una mosca nelle sue attuali condizioni, ma non era esattamente quello il punto. Aveva implorato Lisette di andare a stare con lei finché le cose non si fossero calmate, ma Lisette non si era lasciata convincere. «Io resto qui» aveva detto a Josie. «Voglio guardare quel figlio di puttana morire.»

Lisette era stata terribilmente seria. «Continuiamo a trovare sua nonna fuori dalla stanza di Mr. Gosnell.» aggiunse la direttrice.

«Cosa intende?» chiese Josie.

«Voglio dire, l'abbiamo trovata fuori dalla sua stanza un paio di volte, sola in piedi lì, a fissarlo. Non penso sia salutare. La scorsa notte, una delle infermiere di turno l'ha trovata nella sua stanza, in piedi accanto al suo letto.»

Josie non disse nulla. Cosa poteva dire? Alton Gosnell aveva ucciso la figlia di Lisette e l'aveva fatta franca. Lei non voleva scusarsi per sua nonna che voleva affrontare di nuovo quell'uomo, e non si sarebbe offerta di parlare con Lisette. Che cosa poteva dire?

L'altra donna emise un sospiro. «La chiamo non appena viene spostato. Prometto. Voglio che tutto questo finisca tanto quanto lei e sua nonna.»

«Grazie.» disse Josie e riattaccò.

Nella sala relax in fondo al corridoio trovò due tazze pulite e le riempì di caffè, aggiunse lo zucchero e la panna in polvere. Ora che era capo, avrebbe dovuto convincere il dipartimento a pagare metà del caffè per i dipendenti. Portò le tazze fumanti lungo il corridoio nella stanza di osservazione adiacente all'unica stanza degli interrogatori che il Dipartimento di Polizia di Denton aveva. Su un televisore a schermo piatto ad alta definizione, Noah guardava l'interrogatorio di Dusty Branson da parte dell'agente speciale dell'FBI Marcus Holcomb.

Noah si girò sulla sedia mentre lei entrava. Sorrise e accettò il caffè con la mano sinistra. Il suo braccio destro era immobile nella fascia legata al collo. Josie sapeva che l'aveva perdonata per avergli sparato, ma ogni volta che lo vedeva si sentiva in colpa. Gli sorrise anche se non aveva avuto molta voglia di sorridere nell'ultima settimana. «Niente di nuovo?»

«Holcomb lo sta per attaccare in merito all'attentato di Luke.» disse Noah.

Holcomb si stava lavorando Dusty senza interruzione da ore. Aveva già chiesto a Dusty di raccontare come Sherri e Nick Gosnell avessero rapito Isabelle Coleman. L'avevano vista vicino alla cassetta della posta e l'avevano seguita su per il vialetto, fingendo di essersi persi e chiedendo indicazioni. Dusty non sapeva esattamente cosa fosse accaduto, ma a un certo punto la Coleman si era resa conto che i due non erano sinceri ed era fuggita nei boschi. Nick le era andato dietro, l'aveva sopraffatta e l'aveva trascinata indietro alla macchina. Era stato un rapimento d'impulso. Gosnell prendeva raramente donne della zona, aveva precisato Dusty a Holcomb. Di solito, Nick e Sherri facevano un viaggio nel fine settimana in uno stato vicino - Ohio, New York, New Jersey, Maryland, anche fino al West Virginia - disse Dusty, e lì rapivano le ragazze. Non sequestravano quasi mai ragazze nel raggio di centocinquanta chilometri da Denton così da non destare troppi sospetti. Cercavano di prendere di mira ragazze che fossero nei guai e che si fossero allontanate dalle loro famiglie, cosicché ci fossero meno possibilità che a qualcuno mancassero: fuggiasche, tossicodipendenti, prostitute. Il rapimento della Coleman - come quello di Ginger Blackwell sei anni prima - era stato un'aberrazione, una grande deviazione dalla loro procedura standard. Solo Dusty e una piccola manciata di altri soggetti sapevano che la Coleman era nel bunker di Gosnell.

Poi, pochi giorni dopo l'omicidio di Sherri, Gosnell aveva chiamato Dusty nel panico. Isabelle era scappata. La prima fuga di sempre. Gosnell aveva attribuito la colpa al fatto di essere fuori forma dopo la morte di Sherri. In più, Sherri non era lì per somministrare le droghe da stupro, quindi era probabile che Isabelle fosse diventata molto più lucida e capace di difendersi. Era scappata nel bosco e non era stata più vista da allora.

Josie sapeva, in base a quello che Ray le aveva detto, che il dipartimento l'aveva cercata ventiquattr'ore su ventiquattro per giorni prima della resa dei conti nel bunker. Anche dopo, avevano continuato le ricerche in assenza del capo, ma inutilmente. Ora che quasi tutti i clienti e i complici di Gosnell tra le forze dell'ordine erano stati arrestati, il Dipartimento di Polizia di Denton era decisamente a corto di personale. Josie intendeva usare Trinity per fare un pubblico appello a ogni cittadino che volesse e fosse in grado di unirsi alle ricerche.

Dusty aveva anche denunciato altri due agenti delle forze dell'ordine di Denton per la sparatoria ai membri della gang e a Dirk Spencer. Aveva detto che Spencer era riuscito a scoprire di "Ramona" in un bar che aveva cominciato a frequentare dopo la scomparsa di June. Gli ci era voluto un po' per convincere gli ubriaconi a raccontare dell'impresa di Gosnell, per non parlare della posizione del bunker, ma alla fine qualcuno l'aveva fatto. In qualche modo, era giunta voce ad alcuni degli agenti della polizia di Denton che Spencer stava pianificando di fare irruzione nel bunker di Gosnell con l'aiuto dei suoi amici di città ed erano riusciti a fermarlo. C'era un poliziotto corrotto nella caserma di Luke, come aveva sospettato Josie, che aveva contribuito a coprire il coinvolgimento della polizia nella sparatoria. Sempre quel poliziotto aveva suggerito di incastrare Denise Poole, dal momento che sapeva della sua relazione passata con Luke e delle sue tendenze da stalker.

Ciò che Holcomb non era ancora riuscito a ottenere da Dusty era chi avesse sparato a Luke. Sullo schermo, Holcomb si trovava a un'estremità del tavolo, una mano sul fianco e l'altra che lisciava la cravatta mentre fissava Dusty da sopra un paio di occhiali da lettura. La sua giacca era appoggiata allo schienale della sedia. Anche nel televisore, torreggiava sul tavolo davanti a lui. Dusty sembrava un bambino seduto di fronte all'agente.

«Siediti.» disse Noah, distraendola dai suoi pensieri.

Prese la sedia accanto a lui, sorseggiando il suo caffè. «Alza il volume.» disse a Noah.

Di fronte a Holcomb, Dusty si accasciò sulla sedia. Un ciuffo di capelli unti gli cadde sugli occhi, ma non lo allontanò. Indossava solo una semplice maglietta bianca, e Josie poteva vedere le macchie gialle che si allargavano sotto le sue ascelle. Agitava le mani mentre parlava.

«È stato quel tizio di cui le ho parlato prima, quello che mi ha aiutato a coprire la sparatoria con i membri della gang.» disse a Holcomb.

Holcomb abbassò lo sguardo sugli appunti davanti a sé e tirò fuori il nome di un agente di stato.

«Sì, lui. Ha visto il file Blackwell nel furgone di Luke. Cioè, in una busta. Quindi ha chiamato Nick e Nick ha chiamato me.»

«Perché Nick avrebbe dovuto chiamarla?»

Dusty scrollò le spalle. «Non lo so.»

«Era un cliente abituale.»

Il caffè scavò un buco nello stomaco di Josie.

Dusty scrollò le spalle. «Beh, sì. Certo, immagino. Ne avevamo parlato. A quel punto avevo ricevuto delle chiamate da alcuni ragazzi della polizia di Denton e da un ragazzo che conosco dell'ufficio dello sceriffo. La gente era preoccupata, sa?»

«Nomi, agente Branson, ho bisogno di nomi.» disse Holcomb.

Dusty snocciolò un mucchio di nomi e Holcomb li scrisse. Poi continuò: «Chi ha preso la decisione di sparare all'agente Creighton?»

«Nessuno ha deciso. Non lo so. Ne abbiamo parlato...»

«Lei e gli uomini di questa lista?»

Dusty annuì. «Sì. Ne abbiamo parlato e abbiamo concordato che qualcuno doveva, sa, farlo fuori.»

Noah posò la sua tazza di caffè e si allungò per stringere l'avambraccio di Josie.

«Chi ha sparato all'agente Creighton?» chiese Holcomb.

«Jimmy Manomorta.»

Holcomb guardò di nuovo i suoi appunti. «James Lampson?»

«Sì. È un investigatore dell'ufficio del procuratore distrettuale. È stato a stretto contatto con Nick per decenni. Prima faceva il poliziotto a Denton.»

SETTANTADUE

Josie seguì Noah fuori dalla stanza. Non poteva ascoltare altro. Lampson era già stato arrestato durante la recente retata dell'FBI. Sarebbe stato condannato. Questo era ciò che contava.

Noah la raggiunse nel suo ufficio, appoggiandosi con disinvoltura allo stipite della porta. Josie si fermò vicino alla finestra, guardando fuori ma con lo sguardo perso nel vuoto. «Sto bene.» disse da sopra la spalla.

«Okay» disse lui, anche se entrambi sapevano che non lo era. Lei non sarebbe stata bene per molto tempo. Nessuno di loro lo sarebbe stato.

Si allontanò dalla finestra e si sedette dietro la scrivania.

«Qualche notizia su Luke?» chiese Noah.

«Domani cercheranno di farlo uscire dal coma.» Un sorriso genuino attraversò le labbra di Josie. «Sta andando bene però. Loro sono molto ottimisti. Andrò da lui.»

«Ovviamente.»

Sentirono il ticchettio dei tacchi di Trinity sulle mattonelle pochi istanti prima che passasse oltre Noah e si lasciasse cadere su una delle sedie per gli ospiti dall'altra parte della scrivania rispetto a Josie. La stessa sedia su cui si era seduta Josie poco più di una settimana prima per supplicare il capo di reintegrarla, anche se solo temporaneamente. «Il vostro caffè fa schifo» disse. «Quando arriva il nuovo personale? Questo posto sembra una città fantasma. Oh, e quell'idiota dell'FBI non mi ha lasciata entrare nella sala di osservazione. Branson ha fornito il nome del cecchino di Luke?»

Glielo disse Noah perché Josie non riusciva a trovare le parole. Trinity emise un fischio sommesso e tirò fuori il cellulare. «Non ancora» le ricordò Noah. «Aspetta che venga incriminato, ok?»

«È già in custodia, ma, comunque OK.» Roteò gli occhi, ma lasciò cadere il cellulare nella borsa. «Chi altro ha accusato Branson?»

Noah disse: «Un paio di ragazzi della Polizia di Stato, un ragazzo dell'ufficio dello sceriffo, il procuratore distrettuale, Manomorta. La maggior parte delle persone coinvolte - delle forze dell'ordine, comunque - venivano da qui. Gli altri erano solo gente del posto, tra cui un medico, un farmacista e un barista.»

«Sembra l'inizio di una barzelletta molto brutta» disse Trinity. «È una follia. Ve ne rendete conto, vero? Intendo questa cosa è enorme.»

«Enorme, ma esclusiva.» disse Josie.

«Oh veramente?» Trinity disse incredula. «Di certo non sembra così esclusiva.»

«Non facevano entrare chiunque» chiarì Josie. «Gosnell chiedeva assoluta segretezza e lealtà. Nessuno voleva vuotare il sacco. Denunciare Gosnell significava denunciare se stessi. Ognuno di loro avrebbe potuto concludere un accordo e testimoniare contro gli altri - se fossero vissuti abbastanza a lungo per farlo – ma amici e colleghi sarebbero affondati con loro.»

«Ma, sicuramente, qualcuno deve pur avere cercato di fermarlo. Voglio dire, come ha fatto ad andare avanti per decenni? Come hanno fatto così tante persone a farla franca per così tanto tempo?» chiese Trinity.

Josie disse: «Gosnell basava tutto sull'intimidazione e una volta avute in tasca le persone che erano disposte a coprirlo, era diventato inarrestabile. Alcuni degli uomini che abbiamo identificato nei nastri come clienti di Gosnell si sono uccisi. Forse avrebbero voluto dire qualcosa, ma non ci sono riusciti.» Pensò a Ray e a come non aveva voluto sapere perché sapere lo avrebbe costretto ad agire. Sapeva di non essere abbastanza forte per affrontare Gosnell e i suoi complici. «Ma non potevano nemmeno conviverci.»

«Alcuni dei clienti di Gosnell hanno avuto sfortunati incidenti» Noah intervenne. «Probabilmente non si trattava affatto di incidenti.»

Trinity lo fissò a bocca aperta. «Santo cielo.»

«Se non lo stessi vivendo, non ci crederei.» disse Josie.

«Cos'altro ha detto Branson?» chiese Trinity. «Ha detto qualcosa su Isabelle Coleman?»

Josie le disse ciò che Dusty aveva rivelato.

«Quindi è da qualche parte nel bosco?» chiese Trinity.

Josie scrollò le spalle. «Non lo so.»

«Speriamo che non sia stata mangiata da un orso.» aggiunse Noah.

Trinity si voltò a guardarlo. «Non è divertente.»

Le guance del ragazzo si colorarono. «Non stavo scherzando.»

Dal fondo del corridoio, Holcomb chiamò Noah e lui si allontanò, lasciando Josie da sola con Trinity. «Puoi fare un appello pubblico?» le chiese Josie. «Potremmo avere bisogno di aiuto con le ricerche. Io ho solo dodici persone là fuori. Sono tutte quelle che possiamo utilizzare in questo momento.»

«Certo.» disse Trinity. Tirò fuori il cellulare e iniziò a inviare e-mail alla velocità di una mitragliatrice. Josie si girò sulla sedia e guardò di nuovo il cielo grigio. Da quando aveva lasciato la proprietà di Gosnell era coperto e ogni tanto pioveva. Si chiedeva se avrebbe mai più rivisto il sole. Era un pensiero sciocco. Certamente lo avrebbe rivisto. Ma Isabelle? Era ancora viva? «Lei è ancora viva.» disse Trinity, come se leggesse nella mente di Josie.

Senza voltarsi, Josie disse: «Spero che tu abbia ragione. Le probabilità non sono a suo favore.»

Un colpetto alla porta attirò la loro attenzione. Noah stava lì, uno sguardo tirato sul viso. «Boss?» disse.

Josie non riusciva ad abituarsi al fatto che lui la chiamasse "boss", ma non lo corresse. Noah sembrava divertirsi. «Sì?» gli chiese.

«Qualcuno ha appena presentato una denuncia per un'altra persona scomparsa. È Misty — Misty Derossi.»

SETTANTATRÉ

Josie fissò Noah. «Che cosa?»

«È stata denunciata la scomparsa di Misty.»

Trinity guardò da Noah a Josie e viceversa. «Avete un'altra ragazza scomparsa?»

«Non è una ragazza» disse Josie. «È una spogliarellista del Foxy Tails.»

«La spogliarellista che si vedeva con il tuo defunto marito?» chiese Trinity.

Ignorando la domanda, Josie chiese a Noah: «Quando è stata vista l'ultima volta?»

Noah guardò il taccuino che aveva in mano, sfogliando le pagine mentre parlava. «Beh, la settimana scorsa ha svolto i suoi turni regolari. Poi si è data malata per i primi turni di questa settimana. Dopo di che, non si è presentata. Il suo datore di lavoro dice che non l'aveva mai fatto prima. Il cellulare manda direttamente alla segreteria telefonica. La sua migliore amica è via per le vacanze di primavera. Lei dice che le ha parlato quattro giorni fa e le era sembrata strana. Da allora ha chiamato Misty diverse volte al giorno, ma come ho detto, tutte le chiamate sono andate direttamente alla segreteria telefonica. Non ha risposto nemmeno ai messaggi. La migliore amica ha chiesto a una delle colleghe di Misty di andare a casa sua, ma non le ha aperto nessuno; la macchina di Misty è sempre rimasta nel vialetto.» disse Noah.

«Sembrava strana in che senso?» chiese Josie.

«Nel senso di tesa, come se qualcosa non andasse. Inoltre, manca anche il suo cane. La collega dice che abbaia sempre come un matto quando lei si avvicina; e quando la collega di Misty ha bussato, non ha sentito abbaiare.»

«Ha un cane?» Josie e Trinity chiesero all'unisono.

Noah lanciò uno sguardo divertito alle due donne. «Che c'è? Le spogliarelliste non possono avere dei cani?»

Josie alzò gli occhi al cielo. Trinity, che aveva tirato fuori il suo taccuino e la penna, chiese «Che tipo di cane?»

Noah sorrise. «Un chi-wiener.»

«Un cosa?» disse Josie.

«Un chi-wiener. Mezzo chihuahua e mezzo bassotto. È piccolo e abbaia sempre, secondo l'amica, e Misty ne è ossessionata.»

A Josie non era mai venuto in mente che Misty potesse essere in pericolo. Aveva mandato Noah a darle la notizia della morte di Ray non appena finito di guardare i video con Holcomb. Non voleva che Misty lo scoprisse di seconda o terza mano; poteva fare alla donna almeno quella cortesia. Ma Noah non era stato in grado di trovare Misty a casa o al lavoro. Josie gli aveva detto di lasciare stare. Quando Misty fosse stata pronta, sarebbe ricomparsa. Non avevano il tempo o le risorse per rintracciarla.

Ma ora sia la sua migliore amica che il datore di lavoro avevano denunciato la sua scomparsa.

Le tornarono in mente le parole del capo. *Prendili tutti*. Si erano dimenticati di qualcuno? Persi qualcosa? Gosnell o uno dei suoi complici le avevano fatto qualcosa prima che Josie riuscisse a chiamare l'FBI? Josie non provava sentimenti affettuosi per Misty, questo era dannatamente sicuro, ma non voleva che fosse un'altra vittima di uno dei cospiratori di Gosnell.

«Prima dobbiamo controllare a casa sua» disse Josie. Afferrò la giacca dallo schienale della sedia. «Andiamo.»

Misty Derossi viveva da sola in una enorme casa vittoriana nel centro storico di Denton. Mentre Josie, Noah e Trinity salivano i gradini verso il grande portico avvolgente, Josie trattenne un'osservazione denigratoria su come Misty avesse pagato la casa. Noah andò di finestra in finestra, sbirciando dentro ognuna di loro. «È buio» osservò. «Nessun abbaiare, proprio come ha detto la sua migliore amica.»

«Beh, se il cane non è qui, allora è probabile che l'abbia preso lei e se ne sia andata.» disse Josie, sperando che Misty avesse semplicemente lasciato la città. Ma il fatto che Misty non avesse preso la sua macchina dava a Josie una brutta sensazione. June Spencer e Isabelle Coleman erano entrambe scomparse mentre erano a piedi. «Dobbiamo scoprire dove sarebbe andata se avesse pensato di essere nei guai. Qualcuno ha controllato... Qualcuno ha...»

Il volto di Noah si addolcì. «Ho controllato a casa di Ray. Sai che sua mamma è stata lì tutta la settimana? Sta organizzando il funerale del figlio. Misty non è lì.»

Josie annuì, incapace di parlare a causa del groppo in gola.

«Allora, dove altro potrebbe essere andata?» chiese Trinity.

Noah mosse la maniglia della porta e spinse contro il telaio della porta, testandone la resistenza. «Beh, è tutto qui. Non ha molti amici.»

Josie inghiottì un'altra osservazione insolente.

«I suoi genitori vivono nel South Carolina, si sono trasferiti lì anni fa. L'amica dice che li ha chiamati e che non la vedono da cinque anni. Abbiamo controllato con tutti i suoi colleghi e nessuno l'ha vista. L'amica dice che, se avesse avuto bisogno di un posto dove stare, sarebbe andata da lei.»

Smise di parlare e guardò la porta da sopra a sotto come fosse un enigma che non riusciva a risolvere. Trinity disse: «Non hai chiesto alla sua migliore amica se aveva una chiave?»

Il ragazzo arrossì e tirò fuori il cellulare. «È fuori città, ma ha detto che comunque non ne aveva una. Misty era molto riservata. Ma forse sa se Misty ha una di quelle cose per nascondere le chiavi...»

Josie lo allontanò e spinse il tallone più forte che poteva contro la porta, appena sotto il meccanismo di chiusura. Ci vollero tre calci e la porta si aprì verso l'interno. Superò la soglia. Quando Noah e Trinity non la seguirono, lei lanciò un'occhiata dietro di lei e vide che la fissavano a bocca aperta.

«Cosa?» sbottò Josie.

«Boss» disse Noah. «Non puoi... abbiamo bisogno di un mandato. Questa è violazione di domicilio con scasso.»

«Se è lì dentro ferita o morente, non perderò tempo aspettando qualcuno con una chiave.» disse Josie e lo sguardo che diede loro non lasciò spazio a discussioni.

La casa era completamente vuota. Era immacolata. Passarono da una stanza all'altra con una specie di soggezione. Sembrava uscita da una rivista. Mobili antichi costosi e decorati, perfettamente abbinati, arredavano ogni stanza. Alcune stanze sembravano così perfette che, Josie immaginò, le si sarebbe potute mettere sotto vetro. Misty avrebbe potuto aprire la sua casa per i tour dei visitatori. Josie pensò alla sua casa e si sentì come se qualcuno le stesse conficcando piccoli spilli nel cuore. Sebbene bella, mancava di tutto il fascino e lo stile che trasudava ogni paralume nappato e ogni cuscino perfettamente sprimacciato della casa di Misty. Diavolo, Josie non aveva nemmeno i mobili e, anche se li avesse avuti, non sarebbero stati così finemente coordinati, costosi o ben tenuti come i pezzi in casa di Misty. Josie cercò di immaginare Ray in questa casa con i suoi stivali perennemente infangati che seminavano sporco in ogni stanza. O lui che lasciava sempre le sue magliette macchiate sullo schienale del divano o le bottiglie di birra vuote in giro per casa, a volte anche in bagno. Josie non riusciva a immaginarlo. Certo, ora non avrebbe più dovuto farlo; non avrebbe mai saputo se Misty riusciva a tollerarlo. L'emozione la attraversò come una marea, e poi si ritirò. Era qui per lavorare.

«Ossessionata, vero? Porca puttana.» La voce di Trinity proveniva dalla cucina. Josie la seguì e trovò la giornalista in piedi davanti al modernissimo frigorifero di Misty. «Guardate qui.» disse a Josie e Noah.

Il frigorifero era coperto di pagine colorate ritagliate da riviste. Ogni pagina mostrava una stanza che corrispondeva esattamente a una stanza della casa di Misty. «Sta copiando da queste riviste.» aggiunse Trinity.

Da dietro le due donne, Noah osservò: «È un po' triste.»

Forse lo era, forse non lo era, ma fece sentire Josie leggermente meglio. Goffamente, batté le mani. «Beh, dovremmo andare. Ovviamente, lei non è qui. Non ci sono segni di lotta. Niente sembra fuori posto. Sembra che abbia preso il suo cane per una camminata per non tornare mai più.»

Fuori, Josie incaricò Noah di chiamare qualcuno per riparare la porta e di togliere uno dei loro uomini dalla ricerca della Coleman per fare alcune indagini ufficiali su dove si potesse trovare Misty. Si rivolse a Trinity. «Pensi di poterlo passare nel servizio del pomeriggio?»

La fronte di Trinity si increspò. «*Stiamo* parlando della tizia che ti ha rubato tuo marito morto, vero?»

Josie resistette all'impulso di scagliarsi contro di lei. «Mio marito ha avuto una relazione con lei. Il nostro matrimonio era finito. Ma è ancora una cittadina della mia città ed è scomparsa. Dato quello che ho visto su quella montagna durante l'ultimo fine settimana, non voglio correre rischi. Quindi vorrei fare un appello al pubblico. Per favore.»

Trinity la fissò ancora per un momento, quasi potesse vedere quanto bruciava a Josie chiedere.

«Niente più Ginger Blackwell. Niente più June Spencer. Nessuna deve essere lasciata indietro.» promise Josie, soprattutto a se stessa.

SETTANTAQUATTRO

Quella sera, Trinity fece un appello sincero e urgente ai cittadini di Denton per riunirsi al fine di cercare le due donne scomparse. La sua faccia adesso era in video al notiziario praticamente ovunque Josie si voltasse. Anche i notiziari nazionali l'avevano scelta per la loro costante copertura della follia che aveva colpito la Pennsylvania centrale. Mentre Trinity faceva il suo servizio, alla sua destra apparvero le foto di Isabelle e Misty. Sotto i loro volti sorridenti la parola "svanite" fu poi sostituita dal numero del centralino della polizia di Denton.

Josie stava guardando la trasmissione accanto a Carrieann nella sala d'attesa della terapia intensiva. I dottori avevano ridotto a Luke le ore dei medicinali; ora dovevano solo aspettare e sperare che si svegliasse da solo. Si sedevano a turno al suo capezzale finché le infermiere non le prendevano a calci per farle uscire durante il cambio turno in modo che potessero aggiornare le loro colleghe.

Le due donne sedevano in silenzio fianco a fianco, fissando il televisore, guardando l'edizione speciale del notiziario di Trinity Payne sulle donne scomparse e sul resto degli eventi in corso a Denton.

«Boss?» Noah apparve sulla porta della sala d'attesa della terapia intensiva.

Il cuore di Josie saltò in gola. Se Noah aveva fatto tutta quella strada fino all'ospedale non poteva essere una buona notizia. Avevano trovato Isabel Coleman? Era morta? Si scusò e uscì nel corridoio con lui. «Cosa c'è che non va?» gli chiese.

Sollevò una busta di plastica con dentro un cellulare. «Ho pensato che avresti voluto volerlo.»

Fissò stupidamente il telefono, completamente confusa. Tutto ciò a cui riusciva a pensare era Isabelle Coleman. «Non capisco. Hai trovato la Coleman? O Misty?»

Adesso era il turno di Noah a sembrare sconcertato. «Che cosa? No.» Scosse il sacchetto. «L'FBI ha trovato il tuo cellulare. Hanno terminato di processare i dati. Ho pensato che avresti potuto volerlo avere indietro.»

Lentamente allungò la mano e prese la busta. Stava usando un cellulare temporaneo, dato dal dipartimento. Solo Lisette, Noah, Trinity, Carrieann e Holcomb avevano il numero. Con tutto quello che stava succedendo, il suo vero cellulare era stata la cosa più lontana dalla sua mente. Ma, mentre lo tirava fuori, si ricordò di tutte le foto di lei e Luke che aveva su di esso e fu grata a Noah per aver fatto tutta quella strada per restituirglielo.

Lo guardò. «Grazie.» disse.

Lui infilò la mano sana nella tasca della giacca e tirò fuori un caricabatterie e un cavo. «Ti serviranno anche questi.» disse.

Impulsivamente, lei si alzò in punta di piedi e lo baciò su una guancia. La faccia di lui divenne rossa come un camion dei pompieri. «Per cosa... per cosa era quello?»

«Per essere uno dei bravi ragazzi.»

Noah rimase seduto con lei per un po', ma poi dovette tornare a Denton per supervisionare le ricerche mentre lei rimaneva in ospedale per la notte. Lasciò il telefono in carica sotto una sedia nella sala d'attesa della terapia intensiva. Dopo il cambio turno del personale infermieristico, lei e Carrieann ripresero la loro veglia al capezzale di Luke, scambiandosi ogni due ore. Aveva un po' meno tubi e fili che uscivano dal suo corpo rispetto ai giorni precedenti, così Josie riuscì ad avvicinarsi abbastanza da tenergli la mano e parlargli dolcemente. Gli parlò per un tempo infinito. Non di tutte le cose orribili che le erano successe dal momento dell'attentato, ma di tutto quello che avrebbero fatto insieme quando si fosse svegliato, e su come forse lei avrebbe iniziato a pescare invece di lavorare a maglia, e sul fatto che avrebbero potuto avere un hobby insieme. Stava scherzando ma solo a metà.

Verso le cinque del mattino stava sonnecchiando quando l'infermiera entrò per dirle che era il turno di Carrieann di sedersi con Luke. Come lei si alzò per andare, Luke le strinse la mano.

Josie urlò, facendo precipitare Carrieann in camera. Quello che seguì fu una tipica danza di gioia fatta di saltelli su e giù, di abbracci stile orsi, di petto contro petto e dello stridio acuto che normalmente accompagna la squadra vincente del Super Bowl. L'infermiera controllò attentamente Luke, chiamandolo quindici volte e puntandogli una piccola torcia su entrambi gli occhi, ma non ci fu altra risposta. Tuttavia, era un inizio. Era abbastanza per Josie.

Lasciò Carrieann che piangeva e tremava per l'eccitazione al fianco di Luke e corse nella sala d'attesa per prendere il suo cellulare così da potere chiamare Noah. Le sue dita picchiettarono impazienti sul telefono mentre aspettava che si avviasse. Uno sguardo al televisore mostrò il notiziario delle sei del mattino. Ancora Trinity Payne. Il telefono era morto da tanto tempo. Mentre lo schermo si accendeva, la foto di lei e Luke sotto le icone la travolse con ancora più euforia. Lui le aveva stretto la mano. Era lì. Stava bene.

Iniziarono ad arrivare le notifiche dell'ultima settimana. SMS e chiamate perse. Vide che il piccolo numero nell'angolo in alto a destra dell'icona del telefono continuava a salire. Tre, sette, dodici, diciassette, ventidue. Le chiamate perse si fermarono a cinquantasette.

Josie premette l'icona e richiamò il registro delle chiamate perse. Passò dalla più recente alla più vecchia. La chiamata più recente era arrivata un'ora prima. In effetti, quarantanove chiamate provenivano dalla stessa persona. Accanto al numero compariva una minuscola foto del capo, Wayland Harris. Sopra il numero c'era il nome che gli aveva assegnato tra i contatti nel suo telefono: Capo (Rifugio di caccia).

SETTANTACINQUE

«Non capisco» disse Noah. «Il capo... beh, è morto.»

Josie camminava su e giù per la sala d'attesa della terapia intensiva, tenendo il cellulare al suo orecchio. «Beh, qualcuno mi sta chiamando dal suo rifugio di caccia. Qualcuno da lì mi ha chiamata sul cellulare quarantanove volte questa settimana.»

«Sua moglie?»

«Ho parlato con sua moglie. Sta organizzando il funerale del marito. Dubito che ogni giorno durante l'ultima settimana abbia avuto il tempo di andare al rifugio e chiamare il mio cellulare. Perché avrebbe dovuto? Avrebbe potuto semplicemente chiamare la stazione di polizia.»

«Le sue figlie?»

«Sono entrambe al college. Arriveranno da Philadelphia domani.»

«Hai provato a richiamare?»

«Non c'è stata risposta. Ho provato tre volte. Dobbiamo andare lassù.»

All'altro capo del telefono, Noah sospirò. Josie sapeva che Noah non aveva dormito per giorni. Nessuno dei due lo aveva fatto. «Dovrò togliere delle persone dalle ricerche della Coleman.» disse Noah.

«No» disse Josie. «Non possiamo permettercelo. Soprattutto se la Coleman è ancora viva da qualche parte. Penso che dovremmo chiamare l'FBI. Chiedere il loro aiuto.»

«Li chiamerò ma da quello che ho capito sono sparsi su tutto il territorio per le retate e poi hanno il lavoro da fare con le prove e tutto il resto.»

«Prova» disse Josie. «Nel frattempo, fatti sostituire dal sergente Tralies. Il rifugio del capo è un'ora a nord di Geisinger. Quanto velocemente puoi venirmi a prendere qui?»

Il rifugio di caccia di Wayland Harris era poco più di una casa prefabbricata su un unico livello con due camere da letto posta a metà di una montagna. Gli ultimi tre chilometri di strada che conducevano al vialetto, così come il vialetto, erano sterrati. In inverno c'era bisogno di un ATV, un quad per arrivare dalla strada alla casa; il mezzo era custodito in un piccolo capannone in fondo alla proprietà. Mentre Josie e Noah procedevano, rimbalzando senza pietà nel SUV di Noah, notarono che il lucchetto all'esterno del capannone era ancora intatto.

Nel Dipartimento di Polizia si scherzava da tempo sul fatto che il capo non andasse mai a caccia, ma mantenesse un rifugio per sfuggire a tutti gli estrogeni presenti in casa sua. Mentre la maggior parte degli uomini della zona mostra le foto di cervi o dell'orso nero da settecento chili che era stato abbattuto, dopo ogni stagione di caccia il capo Harris tornava dal suo rifugio a mani vuote, senza storie da raccontare. Un anno, ricordò Josie, aveva sparato a un tacchino. Il resto dei ragazzi aveva scherzato sul fatto che lo aveva fatto per far smettere la moglie di insistere per vendere il suo amato rifugio. Lo aveva chiamato rifugio e non campo base. La maggior parte dei cacciatori apparteneva a un campo di caccia, che era solo una casa o una capanna nei boschi dove un gruppo di loro stava insieme durante la stagione di caccia. Ma questo era un rifugio di caccia. Il suo rifugio, solo suo.

Josie sapeva dov'era solo perché il capo aveva prestato al dipartimento il suo quad per alcuni anni di seguito, principalmente per salvare stupidi bambini che si erano persi nei boschi. Per due volte il capo aveva incaricato Josie di andare con lui a riportare il quad. Però non era mai entrata dentro il famigerato rifugio.

Per fare sì che nessuno al rifugio sentisse le ruote del veicolo sopra la ghiaia, parcheggiarono in fondo al lungo vialetto e fecero a piedi il resto della strada. Presto Noah cominciò ad ansimare accanto a lei. Lei lo guardò, allarmata dalla sfumatura di bianco che gli stava colorando il viso. Si stava ancora riprendendo dalla ferita da arma da fuoco, e lei lo stava facendo impazzire. «Stai bene?» gli chiese. «Vuoi aspettare in auto?»

Lui la prese in giro: «Sei pazza? Lasciarti sola? Assolutamente no.» e si asciugò il sudore dalla fronte con la parte posteriore del polso.

«Non hai un bell'aspetto.»

«Sto bene.»

In fondo al vialetto si ergeva silenzioso e austero il rifugio del capo. Dall'ultima volta che Josie l'aveva visto era stato sostituito il rivestimento. Estrasse la sua arma di servizio e la tenne puntata verso terra. Insieme a Noah fece il giro della casa.

Dopo aver fatto due giri, Josie si avvicinò alla porta d'ingresso e bussò, mentre Noah rimase tra gli alberi, la pistola in mano, pronto a sparare. Lei ripose la sua pistola nella fondina, ma la lasciò slacciata. Aspettò diversi minuti, bussando periodicamente fino a quando finalmente sentì un movimento all'interno. Sembravano più di una persona e un cane che abbaiava. Sentì dei passi e qualcosa che suonava come una discussione sussurrata; poi la porta, cigolando, lentamente si aprì e Misty si lanciò tra le braccia di Josie.

«Meno male. Grazie a Dio sei qui.» gridò Misty. Josie provò a mascherare il suo shock mentre tentava di districarsi dall'abbraccio, simile a una morsa, di Misty. Era come cercare di farsi lasciare da un bambino spaventato. Josie staccò un braccio di Misty dal collo ma questa lo rimise rapidamente intorno alla vita di Josie. Lacrime scorrevano lungo il viso di Misty. I suoi capelli biondi erano opachi e spettinati. «Grazie a Dio» ripeté. «Il capo aveva detto che saresti venuta. Aveva detto che l'avresti fatto. Ma non hai risposto a nessuna delle mie chiamate. Come mai non hai risposto a nessuna delle mie chiamate? Avrei lasciato un messaggio in segreteria, ma il capo mi aveva fatto promettere di non farlo nel caso qualcun altro avesse messo le mani sul tuo telefono e avesse avuto accesso ai messaggi. Non voleva che nessuno sapesse che eravamo qui.»

Noah uscì dalla linea degli alberi e si avvicinò. Misty si strinse a Josie più forte e strillò in preda al panico. «Aveva promesso che saresti venuta da sola.» gridò.

Josie lanciò un'occhiata a Noah e lui si bloccò. «Questo è l'agente Fraley» spiegò Josie. «Mi sta aiutando. Il capo ha detto che potevo fidarmi di lui.»

Il corpo di Misty si rilassò. «Va bene. Va bene.»

Josie fece un ultimo sforzo per liberarsi, stringendo le mani intorno alle spalle di Misty e tenendola a distanza di un braccio. «Misty» le chiese. «Che diavolo sta succedendo?»

Nel vano della porta, dietro Misty, una figura si fece avanti. Una giovane donna con le guance infossate e la pelle così pallida da essere blu, come un vampiro. Una tuta da uomo le pendeva addosso, e anche lei era trasandata, i capelli biondi in un groviglio. Tra le sue braccia teneva un cagnolino che sembrava una volpe in miniatura. Prima che Josie potesse registrare completamente l'identità della giovane donna, sentì Noah mormorare: «Isabelle.»

SETTANTASEI

Misty sedeva al tavolo della sala riunioni del Dipartimento di Polizia di Denton, una bottiglia d'acqua mezza vuota davanti a lei. Si passò le dita tra i capelli più e più volte, cercando di domarli, il suo cagnolino le russava in grembo. Di fronte a lei sedeva l'agente speciale Holcomb. Josie si sedette all'estremità del tavolo, lontano da Misty quanto più possibile senza dover lasciare la stanza. Noah stava dietro a Josie come una sentinella. Era contenta della sua presenza. Sulla via del ritorno dal rifugio, avevano dovuto dare la notizia a Misty che sia Ray che il capo erano morti. Josie riusciva a malapena a gestire il suo stesso dolore, per non parlare di quello di Misty, che era così emotivo da sembrare falso.

«Non lo conoscevi nemmeno il capo.» le aveva detto bruscamente Josie in auto.

«Boss» era intervenuto Noah a bassa voce. «Tutti affrontano il dolore diversamente.»

Da allora aveva tenuto la bocca chiusa perché aveva paura che, se avesse parlato di nuovo, avrebbe detto cose di cui si sarebbe pentita, persino nei confronti di Misty. L'agente speciale Holcomb aveva prontamente accettato di raccogliere la dichiarazione di Misty.

Isabelle Coleman era stata portata all'ospedale più vicino. Josie aveva chiamato i suoi genitori, crogiolandosi nel piacere di dare a qualcuno, finalmente, una buona notizia. Holcomb avrebbe raccolto la sua dichiarazione più tardi, dopo che fosse stata visitata da un medico e si fosse riunita alla sua famiglia, anche se Isabelle aveva detto a Josie abbastanza da confermare quello che già sapevano. I Gosnell l'avevano rapita dopo averla vista vicino alla sua cassetta della posta e l'avevano tenuta nel bunker. Quando era arrivata lì inizialmente era stata tenuta segregata con June Spencer. I Gosnell stavano discutendo così ferocemente sulla possibilità o meno di tenere Isabelle che Sherri aveva inavvertitamente lasciato alle ragazze una torcia per due giorni interi. Era stata un'idea di Isabelle dare a June il piercing per la lingua dopo che aveva sentito i Gosnell parlare di vendere June. Era l'unico modo per inviare un messaggio nel caso in cui June fosse riuscita in qualche modo a scappare. I ricordi di Isabelle assumevano la stessa struttura a flash dei ricordi di Ginger Blackwell dopo che avevano portato via June perché i Gosnell avevano iniziato a darle dei farmaci. Era scappata dopo che Sherri non c'era più per somministrare le droghe su base regolare; aveva vagato per i boschi per qualche tempo prima di incontrare Misty.

«Mi accompagni passo passo, Miss Derossi.» disse Holcomb a Misty, con un tono così gentile che Josie avrebbe voluto dargli uno schiaffo. Ma poi si rese conto che non c'era motivo per lui di non essere gentile con Misty. Aveva trovato Isabelle e l'aveva tenuta al sicuro.

«Beh, stavo guidando lungo Moss Valley Road» disse Misty, riferendosi a una delle strade rurali che passavano davanti alla proprietà dei Gosnell tra lo strip club e la zona centrale di Denton. «Era mattina presto. Stavo uscendo dal lavoro, sa, dopo il turno di notte.»

«Cosa fa per vivere, Miss Derossi?» chiese Holcomb.

Misty accarezzò la testa del suo cane. «Sono una ballerina al Foxy Tails.»

Un sopracciglio di Holcomb si inarcò. «Foxy Tails?»

«È uno strip club.» disse pungente Josie, incapace di trattenersi.

Misty la guardò male.

Holcomb guardò per un lungo momento le due fissarsi gelidamente prima di porre un'altra domanda. «A che ora si è messa in viaggio, Miss Derossi?»

Lentamente, Misty riportò la sua attenzione su Holcomb. «Erano probabilmente circa le cinque. Di solito non lavoro fino a così tardi, ma abbiamo avuto un sacco di feste private quella notte. Ad ogni modo, stavo andando piano per via dei cervi, sa? Corrono sempre sulla strada. Ho quasi rischiato di investirla. Scappava proprio come un cervo. Completamente nuda.»

«Chi?»

«Isabelle. All'inizio non sapevo chi fosse. Mi ha spaventata a morte. Ho frenato giusto in tempo per non investirla e sono scesa. Stava urlando ed era completamente fuori di testa. Non mi permetteva di toccarla. Stavo per chiamare il 911, ma la mia batteria era scarica.»

«Che cosa ha fatto?» chiese Holcomb.

«Avevo una giacca in macchina, quindi gliel'ho data. Sono rimasta sul ciglio della strada e le ho parlato. Ha detto di essere Isabelle Coleman e che qualcuno l'aveva rapita, ma non era sicura di chi. Ha continuato a parlare dicendo che qualcuno le aveva messo un ago nel braccio in modo che non potesse ricordare. Era davvero fuori di testa. Cioè, come isterica.»

«È salita in macchina con lei?»

«Beh, sì, alla fine. Ho detto che l'avrei portata alla polizia o all'ospedale. Ha detto che voleva solo andare a casa. Ho detto che molta gente la stava cercando e che sarebbe dovuta davvero andare in ospedale prima di tornare a casa. Per essere visitata, sa?»

«Ma non è mai arrivata in ospedale.» fece notare Holcomb.

Misty guardò brevemente Josie e Noah, e poi di nuovo Holcomb. Il suo cagnolino sospirò nel sonno. «È salita in macchina e ho iniziato a guidare. All'improvviso ha iniziato a dire che sentiva l'odore di uno di loro.»

«Uno di chi?»

Misty strinse il cane più vicino a sé. «Uno degli uomini, mi ha detto. Ha detto che pensava che ci fossero molti uomini che, sa, le avevano fatto delle cose. Ha detto che dove stava non poteva davvero vedere chi c'era perché era al buio, e anche quando la portavano fuori dall'oscurità, la luce le abbagliava così tanto gli occhi che non riusciva a vedere per bene nessuno di loro. Ma poteva sentirne l'odore. Ha detto... Ha detto di aver sentito l'odore di uno di loro nella mia macchina.»

«Ray ha detto che non c'era mai stato.» disse Josie. O aveva mentito anche su quello? Non l'avevano visto in nessuno dei video di Gosnell.

Con gli occhi spalancati, Misty si girò verso Josie. «Non Ray» disse. «Dusty.»

Prima che Josie potesse rispondere, Holcomb disse: «L'agente Branson?»

Misty si voltò verso di lui. «Sì. Era stato nella mia macchina. Veniva a prendermi al lavoro e andavamo via insieme.»

Holcomb sembrava perplesso. «Perché?»

«Per il sesso, vero?» intervenne Josie. «Andavi a letto anche con Dusty? Ray pensava di avere una relazione con te, Misty.»

Misty era tutta innocenza con gli occhi spalancati. «*Avevamo* una relazione. Stavamo per andare a vivere insieme.» I suoi occhi si riempirono di lacrime. «Stavamo per sposarci.»

Eppure, Ray non aveva firmato i documenti per il divorzio per porre fine una volta per tutte al legame tra lui e Josie. Aveva delle riserve sul rapporto con Misty? O era solo stato riluttante a lasciare andare una relazione che era durata quasi tutta la sua vita? Josie battè un palmo sul tavolo, facendo sobbalzare tutti. Il piccolo chi-wiener di Misty alzò la testa assonnata per vedere perché ci fosse tutto quel trambusto. «Allora perché scopavi con Dusty nella tua macchina?»

Noah disse: «Boss.»

«Non era qualcosa che avevamo pianificato» disse Misty. «Ray e io stavamo già insieme. Una notte io e Dusty ci siamo ubriacati insieme e le cose sono semplicemente successe. Ci saremmo fermati una volta che Ray e io ci fossimo sposati.»

«Ray lo sapeva?» chiese Josie in tono accusatorio. Da qualche parte nei recessi della sua mente si chiedeva perché le importasse. Ma non riusciva a fermarsi.

«Non lo so» disse Misty. «Io non gliel'ho detto. Non penso che Dusty l'abbia fatto. Guarda, quello che è successo con Dusty non significava davvero nulla. Amavo Ray. Era solo che Dusty era sotto forte stress. Disse che ne aveva bisogno.»

Josie disse: «Oh mio Dio.»

Noah le mise una mano sulla spalla. «Boss.»

Holcomb disse: «Va bene, va bene. Non è proprio pertinente al problema in questione. L'agente Branson era stato nella sua macchina, e Miss Coleman ha detto che poteva sentirne l'odore... o, per essere più precisi, Miss Coleman ha detto che poteva sentire l'odore di uno dei suoi stupratori. Ha creduto che fosse l'agente Branson perché era stato più di recente nella sua macchina?»

«Sì.» disse Misty.

«Allora cosa ha fatto a quel punto?»

Abbassò lo sguardo sul suo cane. I suoi occhi erano puntati sul suo muso, vigile e sintonizzato sulle sue emozioni. «Ray mi aveva detto che pensava che Nick Gosnell stesse... rapendo delle donne per sfruttarle e che molti ragazzi della polizia lo sapessero.»

«Che cosa?» disse Josie. «Quando te l'ha detto?»

«Il giorno prima. Me l'aveva appena detto. Era davvero scosso. Pensava che forse Gosnell avesse Isabelle, ma non sapeva cosa fare, perché tutti erano d'accordo. Ha detto che alcuni ragazzi erano stati uccisi per quella faccenda. Era preoccupato che potesse succedermi qualcosa se avesse parlato o fatto qualcosa. Non ha mai detto espressamente che Dusty lo sapeva, solo che lo sapevano molti ragazzi. Quindi, quando Isabelle ha detto che sentiva l'odore di Dusty, ho capito. Ho capito che era coinvolto. Mi sono resa conto che non potevo semplicemente portarla alla polizia. Quindi l'ho portata a casa. A casa mia.»

«Perché non hai chiamato Ray?» chiese Josie.

«L'ho fatto. L'ho chiamato e gli ho chiesto se Dusty fosse coinvolto con Gosnell ma lui ha mentito, ha detto che non lo era. Quindi ho pensato, perché avrebbe dovuto mentire? Perché avrebbe dovuto proteggere Dusty?»

«Perché erano migliori amici fin dall'asilo.» disse Josie.

«Signore.» intervenne Holcomb. Chiese a Misty: «Ha detto a Ray Quinn che aveva la Coleman?»

«No. Non sapevo cosa fare. Così ho chiamato il capo.»

Noah disse: «Ma come facevi a sapere che non era coinvolto anche il capo?»

Misty si mosse a disagio sulla sedia. Il cane guaì. «Beh, quando gli amici di Ray hanno scoperto che io e Ray avevamo, sa, una relazione, all'improvviso hanno iniziato a presentarsi tutti al club. Era strano, come se volessero controllare o qualcosa del genere. La cosa era diventata un po' inquietante con alcuni di loro. Comunque, il capo non è mai venuto al club. Mai. Ma l'ho incontrato un paio di volte. Avevo portato a Ray del caffè e del cibo alla stazione di polizia durante le ricerche della Coleman.»

«Oh, ma non a Dusty?» chiese Josie.

«Boss, per favore.»

«Capo Quinn» disse Holcomb.

Misty le lanciò un'occhiataccia e continuò, come se lei non

avesse parlato. «Ho chiamato e ho chiesto direttamente di lui. Devono aver pensato che fossi sua moglie perché non mi hanno nemmeno chiesto chi fossi. Gli ho riferito quello che stava succedendo. È venuto subito. Ha detto che aveva idea che qualcosa di strano stava accadendo nella sua città, ma non sapeva cosa. Ha detto che non era sicuro di quanto avanti si fossero spinte le cose, ma che, fino a quando lui non avesse risolto tutto, io e Isabelle dovevamo rimanere nascoste. Quindi ci ha portate al suo rifugio di caccia. Ha detto che, se non fosse tornato a prenderci entro due giorni, avrei dovuto chiamare Josie e solo Josie. Dal telefono fisso, non dal mio cellulare.»

«Ha detto perché?»

«Ha detto che era l'unica persona in questa città dimenticata da Dio di cui poteva ancora fidarsi.»

SETTANTASETTE

Il giorno del funerale di Ray, Josie si svegliò alle cinque del mattino. Provò una mezza dozzina di varianti di abiti scuri prima di decidere di mettere un semplice tubino nero senza maniche. Intorno al collo portava il ciondolo di diamante che Ray le aveva regalato prima di partire per il college. Aveva risparmiato per mesi per comprarglielo. Era un arrivederci, la sua promessa che sarebbero tornati l'uno all'altra. Passò un'ora a legarsi i capelli per poi lasciarli scendere lungo la schiena e poi legarli di nuovo per decidere, infine, di lasciarli sciolti. A Ray erano sempre piaciuti in quel modo. Si fermò davanti allo specchio a figura intera nel suo bagno e pensò a quanto fosse sciocco vestirsi per il funerale di un uomo che l'aveva ingannata, tradita e poi si era reso complice del rapimento di Isabelle Coleman.

Il suo Ray.

Si infilò un paio di scarpe nere con tacco. Aveva sempre adorato vederla sui tacchi. Pensò di legarsi di nuovo i capelli come concessione alle emozioni contrastanti che provava per lui. Ma no, decise. Oggi non stava seppellendo l'uomo che le aveva fatto dei torti. Stava seppellendo il dolce ragazzo che l'aveva salvata dall'incubo della sua infanzia, che le aveva permesso di oltrepassare ogni suo limite, che l'aveva amata nonostante le brutte cose che le erano successe. Oggi stava seppellendo l'uomo che aveva sposato – Ray, onesto, leale. Avrebbe potuto non riuscire mai a riconciliare il ragazzo e il marito che aveva amato con l'uomo che Ray era diventato durante l'ultimo anno della sua vita. Ma avrebbe dovuto dirgli addio. Non aveva scelta.

Qualcuno bussò alla sua porta d'ingresso. Si prese il suo tempo scendendo le scale, aspettandosi Trinity, ma trovando, invece, Noah alla porta. Indossava la sua fascia sopra un abito nero. I capelli castani erano sapientemente arruffati. Il volto aveva un'espressione addolorata. Il cuore le balzò in gola. «Che cosa c'è?» chiese, pensando a Lisette, a Luke.

Per favore, oh Dio, per favore. Non posso perdere un'altra persona.

«Josie» disse. «Posso entrare?»

«Dimmelo e basta.»

«Alton Gosnell è morto nel sonno la scorsa notte.»

Si afflosciò contro la porta. Noah si fece avanti e le prese il gomito con la mano sinistra, guidandola all'interno e chiudendo la porta dietro di loro con il piede. La indirizzò verso il soggiorno, ma si bloccò quando vide che era vuoto.

Josie sorrise timidamente. «Non ho mobili.»

Guardò dietro di loro, le mise una mano sui fianchi e la guidò nella direzione opposta, verso la cucina. Lei gli permise di porgerle una sedia e di versarle un bicchiere d'acqua. Almeno, aveva i bicchieri. Si sedette di fronte a lei. «Stai bene?»

Bevve un sorso d'acqua. «Quel figlio di puttana.» disse.

«Mi dispiace» disse Noah. «Non che sia morto, ma che non abbiamo avuto la possibilità di rinchiuderlo. La direttrice ha chiamato questa mattina. Ha detto che l'infezione stava migliorando. Si era liberato un letto al Denton Memorial. Lo avrebbero spostato oggi. Ha detto che finalmente stava abbastanza bene per essere trasferito. Non godeva di ottima salute, ma lei pensava che avesse fatto il giro di boa, che potesse avere ancora qualche anno.»

«Mia nonna ha detto che non sarebbe mai arrivato in prigione. Tuttavia, speravo...» si interruppe. Passò un momento. Fissò gli occhi di lui. «Noah, ti dispiacerebbe portarmi a Rockview?»

Il ragazzo si alzò e le offrì il braccio buono. «Certo» disse. «Tu e Lisette potete venire con me alla funzione.»

Lisette li aspettava nell'atrio, vestita con un elegante completo con una gonna grigia, un cappello nero a tesa larga le copriva elegantemente i riccioli grigi. Quando li vide entrare, balzò in piedi, aggrappandosi alle maniglie del suo deambulatore e si diresse verso le doppie porte. «Andiamo.» disse a Josie e Noah, spingendoli nel parcheggio. Josie e Noah si guardarono, scrollarono le spalle e la seguirono fuori. Josie sedette dietro con Lisette mentre Noah guidava verso l'impresa di pompe funebri.

«Nonna» disse. «Sai di Mr. Gosnell, vero? Te l'hanno detto?»

Lisette incontrò lo sguardo di Josie. «Certamente cara.»

«Mi dispiace davvero, nonna. Volevo che pagasse per i suoi crimini.»

Lisette allungò una mano sul sedile e accarezzò il ginocchio di Josie. Poi le sorrise, i suoi occhi brillavano di qualcosa che sembrava molto vicino alla soddisfazione. Era lo stesso sguardo che Josie aveva visto in quegli stessi occhi il giorno in cui finalmente e definitivamente l'aveva strappata alla custodia della madre. Era trionfante. «Oh, Josie cara, ha pagato. Non pensarci più. Le cose sono state sistemate.»

La fronte di Josie si aggrottò. «Vuoi dire che non sei arrabbiata?»

Lisette si voltò a guardare fuori dal finestrino. «No cara. Per la prima volta da quando la mia Ramona è scomparsa, finalmente ho un po' di... pace.»

«La troverò.» disse Josie.

«Lo so.»

Noah si fermò nel parcheggio dell'impresa di pompe funebri e aiutò Lisette a uscire dall'auto. Josie li seguì. La madre di Ray aveva organizzato il servizio. Aveva voluto qualcosa di veloce e semplice; né lei né Josie potevano permettersi qualcosa in grande. Josie aveva voluto arrivare presto in modo da poter passare qualche minuto con lui da sola. Lasciò Noah e Lisette a chiacchierare con Mrs. Quinn e si avvicinò alla bara aperta in fondo alla stanza. L'impresa di pompe funebri aveva fatto un buon lavoro facendo sembrare Ray bello nella sua uniforme da poliziotto, i capelli biondi ben pettinati, gli occhi chiusi in quello che sembrava un sonno tranquillo. Ma in qualche modo non sembrava l'uomo che aveva amato. Toccò le sue mani fredde. Questo non era il suo Ray. Era solo il guscio che aveva contenuto tutte le parti – buone e cattive, meravigliose e brutte - quelle che l'avevano reso suo per molti anni della sua vita.

Tuttavia, non riuscì a impedire alle lacrime di rigarle il viso. «Accidenti a te» gli mormorò. «Accidenti a te per avermi lasciata.»

Si sentì stranamente intontita e alla deriva per il resto della giornata. Le ore trascorsero in un lampo. Era in fila accanto alla madre di Ray. Era così immobilizzata dal dolore che non riuscì a protestare quando Mrs. Quinn permise a Misty di stare al suo fianco dall'altra parte e di abbracciare le persone in lutto per Ray come se avesse avuto un posto importante nella sua vita. Come se lei fosse stata così importante per lui. Lui non aveva mai firmato i documenti del divorzio, continuava a pensare Josie. Era un piccolo conforto.

Abbracciò ogni persona addolorata, disse le parole di circostanza, ascoltò in parte un pastore che non aveva mai incontrato prima leggere la Bibbia. Nessuno pronunciò l'elogio funebre.

Josie e Mrs. Quinn non erano nelle condizioni di farne uno e il migliore amico di Ray, Dusty, era in prigione. Dopo il servizio, un piccolo gruppo di persone seguì la sua bara fino al cimitero. Josie e Lisette si strinsero l'una all'altra e piansero mentre Ray veniva calato nella terra. Noah stava di sentinella dietro di loro. L'agente aspettò che fossero pronte a partire, il che non fu fino a quando i dipendenti del cimitero alla fine chiesero loro di andare via in modo da poter finire con il loro lavoro.

SETTANTOTTO

Il giorno dopo, Josie si sedette accanto al letto d'ospedale di Luke, tenendo il suo palmo caldo e forte nel suo. Lo avevano spostato in un'unità di degenza, gli avevano dato una stanza privata e gli avevano tolto la maggior parte degli apparecchi necessari a tenerlo in vita. Ora doveva solo portare i dispositivi di monitoraggio standard che controllavano la frequenza cardiaca, la pressione sanguigna e la saturazione dell'ossigeno. Tutti i suoi parametri erano stabili. Carrieann aveva detto che si era svegliato il giorno prima, brevemente, mentre Josie era al funerale di Ray. Aveva chiesto di Josie. Carrieann non gli aveva detto nulla, solo che Josie sarebbe tornata presto. Poi era caduto di nuovo in un sonno profondo. Ora Josie aspettava. Poteva aspettare tutto il tempo necessario. Isabelle Coleman era stata trovata e riportata alla sua famiglia. L'FBI stava gestendo il pasticcio di Gosnell, per il quale probabilmente ci sarebbero voluti mesi. Ray era stato sepolto. Avrebbe dovuto partecipare al funerale di Wayland Harris tra pochi giorni; sarebbe stato un evento spettacolare come si addiceva al suo amato capo. Ma a parte questo, era libera di stare seduta accanto a Luke e aspettare il suo risveglio. Noah poteva occuparsi del lavoro al dipartimento per qualche giorno.

Mentre guardava il petto di Luke alzarsi e abbassarsi, Josie tornò con la mente alla conversazione che aveva avuto con Lisette mentre andava al funerale di Ray. A parte il suo evidente dolore per la morte di Ray, Lisette stava bene. Sembrava più in pace. Più leggera. Josie si sarebbe persino spinta a dire più felice. Continuava a pensare allo scintillio negli occhi di Lisette. Al lampo di trionfo.

Non andrà mai in prigione, aveva detto Lisette con sicurezza. *È troppo malato.*

Voglio dire, l'abbiamo trovata fuori dalla sua stanza un paio di volte, sola in piedi lì, a fissarlo. Non penso sia salutare. La scorsa notte, una delle infermiere di turno l'ha trovata nella sua stanza, in piedi accanto al suo letto.

Oh, Josie cara, ha pagato. Non pensarci più. Le cose sono state sistemate.

«Ehi.» La voce di Luke interruppe i suoi pensieri. Le strinse dolcemente la mano. Lei si voltò e lo vide sorridere debolmente.

Si alzò e si chinò su di lui, tenendogli la mano con entrambe le sue contro il suo petto. «Luke» sussurrò. «Sei sveglio. Come ti senti?»

Lui sbatté le palpebre un paio di volte. «Confuso» disse. «Cosa diavolo è successo?»

«Non ricordi?»

«No, ricordo di aver lasciato il lavoro, di essere andato al mio SUV, tutto qui. Carrieann ha detto che qualcuno mi ha sparato.»

Josie annuì. «Mi dispiace tanto.»

Aprì la bocca per parlare, ma lo sforzo delle poche parole che aveva già detto sembrava averlo logorato. «Va tutto bene» gli disse Josie. «Riposati. Non vado da nessuna parte. Ci sarà un sacco di tempo per aggiornarti più tardi. Abbiamo l'assassino. Andrà tutto bene.»

Lui chiuse gli occhi. «So che andrà tutto bene» disse. «Sei qui ora.»

Gli lasciò la mano e tornò a sedersi, studiando il suo viso, sorpresa di quanto la facesse sentire meglio il suono della sua voce. Si sarebbe ripreso completamente. Si sarebbero sposati, avrebbero iniziato un nuovo capitolo delle loro vite.

Avrebbe potuto persino lasciargli mettere una porta all'armadio della sua camera da letto.

EPILOGO

Poco dopo che Luke fu dimesso dall'ospedale, le condizioni di Dirk Spencer migliorarono e, alla fine, fu dimesso e rimandato a casa dove sua sorella, Lara, lo raggiunse, prendendosi cura di lui mentre guariva dalle ferite. Josie li andava a trovare ogni due settimane. June venne ricoverata in un istituto psichiatrico per un trattamento e una valutazione in regime di ricovero, in attesa del processo per l'omicidio di Sherri Gosnell. Il nuovo procuratore distrettuale ad interim era fiducioso che si potesse concludere con un patteggiamento in modo che June potesse ottenere il trattamento psichiatrico di cui aveva così disperatamente bisogno. Sei mesi dopo che Josie l'aveva salvata dall'area di detenzione di Denton, finalmente ricominciò a parlare.

La guarigione di Isabelle Coleman fu molto più rapida. La ragazza affrontava il suo ritorno alla vita normale con un entusiasmo che a Josie, a volte, sapeva di disperazione. Decise persino che, come previsto, avrebbe frequentato il college quell'autunno. Ma Josie sapeva che ognuno affronta il trauma in modo diverso. I genitori di Isabelle assicurarono Josie che la ragazza avrebbe ricevuto un'assistenza regolare anche quando sarebbe stata al college.

Due mesi dopo l'apertura del caso Gosnell, la donna che aveva accusato Josie di eccesso di forza quando era ancora una detective morì per overdose di droga. Il sindaco concesse a Josie di continuare come capo dipartimento ad interim. Su suggerimento dell'agente speciale Holcomb, il procuratore distrettuale riesaminò la dichiarazione di Josie sulla morte di Nick Gosnell, insieme al referto dell'autopsia. Dopo aver parlato con il sindaco, l'ufficio del procuratore distrettuale decise di non procedere contro di lei. Il morale a Denton era al minimo storico e Josie fu acclamata come un'eroina per avere smascherato gli orribili crimini di Gosnell e per avervi posto fine. Le famiglie delle vittime rinvenute sulla montagna tesserono le sue lodi alla stampa. Grazie a lei, dissero, avevano potuto, finalmente, seppellire le loro care perdute da tempo. Fu deciso che perseguire Josie per l'omicidio dell'uomo più odiato della storia di Denton dopo che era stata tenuta prigioniera per due giorni - durante i quali aveva assistito alla morte del marito ed era stata quasi stuprata - sarebbe stato un suicidio per le pubbliche relazioni. Josie fu grata per questo, ma non era dispiaciuta per aver ucciso Nick Gosnell.

Otto mesi e tredici giorni dopo la morte di Nick, il corpo della piccola Ramona venne dissotterrato da una squadra dell'FBI. Alton l'aveva seppellita solo a pochi passi dalla porta sul retro della casa, motivo per cui ci avevano messo tanto tempo per trovarla. Il DNA prelevato dai suoi resti confermò che era la figlia di Lisette. Josie non badò a spese per darle il funerale che meritava. Scegliere una bara e una lapide, scegliere i fiori e organizzare il servizio sembrò dare a Lisette un po' di pace. La partecipazione fu più numerosa di quanto Josie si aspettasse e questo sembrò piacere anche a Lisette. Finalmente, dopo più di sessant'anni, poteva dare voce al suo terribile dolore e rivendicare la figlia che le era stata negata sia in vita che in morte. C'erano molti degli amici di Lisette di Rockview, e alcuni membri dello staff a cui si era affezionata nel corso degli anni. Parteciparono il sindaco, il medico legale e il nuovo procuratore distrettuale, così come Noah e pochi altri membri del Dipartimento di Polizia di Denton. Luke rimase fermo accanto a Josie mentre questa osservava la zia, che non aveva mai saputo di avere, calare in una tomba che era stata preparata da decenni.

L'uomo se la mise in spalla come se non pesasse nulla. La bambina pendeva come senza vita lungo la sua schiena, le piccole mani ondeggiavano mentre l'uomo camminava. La portò fuori. Ogni passo le mandava una fitta di dolore attraverso il corpo. Sbattendo rapidamente le palpebre, desiderò che i suoi occhi si adattassero alla luce. Finalmente mise a fuoco il terreno: erba, foglie e ramoscelli. Non riusciva a capire dove la stesse portando. Cercò di alzare la testa per guardarsi intorno, ma era troppo debole.

Luke si riprese, anche se lentamente. Non era pronto per tornare in servizio, ma riempiva le sue giornate pescando e mandando messaggi all'infinito a Josie. Pranzavano insieme tutti i giorni e passavano le notti a conoscere di nuovo i corpi spezzati l'uno dell'altra. Luke non era più riuscito a fare l'amore fino a poco tempo prima. Era sfregiato, aveva a che fare con una grande quantità di dolore residuo, ma era vivo. L'assassino di Luke era ancora in prigione in attesa del processo. Il procuratore distrettuale era fiducioso di ottenere una condanna. Denise Poole aveva provato diverse volte a mettersi in contatto con Luke, ma lui l'aveva sempre rifiutata, ammettendo con riluttanza a Josie che Denise aveva sempre avuto tendenze da stalker. Le aveva promesso un quadro che avevano comprato insieme mentre erano fidanzati se avesse dato a Josie l'informazione sul fascicolo Blackwell. Si sentiva davvero male per averla coinvolta nel pasticcio di Gosnell, ma insisté per tenerla a distanza, il che andava benissimo a Josie.

Comparvero i piedi del ragazzo. Indossava scarpe da ginnastica bianche che erano diventate marroni per lo sporco mentre arrancava dietro a suo padre. I suoi occhi rimasero fissi sul terreno. La ragazza sapeva che era inutile, ma cercò di mormorare un "aiutami" che uscì solo come una tosse umida. L'uomo la scosse e fece un suono sommesso per zittirla. Le lacrime scesero dagli angoli dei suoi occhi.

Mentre il pastore pronunciava le sue ultime parole, ognuno di loro si fece avanti per deporre una sola rosa rossa sulla tomba di Ramona. Lisette andò per prima, abbandonando il suo deambulatore e mettendosi al braccio di Luke. Lui la guidò alla bara e tutti sembrarono trattenere il respiro mentre Lisette deponeva con riverenza la prima rosa. Poi appoggiò le dita alle labbra, trasferendo un bacio alla figlia perduta da tempo. Josie non riuscì ad impedire alle lacrime di sgorgare. Non solo per la zia che non avrebbe mai conosciuto, ma per tutte le perdite che aveva subito. Suo padre. Ray. Il capo. L'ingenua convinzione di Josie era stata che la sua città fosse un posto fantastico in cui vivere.

Noah le offrì il braccio. Insieme seguirono Lisette e Luke, ognuno depose una rosa e poi si allontanarono dalla tomba. Lisette si appoggiò a Luke e guardò le persone che se ne andavano.

Dopo quella che sembrò un'eternità, si fermarono. Alla bambina sembrò una specie di radura. Con la coda dell'occhio vide una serie di scalini. Erano vicino a una casa? Stavano andando a chiedere aiuto? La stava portando a casa? Non osava sperare. Delicatamente, l'uomo si inginocchiò e la fece sdraiare sulla schiena. Erano dietro una casa. Non era casa sua, però. Doveva essere la loro. Credette di aver visto un movimento delle tende a una finestra. Poi non lo vide più. I suoi occhi trovarono il ragazzo. Lui la fissò incuriosito. Poi l'uomo si chinò più vicino a lei, e quando lui sorrise, lei capì che non sarebbe mai più tornata a casa.

Josie recuperò il deambulatore di Lisette, ma lei lo rifiutò. Luke coprì il palmo di lei con il suo e le sorrise. Avevano legato meglio di quanto Josie sperasse.

«Sai» le disse Luke, «ora tua nipote ha dei mobili nella sala da pranzo, e io ho preparato una splendida lasagna cremosa con pollo. Verrai a casa nostra stasera?»

Lisette aveva scelto di restare a Rockview, nonostante le insistenze di Josie che voleva trovare un'altra struttura per lei. «Non ho fatto niente di male» aveva detto Lisette. «Perché dovrei lasciare la mia casa? Perché dovrei vivere più lontano da te?» Josie dovette ammettere che era felice di avere la nonna vicina, ora più che mai.

Raggiunsero l'Escape di Josie e Luke aiutò Lisette a entrare nel lato passeggero. Lei gli sorrise. «Mi piacerebbe unirmi a voi.» disse.

Ramona non guardò più l'uomo, né il ragazzo. Non gli avrebbe dato questa soddisfazione. Il cielo blu diventò viola con il tramonto, riempiendo il suo cuore di una strana sensazione di pace. Aveva desiderato la bellezza del cielo aperto mentre era rinchiusa. Il suo respiro si fermò mentre una grande farfalla monaca gialla volava sopra la sua linea visiva. Sorrise, pensò a sua sorella, e non ebbe più paura.

UNA LETTERA DA LISA REGAN

Voglio mandarvi un enorme grazie per aver scelto di leggere *Le ragazze svanite*.

Se vi è piaciuto e volete tenervi aggiornati su tutte le mie ultime novità, basta che vi registriate al seguente link. Il vostro indirizzo e-mail non verrà mai condiviso e potrete annullare l'iscrizione in qualsiasi momento.

Con una così vasta selezione di fantastici libri tra cui scegliere, apprezzo sinceramente che abbiate dedicato del tempo a leggere il primo libro della serie di Josie Quinn. La città di Denton e la contea di Alcott sono luoghi immaginari, ma basati in modo molto approssimativo su diverse località della Pennsylvania rurale in cui ho vissuto e che ho visitato nel corso degli anni. Spero che continuerete a leggere di Josie e delle sue avventure a Denton!

Come vedrete nei miei ringraziamenti, sono così grata a tutti voi lettori per aver dedicato del tempo a leggere la mia opera. Adoro sentire parlare della vostra esperienza di lettura. Potete mettervi in contatto con me attraverso uno qualsiasi dei social media di seguito indicati, incluso il mio sito Web e la mia pagina su Goodreads. Inoltre vi sarei davvero grata se voleste lasciare una recensione e consigliare *Le ragazze svanite* a un altro lettore. Le recensioni e i consigli del passaparola aiutano molto i lettori a scoprire uno dei miei libri per la prima volta. Come sempre, grazie mille per il vostro sostegno! Significa tutto per me! Non vedo l'ora di leggervi e spero di ritrovarvi la prossima volta!

Grazie,

Lisa Regan

www.lisaregan.com

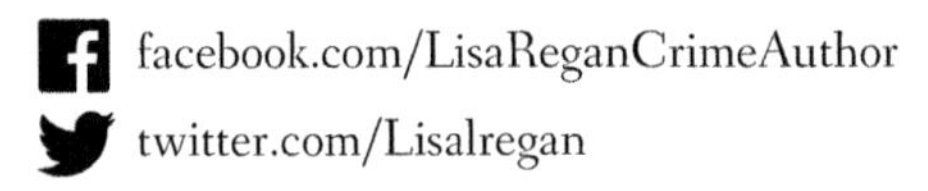

RINGRAZIAMENTI

Prima di tutto, devo ringraziare i miei lettori appassionati. Grazie per esservi uniti a me in questo meraviglioso viaggio. Apprezzo profondamente ogni messaggio, tweet, e-mail e post di Facebook. Grazie per aver passato parola sui miei libri. Spero che amiate Josie Quinn tanto quanto me e che ci sarete anche per le altre sue avventure.

Come sempre, grazie a mio marito Fred e alla mia adorabile, stimolante figlia Morgan per aver rinunciato a così tanto tempo con me in modo che potessi lavorare a questo libro. Grazie ai miei genitori: William Regan, Donna House, Rusty House, Joyce Regan e Julie House, che sostengono costantemente questo mio sogno. Grazie agli amici che mi seguono e che mi hanno incoraggiata durante la prima bozza e i tanti giri di editing di questo romanzo: Melissia McKittrick, Nancy S. Thompson, Michael J. Infinito Jr., Carrie A. Butler, Dana Mason e Katie Mettner; senza di loro avrei sicuramente rinunciato. Grazie a queste persone alle quali voglio bene per aver costantemente sparso la voce sui miei libri, non importa quanto tempo passi tra un titolo e l'altro: Helen Conlen, Marilyn House, Ava McKittrick, Dennis e Jean Regan, Torese Hummel, Laura Aiello, Tracy Dauphin e Dennis Conlen.

Grazie mille al sergente Jason Jay per aver risposto in modo così dettagliato alle mie molte domande sulla polizia. Non potrò mai ringraziarlo abbastanza. Grazie ad Amy Z. Quinn per aver risposto in modo così approfondito alle mie domande sul giornalismo.

Infine, grazie a Jessie Botterill per avermi chiesto cos'altro avevo in serbo; per la tua disponibilità a rischiare con me; per la tua passione e impegno per questo libro e questa serie; per il tuo fantastico lavoro di editing; e per il tuo candore e la tua brillantezza. Mi sento così felice a lavorare con te. Grazie all'intero team di Bookouture! È meraviglioso fare parte di questa straordinaria famiglia di editori.

Printed in Great Britain
by Amazon